Maryse Condé

Das verfluchte Leben

SERIE PIPER

Zu diesem Buch

An ihr haftet der Makel der unehelichen Geburt, und zu einer eigenen Identität hat sie noch nicht gefunden. So beginnt die Icherzählerin Claude die Geschichte ihrer Familie auf Guadeloupe zu recherchieren und das Epos ihrer Schicksale, Leidenschaften und Wanderungen niederzuschreiben. Da ist zunächst ihr Urgroßvater Albert, »ein schöner Neger von ungefähr zweiunddreißig Jahren«, der, jung und zupackend, sich aufmacht, der Armut und dem Elend der Zuckerrohrplantagen zu entkommen. Er verläßt Guadeloupe, arbeitet mit beim Bau des Panamakanals, verliebt sich unsterblich in die sechzehnjährige Lisa, folgt den Goldgräbern nach Kalifornien, kehrt zurück auf seine Insel. Das abenteuerlich-spannende Schicksal Alberts, seiner fünf Söhne, seiner Enkel und seiner Urenkelin Claude spiegelt in prächtigen Farben und nuancierten Facetten das Leben der Menschen in Guadeloupe wider.

Maryse Condé, geboren 1937 in Guadeloupe, studierte in Paris Literaturwissenschaften, lebte in afrikanischen Ländern, bis sie 1970 ihren Hauptwohnsitz wieder in ihre Heimat verlegte. 1987 wurde sie in Paris mit dem »Großen Literaturpreis der Frau« ausgezeichnet. Bis 1985 Professorin für Schwarzafrikanische Literatur an der Sorbonne, dann für Karibische und Antillische Literatur an der University of California. Zuletzt erschien auf deutsch ihr Roman »Sturminsel« (1997).

Maryse Condé

Das verfluchte Leben

Roman

Aus dem karibischen Französisch von
Volker Rauch

Piper München Zürich

Ungekürzte Taschenbuchausgabe
Piper Verlag GmbH, München
Januar 1999

Titel der französischen Originalausgabe:
»La Vie Scélérate«

Umschlag: Büro Hamburg
Simone Leitenberger, Susanne Schmitt, Annette Hartwig
Umschlagabbildung: Martin Thomas
Foto Umschlagrückseite: Ulf Andersen / Gamma
Satz: Ebner Ulm
Druck und Bindung: Clausen & Bosse, Leck
Printed in Germany ISBN 3-492-22642-6

Alle Personen dieses Romans, die Erzählerin eingeschlossen, sind frei erfunden. Jede Ähnlichkeit mit lebenden oder verstorbenen Personen ist reiner Zufall.

für Albert

ERSTER TEIL

I

Mein Urgroßvater, Albert Louis, der noch niemandes Urgroßvater war, sondern ein schöner Neger von ungefähr zweiunddreißig Jahren – ich sage bewußt ungefähr, denn damals kümmerte man sich, wie jeder weiß, kaum um die Angaben zur Person, die Leute von der Plantage erinnerten sich nur daran, daß er im Jahr jenes furchtbaren Wirbelsturms geboren war, der Bäume und Häuser sowohl auf Basse-Terre als auch auf Grande-Terre umgelegt hatte und der die friedliche Sanguine, die gerade genug Wasser führte, daß die Leute ihre Canaris füllen und ihre Wäsche einigermaßen weiß waschen konnten, bis über die Ufer anschwellen ließ –, ein schöner Neger war er, ich wiederhole es, mit seinem Kopf, der die Form eines Eies hatte, seinem Kinn, in das ein Grübchen gegraben war, und seinem großen Mund, der eine unendliche Zahl von Zähnen zeigte, bereit, die Welt zu verschlingen. Er betrachtete die Handvoll Nickel, die er gerade vom Verwalter empfangen hatte, hob die Augen gen Himmel, wie um sich von der Sonne Mut zu holen, und polterte los:

»Schluß, aus! Das ist das letzte Mal, daß ich wie ein Hund hierherkomme, um meinen Lohn zu holen!«

An seine Ausbrüche gewöhnt, fuhr Isidor, der Verwalter, als wenn nichts gewesen wäre, fort, die Arbeiter auszurufen: »Louison Fils-Aimé!«

Aber die Leute fühlten sehr wohl, daß Albert diesmal nicht

leichtfertig daherredete, um Aufsehen zu erregen, was man ihm oft vorgeworfen hatte, sondern daß in seiner Stimme etwas Festes und Endgültiges lag, das man noch nie gehört hatte. So verfolgten sie ihn mit nachdenklichen Blicken, während er den Weg zu den Häusern hinunterging, nachdem er an einem Tümpel vorbeigekommen war, dessen dreckiges Wasser die ausgemergelten Esel tranken. Alberts Augen waren voller Tränen. Er hätte seinen Dienst auf der Plantage Boyer-de-l'Etang gern mit einem Eklat beendet, Isidor zum Beispiel am Hals gepackt, ihn durch den Staub rollen lassen mit seiner schmierigen Liste, seinem Tintenfaß und seiner Unteroffiziersfeder, ihn vielleicht getötet, aber die Gewalttätigkeit in ihm machte ihm Angst. Er fühlte, daß er in seinem ganzen Leben keinen schlimmeren Feind haben würde. Um sich zu befreien, säbelte er die Gräser längs des Weges um, beugte sich dann, um drei Steine aufzulesen, die er mit voller Wucht fortschleuderte.

Den Leuten sollte jener Tag aus verschiedenen Gründen in Erinnerung bleiben. Es war der Freitag vor Palmsonntag. Im Haus, das sie mit ihrem achtjährigen Sohn bewohnte, dessen Vater unbekannt war und den man eines schönen Morgens in einem Körbchen hatte lächeln sehen, hatte Eudora ihren Leidensweg begonnen, der nicht eher als der Leidensweg Jesu Christi enden würde. Sie würde mit ihm sterben und glorreich mit ihm auferstehen, und dann würde das ganze Dorf zur Messe in ihr Haus drängen. So blieb der Abschied meines Urgroßvaters mit jener Vorstellung des Leidens verbunden, das einem ganz großen Glück vorausgeht. Einige Jahre später, als er zurückkam, um Theodora, seine Mutter, aus der Hölle der Plantage herauszuholen, waren die, die ihn hatten gehen sehen, nicht überrascht und sagten laut, sie hätten es stets erwartet. Albert ging nicht ins Dorf hinein. Er wollte Theodora nicht Adieu sagen, denn er wußte, daß er es nicht ertragen könnte, sie weinen zu sehen. Wieder einmal seinetwegen.

Theodora sagte immer wieder, daß er genug Wasser aus ihren Augen habe treten lassen, um die Sanguine und den Tümpel von Bois-Sans-Soif zu füllen, wo das Vieh zur Tränke ging. Immer wieder sagte sie, daß er nicht aufgehört habe, sie zum Weinen zu bringen, seit dem Tag, an dem er aus ihrem Bauch gekommen war, sich sträubend wie ein Küken, mit einer feuchten Haube, die seine Haare und Stirn umschloß. Mit vier Jahren hatte er, weil er den Esel von Vater Saturnin gequält hatte, von dem eigentlich ganz friedfertigen Tier einen Huftritt mitten auf die Brust bekommen, durch den er wie tot liegenblieb. Ohne die Pflege Eudoras, die sich damals noch nicht dem Leiden hingegeben hatte, sondern unübertroffen im Heilen war, wäre er sicher aus dem Leben ins Jenseits getreten, ohne noch einmal die Augen zu öffnen. Mit acht Jahren hatte er sich vom Hauptast eines Brotfruchtbaumes gestürzt, weil er sich in den Kopf gesetzt hatte zu fliegen. Man fand ihn blutüberströmt im Laub. Von dem Drang zu fliegen hatte er sich erst in der Pubertät befreien können, als er schmerzlich einsehen mußte, daß die Menschen mit den Füßen an die Erde gebunden sind, und so hatte er sich, zweifellos um zu vergessen, bis zum Ertrinken in die Betten der Frauen geworfen. Junge, alte, weniger junge, weniger alte, alle kamen an die Reihe. Eine Zeitlang hatte er gleichzeitig mit einer Mutter und ihrer Tochter geschlafen. Eine Zeitlang mit zwei Zwillingsschwestern. Glücklicherweise gab sein Samen keine Früchte, und die Bäuche seiner Geliebten blieben flach. Sonst hätte er die ganze Gegend mit seinen Bastarden bevölkert. Dazu war er noch streitsüchtig und ein schlechter Spieler, fähig, auf seine Mitspieler wegen ein paar verlorener Sous mit dem Flaschenboden einzuschlagen. Theodora hatte keinen weiteren Sohn, nur vier Mädchen, die schon groß und selbst wiederum Mütter waren. So hütete sie Albert wie ihren Augapfel.

Es war vier Uhr nachmittags. Die Sonne hatte seit dem Morgen nicht nachgelassen. Nun aber spürte man, daß sie von dem ihr eigenen Ungestüm abließ und sich vom Himmel zurückzuziehen begann, um sich ein wenig auszuruhen. Die Bäume standen kerzengerade. Kein Lüftchen regte sich. Nur das Meer, tiefblau und unbändig, tobte sich am Fuße der grauen Felsen aus. Eine Henne überquerte mit ihren Küken den Weg, auf dem sich hechelnd zwei Hunde begatteten. Das erinnerte Albert daran, daß er von Laetitia noch keinen Abschied genommen hatte, der von ihm favorisierten Geliebten, die ihre drei Jungen im erkalteten Haus des Vaters zurückgelassen hatte. Er dachte daran umzukehren, denn er hatte wirklich Lust auf sie, doch dann sagte er sich, daß die Zeit nicht reichte. Das Boot würde nicht auf ihn warten.

Seit er Mano, seinen Vater, hatte sterben sehen, den Körper so abgemagert, daß er nicht mehr als das Gewicht eines Kindes hatte, die Arme und Beine verdreht wie die Äste eines Guavenbaumes, hatte Albert sich geschworen, dem Zuckerrohr zu entfliehen.

Ach, er hatte eine schöne Beerdigung bekommen, Mano! Gott weiß, woher Theodora, die im Laden monatelang anschreiben ließ, das Geld genommen hatte! Doch das Haus war von Kerzen hell wie am lichten Tag. Drinnen war es heiß. Die Leute, die sogar von Grosse-Montagne und Belle-Epine gekommen waren, um einem Mann die letzte Ehre zu erweisen, der, bis er die Welt verließ, immer ein Lied und ein Lächeln auf den Lippen behalten hatte, obwohl alles gegen ihn war, und so war es einigermaßen überraschend, daß er Theodora einen solchen Sohn hinterlassen hatte – die Leute schwitzten alle und trockneten sich unablässig die Stirn. Mano war in seinem schwarzen Anzug auf seinem Bett aufgebahrt. Albert – wie alt war er damals? zwölf Jahre ungefähr – war in Tränen aufgelöst und sah seinen Vater aus einer Ecke an, so daß die Leute glaubten, er bedauere, daß er ihn so oft in Rage gebracht hatte. Sie ahnten nicht, daß der Kleine sich eines schwor: Nicht leben und sterben wie Mano. Die Plantage verlassen. Sich anderswo niederlassen.

Dieses Versprechen, das er sich damals gegeben hatte, hatte er lange Zeit nicht einlösen können und seine Wünsche in seinem Kopf und in seiner Brust einsperren müssen. Er ließ sie manchmal in einem Schwall obszöner Schwüre, Beleidigungen und Drohungen gegenüber dem verfluchten Leben heraus, so daß man ihn die ›Höllenschnauze‹ nannte. Die Gelegenheit, ihnen nachzugeben, hatte sich ihm erst einige Wochen zuvor eröffnet. In einem Bordell von La Pointe hatte er, schon halb trunken vom Alkohol und dem Verlangen nach einer Nutte, die nichts von ihm wissen wollte, einen gewissen Samuel getroffen, der mit Geldstücken und Scheinen um sich warf. Nach einer Weile hatte er ihn gefragt: »Sag mal, mein Freund, was feierst du?«

Samuel hatte sich nicht lange bitten lassen. In seinem Rausch wohlwollend gestimmt, hatte er sich ihm anvertraut. Die Amerikaner schreckten vor nichts zurück. Nun rührten sie an der Beschaffenheit der Welt und schnitten die Kontinente entzwei. In Panama würden sie einen Kanal graben, durch den die Schiffe einmal schneller von New York nach San Francisco an der Pazifikküste führen, und für dieses übermenschliche Vorhaben bräuchten sie Arbeiter aus aller Welt. Dazu hätten sie eine Anwerbestelle mitten auf der Savane von Fort-de-France eingerichtet. Zweitausendsiebenhundertachtzig seien schon aufgebrochen.

»Der Vertrag ist für zwei Jahre und die Bezahlung pro Stunde neunzig Cents in ihrem Geld. Unterkunft und Verpflegung frei. Das erregt Aufsehen, Neger, das erregt Aufsehen!«

Alle diese Namen: Panama, New York, San Francisco, hörte Albert zum ersten Mal, und sie begannen, sich in seinem Kopf auszubreiten wie ein Traum. Doch schließlich erstarrte der Traum wie die Lava am Abhang des Soufrière und ließ dem Denken keinen Raum mehr. Dieser Samuel, war er nicht der Fingerzeig des Schicksals, der in die richtige Richtung wies? Er hatte sich erkundigt. Einmal die Woche verließ die *Marie, Königin aller Tugenden* das Hafenbecken von La Darse, bemalt in den Farben der Jungfrau, Blau und Weiß, mit einer feinen goldenen Zierleiste entlang des Rumpfes und einem Porträt der Muttergottes in den Segeln. Sie setzte die Segel in Richtung

Martinique, das sie in einigen Tagen erreichte. Der Preis für die Überfahrt war erschwinglich. Und schließlich, mit welchen Opfern muß ein Mensch nicht rechnen, wenn er sein Leben ändern will?

Zwischen Überlegungen und Zweifeln schwankend, befand sich Albert nun auf der Straße nach La Pointe, die Siedlung Boyer-de-l'Etang hinter sich, die untergehende Sonne über seinem Kopf, während ihn der Kummer seiner Mutter verfolgte, ohne daß er es bemerkt hätte, denn Theodora war auf mysteriöse Weise davon in Kenntnis gesetzt worden, daß ihr Sohn das Meer überqueren und eine lange Zeit vergehen würde, bevor sie ihren großen Mahagonistamm wieder an sich drücken könnte.

Albert brauchte drei Tage, bis er La Pointe erreichte, denn damals gab es keine so gut ausgebauten Straßen wie heute, und die Leute liefen auf nackten Füßen. Er durchquerte, ohne anzuhalten, Marktflecken, Dörfer und Ansiedlungen, wo kaum zwei oder drei Häuser im Schutze eines Mapoubaumes oder eines Flamboyant standen. Die kleinen Jungen, völlig nackt und den Piepmatz in die Luft gestreckt, unterbrachen, als sie den Fremden mit einem Gesicht, verschlossen wie ein Gefängnistor, erblickten, ihr Spiel und flüchteten sich ängstlich in die Lumpen ihrer Mütter, die damit beschäftigt waren, das gesengte Haargewirr ihrer Töchter zu entflechten. Nachts, wenn Albert sich entschloß, ein wenig auszuruhen, legte er sich auf einem Haufen Blätter nieder, und die Tiere der Nacht kamen, um an ihm zu schnuppern. Nach Ablauf eines kurzen Morgens tauchte La Pointe auf, das zwischen Land und Wasser lag. Die Glocken läuteten mit ganzer Kraft, um dann in jenes Schweigen zu verfallen, aus dem sie erst mit der Wiederauferstehung Christi heraustreten würden. Am Hafenbecken stürmten die Männer zur *Marie, Königin aller Tugenden* und Albert wurde klar, daß nicht nur Samuel die gute Nachricht verbreitet hatte. Alles, was die Insel an Negern zählte, die es leid waren, die Machete zu schwingen, die Ochsenkarren zu führen oder in der

Zuckerfabrik zu schwitzen, drängte zu diesem geöffneten Tor der Hoffnung.

»Neunzig Cents pro Stunde in ihrem Geld, das erregt Aufsehen!«

Albert bahnte sich mit großen Stößen seines mächtigen Körpers einen Weg durch die Menge, aus der niemand zu protestieren wagte, und fand sich in vorderster Reihe wieder. Als sich der dürre Mulatte, der die Fahrscheine für die Überfahrt verkaufte, entschloß, das Zahnstochern einzustellen und seine Arbeit aufzunehmen, war Albert der erste, der den mit Teer und Öl befleckten Steg betrat. Viele Männer fielen an diesem Tag ins Wasser, während sie unter Einsatz von Fäusten, Ellenbogen und Füßen an Bord der *Marie, Königin aller Tugenden*, zu kommen trachteten. Einige versuchten, dem Schiff zu folgen, in der Hoffnung, der Kapitän würde sich ihrem Schicksal gnädig erweisen und anhalten, um sie aufzufischen. Ein einsamer Schwimmer kam bis zur Mitte des Kanals von Dominica, wurde dort von der Strömung weggetragen und verschwand, ohne auf der Meeresoberfläche eine Spur zu hinterlassen. Die Abergläubischsten bekreuzigten sich, weil sie darin ein schlechtes Zeichen sahen. Was Albert betraf, so fiel er in einen bleiernen Schlaf, den er nicht eher als bis zum Einlaufen in Fort-de-France unterbrechen sollte.

Das Anwerbebüro bestand aus vier Lagen Wellblech, die im rechten Winkel aufgestellt waren, darüber ein Strohdach. Zwei Amerikaner mit den geröteten Gesichtern frisch gebadeter Kinder standen um einen Mann herum, der vielleicht ein Inder war und ihnen als Dolmetscher diente. Nachdem sie einen schnellen Blick auf Albert geworfen hatten, hielten sie ihm ein Papier hin: *»Can you write?« – »Ou sa ékri?«*

Albert nickte bejahend mit dem Kopf. Theodora hatte sich nicht umsonst krummgelegt, um ihn auf die Schule im Ort zu schicken! Er unterzeichnete stolz mit schönem Schriftzug, und dies ist das erste persönliche Zeugnis, das ich von ihm habe. Sein Name unter einem Zweijahresvertrag, um den Panamakanal zu graben. Das war im Jahr 1904, im Monat März, an einem Dienstag. Dienstag, den 14. März 1904.

Meine Existenz lag noch im Ungewissen. Die meiner Mutter ebenfalls. Selbst mein Großvater Jacob hatte noch nicht begonnen, sich im Bauch seiner Mutter zu regen.

Auf den Ruf der Amerikaner hin strömten Menschen aller Arten zusammen, um den Panamakanal auszuheben, genauso wie einige Jahre zuvor, um die sechzig Kilometer lange Eisenbahnlinie entlang des Isthmus' zu bauen. Wie sie es auch getan hatten auf den Ruf der Franzosen von de Lesseps hin, die ebenfalls versucht hatten, zwei Kontinente zu durchtrennen, aber im Dreck gescheitert und versunken waren. Menschen aller Rassen und Hautfarben. Weiße. Schwarze. Gelbe. Mestizen. Sie starben zu Zehntausenden, und das *Journal du Canal* zählt nüchtern auf:

– Joshua Steel von Barbados, Registernummer 23646, getötet durch eine Explosion in Culebra;
– Samuel Thomas von Montserrat, Registernummer 456185, getötet durch eine Explosion in Satun;
– Joseph Jean-Joseph von Haiti, Registernummer 565481, lebendig begraben in Chagres.

Aufgrund seiner hohen Statur und seiner Robustheit wurde mein Urgroßvater Albert Louis der Sprengmannschaft zugeteilt; denn Baumriesen, Kolosse, die sich seit Jahrhunderten ungestraft ausgebreitet hatten und den Weg zur Sonne und zum Mond versperrten, wuchsen von Colón, das man fast nie Aspinwall nannte, bis Panama City, das heißt von Ozean zu Ozean, auf der Trasse des Kanals. Man mußte also Löcher in ihre Flanken graben. Dort hinein steckte man die Ladung Dynamit. Diese bedeckte man wieder mit Erde, so daß nur noch die Lunte herausschaute. Bei Sonnenuntergang entfernte man sich dann in Windeseile von den hundertjährigen Ungeheuern und bat Gott, daß man nicht mit ihnen in den Tod gerissen werde. Der Mensch kämpfte mit dem Baum in einem furchtbaren Zweikampf, in dem oft genug der zweite siegte.

Panama war eine Hälfte des Jahres in den Dampf eines unaufhörlichen Regens gehüllt und während der anderen Hälfte von Wolkenbrüchen überschwemmt. In diesem Treibhausklima wuchsen nicht nur Mangroven, der tödliche Mancinellenbaum oder der Mahagonibaum, sondern es gab auch Insekten, die Fieber, Ruhr und Pest übertrugen. Panama ist ein Grab, in das sich Zehntausende hineinlegten, um nicht wieder aufzustehen.

Colón und Panama City bewachen die Tore Panamas, das sich von einem Ozean zum anderen erstreckt.

Das später gegründete Colón wurde auf der Insel Manzanillo an der nordöstlichen Spitze der Navy-Bucht erbaut. Dort hatte sich die von der Dünung des Atlantik unablässig bearbeitete organische Materie auf einem Korallenfundament abgelagert und ergab einen fetten, schwammigen Grund. Panama City war einige Jahrhunderte zuvor gegründet worden, um die Schätze der Spanier gegen die Gier der Seeräuber zu verteidigen, und klammert sich an die Spitze eines Felsens, der den weißen Sandstrand und die Strandwälder überragt. Keinerlei Ähnlichkeit zwischen diesen beiden Wächterinnen. Die eine wälzt sich im Dreck. Die andere hält die Erinnerung an bessere Zeiten wach.

Die eine ist dumpf und ungesund. Die andere stolz und elegant, obwohl sie heruntergekommen ist wie die Panamesen, die über nichts mehr Herr sind, sondern ihre Schutzherrschaft an die Amerikaner abgetreten haben. An die Erbauer des Kanals.

Ja, Panama City ist heruntergekommen.

Vor dem Bau der Eisenbahnlinie lebten dort vier- bis fünftausend Einwohner. Die Kreolen und die reichen Mestizen lebten innerhalb der Stadtmauern, die Farbigen waren im Vorort El Varal, an der Grenze zur befestigten Stadtmauer, zusammengedrängt. In den früheren Klöstern, die heute verfallen sind, wuchsen im Innern Palmen, während Kletterpflanzen an den Steinen hochrankten. In den halbverlassenen Häusern gaben Ratten, Riesenspinnen, fleischfressende Ameisen und Kakerlaken den Ton an.

Das kalifornische Gold und der Bau der Bahnstrecke vor dem Ausheben des Kanals gaben diesem Flecken Erde Bedeutung und Leben zurück, ohne daß Panama City seine einstige Größe jemals wieder erreicht hätte.

2

Albert brauchte nicht lange, um zu erkennen, daß seine Kleider der Armut nur die Farbe gewechselt hatten.

Die Kanalgesellschaft sorgte sich nur um ihre amerikanischen Arbeiter. Für sie ließ sie Goldbarren von der Wall Street kommen. Für sie legte sie die Ebene trocken und baute hübsche Bungalows, die mit fließendem Wasser ausgestattet waren. Für sie stellte sie Schilder auf: ›Reserviert für Weiße‹. ›Nur Weiße‹.

Albert tat es seinen Landsleuten gleich, die Behausungen aus Erde und Stroh in der Umgebung von Gatun, Bohio, Bas Obispo oder Culebra errichteten, und ließ sich unweit der stehenden Wasser der Chagres nieder.

Jeden Morgen nahm er in Gatun den Zug für die Arbeiter. Abends kam er von dort wieder zurück, streckte sich auf seinem Lager aus, das kalt wie ein Grab war, und wurde gleich vom wohltuenden Tod des Schlafes überwältigt. Man sah ihn nie etwas im Geschäft kaufen. Er ernährte sich von Fischen, die er selbst fing, und von Kochbananen, die er hinter seinem Haus anbaute. Er traf sich mit den Leuten von Guadeloupe und Martinique nicht öfter als mit denen von Jamaika oder Trinidad, so als ob er keine andere Sprache spräche als jene, die sich in der Stille seines Wesens geformt hatte. Samstags zog er seine Arbeitskleidung aus und fuhr, mit einem Panamahut auf dem Kopf, nach Colón. Dort reihte er sich vor einem Bordell in der Front Street in die Schlange. Dies war sein einziger Ausgabeposten, und die Leute stellten Vermutungen über die Höhe seiner Ersparnisse an.

»Neunzig Cents die Stunde! Das erregt Aufsehen, Neger!«

So verging fast ein Jahr.

Eines Tages, als er von der Chagres zurückkam, wo er seine Sachen gewaschen hatte, lief ihm ein Mädchen über den Weg, das einen Eimer Wasser auf dem Kopf balancierte. Er ging, ohne stehenzubleiben und ohne sie zu grüßen, an ihr vorbei, als sie, platsch, platsch, das Wasser aus ihrem Eimer auf den Boden verschüttete, so sehr mußte sie laut auflachen. Albert schaute sie verblüfft an, und soviel Jugendlichkeit und Schönheit verschlugen ihm die Sprache. Er stotterte: »Wie heißt du denn?«

Das Mädchen hörte nicht auf zu lachen: »Und du? Weißt du, wie man dich nennt? Moudongue* oder Soubarou**.«

Albert wiederholte: »Moudongue oder Soubarou?«

Und brach seinerseits in Lachen aus. »Moudongue oder Soubarou?«

Gewöhnt an den Anblick der wenig anmutigen Nutten und den strengen Geruch der Front Street, berauschten sich seine Augen an dem Mädchen, und er stellte, indem er zu lachen aufhörte, noch einmal die Frage: »Sag doch, wie heißt du?«

Aber das Mädchen gab keine Antwort und ging weiter den Weg entlang, wobei sie ihr Kleid anhob und ihre Gliedmaßen entblößte, die fein wie die einer Tänzerin waren.

Von da an war Albert um den Schlaf gebracht. Er konnte weder essen noch trinken. Der Samstag fand ihn in seiner Behausung, den Penis brav zwischen den Schenkeln. Schließlich hielt er es nicht mehr aus und klopfte bei seinen Nachbarn an, mit denen er das ganze Jahr über noch nicht gesprochen hatte. »Entschuldigung wegen der Störung! Wem gehört das Mädchen von etwa sechzehn Jahren, schwarz, aber nicht ganz

* Volksgruppe unter den Sklaven, die für ihre Verschlossenheit bekannt war.

** Wilder

schwarz, mit Schönheitsflecken auf der rechten Wange und Augen, die einem das Paradies versprechen?«

Die Antwort ließ nicht lange auf sich warten. »Du sprichst von Lisa, der Tochter von Ambrosius Seewall. Du weißt doch, der Jamaikaner, der ständig die Geschichten von den Goldsuchern erzählt!«

An einem Sonntagmorgen bügelte Albert seine besten Kleidungsstücke, zog sie an, rieb sich den Hals mit Bay Rum ein und machte sich auf den Weg zu Ambrosius Seewalls Haus.

Als Lisa, die gerade eine ihrer jüngeren Schwestern im Garten frisierte, ihn neben dem Kalebassenbaum auftauchen sah, ließ sie Kamm und Nadeln fallen und flüchtete, um sich hinter den Röcken ihrer Mutter zu verbergen. Ihr ganzes forsches Wesen war verschwunden. Sie war nur noch ein vom Verlangen des Mannes verschrecktes Mädchen.

Albert erhielt die Erlaubnis, jeden Tag nach der Arbeit vorbeizukommen, und bald sah man ihn den morastigen Weg entlanghasten, sobald der Zug gehalten hatte. Die Leute zogen ziemlich darüber her, daß Vater Seewall seine Tochter einem Mann aus Guadeloupe gab. Diese Leute können noch nicht einmal Englisch, und trotzdem glauben sie sich den anderen überlegen!

Am meisten irritierte sie aber das offensichtliche Glück des jungen Paares.

Lisa sang von morgens bis abends. Sie begann zu singen, wenn sie das Eßgeschirr vorbereitete, das ihr Mann zur Arbeit mitnehmen würde, und hörte auf, wenn sie Feuer für das Abendessen entfachte. Wenn Albert dann zurückkehrte, hörte man Lachen, kleine Schreie, Gezwitscher von Vögeln, die Hochzeit hielten. Nein, die Leute haben nicht das Recht, so glücklich zu sein! Man wartete auf die Wende, den Bruch. Man wartete darauf, daß Albert wieder nach Colón ins Bordell ginge, beziehungsweise, daß er einer anderen Frau im Dorf den Hof machte. Man wartete darauf, daß er im betrunkenen Zustand Lisas schönes Gesicht verunstalten würde. Nichts von alledem! Und Lisa sang noch immer!

Einige Monate später bemerkten die Leute, daß ihr Bauch runder wurde, und sie begriffen, daß es bald einen dritten Mitbewohner im Haus geben würde. Da fing selbst Albert noch an zu singen! Ehrenwort!

Er sang, bevor er aus dem Zug ausstieg und unter dem Geleit der mit Maschinengewehren bewaffneten Vorarbeiter in das Innere des morastigen Waldes drang! Er sang, wenn er nachts, in Brandgeruch eingenebelt, nach Hause zurückkehrte! Bald darauf begann er, eine Lichtung im Wald zu roden und statt einer einfachen Behausung einen Bungalow nach dem Vorbild der amerikanischen Kanalarbeiter zu errichten. Ohne ihm auch nur im geringsten zur Hand zu gehen, sahen ihm die Leute beim Zusägen, Hobeln und Zusammensetzen der Bretter zu. Als der Bungalow Form angenommen hatte, strich er ihn weiß an und stellte die Wiege aus Mahagoni, die er in Colón gekauft hatte, mitten auf die Veranda. Hierher setzte sich Lisa von nun an in den zu heißen Stunden am Nachmittag, wenn sie Lust auf eine kleine Siesta bekam.

Die schwangere Lisa glich der sanft geschwungenen Maracuja-Liane, wenn vielversprechende Früchte sie beschweren. Eine ganz neue Unbeholfenheit mäßigte die gewohnte Lebhaftigkeit ihrer Bewegungen. Manchmal ging sie ihrem Mann auf dem Weg entgegen, und ihre kleinen Füße versanken ungelenk im Matsch, so daß sie eine eigenwillige Spur hinterließ. Oh, ja, Lisa war schön in der ersten Zeit ihrer Schwangerschaft!

Alle Frauen brachten ihre Kinder mit der Hilfe einer erfahrenen Hebamme zu Hause zur Welt, und wenn sie nicht der Malaria, der Ruhr oder den Erdbeerpocken erlagen, wurden sie gesund groß. Albert setzte sich aber in den Kopf, Lisa im Krankenhaus von Ancon unter der Aufsicht amerikanischer Ärzte entbinden zu lassen! Was glaubte er denn, was seine Frau zur Welt bringen würde? Einen kleinen Weißen vielleicht? Es ist nicht gut, wenn man seine Hautfarbe vergißt.

Und auch jene Wiege, die er bei einem Chinesen in Colón gekauft und die er mit einem rechteckigen Stück Tüll abgedeckt hatte, wie es die Amerikaner empfahlen. Unsinn! Alles Unsinn und Dünkel!

Der alte Seewall, der gar nicht so alt war, sondern den man so nannte, weil er in der Zeit der ›Compagnie Universelle du Canal Interocéanique‹ der Franzosen gekommen war, und der sich, da er nach dem Abzug von de Lesseps nicht die Mittel für die Rückkehr nach Hause hatte aufbringen können, bis zur Wiederaufnahme der Arbeiten durch die Amerikaner durchgeschlagen hatte, steckte sich die Pfeife in den Mundwinkel und begann: »Yerba Buena, so hat man sie genannt. Weißt du, was das heißt? Gutes Gras! Dann sind die Amerikaner mit ihren Gewehren gekommen und haben ihre Flagge gehißt, und sie haben das Gold gefunden, das die nicht ganz so pfiffigen Spanier vor ihnen nicht gefunden hatten. In der Bucht drängten sich nun immer mehr Schiffe, und Reiter zogen über die Straßen. Yankees, Kalifornier, Chilenen, Kanaken von der Insel Hawai, Chinesen, Malaien. Die Horde der Abenteurer eilte zu den Ausläufern der Sierra Nevada. Du brauchtest nur mit dem Messer in der Erde zu kratzen, mein Freund, und schon hattest du Gold in den Händen.«

Albert unterbrach ihn manchmal: »Gold? Gold, sagst du?«

Der alte Seewall nickte mit dem Kopf: »Genau, Gold, sage ich. Goldstaub. Oder Klumpen, manche groß wie eine Faust. Weißt du, als die Franzosen von de Lesseps uns wie Hunde zurückgelassen haben, wollte ich auch fortgehen. Ich habe mich damit über Wasser gehalten, daß ich das Gepäck der Amerikaner schleppte, die sich in Panama City einschifften, und mehr als einmal wäre ich ihnen gern gefolgt. Und dann . . .«

»Und was dann?«

»Ich habe Angst bekommen. Es scheint, als hielten sie in Amerika Neger als Sklaven. Nun ja, sie lassen sie kein Zuckerrohr anbauen, sondern Baumwolle. Hektar um Hektar Baumwolle, die gepflückt und dann in Säcke gesteckt wird, die man auf dem Rücken trägt. Man sagt, es sei noch härter als beim Zuckerrohr.«

Albert zuckte mit den Schultern. »Na komm! Die Sklaverei, das sind doch alte Geschichten. Das hat schon meine Mutter nicht mehr erlebt. Ihr Neger seid noch immer dabei, die Vergangenheit wiederzukäuen. Wenn das Zuckerrohr keinen Saft mehr hat, muß man es ausspucken!«

»Alte Geschichten, alte Geschichten! Für die Amerikaner sind das keine alten Geschichten, und ein Neger ist für sie immer noch ein Sklave. Deshalb bin ich nicht fortgegangen. Es war nicht einfach, denn es war, als würde sie nach mir rufen!«

Und er fuhr fort: »Aus Yerba Buena ist San Francisco geworden, und alle, die sie sahen, haben sich in die Stadt verliebt. Sie liegt hinten an einer Bucht, an der englische und spanische Schiffe hundert- und aberhundertmal vorbeigefahren sind, bevor sie die Einfahrt entdeckten. Wie eine Jungfrau, die ihr Kleinod verbirgt. Wie in allen diesen Geschichten haben Landsknechte sie dann geplündert.«

Anfangs hörte Albert dem alten Seewall zu, wie man einem Geschichtenerzähler zuhört, der voller Elan steckt und geschickt Komisches und Phantastisches verknüpft. Zum Beispiel Théotime, Theodoras Nachbar: »Eines Nachts, als Tertulien rumbeschwert nach Hause kam, nachdem er beim Würfeln den Lohn seines alten Kumpanen Gernival gewonnen hatte (selbst als er ganz allein durch die Dunkelheit ging, lachte er noch darüber), erblickte er unter einem Kalebassenbaum einen kleinen Burschen, nicht größer als drei aufgeschichtete Steine, der unablässig heiße Tränen vergoß: ›Verloren, verloren! Ich weiß den Weg zum Haus meiner Mama nicht mehr!‹

Tertulien hatte Mitleid und näherte sich ihm: ›Weine nicht, Kurzer. Sag mir deinen Namen.‹

›Mein Name? Ti-Sapoti!‹« Und dies war der Beginn ungewöhnlicher Abenteuer, denen Albert als Kind mit einer sanften Bewegtheit des Herzens gelauscht hatte.

Ja, sie waren zunächst nichts anderes gewesen, die Geschichten des alten Seewall! Geschichten zur Verschönerung des traurigen Lebens. Dann hatten sich Gedanken in seinem Kopf geregt. War das nicht wieder einmal die geheimnisvolle Stimme des Schicksals, die ihn zum Aufbruch trieb? Sein Sohn würde geboren (denn es war ein Junge, den er sich so sehr wünschte, daß es ihm zur Gewißheit wurde, und auch Mutter Seewall hatte es bestätigt, indem sie den Bauch ihrer Tochter betastet hatte), also ein Sohn würde ihm geboren, und er lag da, gescheitert in diesem Schlamm, wo er hundertfach den Tod riskierte! Umsonst hatte er Cent um Cent gespart. Selbst wenn er seinen Vertrag wieder und wieder verlängern würde, hätten seine Mühen doch nie ein Ende. Und eines Tages würde er wie ein erschöpftes Tier umfallen und hinterließe auf Erden eine junge Frau ohne Mann, ein Kind ohne Vater und vier weinende Augen. Dafür sollte er der Plantage von Boyer-de-l'Etang entflohen sein?

Er begann also, dem alten Seewall unablässig Fragen zu stellen: »Du sagst, man brauche nur mit dem Messer in der Erde zu graben?«

»Nicht graben, Neger! Kratzen! Du kratzt nur mit der Spitze der Klinge, und das Gold kommt gelb unter der Kruste zum Vorschein ...«

Lisa mochte es nicht, daß Albert seine Zeit damit verlor, den Phantasiegeschichten ihres Vaters Aufmerksamkeit zu schenken. Sie hatte sie sich nämlich oft genug mit ihrer Mutter und ihren Schwestern anhören müssen! Wenn sie zu Bett gegangen waren, den Bauch voller Wind und pfeifend wie ein Luftschlauch, hatten sie den Vater noch immer tönen hören: »Gold! Gold!«. Und die Mutter, mit ihrer Geduld am Ende, hatte sie dann geohrfeigt, damit sie einschliefen.

So kam es, daß sie jedesmal wütend wurde, wenn Albert, anstatt bei ihr zu bleiben, um wieder und wieder das *Journal du Canal* mit seinen Todesanzeigen zu lesen, die Richtung zum Haus des alten Seewall einschlug. Wenn er dort länger als eine Viertelstunde blieb, schimpfte sie ihn tüchtig aus, und Albert, alles andere als eine ›Höllenschnauze‹, legte sich sanft zu ihren Füßen nieder.

Wie sehr doch eine Frau ihren Mann verändert!

Albert wagte nie, Lisa zu widersprechen oder sie gar wütend zu machen! Daß sie nur keinen mißgebildeten Sohn zur Welt brächte, wie der, den Eugenia Charles unter großen Schmerzen schließlich aus ihrem Bauch gepreßt hatte und der keine drei Tage auf der Welt geblieben war! Gott bewahre! Alberts ganze Gedanken drehten sich um sein Kind, und manchmal war er erstaunt, daß er es schon mehr liebte als seine Lisa. War das möglich? Ist es natürlich, daß das Kind die Mutter aus dem Herzen des Vaters vertreibt?

Vom fünften Monat der Schwangerschaft an änderte sich jedoch alles! Lisa begann, schwächer zu werden. Keine beschwingten Lieder mehr, sondern Seufzer, Klagen. Schweißausbrüche. Ohnmachtsanfälle. Bald schon erregte sie Mitleid, wie sie den enormen Ballen ihres Bauches vor sich herschob. Ihr Teint nahm die Farbe einer überreifen Guave an. Ihre geränderten Augen traten hervor. Abends, wenn Albert sie in den Arm nahm, stieß sie ihn, der Liebe eigentlich sehr zugetan, zurück und bat mit ganz leiser, erschöpfter Stimme, sie in Frieden zu lassen.

Mamah Beah, die schon andere in diesem Zustand gesehen hatte, schlug vor, sie mit Pflanzen zu behandeln, aber Albert wurde zornig: »Ihr Neger kommt doch mit euren Blättern und Wurzeln nicht weiter! Mit euren Senfpflastern und Breiumschlägen. Deshalb tanzen euch die Weißen auf dem Kopf herum. Habt ihr die Ärzte der Amerikaner gesehen?«

Er bat also den Vorarbeiter um einige freie Tage, was er nicht ohne Mühe erreichte, borgte sich von seinem Schwiegervater, der zwei Esel besaß, einen aus, setzte seine beklagenswerte Frau auf dessen Rücken zwischen zwei Körbe mit Wegzehrung und machte sich noch vor Tagesanbruch auf den Weg. Vier Tage und vier Nächte! Man braucht vier Tage und vier Nächte, um von Gatun nach Panama City zu laufen, vor dessen

Toren das weiße, aus Steinen erbaute Krankenhaus der Amerikaner steht. Vier Tage und vier Nächte für einen ausgeruhten Mann, dessen Gliedmaßen gehorchen. Vier Tage und vier Nächte, in denen er die nächtlichen Fallen des Waldes, in dem sich wilde Tiere heulend verfolgen, vermeiden und sich vor den Stichen blutsaugender Insekten schützen muß, die von seinem Geruch angezogen werden. An manchen Stellen muß er den Eisenbahnschienen folgen, die an den stehenden Wassern der Chagres entlangführen, aber wenn sie den Fluß auf mächtigen Stelzen aus Kiefernholz überqueren, taucht das geöffnete Maul des Zuges auf, und man muß sich gegen das Geländer werfen, um nicht lebendig verschlungen zu werden.

Ich kann mir den Leidensweg von Albert und Lisa gut vorstellen!

Mühsam richtet sie ihren müden Kopf auf, der immer wieder auf ihre Brust zurückfällt, unter der sich ihr Bauch wölbt. Sie kann nichts mehr zu sich nehmen, und Albert preßt Orangen, deren Saft er Tropfen für Tropfen zwischen ihre bleichen Lippen träufelt. Nachts jammert sie wie ein ganz kleines Kind, und verrückt vor Schmerz drückt er sie an sich! »Nur Mut, meine Liebste! Bald ist alles überstanden, und das Strahlen unseres Sohnes erleuchtet unsere Tage . . .«

Eines Morgens kamen sie am Krankenhaus von Ancon an.

Was passierte dann? Da Albert sich nie darüber ausgelassen hat, ist jede Vermutung erlaubt.

Verwehrte man ihm den Zutritt zu diesem Krankenhaus, das für die am Kanal arbeitenden Weißen gebaut worden war?

Nahm man Lisa erst nach einem endlosen Hin und Her auf, was bei ihrem Zustand zu unheilbaren Schäden führte?

Wurde sie normal aufgenommen und verlor trotz der Bemühungen der Ärzte das Leben?

Wie auch immer, drei Wochen später sah der alte Seewall, der jeden Tag ungeduldig darauf wartete, daß das Paar zurückkam, an seinem Haus einen Zombie vorbeiwanken, dessen Gesicht durch einen Bart unkenntlich war und der in der Höhe des Herzens ein winziges, in Papier und Jutestoff eingewickeltes Bündel hielt. Der Zombie ging in sein Haus, schlug die Tür hinter sich zu, und die kleine Menschenansammlung, die ihm auf dem Fuß gefolgt war, hörte, wie sich ein Klagen erhob, das ihnen das Herz brach und das Blut in den Adern gefrieren ließ.

Albert klagte drei Tage und drei Nächte, und nur des Nachts sah man niemanden im Dorf.

Am Ende der dritten Nacht nahm Lisas Mutter die Axt ihres Mannes und ging, um die Tür des Bungalows einzuschlagen. Sie fand Albert ausgestreckt auf dem Mahagonibett, das er für Lisa gekauft hatte, das Bündel noch ungeöffnet auf der Brust. Sie schob die Stoffetzen, die es umgaben, beiseite und entdeckte ein Gesicht, so groß wie eine Faust, das den Kummer des Vaters aufmerksam betrachtete. Ihre Augen füllten sich mit Tränen, und sie rüttelte Albert: »Ich weiß, was du empfindest. Wenn ich daran denke, daß meine Lisa mich für immer verlassen hat, würde ich gern alles stehen und liegen lassen und ihr folgen! Aber du mußt leben. Für ihn!«

Albert richtete sich auf und setzte sich auf das Bett. Von dem Schicksalsschlag war sein Haar ergraut und krönte das verbrauchte Gesicht eines alten Mannes. Er brach in Tränen aus. »Sie ist tot, sie ist tot!«

Lisas Mutter drückte ihn an sich wie einen weiteren Säugling, nur größer und verzweifelter, und flüsterte: »Sie ist nicht tot, denn er ist da . . . Wie hast du ihn genannt?«

Albert hatte sich diese Frage offensichtlich noch nicht gestellt. Er stammelte: »Albert . . .«

Das Kind wurde mit Brei aus Mais gefüttert, den sein Vater bei einem Inder namens San Blas kaufte. Nie hätte man geglaubt, daß ein Mann sich eines Neugeborenen annehmen könnte, und die Leute standen völlig verblüfft auf der Veranda herum, um zuzusehen, wie Albert seinen Sohn mit dem Löffel fütterte. Verblüfft waren sie auch darüber, daß Albert nicht an seine Arbeit zurückkehrte. Glaubte er vielleicht, daß die Amerikaner auf ihn warteten, wo doch die Schlangen vor den Anwerbebüros immer länger wurden? Na, und war Albert etwa der erste, der seine Gefährtin verlor? Wußte er, wie viele Mütter im Schlamm der Chagres begraben lagen? Panama war ein einziger Friedhof unter der Sonne und dem Regen, der Sonne und dem Mond.

Albert kehrte schließlich an seinen Arbeitsplatz zurück.

Noch immer glich er einem Zombie. Er, der früher so verwegen gewesen war, der als erster, eine Fackel in der Hand, auf die Baumriesen zugestürmt war, lief nun im Zickzack durch den Wald, wobei die Füße im Dreck versanken. Kein Zweifel, daß man ihn entlassen hätte, wäre der Vorarbeiter seiner Mannschaft nicht selbst auch ein Neger gewesen. Er hieß Jacob. Na ja, ein Schwarzer. Ein amerikanischer Schwarzer! Das begreife, wer will! Riesig, fast zwei Meter groß, breitschultrig, fast hundert Kilo schwer. Aber schwarz. Näselnd, den Finger am Abzug des Maschinengewehrs. Aber schwarz.

Im Grunde hatten die Jamaikaner ebenso wie die Leute von Martinique oder Guadeloupe nie begriffen, warum es unter den Amerikanern Schwarze gab.

Albert und der alte Seewall lachten über ihre Fragen: »Was für ein Haufen Dummköpfe! Was seid ihr dumm! Dieselben Schiffe, die bei uns Halt gemacht haben, um eure Vorfahren zu verkaufen, sind bis zu ihnen weitergefahren, und andere Weiße haben sie gekauft.«

»Deshalb sind es eure Brüder!«

Wenig überzeugt schüttelten die Leute die Köpfe: »Unsere Brüder? Unsere Brüder? Hast du das Maschinengewehr gesehen, das diese Neger da mit sich führen? Die da, das sind nicht unsere Brüder!«

Dennoch war Jacob Alberts Bruder, und er war die geheimnisvolle Stimme des Schicksals, die den Weg wies, den er einschlagen sollte.

Es war ungefähr in jenem Jahr, im Jahr 1906, als die Leute von der Plantage Boyer-de-l'Etang Albert mit einem bläßlichen

Kind auf dem Arm zurückkommen sahen, das eine Schwäche erkennen ließ, die vom Mangel an Muttermilch herrührt.

Albert trug einen Anzug aus schwarzer Serge, gewichste Stiefel von gleicher Farbe und einen Panamahut, unter dem sein grauer Haarschopf hervorquoll. Man war erstaunt, daß er in so kurzer Zeit dermaßen gealtert war, während er doch kaum das Alter von vierundreißig, fünfunddreißig Jahren erreicht hatte. Allerdings war man zu sehr von der Großartigkeit seines Aufzugs eingenommen, um seinen Gesichtszügen Aufmerksamkeit zu schenken. Nur wenige aufmerksamere Beobachter bemerkten die bittere Falte seiner Lippen, das fehlende Glänzen seiner Augen, die von einem Schleier aus Trauer und Schmerz überzogen waren. Die Leute überschlugen die Summe seiner Ersparnisse. Was für einen Schatz mußte er in all dieser Zeit angehäuft haben!

Aus dem Verdacht wurde Gewißheit, als man erfuhr, daß Theodora die Plantage verlassen würde, um sich in La Pointe niederzulassen. Ein flaches Haus am Hafen mit vier Zimmern und fließendem Wasser zu einem steinernen Becken im Hof.

Geschichten begannen, die Runde zu machen.

Man behauptete, Albert habe das Haus bar mit grünen amerikanischen Dollars bezahlt. Er habe Theodora mehr Geld geschenkt, als sie jemals in ihrem ganzen armseligen Leben gesehen hätte, Geld, das sie aus Angst in einem karibischen Mitgiftkorb unter ihrem Bett gestapelt hätte. Daß er versprochen habe, ihr noch viel mehr zu schicken, unter der Bedingung, daß sie nichts anderes tun solle, als sich um seinen Sohn zu kümmern.

So verließ Theodora von einem Tag auf den anderen ihre Welt, das Dorf, in dem sie sich sechsundvierzig Jahre geschunden hatte, wo ihre Kinder geboren waren, wo ihr Mano in einem kleinen, von rosa- und ockerfarbenen Lambimuscheln* begrenzten Grab unter der Erde ruhte. Sie weinte sehr. Als sie

* große Muschel, die leer als Blashorn auf See verwendet wird.

jedoch in La Pointe in ihrem flachen, herausgeputzten Haus angekommen war, steckte sie die Zehen ihrer Füße, die gewöhnlich an der freien Luft waren, in Schuhe, ließ sich ein Dutzend Matadorkleider* schneidern und versuchte vor allem, französisch zu sprechen, die Sprache, die ihr immer die Zunge verdreht hatte. So entstanden unsere Bourgeoisien!

3

Theodora hatte den ersten Sohn ihres Sohnes auf dem Schoß, den schwächlichen Säugling, der ihre Hoffnung darstellte. Sie hörte Albert kaum zu. Er saß auf der anderen Seite des mit einem Wachstuch bedeckten Tisches, auf dem eine Flasche Rum der Sorte ›Féneteau Les Grappes Blanches‹ und ein sorgfältig gespültes Glas stand, und stotterte: »Man weiß nie, warum man beginnt, eine Frau so zu lieben, wie man nie zuvor eine geliebt hat. Sie ist nicht hellhäutiger, sie ist weder zierlicher noch schöner. Und trotzdem steht man vor ihr wie in früheren Zeiten ein Sklave vor seinem Herrn. Bereit zu tanzen, um sie zu zerstreuen. Bereit, den Kopf zu senken, um sie um Verzeihung zu bitten. Es hat alles angefangen, weil sie sich über mich lustig gemacht hat: ›Weißt du, wie man dich nennt? Moudongue oder Soubarou!‹ Keine Frau hat sich jemals über mich lustig gemacht. Zu meinen Füßen liegende Hündinnen, das waren sie alle. Und auf einmal waren sie mir zuwider. Lisa, Lisa, bei ihr war es anders. Sie war, sie war ...«

»Trink noch ein Glas! Es wird dir guttun.«

»Ich bin hinuntergegangen zum Geschäft des Chinesen in Colón und habe ihr ein Bett gekauft, eine Wiege, einen rundes Tischchen, Koffer, um ihre Sachen unterzubringen. Und die Leute machten sich über mich lustig: ›Neger, wo willst du da-

* kreolische Kleider

mit hin?‹ Ich wollte sie weit von Gatun fortbringen, Gatun bedeutet Dreck, Dreck und Leiden, Dreck und Krankheiten. Ich hörte davon, daß die amerikanischen Weißen den Kanal ausheben, was die französischen Weißen nicht geschafft hatten, um zu zeigen, daß sie die besten aller Weißen wären. Aber laß dir gesagt sein, es sind unsere Hände, unsere Gorillapfoten, wie sie sie nennen, die die Arbeit machen. Die graben. Die schneiden. Die karren. Die Stück für Stück aneinanderfügen. Mama, ich habe dort Neger getroffen, die englisch sprechen, portugiesisch, spanisch, die holländisch sprechen! Aber die Sprache, die sie alle gemeinsam haben, Mama, ist das Elend! Also, ich wollte sie weit von Gatun fortbringen, vielleicht hierher und ihr ein eigenes Haus auf der Anhöhe bauen. Wenn ich so mit ihr sprach, machte sie sich darüber lustig, lustig machte sie sich: ›Schlag dir diese Vorstellungen aus dem Kopf! Für wen hältst du dich? Vergißt du deine Hautfarbe?‹ Und jetzt ist es zu spät!«

Erneut wurde Theodora durch das Schluchzen aus ihrer stillen Anbetung herausgerissen, in die sie der Anblick des ersten Sohnes ihres Sohnes versinken ließ. Sie wiederholte ungeduldig: »Trink noch einen, sag ich dir!«

Merkwürdigerweise weckte Alberts Kummer nicht ihr Mitgefühl. Er rührte von einer Frau her, die sie nicht kannte. Es befremdete sie sogar, daß ihr Sohn, der anderen gegenüber immer hart war, so mimosenhaft klagte!

Albert kippte ein bis an den Rand gefülltes Glas in sich hinein, genug, um drei Kampfhähne in Stimmung zu bringen, und preßte seine Wange flach auf den Tisch.

»Mama, mein Junge ist mein Augapfel. Ich will, daß er auf die beste Schule geht, daß er die schönsten Kleider hat, daß er Lackschuhe trägt und daß er französisch spricht wie ein Weißer, hörst du?«

Theodora nickte zustimmend, und Albert begann, mit offenem Mund zu schnarchen.

In jener Nacht schlief der kleine Albert eng an der mächtigen Seite seiner Großmutter. So hörte er nicht das Fauchen des starken Windes, der über das Meer hinwegfegte. Er hörte nicht die Stiefelschritte des Ungeheuers, das um Mitternacht das Blut der Kinder aussaugen will. Er hatte immer nur in den herben Ausdünstungen seines griesgrämigen Vaters geschlafen, der ihn nicht vor Alpträumen bewahrte, und so fand er nun seinen ersten friedlichen Schlaf.

Was Theodora betraf, so wurde sie um dreiunddreißig Jahre jünger, glaubte sich in die Zeit zurückversetzt, in der sie jenen Fötus in sich trug, der, kaum vier Monate alt, schon mit dem Kopf und beiden Füßen gegen ihre Bauchwand stieß und ihr die Vorahnung gab, daß sie diesmal endlich den Jungen bekäme, der sie für alle Gemeinheiten des Lebens rächen würde. Daraus war nichts geworden. Albert hatte ihrem schon aus tausend Wunden blutenden Herzen nur einen weiteren Stich versetzt. Aber dessen war sie sich sicher: Der Säugling, den er ihr brachte, würde ihre Erlösung sein.

Als sich der Alkoholdunst verflüchtigt und Albert jene friedliche Zone erreicht hatte, in der die Träume ohne Sorgen sind, glaubte er sich in die Zeit seiner Kindheit zurückversetzt, als er noch nicht versuchte, Enttäuschungen und Groll in den Körpern der Frauen zu ertränken, sondern das Leben für eine Abfolge von wunderbaren Überraschungen hielt.

4

»Die ganze Stadt ist von einem Erdbeben und dem nachfolgenden Brand zerstört worden!«

»Wer hat dir diesen Unsinn erzählt?«

»Das ist kein Unsinn. Es stand schwarz auf weiß in der Zeitung, und die Reisenden sprechen von nichts anderem. San Francisco ist nur noch ein Haufen Schutt.«

Albert war sprachlos. Es war ihm, als ob er seine Lisa ein zweites Mal verlöre, denn beide Schwestern, seine Frau und die Stadt, stammten vom alten Seewall. Sperma einerseits, schöpferische Vorstellungskraft andererseits!

Er stotterte: »Was soll aus uns noch werden?«

Jacob zuckte mit den Schultern.

»Im übrigen stimmt deine Geschichte hinten und vorne nicht, es gibt kein Gold mehr in Kalifornien. Die Brust von Mother Lode ist trocken und eingefallen wie die einer Alten, und kein Neger nimmt noch das Risiko auf sich, im Bücken sein Glück zu finden.«

Albert, an dessen Augen die Enttäuschung abzulesen war, fragte noch einmal: »Was soll aus uns noch werden? Wovon können wir noch träumen, um zu vergessen, daß uns die Mükken das Blut aussaugen, daß uns die Würmer und Raupen bis auf die Knochen abnagen, daß die Sonne und der Regen uns wie Wäsche bleichen?«

Jacob erwiderte nichts, da er nichts anzubieten hatte, was die verstorbene Frau-Stadt hätte ersetzen können.

Drei Jahre, nachdem Albert seinen Kopf zwischen den gemarterten Schenkeln Theodoras herausgestreckt hatte, die Gott bat: »Mach, daß es ein Junge werde! Ein Junge!«, hatte Jacob unter einem Baum im Wald von Massachusetts, viele Kilometer weit von der Plantage Boyer-de-l'Etang entfernt, seinen ersten Schrei ausgestoßen. Seine Mutter Cecilia hatte ihn auf der Flucht nach Norden vor den Verfolgern im Süden nicht weiter tragen können und sich dort auf ein Bett von Kiefernadeln niedergelegt. Im Unterschied zu Albert war Jacob kein großmäuliges Rauhbein, sondern artig, einer, der seine Aufgaben für die Schule gemacht hatte. Und schließlich war er einer der wenigen Schwarzen, die die Amerikaner am Kanal beschäftigten und geringer als die Weißen entlohnten, aber bestens bedient in den Augen Alberts, der immer noch für seine neunzig Cents die Stunde schwitzte.

Die Freundschaft zwischen Albert und Jacob, zwischen

einem Amerikaner und einem von Guadeloupe, zwischen einem Vorarbeiter und einem einfachen Arbeiter, war unerwartet eines Tages entstanden, als sich Albert, die Augen blind vor Schmerz um die verlorene Frau, geradewegs in eine Brandzone stürzte. Jacob hatte sein Maschinengewehr beiseite gelegt und war herbeigeeilt, um ihn zu retten: »*Hey man!* Suchst du den Tod oder was?«

So ist das! Ein amerikanischer Vorarbeiter, auch wenn er schwarz ist, und ein Sprengarbeiter von Guadeloupe durften keine Freunde werden. Und trotzdem hatte sich das Wunder ereignet: Die beiden Männer waren unzertrennlich geworden.

Am Feierabend erwies sich Jacob ebenso geschwätzig wie der alte Seewall. Ein Wasserfall, ein Sack voller Geschichten! Unzählig waren die Geschichten von Louisiana, von Sümpfen, Hunden, die an den Hintern entflohener Sklaven hingen, die vor Wasser und Angstschweiß trieften. Wild gestikulierend sang er, indem er sich selbst auf dem Banjo begleitete:

»Lauf, Neger, lauf, die Patrouille fängt dich
Auf, Neger, schon bricht der Tag an
Lauf, Neger, lauf, laß dich nicht fassen
*Lauf, Neger, lauf, versuch, dich zu retten . . .«**

Albert seufzte: »Ach ja, euch hat das Leben ebenso hart zugesetzt wie uns. Vielleicht sogar noch schlimmer! Aber Amerika ist nicht nur das. Hör zu . . .«

Und er begann, das Gefasel des alten Seewall zum besten zu geben, das ihm immer noch im Kopf herumging: »Yerba Buena, das ist San Francisco geworden, und eine schönere Stadt gibt es gar nicht. Hinten an einer Bucht liegt sie, geschützt durch die Golden Gate, das Goldene Tor. Das Goldene Tor! Verstehst du, Mann? Es scheint, als gäbe es dort weder Weiße noch Schwarze! Ein Neger wird reich, indem er nur mit der

* Volkslied der Schwarzen in Amerika

Messerspitze an der Erde kratzt. Er kommt in Lumpen an, mit blankem Hintern. Kehrt er nach Hause zurück, fährt er in der Kutsche!«

Jacob zuckte mit den Schultern: »Ist doch alles Quatsch! Kalifornien ist nicht gut für Schwarze. Aber der Norden . . .«

Nach seiner Rückkehr von Guadeloupe, wo er seinen Sohn seiner Mutter anvertraut hatte, verbannte er aus seinem Leben alle Sanftheit, die er zu Lisas Zeiten angenommen hatte. Er hatte seine Möbel wieder an den Chinesen in Colón verkauft und schlief, in eine indianische Decke eingerollt, auf dem verdreckten Boden. Das Haus war zum Paradies der Nager, Insekten und der wuchernden Pflanzen geworden. Eine Bananenstaude, die die Dielen der Veranda durchbrochen hatte, leuchtete mit ihren violetten Blüten und ihren winzigen Früchten. Wenn das Grün so dicht wurde, so daß man sich keinen Weg mehr durch den Garten bahnen konnte, stutzte Albert die Vegetation, wumm, wumm, mit weiten Schlägen der Machete. Für seinen Freund Jacob nahm er sich nur an den Wochenenden Zeit. Jacob tauchte samstagsmorgens in den Straßen des Dorfes auf und versumpfte, ganz Amerikaner, der er war, mit Albert im Dreck, aß *Migan** aus einem *Coui*** und betrank sich vor allem mit Rum und Brandy, um dann, von Erbrochenem bedeckt, in einem brüchigen Schuppen zu schnarchen. Anfangs ging Albert nach Christobal hinunter, dem hübschen, blumengeschmückten Vorort, wo Jacob in sicherem Abstand von seinen Landsleuten untergebracht war. Schnell aber hatten die Weißen wissen lassen, daß sie die Anwesenheit des zerlumpten Individuums nicht duldeten.

Albert lebte vier Jahre im Sumpf der Umgebung von Gatun, wo er wie ein Tier arbeitete und Cent um Cent sparte.

Eines Morgens verschwand er, ohne irgend jemandem ein Wort zu sagen. Muß man weiter ausführen, daß er, von seinen endlosen Gesprächen mit Jacob einmal abgesehen, wieder der

* Gericht der Antillen
** geteilte Kalebassenhälfte, die in der Küche benutzt wird.

Moudongue, der Soubarou, wurde, der er vor seiner Begegnung mit Lisa war. Die Leute sagten sich, daß er seine Mutter und seinen Sohn auf Guadeloupe besuche. Aber die Wochen gingen dahin, dann Monate. Albert kam nicht wieder. Die Natur nahm ganz Besitz von seinem Bungalow, indem sie einen Fromager am Eingang und Mangobäume vor den Fenstern pflanzte, während sich eine riesige Bougainvillea um die Pfosten der Veranda rankte.

Der alte Seewall und seine Frau waren wütend und heulten es allen vor, die es hören wollten. Albert war wirklich ein schlechter Neger, ein Neger ohne Herz. War es nicht die Mutter Seewall gewesen, die sich als erste des Säuglings, der Leibesfrucht ihrer Tochter, angenommen hatte? Da sah man ja, wie er es ihnen dankte!

An einem Sonntagmorgen tauchte ein Mann mit zerzaustem Haar mitten im Dorf auf und schlug mit seinen geballten Fäusten an die Tür der Seewalls. Am Vortag sei er in Colón zufällig Albert und Jacob begegnet. Haltet euch fest, die beiden hatten ein Geschäft aufgezogen und schwammen im Geld! Ein Geschäft? Was für ein Geschäft? Ein Beerdigungsunternehmen! Angesichts der vielen Toten, die man täglich in Colón zählen konnte, Arbeitsunfälle, Epidemien, Delirium tremens, konnte nichts einträglicher sein! Im vorangegangenen Jahr hatte es die Cholera allein auf zwanzigtausend Särge gebracht . . .

Von nun an machten alle, die nach Colón hinunterfuhren, einen Umweg, um unweit der Endstation der Bahnlinie das Geschäft von Albert und Jacob in Augenschein zu nehmen. Es sah eigentlich nach nichts aus! Eine Art Flur, in dem sich Särge stapelten, die einen grob behauen, andere etwas mehr verziert, mit vergoldeten Griffen. Vor der Tür zwei Pferde aus Haut und Knochen, an einen Wagen gebunden, und wenn sie nicht gerade einen Leichnam zur letzten Ruhestätte karrten, ließen sie Pferdeäpfel fallen, die ebenso traurig und schwarz wie die Straße waren. Am Geschäft war ein Dritter beteiligt, Manoel, ein panamesischer Mestize, der aussah, als hätte er Vater und

Mutter umgebracht. Außerdem eine Frau, Centinela, die vermutlich irgendeinem Bordell entflohen war und sich um das Haus kümmerte, eine wackelige Etage über dem Beerdigungsunternehmen (wenn die Bezeichnung nicht zu hoch gegriffen ist).

Daß Albert sich in einen Leichenträger verwandelt hatte, schockierte zutiefst. Die Arbeit ist gefährlich. Die Geister der Toten heften sich an jene, die mit ihren Körpern umgehen. Diese Leute bringen nur Ungeheuer zur Welt, und der beißende Geruch, der dem verwesenden Fleisch entströmt, haftet an ihrem Geschäft.

Jedenfalls brach, wie um Albert und seinen Geschäftspartnern einen Gefallen zu tun und ihren Gewinn aufzurunden, eine neue Choleraepidemie in Colón aus. Die Leute verstarben im Schlaf, nachdem sie durch alle Körperöffnungen eine violette und ekelerregende Flüssigkeit abgesondert hatten. Die Leichname stapelten sich in den Leichenschauhäusern, und um sie zu verbrennen, stellten die Amerikaner Mannschaften an, die sich Gummihandschuhe über die Hände streiften. Tag und Nacht stieg die lange violettfarbene Rauchwolke der Scheiterhaufen zum Himmel hinauf.

Dabei machten Albert, Jacob und Manoel Geld!

Um jene Zeit war es, daß ein Jamaikaner namens Marcus Garvey kam, um seine unglücklichen Landsleute zu besuchen, die ihr Leben hingaben, um den Kanal auszuheben. Dieser Mann hatte vor langer Zeit sein Land verlassen und war viel in Lateinamerika herumgekommen. In Costa Rica, wo er gegen die Lebensbedingungen seiner Brüder auf den Plantagen heftig aufbegehrt hatte, hatte er schon Unannehmlichkeiten bekommen. Man sagte, daß seine Worte wie ein Lavastrom flössen, der die Abhänge eines Vulkans hinunterstürzt, und daß nach seinem Redestrom diejenigen, die bis dahin den Kopf durch die Last des traurigen Lebens gesenkt trugen, ihn erhoben und sich plötzlich für das Abenteuer des Aufstands geschaffen fühlten.

Inmitten einer Menge Arbeiter begab sich Albert nach Bahia Soldado, um ihn anzuhören.

Marcus Garvey, schwarz und von gedrungener Gestalt wie ein Stier für die Arena, sprang auf ein Podium und begann zu reden. Und seine Worte gaben der Gegenwart ein neues Aussehen und ließen die Zukunft erstehen: »Eines Tages, eines Tages wird die schwarze Rasse die Welt in Staunen versetzen . . .«

Hingerissen, jedoch ohne jemals zu versuchen, mit ihm zu sprechen, folgte Albert Marcus Garvey nach Frijols, Gorgones, Bas Obispo, Paraiso, überallhin, wo er sich an seine Brüder wandte. In Scheunen und Baracken, die von der Polizei der Kanalzone mit vorgehaltenem und auf die Bäuche der Aufrührer gerichtetem Maschinengewehr streng bewacht wurden, sprach Marcus Garvey Worte aus, die man vor ihm noch nie gehört hatte. Gerechtigkeit. Freiheit. Albert abonnierte *La Prensa*, das Blatt, das Garvey recht und schlecht herausbrachte, verzichtete auf Jacobs samstägliche Sauftouren, um sich in seine Lektüre zu vertiefen. Einmal streunte er in der Nähe von Garveys bescheidenem Büro herum, wo zerknitterte Zeitungen wie *Africa Times, Orient Review* verkauft wurden, und ging schließlich nach vielem Zögern hinein. Leider war Marcus Garvey selbst nicht da, und einer seiner Unteroffiziere drückte Albert für einen Dollar ein Pamphlet in die Hand.

Marcus Garvey konnte diesen großen Schwarzen mit der grauen Mähne unmöglich übersehen, der so finster aussah, schweigsam war und dessen elegante Kleidung sich stark von der verdreckten Erscheinung der Kanalarbeiter abhob; denn Albert begann, jenes Dandytum zur Schau zu tragen, das jeden beeindruckte, der ihm begegnete. Als er nachfragte, um wen es sich handele, teilten ihm seine Mitarbeiter mit, daß er aus Guadeloupe und der Kompagnon eines amerikanischen Ausbeuters sei, der sich mit Krankheit und Tod eine goldene Nase verdiene. So verlor Marcus Garvey jegliches Interesse, und die Verbindung, die das Leben meines Urgroßvaters schlagartig hätte verändern können, kam nicht zustande.

Schließlich wurde Marcus Garvey aus Panama ausgewiesen, da er alles daran gesetzt hatte, die Aufmerksamkeit des britischen Konsuls auf die furchtbare Lage der Antillaner zu lenken. Albert verfolgte von weitem die traurige Truppe, die ihn zum Schiff begleitete. Danach hielt er beim Chinesen an, kaufte einen sehr feinen Pinsel, Tusche und eine Rolle Papier. Jacob und Manoel sahen ihn dann, wie er eilig das Beerdigungsgeschäft durchquerte, um sich in sein Zimmer in der ersten Etage einzuschließen. Nach einer Stunde rief er Jacob herbei und ließ ihn das Plakat entziffern, das er gerade an der Wand befestigt hatte: *›I shall teach the Black Man to see beauty in himself.‹**

Jacob, der nur Häßlichkeit und Erniedrigung um sich herum sah, hielt sich den Bauch vor Lachen! »Hör auf, Mann! Komm mit mir einen trinken. Die Leiche, die ich gerade in ihre letzte Bleibe gesperrt habe, stank an den Füßen!«

Albert folgte ihm mit zwei Falten auf der Stirn und leerte, den ganzen Abend schweigend, Glas auf Glas.

Von diesem Tag an war mein Urgroßvater Albert nicht mehr derselbe Mensch. Er hörte auf zu trinken und sich zu besaufen, schnauzte Jacob an, der den Hals noch immer nicht voll bekommen konnte. Er verbesserte sein Englisch und sein Spanisch, so daß man ihn bald mit einem Jamaikaner, bald mit einem Panamesen verwechselte. Er wurde sogar dabei gesehen, wie er mathematische und naturwissenschaftliche Bücher aufschlug . . .

Er versuchte herauszubekommen, was aus Marcus Garvey geworden war. Allerdings kam er dabei nicht weit, da dieser jeglichen Kontakt mit der Gemeinschaft der Jamaikaner abgebrochen hatte. So rief er abends, wenn das Geschäft mit den Toten beendet war, Jacob in den Zeugenstand: »Wo ist er wohl deiner Meinung nach?«

Jemand erzählte ihm, daß Marcus Garvey sich in Harlem in den Vereinigten Staaten befände, wo er die schwarzen Massen

* »Ich werde den Schwarzen lehren, die Schönheit, die in ihm steckt, zu erkennen.«

aufwiegele, aber Jacob schob die Unterlippe vor und meinte, daß dies wenig glaubhaft sei: »Ein Jamaikaner? Bei uns?«

Seit jener Zeit begann Albert auch, den tiefsten Haß auf die Weißen zu entwickeln. Er, der Jacobs Geschichten nie größere Aufmerksamkeit geschenkt hatte, begann, ihn mit Fragen zu bedrängen: »Erzähl! Erzähl!«

Dann erklärte er ihm, daß den Weißen nicht nur die Leiden der schwarzen Rasse anzulasten seien, sondern auch die der gelben Rasse Asiens und der indianischen. Jacob drehte sich der Magen um, als er ihn mit genauen Beschreibungen von Selbstmorden der Chinesen überschüttete, die vor einigen Jahren wegen des Baus der Bahnlinie gekommen waren. »Die einen erstickten sich mit ihren Zöpfen. Andere knüpften sie sich um den Hals und hängten sich an den Bäumen auf. Andere wiederum warfen sich in die Chagres, nachdem sie sich die Taschen mit Steinen vollgestopft hatten, um schnell zu versinken. Manche öffneten sich mit ihren Macheten den Bauch, und es gab auch welche, die Malaien dafür bezahlten, daß sie sie umbrachten.«

Jacob, der die Weißen auch nicht mehr mochte als Albert, der aber, ein notwendiges Übel, gelernt hatte, mit ihnen zu leben, hielt das für leicht verrückt. Er regte sich erst auf, als Albert sich in den Kopf setzte, die Leistungen des Beerdigungsunternehmens ausschließlich Nicht-Weißen vorzubehalten. »Oh, nein! Du machst das Geschäft kaputt! Und schließlich, eine Leiche, die hat keine Farbe mehr!«

Albert hatte wieder seinen Weg in die Bordelle aufgenommen, denn der Körper hat seine eigenen Gesetze, die auch alle Liebe der Welt zu einer Verstorbenen nicht außer Kraft setzt. Das Etablissement, das er bevorzugte, stammte aus der Zeit von Monsieur de Lesseps. Umgeben von rotem, abgewetztem Samt, wurde einem hier die Liebe auf Französisch zuteil, denn es beherbergte Prostituierte aus Brest, die nicht sehr schön und schon im fortgeschrittenen Alter waren, aber gewandt darin,

Genuß zu verschaffen und Balsam auf die wunden Herzen all jener Männer zu träufeln, die ohne die Brust einer Mutter oder Ehefrau leben mußten.

Eine unter ihnen, Marthe, hatte nie ihre Schwäche für Albert verhehlt. Nachdem sie ihn befriedigt hatte, hörte sie ihm gern zu, wie er träumte. Von seiner Kindheit. »Weißt du, die Erde erschien mir gemein und öde. Die Tränen traten mir in die Augen, wenn ich die Sonne am Himmel ansah, und ich sagte mir: ›Wie gut muß es dort oben sein! Kein *Béké**, kein Aufseher, kein versoffener Vater.‹ Eines Tages habe ich mir aus Kokosblättern Flügel gebaut und bin von einem Fromager gesprungen. Peng, auf den Boden! Ich wäre fast verblutet.«

Von seiner Lisa. »Diese Frau war ein *Tourment d'amour.*** Alles harmonierte bei ihr, vom Mund bis zur Spitze ihrer Zehen. Ich konnte nicht genug bekommen. Ich sagte zu ihr: ›Blüte meines Lebens, bist du erschöpft?‹ Sie lachte, sie lachte immer, ach, so schön! Wie das Lied eines Vögleins in den Zweigen. ›Komm schon! Gib mir, was du zu geben hast. Ich werde es nehmen.‹«

Von San Francisco. »Ich weiß, daß ich niemals dorthin komme! Woher sollte ich das Geld nehmen? Dennoch muß ich mir sagen, daß die Stadt existiert, daß sie dort am Ende einer Bucht liegt, die von der Golden Gate verschlossen ist. Einladend, aber unerreichbar wie eine Prinzessin auf einem mit purpurfarbenem Samt bezogenen Divan. Nur ihretwegen ertrage ich Colón, Chagres, Gatun ... alle diese Orte des Unglücks und des Verderbens. Sieh mal, ich bin hierhergekommen, um Gold anzuhäufen, und habe nur Mangroven vorgefunden.«

Eines Abends aber, als sie ihn wie gewohnt einlud, mit ihr nach oben zu gehen, warf Albert sich auf sie, schlug sie zusammen und brüllte: »Dämon! Du gehörst zur Rasse der Dämonen! Aber wir schaffen es schon noch, euch loszuwerden!«

Die Sache sprach sich herum.

* Nachfahre weißer Kolonialherren (Anm. d. Ü.)
** wörtlich: Liebeskummer; süßes Gebäck

Der *Star & Herald* und die *Estrella de Panama*, zwei der wichtigsten englischen und spanischen Zeitungen damals, stellten ihre Spalten zahlreichen Leserbriefen zur Verfügung. Einer unter ihnen forderte sogar den amerikanischen Konsul auf, Panama von Negern der Antillen zu säubern, die überhandnähmen, insbesondere die Prostituierten, von denen es fast so viele gäbe wie ehrenwerte Europäer *(sic)*.

Da jedoch offenbar weder die amerikanische noch die panamesische Verwaltung bereit war, einzuschreiten, wurde Albert eines Abends von Männern angegriffen, die ihn in dem mit leeren Flaschen übersäten Dreck der Straßen von Colón zurückließen. Albert konnte sich seinem Abtransport ins Krankenhaus widersetzen. Jacob, Manoel und Centinela, die bei seinem Anblick weinte, kümmerten sich zu Hause um ihn. Da er dem Tod geweiht schien, ging Centinela zum Inder San Blas von Limon Bay und brachte von dort Bündel Blätter, Wurzeln und getrocknete Pflanzen mit, aus denen sie Tränke, Salben und Umschläge bereitete.

Nach vier Monaten sah man Albert wieder im Geschäft, dessen Ertrag sich dank einer Pockenepidemie in der Zwischenzeit weiter erhöht hatte. Unter der Wucht der Schläge war sein rechtes Bein an drei Stellen gebrochen und dann schlecht zusammengewachsen, so daß er sich auf einen Stock stützen mußte. Einige Narben bedeckten sein Gesicht, entstellten es aber nicht, sondern hoben seine Verwundbarkeit hervor. Sein ganzes Leben sollten Albert die Knochenbrüche und Verletzungen Schmerzen bereiten. Da ihm der Sud aus den Wurzeln der Passionsblume sehr gut getan hatte, da er sein Blut von den Übeln, die es in sich trug, gereinigt hatte, verwandte er überall, wo er später wohnte, große Sorgfalt darauf, diese Pflanze zu ziehen. Die Passionsblume hat blaßviolette, schwach duftende Blüten, die allerdings nur von geringem heilmedizinischen Wert sind. Den besitzen die Zweige und vor allem ihre Wurzeln.

5

In der Zwischenzeit wuchs das Kind in dem flachen Haus am Hafen und im trockenen Geruch von Teer und Meer heran.

Es war nicht sehr kräftig, eher schmächtig. Aber lebhaft und voller Energie wie der *Mal fini**. Er war Theodoras Freude. Die alte Frau badete ihn im sonnengewärmten Wasser, dem sie eine Handvoll Corossolblätter zufügte, die für friedliche Mittagsruhe und langen Schlaf sorgen. Büschel für Büschel bestrich sie seinen zu trockenen Haarschopf mit Palmchristusöl, bevor sie seinen ganzen Körper mit Bay Rum einrieb. Unter der Liebkosung durch das kühle Naß lachte er und zeigte alle seine Zähnchen. Theodora überschüttete ihn mit Küssen. Sie hatte ihn der Jungfrau Maria anvertraut, um ihn vor Lungenentzündungen zu schützen, und kleidete ihn in Weiß und Blau.

Nachmittags ging er, herausgeputzt wie ein kleiner Prinz, zum Spielen auf die Place de la Victoire, zu den Kindern der Bourgeoisie.

6

Die Träume von Albert und Jacob waren nicht in den gleichen Farben gemalt. Alles, was Jacob wünschte, war, wenn er erst einmal seinen Dollarsparstrumpf gefüllt hätte, ein Mädchen aus Colón zu heiraten. Dort gab es Mestizinnen zuhauf, und die waren nicht so kleinlich, was die Hautfarbe des Mannes anbelangte! Denn er hatte sich vorgenommen, sich in Panama niederzulassen, zumal ihn die Nachrichten von zu Hause darin bestärkten. In wenigen Monaten hatten sich neunundsechzig Lynchmorde im Süden ereignet, von wo die

* eine Sperberart

Schwarzen flüchteten und in großen Wellen verängstigt in die Städte des Nordens strömten. New York, Detroit, Chicago ...

Albert hingegen ging weiterhin die Stadt des alten Seewall durch den Kopf! So diskutierten die beiden Verbündeten ohne Ende: »Von Yerba Buena ...«

»Hör schon auf! Es gibt kein Gold mehr! Nichts als gelber Staub unter den Hufen der Pferde!«

Was sie zu einem gemeinsamen Entschluß führte und sie zwang, die Zelte abzubrechen, sind Vorgänge, die unter dem Namen ›Blaue Hand‹ bekannt geworden sind und über die sich Historiker seit Generationen streiten.

Entlang der ganzen Kanalzone wurden Arbeiter von den Antillen ermordet. Nachts wurden ihre Dörfer in Brand gesteckt. Morgens barg man, im Rauch und Geruch von Versengtem, Männer mit ausgerissener Zunge und Glied aus dem Dreck, Frauen, die vergewaltigt und dann vestümmelt worden waren, mitten entzweigeteilte Kinder. Dann schlug die ›Blaue Hand‹ in Colón und Panama City zu. Ein panamesischer Priester namens Gonçalvo Bobo hatte es gewagt, sich auf der Kanzel gegen diese Verbrechen zu erheben, und daran erinnert, daß alle Menschen Brüder sind. Er wurde am Fuße des Altars umgebracht. Da nur wenige Antillaner die Überfahrt nach Hause bezahlen konnten, errichteten sie um ihre Dörfer Mauern aus Stein und Lehm, die sie mit Flaschenscherben versahen. Einige erinnerten sich an ihre Vorfahren, die entflohene Sklaven waren, und hoben Gräben aus, die sie mit vergifteten Pfählen spickten und wieder mit Zweigen bedeckten.

Eines Nachts wurde allen jamaikanischen Pflegern des Krankenhauses in Colón die Kehle durchschnitten. Das war der Höhepunkt des Schreckens.

An einem Morgen im September 1911 gingen Albert und Jacob also an Bord der *S.S. Oregon*. Auf dem Kai winkten Manoel und Centinela mit ihren Taschentüchern. Die Tränen standen ihnen in den Augen, vor allem Centinela, die mit allen dreien geschlafen hatte und sich als zweifache Witwe fühlte.

Wenn Albert auch nie zuvor jenem *Jim Crow** begegnet war, von dem Jacob ihm oft genug erzählt hatte, so machte er gleich seine Bekanntschaft, als man ihn mit seinem Kompagnon aus der Kabine warf, die sie mit guten grünen Scheinen bezahlt hatten. Die weißen Passagiere ertrugen die Gegenwart der Neger in den benachbarten Betten nicht. Albert verbrachte also die Fahrt damit, aus einer Ecke der Brücke die bleiernen Wände des Meeres anzustarren. Er verschlang die Berge an Nahrung, die Jacob, der die ganze Sache philosophisch nahm, in der Küche holte, wenn Passagiere und Mannschaft ihre Mahlzeit beendet hatten. Er verrichtete seine Notdurft in einen Eimer, den er über Bord ausleerte, und schlief mit weit geöffneten Augen, die den wolkenlosen oder stürmischen Himmel anstarrten. Auf halbem Wege brachte Jacob marokkanische Decken, die mitleidige Passagiere ihm gegeben hatten, denn der Wind frischte auf. Albert lehnte es ab, sie zu benutzen, und blieb stolz und steif. Das Blut gerann ihm in den Adern.

Die Überfahrt dauerte Wochen.

Das Wasser. Der Himmel. Das Wasser. Der Wind wehte in Böen und grub sich in das wie wahnsinnig tobende Meer. Oder er legte sich mit dem ganzen Gewicht seiner Stille.

Schließlich kamen Wale und Robben in Sicht, und man wußte, daß das Festland nicht mehr weit war.

Als sie in die Bucht von San Francisco einfuhren, war der über die Meeresoberfläche ziehende Nebel so dicht, daß man ihn mit dem Messer hätte schneiden können. Die ungeduldigen Reisenden drängten auf die Brücke und spähten vergeblich in das wollene Grau, das sie umgab. Plötzlich aber, als das Schiff die Kaimauer berührte, zerriß der Schleier. Die Sonne und die Stadt erschienen, und Albert wäre fast auf die Knie gefallen. Denn die Schönheit seiner verlorenen Frau wurde ihm zurückgegeben.

* gemeint sind die amerikanischen Rassengesetze.

Yerba Buena. San Francisco.

Ihre Verehrer hatten die Schmähungen beseitigt, die sie Jahre zuvor davongetragen hatte, als sich Erde und Feuer wütend gegen sie verbündet hatten. Rosafarbene, rote und weiße Häuser kletterten die Berghänge empor, türmten sich hinauf bis zum blaßvioletten Himmel.

Atemlos und ohne sich weiter um Jacob zu kümmern, sprang Albert auf den Kai, ließ seine Ellenbogen in der Menge spielen und betrat eine menschenüberströmte Ader, die eine Straßenbahn erzittern ließ. Yerba Buena. San Francisco. Endlich! Er hatte das Land der Schönheit erreicht, das ihn von allen Erniedrigungen reinwaschen würde. Das ihn sauber wie ein neuer Sou dem Leben zurückgeben würde. Hinkend kletterte er hinauf, immer weiter hinauf und befand sich plötzlich auf einer Art Esplanade, gegenüber jenem engen Tor, durch das John Fremont im Traum allen Reichtum des Orients hereinströmen gesehen hatte. Die Golden Gate. Die Reden des alten Seewall wirbelten ihm erneut durch das Gedächtnis: »Englische, spanische Schiffe sind am Eingang zur Bucht hundert- und aber hundertmal vorbeigefahren. Sie ist wie eine Jungfrau, die ihr Kleinod verbirgt.«

Währenddessen suchte Jacob, weniger poetisch und durch den Krach der Straßenbahn, den Galopp der Pferde und den Gesichtsausdruck der bewaffneten Patrouillen verängstigt, die Schwarzenpension eines gewissen Dennis Macon. Diese Stadt verhieß ihm nichts Gutes. Sie war eine Stadt der Weißen. Ohne wärmendes und brüderliches Schwarzenviertel. Sie war eine kalte Schlampe, die sich dem Meistbietenden anbot und nach unehrlich erworbenem Luxus und Reichtum roch.

Gott weiß, wie sich die beiden Freunde am Portsmouth Square wiederfanden, entzückt der eine, der andere enttäuscht, denn seine Suche war vergeblich gewesen. Keine Spur von Dennis Macon in diesem Labyrinth der Straßen! Da die Nacht schwarz über die von Gaslaternen nur spärlich erleuchtete Bucht hereinbrach, machten sich die beiden Männer auf die Suche nach einem Zimmer. Portsmouth Square grenzte an Chinatown, und sie betraten das *Reich des Himmels*.

In Panama hatten viele Chinesen gelebt. Albert und Jacob fühlten sich also nicht fremd unter diesen zurückhaltenden, höflichen Menschen, die Augen gesenkt und der Kopf rasiert, mit einer fetten glänzenden Schlange, die sich zwischen den Schulterblättern ringelt! Im Gegenteil. Und so war es ganz natürlich, daß sie mit einem gewissen Chi Lu Lee ins Gespräch kamen, einem großen, bärtigen Chinesen im Brokatgewand, der ihnen, während er seine Schale wieder und wieder in den Händen drehte, eine Geschichte erzählte, die in Alberts Kopf einigen Widerhall auslöste. War das nicht seine eigene? Und war er selbst nicht auch ein Chinese?

Man kennt immer nur die eigene Misere und die seiner Nächsten und verkennt, daß andere, fast gleiche Miseren wie Kuhfladen unter der unerbittlichen Sonne freudloser Länder dörren. Auch dort, meilenweit durch den Ozean getrennt, hatten die Menschen das gleiche Herz!

»Mein Vater, mein Großvater und der Vater meines Großvaters vor ihm haben Reis angepflanzt in der Provinz Kwang-Tung, deren Hauptstadt Kanton ist. Sie haben davon einen krummen Rücken bekommen, die Handballen voller Schwielen und ein von Geburt an um bessere Erwartungen beschnittenes Leben. Auch ich habe wie sie in der grünen Hölle der Reisfelder angefangen. Und dann, eines Tages, hatte ich genug davon. Ich habe den Kopf zur Sonne erhoben und zu ihr gesagt: ›Scheinst du nicht auch für mich? Gib mir also Kraft. Ich ertrage dieses Leben hier nicht mehr.‹ Ich habe mir Geld geliehen und das Schiff nach Kum Shan genommen . . .«

»Kum Shan?«

»Ja, so nennt man San Francisco bei uns! Wenn ich erst mein Bündel grüner Scheine zusammenhabe, gehe ich zurück. Ich habe eine Frau, die auf mich wartet, und schon ein Kind! Einen Jungen!«

Im Laufe des Gesprächs ergab es sich, daß Chi Lu Lee Albert und Jacob einlud, eine Pfeife bei sich zu rauchen.

Am folgenden Tag verließ Jacob im Morgennebel das Haus von Chi Lu Lee, ließ Albert, in glückselige Benommenheit versunken, zurück und war fest entschlossen, die Pension von Dennis Macon zu finden. Albert hatte sich schon entschieden. Er wollte Chinatown nicht verlassen, jenen Bauch, in dem er wiedergeboren würde. Hier würde er bleiben. Er würde sich ein Zimmer mit Blick auf die Bucht nehmen, mit einem geschnitzten Geländer am Balkon, in der ersten Etage eines Holzhauses unter einem Pagodendach. Er sog den Duft von Ingwer, verdorbenem Fisch und grünen Zwiebeln ein. Er würde sich in den hohen und geheimnisvoll vertrauten Stimmen wiegen. Er würde der Hieroglyphen an der Stirnseite der Läden nicht überdrüssig werden. Als Jacob mit Dennis Macon zurückkehrte, einem Zimmermann, dessen Geschäfte nicht schlecht liefen, lehnte Albert rundweg ab, sich ihm anzuschließen. Kurze Zeit später trat er bei Chi Lu Lee ein, der eine Wäscherei in der Washington Street besaß. Das Geschäft mit der zu waschenden und zu bügelnden Wäsche war vollständig in der Hand von Chinesen, die mit ihren Kiepen auf dem Rücken von Haus zu Haus tippelten. Aber Albert hatte einen Einfall. Nicht umsonst hatte er in Panama Erfahrungen gesammelt! Er drängte Chi Lu Lee, einen Gaul zu kaufen, der nur aus Haut und Knochen bestand, sowie einen Karren, um die Wäsche auszuliefern, was dazu führte, daß sie stets die ersten waren, was die feinen Leute der Stadt sehr wohl bemerkten. Chi Lu Lee beschäftigte drei ›Brüder‹, deren Entlohnung lediglich aus einer Schale Reis und fünf Schalen Tee bestand. Albert fügte drei weitere hinzu und strich den Reis.

Die Geschäftspartner kamen zu Reichtum.

Albert war glücklich in San Francisco. Er hörte nicht auf, sich an der Schönheit der Stadt zu berauschen!

Jeden Morgen ging er, auf seinen Stock gestützt, den Embarcadero entlang, ließ seinen Geist im Wald der Masten umherschweifen, ließ sich auf dem Kai den Geruch von Meer, Teer, Talg und Bourbon in seine Nasenflügel wehen. Von den zahlreichen Tavernen von Barbary Coast betrat er keine. Würdig und stolz schritt er aus, und die Leute drehten sich im Vorbeigehen nach dem imposanten, makellos gekleideten Neger um. Selbst diejenigen, die meinten, daß in Kalifornien zu viele Neger geduldet würden und daß sie die vielen Kilometer nicht gefahren seien, um Nase an Nase mit ihnen zu leben, wagten es, von einer Art Respekt ergriffen, nicht, ihm Spötteleien oder Beleidigungen entgegenzuschleudern. Viermal schritt Albert die ganze Länge des Embarcadero ab; wenn ihm davon warm geworden war, ging er ins *Palace Hotel*, um sich bei einer Limonade zu erfrischen. Dort, in diesem Marmorpalast mit seinen tausend Fenstern, dessen Pracht sogar in den Städten der Ostküste, New York und Washington, gerühmt wurde und in dem ein Herrscher aus Brasilien übernachtet hatte, leistete er sich den Luxus, sich wie ein Herr bedienen zu lassen, denn sein Geld hatte keinen unangenehmen Geruch. Die schwarze Dienerschaft, Kellner, Türsteher, Boten, Dienstgänger, Pagen, die sich im Hotel tummelten, warfen ihm finstere Blicke zu, wenn er sich in die samtüberzogenen Sessel fallen ließ. Vergaß er, daß seine Mutter eine Negerin war? Niemals ein Lächeln, ein Scherz, um daran zu erinnern, woher er stammte!

In Wirklichkeit war Albert weder arrogant noch egoistisch, wofür sie ihn hielten. In sich selbst versunken, die Kräfte genießend, die in ihm wieder auflebten und sein Blut erhitzten, drangen sie einfach nicht in sein Bewußtsein. Manchmal setzte Albert seinen Spaziergang fort und erklomm den Telegraph Hill, bevor er zur Wäscherei in die Washington Street zurückkehrte. Jeden Sonntag begleitete er Jacob in die Baptistenkirche der Schwarzen, die zwischen Clay und Hyde lag. Bis dahin hatte Albert Gott immer als Schutzherrn der weißen Ausbeuter angesehen. Nun erfuhr er auf einmal, daß er schwarz sein könnte. So begab er sich mit beiden Knien willig auf den Boden, um von ihm den Segen für sein Leben zu erbitten. Reverend Kelly, der die Messe hielt und die Deckenbalken erzittern ließ, wenn er *Swing low, sweet chariot* ... sang, kam wie Dennis Macon aus Virginia, und wenn sie sich nach dem Kirchgang bei ihm versammelten, weinte er heiße Tränen beim lauten Verlesen der Briefe, die er von seinen Eltern erhielt. »Der Bürgerkrieg war vergebens. Nichts hat sich geändert ...«

Seine Frau Harriett trug, nachdem sie ihn getröstet hatte, ein üppiges Essen auf, das grundsätzlich mit einem Kuchen aus Süßkartoffeln endete, und niemand bemerkte die Blicke, mit denen sie Albert musterte.

7

*»San Francisco, 15. Juni 19***

Ehrenwehrtester Marcus Garvey,
Ich bin Ihnen nachgereist, als Sie in Panama waren, und ich gehöre zur Vielzahl der Neger auf diesem traurigen Planeten Erde, die Sie mit Ihren Worten aufgerüttelt haben. Ich trage einen Ihrer Sätze in meinem Kopf und in meinem Herzen:

›Ich werde die Schwarzen lehren, die Schönheit in ihnen selbst zu erkennen.‹

Ich habe erfahren, daß Sie einen Verein zur Verbesserung der Lage der schwarzen Rasse gegründet haben. Teilen Sie mir Einzelheiten mit, ich bitte Sie. Ich rufe nach Ihnen in meiner Wüste.«

Das ist das zweite Dokument, das ich von meinem Urgroßvater besitze. Dieser Brief, den er nie abschickte und den ich vergilbt und fast zerfallen in einem Päckchen mit Pro-Forma-Rechnungen fand.

Er beweist mir, daß er an seinen Träumen festhielt und daß

trotz seiner augenscheinlichen Genesung die innere Unruhe blieb.

8

Jacob Armstrong, der Freund meines Urgroßvaters Albert, war ein ruhiger Mensch. Er hatte sich in den Kopf gesetzt, Louise Grasshopper, die jüngere Schwester von Dennis Macons Frau, zu heiraten, die in der ersten Schule für schwarze Kinder in der Clay Street unterrichtete. Vorbei das Kartenspielen in Colón, das ihm zur Gewohnheit geworden war und bei dem er manchmal große Summen Geld verlor. Vorbei die großzügig unterhaltenen Mätressen. Jeden Montag eilte er zur Wells Fargo Bank, wo er seinen gesamten Lohn einzahlte.

Es blieb ihm nur eine Schwäche. Er trank gern. Von Zeit zu Zeit stieß er die Tür einer der unzähligen Spielhöllen von Barbary Coast auf und kippte sich den Mickey Finn reihenweise hinein. Der Gin brachte Sonnenkugeln in seinem Kopf zum Erglühen, und das Meer wurde rosa wie in einem Kindertraum. Er sah sich schon, wie er einen Trauring an Louises schmalen, von einem perlmuttfarbenen Nagel gekrönten Ringfinger steckte, dann mit ihr ins Bett ging und, an ihren Busen geklammert, mitten im Ozean versank. Später würde er fünf Kinder haben, drei Jungen und zwei Mädchen, die er Sabrina und Fabiana taufen ließe, denn er schwärmte für italienische Vornamen.

An einem Tag, der nicht anders begann wie alle anderen, an dem die Sonne nicht schneller als gewöhnlich seit ihrem Auftauchen aus dem Nebel wanderte, ging er eiligen Schrittes in das *Wharf*, eine Spielhölle, die nicht gefährlicher als andere war und wo man ihn außerdem kannte.

Er hatte sich kaum an den Tisch gesetzt, da bemerkte er eine Gruppe hünenhafter Männer, denen noch der Staub von Sacramento an den Stiefeln haftete und die sich mit dem Handrükken den Mund abwischten. Hände zum Töten von Rindern. Im schwarzen Amerika geboren und aufgewachsen, brauchte Jacob keinen warnenden Hinweis, um sich gefährlichen Rassisten gegenüber zu wissen. Woran man das erkannte? In diesem Fall an der niedrigen rechteckigen Stirn; darüber ein verfilzter Haarschopf und darunter die herumsuchenden Schweinsaugen.

Jacob krümmte den Rücken, bemüht, sich unsichtbar zu machen. Er kippte seinen Mickey Finn hinunter, daß ihm der Hals brannte, und rannte auf die Ausgangstür zu. Da lehnte schon einer der Hünen, der sich nun an den Saal wandte: »Gefällt es euch etwa, daß man hier Gesichter herumstreunen sieht, die die Farbe von Hölle und Unglück haben?«

Wie nasse Wäsche, die zu Boden fällt, wurde es mit einem Schlag still, und niemand dachte mehr daran, der Kellnerin an den nackten Busen zu fassen. Das süßsauere Lachen von Jacob ertönte: »Hi, hi, hi! Farbe von Hölle und Unglück, genau das sagte sie auch immer, meine arme Mutter!«

»Deine Hure von Mutter?«

Nach kurzer Stille ertönte erneut, vielleicht quietschender, Jacobs Lachen. Der Hüne faßte ihn am Arm: »Sag, daß sie eine Hure war, deine Mutter. SAG ES!!«

Jacob zögerte. Vielleicht begriff er selbst nicht, was in ihm vorging. Verschwunden die bedachte Sorge zu überleben und die seit der Kindheit eingebläuten Ratschläge, Weißen gegenüber seine Gefühle zu verbergen! Fortgerissen von einem Wildwasser, das aus seinem tiefsten Inneren stürzte! Über die Felsen springend und schäumend, rechts und links in schillernden Perlen aufspritzend und die alten Ängste mit sich fortreißend! Weigerung, Aufbegehren und Zorn! Er stieß, den Kopf voran, in den fetten Bauch des Hünen.

Man fand seinen Körper von Kugeln durchlöchert, das Gesicht von Stiefelabsätzen eingetreten, im Dreck eines Grabens an der Kearny Street.

Der Vorfall erregte großes Aufsehen. Die NAACP, von der in Los Angeles gerade ein Ableger gegründet worden war, forderte die kalifornische Regierung auf, Ermittlungen anzustellen. Die kleine schwarze Gemeinde von San Francisco schickte eine Delegation zum Bürgermeister, der versicherte, daß man Licht in die Angelegenheit bringen würde. Ein bekannter weißer Anwalt, Rudolph Dwinddle, stellte seinen Namen in den Dienst der Gerechtigkeit. Das alles führte zu nichts. Jacobs Mörder wurden nie gefaßt.

Man befürchtete das Schlimmste für Albert.

Man mußte ihn fesseln, sonst wäre er die Straße hinuntergegangen und hätte sein Gewehr, alle Weißen im Visier, leergeschossen. Er schrieb an Theodore Roosevelt, und da er keine Antwort erhielt, erkundigte er sich, wie man Präsidenten umbringt. Dann wollte er sich zu Tode hungern. Seine Kiefer preßte er so zusammen, daß sich selbst der von Chi Lu Lee mit aller erdenklichen Mühe verabreichte Tee keinen Weg bahnen konnte. Er hielt sich nur an Opium, das vielleicht im Rauch der Droge den teuren, verlorenen Freund wiedererstehen ließ.

Eines Morgens brachte Harriett Dennis ihre Kinder zur Schule und betrat Alberts Zimmer.

Eigentlich war es nicht das erste Mal, daß sie mit ihm allein war. Auch nicht das erste Mal, daß sie ihre Kleider ablegte, um unter die schwere Steppdecke zu schlüpfen und sich nackt an ihn zu schmiegen. Bei den anderen Treffen war es jedoch darum gegangen, die Lust zu teilen; und nun kam sie, um das Leid zu lindern.

Mit Ausnahme von Jacob ahnte niemand, was zwischen den beiden vor sich ging.

In der ersten Zeit hatte Albert, seiner Gewohnheit getreu, den Weg in die Bordelle genommen. Er bevorzugte das Haus in der Dupont Street, wo er mit den Huren aus Cherbourg, die über Lima und Valparaiso in San Francisco gelandet waren, französisch sprach. Eines Tages, nach der sonntäglichen Messe, hatte Harriett, während sie in der Küche den Süßkartoffelkuchen anschnitt, ihre schwarzen vorwurfsvollen Augen auf ihn gerichtet: »Schämen Sie sich nicht, mit Weißen zu schlafen?«

Albert war sprachlos. Harriett fuhr fort: »Die Weißen prügeln und bringen uns um, und Sie, Sie umarmen ihre Frauen!«

Albert stotterte endlich: »Ich bezahle, ich bezahle ...«

»Ich dagegen würde es umsonst machen!«

Während der Reverend, ihr Gatte, zweimal wöchentlich den Kinderchor in die Feinheiten des Gospelgesangs einführte, führte Harriett von nun an Albert, der doch schon recht durchtrieben war, in einige typisch amerikanische Zärtlichkeiten ein. Albert ging wie gerädert daraus hervor. »Gott, was für eine Frau!«

Wenn sie wieder zu Atem gekommen waren und Harriett ihren Kopf bequem in die Mulde seiner Schulter schmiegte, erzählte sie ihm von dem großen Aufstand Nat Turners in der Grafschaft Southampton in Virginia. »Das war ein Heiliger und Gerechter. Der Heilige Geist war in ihm.«

Dagegen hatte sie noch nie von Marcus Garvey gehört.

Als Harriett Albert wie ein neugeborenes Kind an sich drückte, brach er in großes Schluchzen aus, und die Tränen, die er noch nicht hatte weinen können, rannen ihm über die Wangen. »Er trat in mein Leben, als ich gerade alles verloren hatte, was das Leben lebenswert macht. ›*Hey man!* Suchst du den Tod oder was?‹ So hat er mich angefahren, ohne zu wissen, daß ich ihn wirklich suchte. Das Leben, das Leben war für mich eine dreckige Lache, an der ich meinen Durst nicht stillen konnte. Warum müssen sie jedesmal die töten, die mir die Liebsten sind.«

»Frieden, Frieden!«

Am folgenden Sonntag, zur Stunde der Messe, erblickten die Gläubigen der kleinen schwarzen Baptistengemeinde Harriett, wie sie einen großen, vom Leid gezeichneten Körper stützte und zog, der aber willig seine Stimme in die Psalmen mischte:

Den Frommen wie den Frevler prüft der Herr
Schwefel läßt er regnen auf die Sünder und glühende Kohlen
Ihres Bechers Anteil ist sengender Wind.

Als Albert jedoch zu der Überzeugung gelangte, daß das Feuer Gottes nicht diejenigen verbrennen würde, die seinen Freund, seinen Bruder, getötet hatten, und daß dieses Verbrechen nur ein winzig kleiner Teil Ungerechtigkeit in einem großen Wirbelwind war, kündigte er sein Konto bei der Wells Fargo, begab sich zum Büro der Pacific und kaufte eine Fahrkarte erster Klasse nach Colón, von wo aus er ein Schiff nach Guadeloupe nehmen wollte.

Am Vorabend seiner Abreise hinkte er zum ersten Mal den Telegraph Hill bis zur Spitze hinauf und nahm Abschied von der Stadt. Ach, sie hatte ihn schön hereingelegt. Er hatte gemeint, daß er hier wieder zu Kräften kommen und, wie neugeboren, auf den Weg des Glücks gelangen würde. Sie hatte ihn übers Ohr gehauen, hintergangen! Wenn doch ein neues Erdbeben sie völlig zerstören und ihr Bild aus dem Gedächtnis der Menschen löschen könnte! Währenddessen hatte der Feuervogel der Sonne die Nebel besiegt und schwebte unangefochten über der Bucht, und ihre ganze Schönheit zerriß ihm sein verwundetes Herz! Grausam, grausam!

Die Reise verlief ohne besondere Vorkommnisse. Diesmal wurde Albert nicht aus der Kabine hinausgeworfen, die er mit einer Gruppe französischer Kaufleute teilte, die von einer Handelsreise zurückkehrten.

Ich besitze das Tagebuch, das mein Urgroßvater inmitten der Gischt auf der Brücke schrieb, sein Fäßchen mit violetter Tinte in einem Berg Seile festgeklemmt. Es hat nicht den geringsten literarischen Wert. Die Sätze sind schwerfällig und die Fehler zahlreich. Ich werde mir also nicht die Mühe machen, Auszüge daraus wiederzugeben. Es ermöglichte mir lediglich, zu erfahren, was für ein Mensch Albert Louis war.

Von überdurchschnittlicher Intelligenz, die aber leider durch keinerlei Lektüre bereichert wurde. Von der Empfindsamkeit eines Geschundenen. Von der Aufnahmefähigkeit eines Autodidakten. Kein Leitbild. Kein Vorbild außer Marcus Garvey, den er von weitem gesehen hatte. Kurz, der Inhalt des Tagebuchs besteht aus einer Aneinanderreihung von Fragen, von Überlegungen, die einen Gebildeten lächeln ließen.

Bei seinem Zwischenaufenthalt in Colón wollte Albert seinen früheren Geschäftspartner Manoel aufsuchen. Aber das Geschäft war inzwischen eingegangen, und niemand wußte, was aus dem Panamesen geworden war. Dann nahm er den Zug für die Arbeiter und begab sich noch einmal nach Gatun.

Im Dorf, in dem sich niemand mehr an ihn erinnerte, erfuhr er, daß der alte Seewall gestorben war und seine Frau bei einer ihrer Töchter in Bas Obispo lebte.

Er ging zu Lisas Grab auf dem kleinen Friedhof, der regelmäßig von den Wassern der Chagres überschwemmt wurde, so daß die von frommen Händen dargebrachten Perlenkreuze, künstlichen Blumen und Kerzenständer aus Ton fortgeschwemmt wurden. Dort setzte er sich auf den Boden, streckte sein steifes Bein aus und begann, der Toten zu beschreiben, welchen bitteren Geschmack der Trank seines Lebens hatte. Zum Glück war da das Kind.

»Ich werde aus ihm einen Mann machen. Solide wie ein Mapoubaum. Königlich wie eine Palme von Ségou. Seine Krone wird alle anderen überragen, und da du das alles siehst, wirst du glücklich sein ...«

Als der Pfiff des Zuges, der sich erschöpft von all den entwurzelten Menschen müde dahinschleppte, die dumpfe Luft zerriß, zog Albert einen kleinen Lederbeutel aus seiner Tasche, den er mit Erde füllte. Danach stand er ungelenk auf, aufgrund seines Schmerzes noch unbeholfener als sonst.

In jenem Jahr wurde der Kanal fertiggestellt, und die ganze Welt geriet über die Herkulestat der Amerikaner in Verzükkung.

9

Das Kind war mit wundersamen Erzählungen über seinen Vater genährt worden, der sich in einer Gegend aufhielt, in die noch niemand gekommen war, selbst Ti Jean nicht, der das Ungeheuer verfolgte: in Amerika. Dort hängten Rothäute, die sich Körper und Haar mit Öl einrieben, Hängematten in Bäume oder fuhren auf trägen Wassern die großen Flüsse hinunter. Manchmal schossen sie Pfeile auf Tiere mit menschlichen Körpern ab.

Eines Tages zog man ihm strahlend saubere Unterwäsche an, die nach Vetiver duftete, darüber ein Höschen aus blauem Samt, ein spitzenbesetztes Hemdchen mit richtigen Manschettenknöpfen an den Ärmeln. Dann zog man mühsam einen Scheitel durch sein krauses Haar. Als er sich so schön im Spiegel sah, lachte er nicht. Er hatte Angst. Er wußte, daß sein Vater zurückkehrte ...

Gegen vier Uhr machten sie sich zum Kai auf. Theodora ging mit ihrem Sonnenschirm voran, und die Leute fragten: *»Sé jodi la?«**

Sie nickte mit dem Kopf und plusterte sich auf, während ihr Samttäschchen am Handgelenk baumelte. Im Hafenbecken hatte ein riesiges schwarzrotes Schiff angelegt, mit dem Land durch Landungsstege verbunden, die schwarz waren vor Männern, Frauen, Kindern, Trägern ... Nun seufzte Theodora wie in Wehen: *»Pitite-mwen! Pitite-mwen!«***

Dem Kind war sehr warm. Der brennende Schweiß, der ihm von der Stirn rann, lief ihm in die Augen, und es wagte aus Angst, sich schmutzig zu machen, nicht, ihn mit dem Ärmel abzuwischen. In der Aufregung hatte Theodora vergessen, ihn auf den hohen Steinguttopf zu setzen, den sie hinter einem geblümten indischen Vorhang verwahrte, so daß es ein Martyrium durchlitt.

* »Ist es heute?«
** »Mein Kleiner! Mein Kleiner!«

Plötzlich sah es einen Mann, ganz in schwarz gekleidet, abgesehen vom Hemd mit dem hohen weißen Kragen, das ihm die Kehle wie ein Halseisen zuschnürte. Sein Haar war so kurz geschoren, daß man seine Kopfhaut sehen konnte, und er stützte sich mit einem beträchtlich zu nennenden Gewicht auf einen Stock mit silbernem Knauf. Der Mann kam nun mit schwerem hinkenden Schritt den Steg herunter, während sein Blick wie ein Leuchtturmscheinwerfer unaufhörlich den Ozean der aufgeregten Familien absuchte. Das Kind zitterte, als dieser Scheinwerfer bei ihm anhielt, ihn in seinem Lichtschein einfing und die Einzelheiten seines Gesichts, die Narben von zahlreichen Spielen und Raufereien auf seinen Armen und Beinen ins Visier nahm. Der Mann kam bis auf Tuchfühlung an ihn heran und sagte schließlich, zu Theodora gewandt, die in ihr Taschentuch heulte: »Er ist aber klein!«

Die Leute erzählen, daß Albert bei seiner Rückkehr von seinem zehnjährigen Aufenthalt in der Fremde so viele amerikanische Dollars zur Bank brachte, daß der weiße Direktor höchstpersönlich aus seinem Büro herauskam, um sich diese grüne Flut anzusehen. Sie erzählten auch, daß er für einen Apfel und ein Ei eine Reihe unwegsamer Grundstücke westlich von La Pointe kaufte und darauf einen riesigen Lakou bauen ließ, wobei er den Fortgang der Arbeiten überwachte und die Arbeiter anpfiff, sobald sie eine Pause machten, um ein wenig Maniokmehl und in Öl getunkte Avocado zu essen. Diese Art von Gebäude ist heute selten geworden. Zu dem Zeitpunkt, an dem unsere Geschichte spielt, bot sie all denen eine Zuflucht, die die Plantagen verließen, um den sozialen Aufstieg in der Stadt zu suchen. Danach erwarb Albert ein Import-Export-Geschäft, das einem Weißen von Saint-Martin gehört hatte, der zu sehr vom Tode seiner Frau getroffen war, um sich um die Hautfarbe seines Nachfolgers zu kümmern. Ein Neger im Import-Export! Soweit sich die Leute von La Pointe erinnern konnten, war das noch nie vorgekommen, und die Leute strömten auf den Kai Louis-Philippe, um Albert und seinen drei Angestellten zuzusehen, wie sie die Kästen mit Stockfisch, die Säcke mit Reis oder Fässer mit Öl in Empfang nahmen, die für seinen zunehmenden Reichtum sorgen sollten.

Schließlich erwarb er ein Grundstück in einem bisher wenig erschlossenen Bereich am Meer, transportierte lastwagenweise Arbeiter dorthin und ließ ein stattliches, flach gedecktes Haus mit Wohnräumen und Balkonen auf jeder Etage erbauen, und zwar jenes, in dem später meine Mutter aufgewachsen ist.

An einem ruhigen Morgen im September sahen die Leute von La Pointe eine lange, durch die lärmenden Straßen ziehende Karawane von Trägern, deren Beine sich krümmten und deren Rücken sich unter der Last enormer Kisten beugten. Es war Alberts direkt aus Bordeaux eingetroffenes Mobiliar, das sie aus dem Bauch eines Schiffes am Kai schleppten. Nach seinen Anweisungen stellten sie es in den zwölf Zimmern des neuen Wohnsitzes ab. Als Albert auf den Balkon Bougainvilleen und *Six-mois-six-mois** in Töpfen anpflanzte, stieg die Wut an und quoll über.

Sicher fehlte es in La Pointe nicht an Negern, die den besseren Kreisen angehörten und die in der Politik den Ton angaben. Aber es handelte sich um Ärzte, Anwälte oder Lehrer, daß heißt Leute, die aufgrund ihrer Bildung in ihre Stellung aufgestiegen waren. Wer war Albert Louis schon? Ein ehemaliger Zuckerrohrschneider, dessen Mutter, die früher Zuckerrohr zusammengebunden hatte, nun ein Matadorkleid trug und nicht lesen konnte. Arme Theodora! In allen Salons machte man sich über sie lustig. Unter großem Gelächter erzählte man sich ihre Französischfehler! Sie sagte: *»Bon Dié, je suis faillie m'estromain!«***

* Weihnachtssterne
** *»Bon Dieu, j'ai failli me faire mal à la main!«* (Guter Gott, ich hätte mir fast die Hand verletzt!)

*»Les matins, je fais un petit pé té . . .«**
*»Je suis restée mofoise!«***

Man redete und zeigte mit dem Finger auf die Häuser, in denen sich Alberts zahlreiche Schwestern verdingt hatten, über die Lolos, die Buden, in denen sie als Verkäuferinnen arbeiteten, und auf die Bars, in denen sie die Tresen wienerten und eiligen Kunden manchmal ihre Dienste anboten. Die einzig Vorzeigbare, so hob man hervor, sei Maroussia, die mit einem Segelmacher in Port-Louis verheiratet war. Eines Sonntags kam einer mit einer famosen Neuigkeit. Albert betreibe Hexerei, Ehrenwort! Er habe ihn gesehen, mit seinen eigenen Augen gesehen, wie er sich in einem entfernten Winkel des Friedhofs, wo keiner seiner Toten lag, niedersetzte, um den Stamm einer Tuberose mit seinen Tränen zu netzen und dann die Erde um sich herum zu küssen und mit geschlossenem Mund einen Zauberspruch anzustimmen. Von dort bis zu dem auf dunklen und magischen Vorgängen gegründeten Reichtum . . . war es nur ein kurzer Schritt!

Von alledem schien Albert nichts zu wissen, wenn er aufrecht wie ein großes I von seinem Geschäft an den Kais, dessen Fassade er erneuert und mit dem Schild

Albert Louis
Import-Export

versehen hatte, zu seinem Haus in der Rue du Faubourg-d'Ennery marschierte, wobei er einen Umweg am Postbüro vorbei machte, von wo er jeden Tag einen an Mrs. Harriett Dennis adressierten Brief nach San Francisco abschickte. Was Theodora betraf, so war sie im siebten Himmel, vor allem, wenn sie sich in der Abendfrische auf den Balkon setzte, um ihren Enkel zu wiegen und seinen Geist mit Geschichten zu er-

* *»Chaque matin, je me fais un peu de thé!«* (Jeden Morgen mache ich mir ein bißchen Tee.)
** *»Je suis restée sans paroles!«* (Ich war sprachlos.)

füllen, an denen sich die Neger der Plantagen erfreuten. Ein einziger Schatten lag über ihrem Glück! Ihr Sohn sorgte sich praktisch nicht um sie! Zu den Mahlzeiten nahm er auf der ihr gegenüberliegenden Seite des Eichentisches Platz und kaute schwerfällig. Wenn er vom Geschäft zurückkam, schloß er sich in ein Zimmer in der ersten Etage ein, das er sein Büro nannte, und wenn sie schüchtern an den Türrahmen aus Mahagoni klopfte, um um etwas Geld zu bitten, fand sie ihn mürrisch hinter der *Voix du Peuple* vor. Oh, nein, so ein Leben hatte sie nicht erwartet!

Was Theodora nicht wußte, war, daß ihr Sohn jene Tage in einem Nebel von Leiden durchlebte, der aus Demütigungen und Bedauern bestand, und daß er hinter dem Schutzwall seiner Lippen, die er unter dem Bart zusammenpreßte, eine flehentliche Bitte an das Kind richtete: »Räche mich! Räche mich für all das! Ist es mein Fehler, daß ihre Väter früher lesen gelernt haben als meiner? Sind wir nicht alle aus demselben Bauch gekommen, als wir, ungetaufte Sklaven, im Gänsemarsch von Bord kamen und dann verteilt wurden, um die Berghänge urbar zu machen? Räche mich für ihr Gelächter! Warum bin ich ohne Frau und ohne Freund in dieses Land zurückgekehrt? Sie ruhen unter der Erde, die beiden, die ich geliebt habe . . .«

»Ich wohnte in Chinatown im Duft von Ingwer und Pfeffer. Mein Fenster öffnete sich zu den Läden hin mit den verheißungsvollen Namen ›Frieden und Überfluß, Glaube und Mildtätigkeit‹. Abends hüllte ich mich in das genußbringende Opium, oder ich ging, um mein Geld im Qualm der *Tongs Toys** zu verspielen! Hier bin ich der Einsamkeit verfallen.«

* Spielhöllen

10

Das schwächliche Kind näherte sich dem Alter von zehn Jahren. Als es eines Tages von der Schule kam, sah es eine Reihe von Männern den Vatable-Kanal entlangmarschieren. Alle waren sehr jung, offensichtlich im gleichen Alter, trugen khakifarbene Uniformen und wurden, wie es sich gehört, von einigen Weißen mit roten Ohren angeführt. Ganz überrascht fragte der Junge einen Gaffer, der neben ihm Wurzeln geschlagen hatte: »Was ist das?«

Der Mann sah ihn an: »Das sind Soldaten!«

»Soldaten!«

»Ja, du Dummerchen, Soldaten! Weißt du nicht, daß in der Metropole Krieg herrscht?«

Ja, das Kind hatte in seinem französischen Geschichtsbuch Soldaten auf den napoleonischen Schlachtfeldern gesehen. Aber sie waren nicht schwarz und glichen auch überhaupt nicht diesen herumtrampelnden Jünglingen!

Es kam nach Hause gerannt und schrie: »Liebe Mama, ich habe Soldaten gesehen. In der Metropole herrscht Krieg ...«

Albert, der sich zu dieser Uhrzeit eigentlich im Geschäft aufhielt, um seine Habe zu zählen, war leider gerade im Gespräch mit dem Tischler Narcisse, bei dem er einen Schrank bestellen wollte. Als er hörte, was das Kind sagte, vollführte er, so schnell es ihm sein angeschlagenes Bein erlaubte, eine Kehrtwendung, packte es am Rücken und verabreichte ihm kreuzweise drei Backpfeifen. »Krieg oder nicht Krieg, das sind alles Angelegenheiten der Weißen! Und daß du mir Frankreich nicht noch einmal die Metropole nennst!«

Das Kind wischte das Blut ab, das von seinen Lippen rann. Zum ersten Mal wagte es, dem Blick seines Vaters standzuhalten, bevor es zur Treppe stürzte, die zur zweiten Etage führte. In seinem Zimmer warf es sich auf sein Bett, biß in sein Kopfkissen und schluchzte: »Ich hasse ihn! Ich hasse ihn!«

11

*»San Francisco, den 24. März 19***

Liebster Albert,
unsere kleine Gemeinde hat sich gerade vergrößert. Drei neue Familien sind aus Alabama eingetroffen. Sie haben das ganze Land auf einem von Maultieren gezogenen Karren durchquert, indem sie nachts gefahren sind und sich tagsüber hingelegt haben, so fürchteten sie um ihr Leben. Letzte Woche hat Reverend Kelly fast ein Dutzend Taufen vorgenommen, und der Auftritt der Brüder und Schwestern im weißen Gewand, wie sie in die Hände klatschend das Gospel ›Jesus is my Lord‹ gesungen haben, das Sie so mochten, war wunderbar.

Abgesehen davon geht es uns eher schlecht. Aus dem ›Palace Hotel‹ ist aufgrund eines rassistischen Beschlusses der Direktion das ganze schwarze Personal verjagt worden. Unsere Männer sind ohne Einkommen, und unsere Frauen müssen nebenher arbeiten. Da es uns unmöglich wird, in der Stadt eine Wohnung zu finden, haben wir die Bucht überqueren müssen, um uns in Oakland niederzulassen. Die Gegend ist an einigen Stellen morastig, an anderen stark bewaldet, aber wir schrecken vor der Mühe nicht zurück. Wir haben schon eine Kirche errichtet, eine Schule für unsere Kinder und ein Pflegeheim für unsere Kranken. Ein Vertreter des NAACP ist aus Los Angeles gekommen und hat uns in unseren Anstrengungen ermutigt. Er hat uns daran erinnert, daß angesichts dessen, was im Rest des Landes passiert, Kalifornien noch ein Paradies ist. Haben Sie von den Massakern von East Saint Louis gehört, wo Hunderte der Unsrigen ihr Leben ließen? Vielleicht hört man in Ihrem fernen Guadeloupe nichts von solchen Ereignissen!*

Ich bete jeden Tag meines Lebens für Sie. Wenn ein Mensch ein wenig Glück verdient, dann sind Sie es.

Ihre ergebenste Harriett.«

* spätere Wiege der Black Panther

Dies ist der einzige Brief von Harriett, den ich in den Papieren meines Urgroßvaters gefunden habe. Offenbar haben sie sich jedoch bis zum allzufrühen Tod der letzteren im Jahre 1936 geschrieben.

12

An einem Morgen im März, etwas mehr als ein Jahr nach seiner Rückkehr nach La Pointe, betrat Albert Theodoras Schlafzimmer, die gerade alkalische Dämpfe zur Stärkung der Kopfdurchblutung inhalierte, und sagte zu ihr: »Mama, ich werde heiraten.«

Es ist sicher, daß Theodora *mofoise*, sprachlos, war! Sie stotterte: »Wie das?«

Albert nahm ihre Frage gar nicht zur Kenntnis und fuhr fort: »Sie heißt Elaïse Sophocle. Sie ist Grundschullehrerin.«

Als das Kind um vier Uhr aus der Schule kam, fand es Theodora mit geröteten Augen, groß wie Stockknäufe, vor. Es fragte zitternd: »Was hat er dir angetan?«

»Heiraten! Er will heiraten!«

Elaïse Sophocle kam am nächsten Tag, als es sechs Uhr schlug, um ihre zukünftige Schwiegermutter und ihren zukünftigen Stiefsohn kennenzulernen. Sie war in Begleitung ihrer Mutter, die zwar den alten Kopfschmuck, aber ein europäisches Kleid trug. Elaïse war kaum älter als zwanzig Jahre und erschien auf den ersten Blick häßlich, nichtssagend. Den Körper in ein Kleid von unvorteilhaftem Blau gezwängt, ihr üppiges Haar gut eingefettet und nach hinten zu einem Knoten gewickelt, der von Schildpattnadeln zusammengehalten wurde. Aber wenn sie mutig den Kopf hob und ihre Augen aufblickten, die von hellerem Braun waren als ihre wie in dichte Nacht gehüllte Haut, wenn sich ihr Mund zu einem Lächeln voller Schatten und Zartheit dehnte, dann wußte man, daß der Mann, der sie erwarb, ein Schmuckstück erhielt.

Da die Mutter Louise Sophocle die Unterhaltung auf Kreolisch begann, wies Theodora sie auf den rechten Weg des Französischen zurück, um sie daran zu erinnern, in welche Familie ihre Tochter kam. Von diesem Augenblick an haßten sich die beiden Frauen, und es kam zu einem Kampf auf Leben und Tod an den Wiegen der Kinder, die geboren werden sollten.

Elaïse Sophocle war die natürliche Tochter eines der ersten Politiker unseres Landes, der von Légitimus bei seiner Wahl zum Abgeordneten um Längen geschlagen wurde, worüber er so verdrossen war, daß er sich nach Capesterre zurückzog, um Hühner zu züchten. Ihr Vater hatte sich nie um sie gekümmert, und es war Louises Verdienst, sie großgezogen zu haben, indem sie Kartoffel- und Marmorkuchen hinter der Kathedrale Saint-Pierre-und-Saint-Paul verkauft hatte. Man wundert sich, daß dieser Kleinhandel so viel einbringt, um aus einem Mädchen eine Lehrerin zu machen! Jedenfalls war Elaïse Sophocle eine der ersten ihrer Generation, die das Abschlußzeugnis erhielt, das dann zum Unterrichten berechtigte.

Von ihrem Schaukelstuhl aus, im kleinen Wohnzimmer ihres Hauses in der Rue Rouget-de-Lisle, hatte Mutter Louise zahlreiche Männer vorbeiziehen sehen, die um die Hand ihrer Tochter anhielten. Sie hatte sie höflich angehört, bevor sie sich der Überprüfung ihrer Bankkonten und Zukunftsaussichten widmete. Dann gab sie ihnen ihre Antwort. Ausnahmslos negativ. Der Zirkus dauerte seit zwei Jahren an, und die Leute begannen schon darüber zu lachen, daß Elaïse schließlich eines Tages ihrer Mutter einen vielversprechenden Bauch mitbringen würde, als Albert im engen und zugestellten Wohnzimmer Platz nahm. Elaïse war nicht gefragt worden. An einem Donnerstag, an dem sie sich erlaubt hatte auszuschlafen, hatte Louise, die ihr eine Tasse Kaffee brachte, gesagt: »Um vier Uhr kommt Albert, um mit dir zu sprechen.«

Sie hatte verstanden, was das bedeutete. Albert machte ihr genau drei Monate den Hof. Er kam vom Vorort Frébault zurück, um sich umzuziehen, da er den ganzen Tag in seinem schwarzen Anzug schwitzte, machte sich mit kleinen Schritten zur Rue Rouget-de-Lisle auf, blieb bei Melanie stehen, um *Chadèques** oder geröstete Erdnüsse zu kaufen, die Louise, die Mutter, über alles liebte. Er wandte sich mit keinem Wort an Elaïse, denn er wußte, daß er an ihrer Seite noch Jahre zu verbringen hätte, deren Monate, Wochen, Tage, Stunden, Minuten und Sekunden er mit Gerede füllen müßte. Und sie wagte nicht, an den furchtbaren Moment zu denken, an dem sie sich nackt vor diesem schrecklichen Unbekannten würde hinlegen müssen, um ihn das bangende Fleisch ihrer Schenkel zerreißen zu lassen.

Die Verlobungsanzeige von Elaïse und Albert Louis beherrschte das Tagesgespräch. So zwielichtig war Alberts Ruf, daß der Reverend Altmayer, der Elaïse auf die Erstkommunion vorbereitet und ihr Woche für Woche donnerstags die Beichte abgenommen hatte, sein Pfarrhaus verließ, um Louise, die Mutter, vor dem Versuch, ihr Kind zu verkaufen, zu warnen. Victor Achille, ein Angestellter der Steuerbehörde, der, verrückt vor Liebe zu dem Mädchen, der Mutter vergeblich ein Sparguthaben angeboten hatte, um sie zufriedenzustellen, fiel, von einem Anfall getroffen, in Erstarrung, und seine Lähmung wurde Alberts Hexerei zugeschrieben.

In der Woche vor der Hochzeit regnete es ohne Unterlaß, und das überwucherte Flüßchen, das La Pointe als wenig einladendes Rinnsal durchfloß, schwoll an und ergoß sich in schlammigen Sturzbächen ins Meer. Am Sonntag der Hochzeit breitete sich dann ein wolkenloser Himmel über die Häuser aus, während die Sonne wie ein sabberndes und zahnloses Neugeborenes lachte.

An einer der Wände des Wohnzimmers im Haus der Rue du

* Leckerei (Anm. d. Übers.)

Faubourg-d'Ennery, dort, wo meine Mutter großgeworden ist, hängt das Hochzeitsfoto, und ich denke, daß sie es wahrgenommen hat, ohne es anzusehen, wie die zu vertrauten Gegenstände, denen wir gar keine Aufmerksamkeit mehr schenken. Albert, so groß an der Seite der so kleinen Elaïse. Albert, so finster neben ihr, die in jener Schönheit erstrahlt, die sie nicht mehr verlassen sollte. Albert, in die Erinnerung an seine Demütigungen und Leiden getaucht. Sie, die trotz allem auf einen Sonnenaufgang mit dem Lallen von Kindern hoffte.

Am Nachmittag, als sich der Feneteau-Les-Grappes-Blanches in den Korbflaschen leerte, stieg Albert mit Elaïse in einen Tilbury und nahm den Weg nach Port-Louis, wo seine Schwester Maroussia und ihr Segelmacher ein Haus besaßen.

Nun traf es sich, daß das gegenüberliegende Haus in Trauer war, da ein Telegramm des Kriegsministeriums den Tod des ältesten Sohnes mitgeteilt hatte.

Gaston Philibert. Dreiundzwanzig Jahre alt.

Einer der 1637 Guadeloupaner, die im Dreck der Gräben von 14/18 lagen, ohne zu wissen warum.

Als Albert erfuhr, weshalb das Haus schwarz behängt war und die Frauen weinten, während sich die Männer melancholisch betranken, suchte er wie ein Verrückter das Weite in Richtung Meer. Er kam nicht vor Mitternacht, nach billigem Rum stinkend, zurück und machte sich über den fragilen und instinktiv aufbegehrenden Körper von Elaïse her. Schönes rotes Blut befleckte die Mitte des Bettes, und im selben Augenblick wurde mein Großvater Jacob gezeugt! Jacob! Ein Vorname aus dem Nahen Osten! Man mußte wohl von so ungewöhnlichem Wesen wie Albert Louis sein, um seinen Erstgeborenen so zu taufen! Jacob, der älteste der Jungen, die Elaïse bekommen sollte und die nach ihm die Namen Serge, René und Jean bekamen!

Die tote Lisa wurde wütend und weinte viel in dieser Nacht, sie, die sich vor nichts gefürchtet hatte. Denn sie spürte die aufkeimende Liebe zwischen dem ungleichen Paar, eine Liebe, die sich niemals in Worten zeigen und sich nicht in Geziertheiten ergehen sollte. Die Liebe dennoch, stark wie das Leben!

13

Bis jetzt war der Junge schwächlich und klein gewesen. Plötzlich begann er kräftiger zu werden und zu wachsen. Er überragte Theodora um zwei Köpfe, Elaïse um einen Kopf und hatte, aufgeschossen wie ein Irokobaum , die Größe Alberts, zu dem er nicht mehr hinaufblicken mußte. Paradoxerweise begannen gerade damals alle, ihn bei jenem Kosenamen zu rufen, den Elaïses Zuneigung geformt hatte: Bert.

Bert wurde nach strengen Prinzipien erzogen, die eigentümlicherweise niemals ausgesprochen wurden und ihn dennoch wie unsichtbare Signale leiten sollten.

Man sollte weder mit Weißen noch mit Mulatten Umgang haben. Die Weißen waren natürliche Feinde und die Mulatten abscheuliche Bastarde, die die Arroganz ihrer Väter geerbt und vergessen hatten, daß sie den Bäuchen von Negerinnen entstammten.

Vor allem aber mußte man die anderen Neger meiden, denn seit Ewigkeiten haben die Neger ihresgleichen gehaßt und versucht, ihnen mit aller Kraft zuzusetzen!

Man mußte also allein leben. Schön allein.

So flüchtete Bert sich ins Lesen. Von morgens, wenn er sein Fenster öffnete, um nicht den ersten Sonnenstrahl zu verpassen, bis zu dem Moment, wenn Theodora ihn rief: *»Doudou, j'ai fait un ti di té!«**

Von seiner Rückkehr aus der Schule und anstatt die langweiligen Deklinationen ›Rosa, Rosam, Rosae . . .‹ zu lernen bis zu

* »Ich habe ein bißchen Tee gemacht.«

dem Moment, wenn Elaïse ihn rief: »Hast du deine Aufgaben gemacht?«

Und weiter nach dem Essen, bei dem er sich zwang, das mechanische Hin und Her der Kiefer seines Vaters zu übersehen, der wortlos fritierten Fisch, überbackene Christophinen oder das Hühnerfrikassee zermalmte, den Blick jedoch auf den vielversprechenden Bauch Elaïses und ihr sonniges Lächeln gebannt.

Zwei Ereignisse passierten in jenem Jahr, in deren Folge er nicht mehr der gleiche war und langsam ins Jugendalter kam.

Jede Woche ging Theodora die Mieten des Lakou für ihren Sohn einkassieren und brachte ihm die Einnahmen direkt zum Geschäft, wo er über einen Tresor verfügte. Sie gab auch die Klagen der Mieter an ihn weiter, denen er im übrigen niemals Aufmerksamkeit schenkte. An einem Samstag schickte sie mit dem Hinweis auf ihre alten Beine, die sie nicht mehr trügen, Bert an ihrer Stelle. Bert wußte nicht, daß sein Vater einen Lakou besaß und durchquerte mit eigenartigen Befürchtungen die Stadt, taub gegenüber den Rufen der Sinobol-Verkäufer, blieb am Hafenbecken stehen, um sich die Segler von Marie-Galante anzuschauen, und ging weiter, wobei er einen Kieselstein fortkickte.

Von der Straße führte ein stinkender Durchgang, eingeklemmt zwischen zwei Häusern, zum Lakou. Da es am Vortag geregnet hatte, hatte man einen Steg aus Brettern durch den Matsch gelegt, und wehe dem, der unsicher auf den Füßen stand! Dieser führte zu einem zwei Stockwerke hohen Viereck, einer Seifenkiste, um die sich Balkone zogen, die von kochenden Frauen überquollen, mit Kindern an der Brust oder an den Beinen – grimmige zahnlose Megären, die, als sie Bert erblickten, nach ihren Männern riefen, die in Unterhemden im Innern herumlungerten. Bert stockte der Atem. Schon erklangen Schreie, Gelächter und Beschimpfungen: »*Vini pou mwen kasé grin-aw!*«*

* »Komm näher, damit ich dir die Eier zerbreche!«

Was dann folgte, ließ in Berts gleichwohl wenig frommem Geist die Bilder vom Kreuzweg Jesu Christi, des Menschensohns, wiedererstehen. Er mußte unter dem heftigen Hagel von Sticheleien und Beschimpfungen das Geld entgegennehmen, wenn man gewillt war, es ihm zu geben, mußte es zählen, die vorbereiteten Quittungen verteilen. Zehnmal stand Bert kurz vor einer Ohnmacht. Zehnmal war er kurz davor, sich über das Geländer zu beugen, um die Abscheu und den Haß auf seinen Vater zu erbrechen. Es gelang ihm, sich zu beherrschen. Als er nach beendeter Mission den Durchgang betrat, der zur Straße führte, die wie das gelobte Land strahlte, traf ihn ein Stein mitten auf dem Rücken und ließ sein Blut stocken. Er wandte sich um und sah einen riesigen Kerl auf sich zukommen, so daß er die Beine unter den Arm nahm. »Ich muß ihn umbringen. Ihn umbringen! Nur sein Blut rächt mich für das, was er mir heute angetan hat!«

Doch kann ein elfjähriger Junge seinen Vater umbringen?

Von Sinnen vor Wut und Schmerz stürmte er ins väterliche Haus, stürzte die Treppe hinauf und stieß auf dem Flur des ersten Stocks gegen Madame Labasterre, die Hebamme, und gegen Theodora, deren arme Beine auf wundersame Weise geheilt waren und die mit einem breiten Lächeln ihre Goldzähne zeigte: »Komm ihn dir ansehen!«

Er ließ sich in das Schlafzimmer von Albert und Elaïse ziehen, wohin er noch niemals vorgedrungen war, so daß er die überall im Raum verteilten Möbel aus Coubarilholz ebenso wenig kannte wie die zahlreichen, auf kleinen Rundtischen aufgestellten Fotografien. Eine davon zeigte seinen Vater in jungen Jahren, hutlos, neben einem Mann mit offen lächelndem Gesicht in einer unbekannten Straße, in der asiatische Kinder standen, die alle königlich wie Jesus Christus gekleidet waren. In dem Bett, das so breit wie die Rue Frébault war, sah er, dicht an der Brust der erschöpften, aber selbst in ihrer Erschöpfung noch schönen Elaïse, eingepackt in Spitze, englische Stickereien und Leinen, das dreieckige, verdrießliche Katzengesichtchen mit feuchtem Haar. Elaïse sagte leise: »Küß ihn!«

Er konnte es nicht, und sein ganzes Leben sollte er Gewissensbisse wegen dieses Kusses empfinden, den er seinem neugeborenen Bruder verweigert hatte.

14

Bis dahin hatte Lisa ihren Sohn in Ruhe gelassen. Plötzlich begann sie, ihn zu quälen. Er wachte nachts auf und fand sie seufzend und herzzerreißend weinend am Fußende seines Bettes vor. Wenn er sich in die Lektüre vertiefen wollte, breitete sie ihre Hand quer über der Seite aus, und die Buchstaben verschwammen vor seinen Augen. Wenn er lachte, schlug sie ihn hinterhältig in die Magengrube, und sein Lachen verwandelte sich in Weinen. Er begann, die Dunkelheit zu fürchten. Er begann, die Stille mit nur für ihn hörbaren Stimmen zu bevölkern. Und von nun an schien er angespannt auf der Lauer zu liegen, um beim geringsten Geräusch aufzuspringen und seine unsichtbare Peinigerin zu erspähen. Er wurde dürrer, er schoß weiter auf. Seine Gesichtszüge bildeten sich schärfer aus, und alle schrieben es der Pubertät zu.

Ich will versuchen, das zu erklären. Lisa hatte ihrem Sohn die Liebe, die er Theodora entgegenbrachte, nicht übelgenommen. Im Gegenteil. Sie freute sich darüber, ihn grillenhaft und kapriziös vergöttert und herausgeputzt zu sehen. Trotz ihres Alters rutschte Theodora mit den Knien auf dem Boden herum und trug auf ihrem Rücken das Kind, das ihr unter großem Gelächter die Peitsche gab. Dagegen konnte Lisa die Zuneigung ihres Sohnes zu der, die ihr schon den Mann genommen hatte, nicht ertragen. Bert betete Elaïse an.

Wie sollte er auch anders? Ihr Gatte war doppelt so alt wie sie. Er schlief mit ihr und sprach dann erst im Laufe des Tages wieder mit ihr. Jede Woche überreichte er ihr eine für den Bedarf der sich ständig vergrößernden Familie lächerlich geringe Geldsumme, so daß sie ihr Gehalt einer Grundschullehrerin der vierten Klasse bis auf den letzten Sou aufbrauchte. Dennoch ging von Elaïse eine Zärtlichkeit aus, so wie eine Blüte Duft ausströmt. Sie brauchte nur ihre feingeäderten Hände einem Kranken aufzulegen, und aller Schmerz verschwand, und Frieden kehrte ein. Sonntags sang sie so lieblich in der Kirche, in die sie allein mit den Kindern ging, da Albert sie nicht begleiten wollte, daß man sie bat, ihre Begabung in den Dienst der Gemeinschaft zu stellen und sich an solchen Künstlervereinigungen wie ›Die Fackel‹ und ›Die Flamme‹ zu beteiligen, die unter der Lehrerschaft gerade gegründet wurden.

Elaise war wie Quellwasser, wie die Brise, die sich über dem Meer bildet und ihre Frische über schweißbedeckten Stirnen ausbreitet. Sie war wie die Bergflöte, die aus dem Bambus vom Bachufer geschnitzt war. Ja, Bert betete sie an!

Wie übrigens alle Leute in La Pointe!

Bei ihrem Tod riefen sie im Chor: »Oh ja, die Frau von Albert Louis, das war ein Engel des lieben Gottes . . .« Und die Straßen füllten sich mit Kindern der Schule, die heute ihren Namen trägt, in weißen Kleidern, die Hände voller Rosen und Lilien. »Oh ja, sie war ein Kind des lieben Gottes! Jeder Teufel in der Hölle hat seinen Engel. Sie war der von Albert . . .«

Und so kam es, daß Lisa mit der perversen Eifersucht der Verstorbenen Berts Liebe mit Träumen von Fleischlichem und Inzest trüffelte, ihn nach dem schönen Busen schielen ließ, den Elaïse entblößte, um Jacob zu stillen, ihn dazu brachte, ihren Körper heimlich zu beobachten, wenn sie donnerstags ihr Bad im Hof nahm, wobei Theodora ihr die Schultern und den Rücken mit einem Bündel Blätter abrieb, und ihn nach fiebernden Abschweifungen mit feuchten Schenkeln aufwachen ließ. Der arme Bert war von den Sehnsüchten seines Körpers, die keiner Vernunft gehorchten, erschöpft, hielt es nicht mehr aus und seufzte eines Tages: »Welch Unglück, daß du nicht meine Mutter bist!«

Elaïse verstand ihn falsch und machte auf ihren Stiefeletten kehrt: »Sei still! Deine Mutter war ... Deine Mutter war ...«

»Wer war sie denn eigentlich?«

Elaïse geriet in Verlegenheit, so daß sie die wenigen ihr bekannten Elemente zusammenfügte und murmelte: »Sie war eine englische Negerin, die dein Vater in Panama gekannt hat ...«

Der Satz war wie Magie. Von nun an trat die Tote in das Leben ihres Sohnes, der seine Träume auf zwei Frauen verteilte. Wenn die Lebende ruhig war und die Hand auf seine Stirn legte, um seine Ängste zu besänftigen, so war die Tote stürmisch, immer unruhig, und der Jugendliche, abwechselnd sanftmütig und exaltiert, fügsam und aufgebracht, wußte nicht mehr, welchem Heiligen er sich anvertrauen sollte.

Als Albert durch die von ihm bevorzugte Zeitung erfuhr, daß in Paris ein großer Kongreß stattfände, der die Delegierten von Schwarzen aller Länder der Erde, von Afrika bis Amerika, zusammenführen sollte, verlor er den Verstand und die Urteilskraft. Er, der eine zugleich stolze und vorsichtige Zurückhaltung bewahrt hatte, schrieb den Politikern, die zu dem Kongreß fuhren, daß sie seiner Unterstützung in dieser rühmenswerten Mission zur Rehabilitierung der erniedrigten Rasse sicher sein könnten, und bot ihnen demütig an, sie trotz seiner geringen Bildung zu begleiten. Zwei lange Wochen blieben seine Briefe ohne jedes Echo.

Dann erschienen in perfekter Übereinstimmung in *La Vérité*, *Le Libéral*, *Le Citoyen* und *Le Peuple*, das heißt, in den damals großen Zeitungen der verschiedensten Richtungen, Artikel von einer seltenen Heftigkeit, die einen Shylock anklagten, der sich die zerschlissene Kleidung eines Volksfreundes überzöge, einen Ausbeuter, der das Lager wechseln wolle.

Ohne Albert beim Namen zu nennen, ergingen sie sich lang und breit über sein Geschäft, in dem drei unterbezahlte Angestellte schufteten, über die beklagenswerte Enge des Lakou, dessen Dächer undicht und dessen Zwischenwände von Holzwürmern befallen waren, und verglichen dies alles mit dem herrlichen Haus in der Rue du Faubourg-d'Ennery.

Insbesondere der Leitartikler des *Peuple* schloß mit den Worten: »Wer soll hier getäuscht werden? Ein Ausbeuter hat keine Farbe. Er ist weder schwarz noch weiß noch ein Mulatte. Die Guadeloupaner, die, seitdem sie die Nacht der Sklaverei hinter sich gelassen haben, schon so oft ihre politische Reife unter Beweis stellten, werden sich nicht durch Maskeraden täuschen lassen. Wer Ohren hat, der höre!«

Als wenn das nicht genug gewesen wäre, kamen vor Sonnenaufgang, als nur alte Jungfern und alte Frauen wie Kirchenratten durch die Straßen eilten, um ihre Leiden dem Ewigen anzuvertrauen, angeheuerte Männer und kippten einen randvollen Abortbehälter vor dem Geschäft aus. Eine boshafte Hand beschmierte völlig das Schild aus Bakelit. Als der erste Angestellte kam, um das Gitter hochzuziehen, rutschte er durch die Scheiße und beeilte sich, Albert, der noch zu Hause seinen Kaffee trank, zu benachrichtigen, damit ihm Gleiches erspart bliebe.

Wie nach dem Tod seines Freundes Jacob nahm Albert seinen verrosteten Karabiner von der Wand und sprach davon, Politiker und Journalisten umzulegen. Dann legte sich sein Fieber, und er schloß sich ein. Eine ganze Woche lang mußte Elaïse gegen seine Bürotür trommeln und betteln, damit er ein wenig Nahrung entgegennahm. Dann verließ er seine Höhle.

Die Pressekampagne von 1920 veränderte den Charakter meines Urgroßvaters so, daß er den Rufnamen Soubarou erneut ganz verdiente. Seine Unterhaltungen beschränkten sich auf zwei oder drei mehr oder weniger lange Knurrer, die seine Zufriedenheit, Ungeduld oder Wut andeuteten. Paradoxerweise machte er es sich in jener Zeit zur Gewohnheit, nach dem

Einwerfen des Briefes an Harriett Dennis ins Dona Flor, das neue Blumengeschäft, zu gehen und seiner Elaïse einen Strauß Orchideen zu kaufen.

Kinder mischen sich selten in die Streitigkeiten der Erwachsenen.

Im Gymnasium ließ man Bert in Frieden, wenngleich man ihm auch einen Sonderplatz zuwies. Als jedoch bekannt wurde, daß Handlanger kiloweise Exkremente auf dem Gehsteig vor dem Geschäft seines Vaters ausgekippt hatten, war es mit der Ruhe vorbei. Sobald er unter den Mangobäumen im Hof auftauchte, riefen die Schüler im Chor: »Oh, wie das stinkt!«

Bert schwankte, setzte sich dann auf eine Bank, während sich seine Blicke in der Ferne verloren. Als die Glocke läutete, erhob er sich. In dem Maße, in dem er sich dem seiner Klasse vorbehaltenen Aufstellplatz näherte, stoben die Jungen in alle Richtungen auseinander, hielten sich die Nase zu und heulten auf: »Oh, wie das stinkt!«

Bert gab sich geschlagen, ließ die Schultern unter der Last der Schande seines Vaters hängen und steuerte den Ausgang an, als Gilbert de Saint-Symphorien aus der Menge hervortrat und verkündete: »Nicht er ist es, der stinkt! Ihr seid das, es ist die dreckige Sippschaft eurer Eltern!«

Dies war der Beginn einer Freundschaft, die ein Leben lang dauern sollte. Gilbert de Saint-Symphorien war Mulatte, der Sohn eines Anwalts, der so beliebt war, daß ihn das ganze Land ›Sympho‹ nannte. Er galt als liberal, weil er arme Schlucker, die Rinder oder Yamswurzeln gestohlen hatten, vor dem Kerker bewahrt und einen Béké in die Zange genommen hatte, der wegen Vergewaltigung und Mord an einem Dienstmädchen verdächtigt wurde. Schließlich stellte sich heraus, daß ein schüchterner Verehrer die Tat begangen hatte, aber ›Symphos‹ Hartnäckigkeit war legendär geworden. Entgegen den Erwartungen war Gilbert, der ganz sich selbst überlassen war, ein Strolch. Ein Herumtreiber, sagte seufzend die, die ihn hatte taufen lassen. Donnerstags versteckte er seine Schultasche und seine Geige hinter einem Sandhaufen an der Place de la Victoire und verschwand, anstatt sich bei Fräulein Artémis einschließen zu lassen, seitwärts oder schnurstracks geradeaus. Nun war er Herr der Gehsteige, Fähnlein im Wind der Straßen; schnell war die Hose aus Drill beschmutzt, waren die Socken wie Korkenzieher verdreht, und sein schön gelocktes Haar krönte ihn wie der Schopf eines Araberjungen, während seine milchweißen Zähne in seinem kaum hellbraunen Gesicht lachten. Bert, der bis dahin bis zum Hals zugeknöpft war, begann aufzutauen und folgte ihm mit panischer Angst im Bauch bei der Vorstellung, plötzlich irgendeinem Freund seines Vaters oder Elaïses gegenüberzustehen.

Ich finde unsere zwei Spaßvögel bei Loretta wieder, einer Prostituierten reiferen Alters, die aber Jugendliche gern mochte. Oh, sie erinnert sich noch! »Bert schämte sich so sehr, daß er mit hängendem Kopf und Schwanz ins Bett kam! Was für eine Hundsarbeit, ihn dazu zu bringen, daß er ihn hoch bekam! Ich habe ihn beleidigt und zu ihm gesagt: ›Himmeldonnerwetter! Du vergißt wohl, daß du ein Neger bist?‹«

Allerdings wußte Loretta nicht, daß Bert mit ihr schlief und dabei an Elaïse dachte, verzweifelt darüber, daß er nicht den Platz seines Vaters einnehmen konnte, um sich an dieser Quelle zu stillen: »Oh, welch Genuß wäre die Liebe mit ihr! Zwischen ihren Laken, an ihrer Haut! Anstatt dieses überall erschlaffenden Körpers den ihren, der so fest ist trotz ihrer Mutterschaften und den überquellenden Kelchen ihrer Brüste!«

Ich finde ihre Spur auch in Gosier. In den Kneipen, wo sich die Fischer mit 55prozentigem die Kehle spülen und an Zigarettenstummeln ziehen, die genau so braun sind wie ihre Zahnstümpfe, bis hin zu den Boxringen, denn Gilbert, der Sohn eines Rechtsanwalts und Enkel eines Urkundsbeamten, träumte davon, daß dort seine Zukunft läge. Werde einer schlau daraus! Bert, der zwar erstarkt, aber dennoch nicht kräftig genug ist, schaut seinem für die Heldentaten auf ›Sonny‹ getauften Freund zu, wie er sich zusammenschlagen läßt, und wischt ihm mit seinem Taschentuch das Blut von der Nase. Monsieur und Madame de Saint-Symphorien sind die roten Sechser ihres Sohnes leid und schicken Gilbert angesichts der Schande, die sie auf ihrem Namen lasten sehen, auf ein Pariser Gymnasium. Die beiden Freunde schreiben sich jeden Tag.

»Mein lieber Bert,
Du kannst Dir nicht vorstellen, was für eine Stadt Paris ist. Unser kleines La Pointe, das uns allen lieb ist, würde hier kaum ein Stadtviertel ausmachen. Ein Fluß, auf dem sich die Lastkähne drängen, teilt die Stadt in zwei Hälften, und die Tauben der ganzen Welt lassen sich auf ihren Denkmälern nieder. Es wird nie dunkel, und noch um Mitternacht ist der Himmel von Licht durchdrungen. Wie sehr Du mir fehlst . . .!«

Bert schlief mit Gilberts Briefen unter seinem Kopfkissen, aus Angst, sie könnten dem Vater in die Hände fallen. Was für eine Geschichte! Er, der Freund eines Mulatten, und was für ein Mulatte! Mit Sicherheit einer von denen, die die Hunde der Lokalpresse von der Kette gelassen hatten!

Zu jener Zeit war es, daß Albert von einem Pflanzer, der durch den Verfall der Zuckerkurse in der Nachkriegszeit ruiniert war, sechs Hektar Land bei Juston aufkaufte. Darauf stand eine Bruchbude aus Holz, und von nun an nahm er jeden Samstag seinen Sohn mit, um Jagd auf die Ratten zu machen, die sich hier eingenistet hatten. Es ging darum, die Nagetiere hervorzulocken und ihnen, sobald sie die Schnauze aus ihrem Loch heraussteckten, mit einem Knüppel den Kopf einzuschlagen. Danach wurden die Kadaver in einem Feuer verbrannt. Jedesmal wurde Bert fast ohnmächtig und biß die Zähne zusammen, damit sich ihm nicht der Magen umdrehte. Vergeblich lief er bis zur Sanguine, die auch bei Juston vorbeidümpelte, er wurde diesen Geruch von Ungeziefer, Blut und verbranntem Fleisch nicht los.

Während der mondlosen und ruhelosen Nächte von Juston, die erfüllt waren vom Quietschen der Fledermäuse, dem Quaken der Frösche und dem wütenden Gesang des Meeres, lieferten sich Lisa und Elaïse harte Kämpfe. Wenn Bert sich fiebernd über Elaïse legte und sich daran machte, eins zu werden mit ihr, versetzte die außer sich geratene Lisa ihm einen hinterhältigen Schlag auf den unteren Teil des Rückens und nahm ihm jegliche Lust. Wenn er sich an die Schulter der ersten schmiegte, um die Trostlosigkeit seiner Tage zu beklagen, schlug die zweite ihm mit dem Ellenbogen den Mund blutig, so daß er hechelnd in der Dunkelheit liegenblieb. Manchmal, wenn er keinen Schlaf finden konnte, trat er unter den Balkon hinaus. Die Dunkelheit umfing ihn. Die Erzählungen von den Plantagen, mit denen Theodora ihn genährt hatte, drehten sich in seinem Kopf, und er traute seinen Augen und Ohren nicht mehr. War dies das Schlagen der Gwoka-Trommel oder das der Flügel der Fliegenden? Dieses Blinken, war es das eines Glühwürmchens oder das eines verirrten Geistes? Was kauerte dort im Wipfel des Ylang-Ylang-Busches? Plötzlich nahmen drei Kröten reißaus und sprangen außer sich vor Atem dort hinein, wo Albert, der, um sich die Stunden zu verkürzen, größere Mengen Landrums geleert hatte, wie ein Maulwurf schnarchte. Der ganze Radau ließ ihn nicht zur Ruhe kommen, so daß er wartete, bis die hellen Morgensterne aufgingen.

15

Abgesehen von den zwölf Kindern, deren Väter unbekannt waren, hatte Nirva, eine von Alberts Schwestern, noch eine Tochter namens Létitia, die von dem Drucker Jean Repentir stammte, seinerseits Sohn des Druckers Jean Repentir. Da seine Frau trotz zweier Pilgerreisen nach Lourdes und neuntägiger Andachten in Notre-Dame-du-Grand-Retour, ganz geschweige der verschiedenen Tränke und Sude aus Pflanzen ihres Gartens, ihn nicht zum legalen Vater hatte machen können, hütete Jean Repentir seine Létitia wie seinen Augapfel. Außer seinem Namen hatte er ihr alles gegeben und aus ihr im Alter von sechzehn Jahren eine allerdings mittelmäßige Schülerin auf der weiterführenden Mädchenschule von La Pointe gemacht. Eines Tages, als Létitia auf dem Heimweg von der Schule auf der Straße bummelte, weil sie es nicht eilig hatte, nach Hause zu der in ihrem verfallenen Lolo herumnörgelnden Nirva zurückzukehren, lief sie einem jungen Mann über den Weg, der ihr zurief: »Ihren Namen, oder ich sterbe!«

Sie beschleunigte ihren Gang.

Dieser junge Mann, der jüngere Bruder eines städtischen Beigeordneten, hieß Camille Désir und war Repetitor am Gymnasium. Er war wie sein Bruder und sein Vater Freimaurer der Loge ›Die Erwählten des Westens‹. Seit seiner Heirat mit Létitia hörten die Feindseligkeiten gegenüber meinem Urgroßvater Albert auf.

Die Hochzeit fand im Haus in der Rue du Faubourg-d'Ennery statt, das von diesem Tag an, als es zum ersten Mal Verbündete und Freunde der Repentirs und Désirs, anerkannte Notable mit Bank in der Kirche und Grabmal auf dem Friedhof, persönlich unter seinem Dach versammelte, seinen Platz unter den Wohnsitzen der Honoratioren der Stadt einnahm. Das alles kam zu spät für Albert, der in sein Büro hinaufging und sich einschloß. Camille Désir, der sich aufgrund der Verleumdungen, die er über ihn gehört hatte, eine Vorstellung von seiner Person gemacht hatte, suchte ihn dort auf und fand ihn mit offenem Kragen und einer Flasche Rum, die er sich an den Hals gesetzt hatte. Merkwürdigerweise entspann sich eine Freundschaft zwischen den beiden Männern, die auf den ersten Blick wenig dafür geschaffen waren, sich zu verstehen, und die viele Jahre trennten. Camille Désir übte von da an die Funktion eines vertrauten Mentors aus.

»Ich bin nicht am rechten Platz inmitten dieser Leute, die

Havannas rauchen, französisch sprechen, als würden sie Spitzen klöppeln, und nur hellhäutige Frauen heiraten. Ich bin eine Yamswurzel, Sorte Grosse Caye, schwarz wie die Erde, aus der sie kommt. Ich liebe meine Rasse und will, daß sie fortbesteht ...«

»Was immer du denken magst, ich fühle mich auch nicht zu ihnen gehörig. Ich bin Kommunist. Hast du Marx gelesen?«

Albert hatte jenen Namen noch nie gehört und ließ sich ungläubig erzählen, daß die Rasse nicht zähle, denn nur die Klasse sei wichtig. Er schüttelte heftig den Kopf: »Nein, nein, nein! Man haßt mich, weil ich Neger bin!«

Das muß der Beginn endloser Wortgefechte gewesen sein.

Zur Feier der Stunde tauften sie ihre neugeborene Freundschaft mit Rum, und Camille Désir, völlig betrunken, ging nicht eher wieder hinunter, um seine neue Ehefrau in Empfang zu nehmen, bevor er nicht noch eine lange Rede über Marcus Garvey angehört hatte. »Dieser Mann sagt Dinge, die noch nie gesagt worden sind. *›I shall teach the Black Man to see beauty in himself.‹* Kannst du Englisch? Weißt du, was das heißt? Daß die schwarze Rasse schön ist. Daß sie groß ist. Daß sie die Welt in Staunen versetzen wird.«

Camille zuckte mit den Schultern: »Was erzählst du da? Es sind die Proletarier aller Hautfarben, die eines Tages Vergeltung üben und das Universum in Staunen versetzen! (Ein Streit, der noch zu keinem Schluß gekommen ist!)

Theodoras altes Herz hielt den Stolz nicht aus, den ihr die Heirat ihrer Enkelin mit einem Mann bereitete, der mit einem solchen intellektuellen Gepäck beladen war. Es gab nach. Zwei Tage nach der Hochzeitsfeier fiel sie quer auf ihr Bett und konnte sich nicht mehr erheben. Da Elaïse beinahe den Verstand verlor, vergaß sie, sich den Mund mit dem Französischen zu verdrehen, und flüsterte ihr zu: *»Sé douvan zot kalé à pwezen. Mwen pé pati!«**

* »Ihr schreitet voran. Ich kann euch verlassen!«

Sie verstarb mit einem Lächeln der Glückseligkeit.

Man fürchtete, daß Albert wahnsinnig würde.

Er, der seit seiner Heirat nicht mehr mit Theodora sprach und sie nicht mehr brauchte, damit sie ihm die Wochenmiete überbrachte, bestieg ein Pferd und verschwand im schnellen Galopp. Man suchte ihn vergeblich in Juston. Man stöberte im Unterholz. Man stieg den Victor-Hughes-Pfad bis zum Fuße des Soufrière hinauf, wobei man jeden Hügel fetter Erde am Fuße der Riesenfarnbäume untersuchte. Man brannte Zuckerrohrfelder nieder, um ihn womöglich wie ein wildes Tier daraus zu vertreiben. Man hatte schon aufgegeben, als er, die Augen rot wie Cayennepfeffer und ein Atem, der Fliegen tötet, mitten unter den korrekt in Trauerfarben gekleideten Verwandten, Verbündeten und Freunden wiederauftauchte!

Elaïse, die ihren Mann kannte, hatte darauf bestanden, daß man den Sarg noch offen lasse und ihn in seinem Beisein schließe. Als der letzte Nagel eingeschlagen wurde und das alte, zu nachsichtige Gesicht für immer verschwand, fiel er auf die Knie.

Niemand bemerkte Bert, der in einer Ecke stand, eine Trauerbinde am rechten Arm.

Der Heranwachsende verbrachte seine Tage in größter Einsamkeit. Elaïse, die gerade ihren zweiten Sohn, meinen Großonkel Serge, zur Welt gebracht hatte, war die ganze Zeit mit Fläschchen mit Reisschleim zur Verhütung von Durchfällen und mit Pudern zur Vermeidung von Hautentzündungen beschäftigt. So blieb ihr nur die Zeit, ihm Küsse auf die Stirn zu geben, so leicht und flüchtig wie Kolibris.

Da ihn die Lehrer selten fragten, verbrachte er in der Schule ganze Stunden, ohne den Mund aufzumachen. Nicht einen Freund. Gilbert verkümmerte in seinem Pensionat in Paris, und selbst seine manchmal zehn Seiten langen Briefe entschädigten nicht für seine Abwesenheit.

Es war ihm nur die altgewohnte Gegenwart jener geblieben, die ihn immer angebetet hatte. Die verließ ihn nun, und er war allein.

Allein auf der Welt.

Er versuchte, die Abneigung, die ihm sein Vater verursachte, zu überwinden und sich ihm anzunähern. Samstags biß er die Zähne zusammen und beförderte die Ratten ins Jenseits. Eines Nachts, als Lisa ihn mehr als gewöhnlich peinigte, ging er zum Luftschnappen auf Alberts Seite der Veranda, dessen Pfeife im Dunkeln rötlich leuchtete. Albert wandte sich nicht nach ihm um. Nach einer Weile knarrte jedoch seine Stimme: »Wie du mich so vor dir siehst, glaubst du wohl, ich hätte einen Felsen im Herzen? Das kommt daher, daß du nicht weißt, was ich durchgemacht habe! Meine Frau, deine Mutter, haben sie umgebracht. Meinen Freund, meinen Bruder, haben sie umgebracht. Wer, sie? Die Weißen! Das sind Dämonen, komm ihnen nie zu nahe. Besudele niemals dein Blut mit ihrem! Ach, wie ein Zombie war ich! Sie war es, Elaïse, die mir eine Prise grobes Salz auf die Zunge gelegt hat, so daß ich begann, mich wieder wie ein Mensch zu verhalten. Geld! Kinder! Hast du Englisch in der Schule? Übersetz mal: *›I shall teach the Black Man to see beauty in himself . . .‹*«

Dann stand Albert auf und ließ Bert verblüfft sitzen, der sich fragte, ob das nicht ein Streich gewesen sei, den ihm die Nacht gespielt hatte! Er schrieb gleich an Gilbert. Der antwortete ihm:

»Mein lieber Bert,

ich weiß nicht, wo Du diesen Satz aufgestöbert hast. Jedenfalls ist er schön und bedeutsam. Willst Du, daß wir ihn zu unserer Devise machen?

Dein lieber Freund
Gilbert.«

Die Annäherung zwischen dem Vater und dem Sohn fand ein jähes Ende.

Eine polemische Auseinandersetzung, die in den Lokalzeitungen auf ein großes Echo stieß, hatte die Glut der Hoffnungen bei Albert aufleben und ihn wieder streitsüchtig und gleichgültig gegenüber allen anderen außer sich selbst werden lassen. Der schwarze amerikanische Intellektuelle Du Bois, der senegalesische Abgeordnete Blaise Diagne und ein Abgeordneter von Guadeloupe stritten sich darüber, welche Unterstützung sie den Ideen Marcus Garveys zukommen lassen sollten. Marcus Garvey! Auf diese Weise erfuhr Albert, daß sein Idol am Leben, wirklich am Leben war! Alles andere war unwichtig, die Veranstaltung eines sogenannten panafrikanischen Kongresses in London, Brüssel und Paris, die Sturzbäche von Gunstbezeigungen, mit denen der Abgeordnete von Guadeloupe, ›Führer der schwarzen Franzosen‹ und so weiter und so fort, überschüttet wurde. Wichtig war nur diese Neuigkeit: Marcus Garvey war in New York am Leben. Er drängte Camille Désir, dank seines Zugangs zur Welt der Politik weitergehende Informationen zu beschaffen, und der teilte ihm mit, daß Garvey eine Zeitung herausbrachte, von der er sich sogar ein Exemplar beschafft hatte, nämlich *The Negro World*, und Eigner eines Schiffahrtsunternehmens sei, das alle Neger nach Afrika zurückbringen sollte.

An diesem Punkt des Gesprächs schlug Albert die Augen auf: »Nach Afrika? Warum?«

Camille Désir hob die Augen gen Himmel: »Das ist doch das Land, aus dem unsere Vorfahren kommen! Dein Garvey, von dem ich gehört habe, daß er ein gefährlicher Schwärmer ist, vergißt einfach, daß drei Jahrhunderte vergangen sind und viel Wasser unter den Brücken hindurchgeflossen ist!«

Aber Albert belastete sich nicht mit all jenen Einwänden. Er wurde vom Schwall seiner Freude fortgerissen. Hüpfend wie ein Kind. An Marcus Garvey schrieb er unverzüglich einen seitenlangen Brief, in dem er ihn daran erinnerte, daß er ihm in Panama nachgereist sei, ihm vom Tod seines Bruders erzählte, über den er sich nicht hinwegtrösten konnte, und ihm seine finanzielle Hilfe zur Durchführung seiner ruhmvollen Aufgabe anbot.

Erreichte dieser Brief seinen Bestimmungsort? Man darf daran zweifeln.

Jedenfalls wartete Albert wochenlang vergeblich auf eine Antwort, das Gesicht immer verschlossener, das Murren immer seltener und unverständlicher, je mehr Tage dahingingen. Eines Abends, als Bert allen Mut faßte und sich ihm näherte, um ihn zu fragen, ob er ihn nach Juston begleiten wolle, schlug er ihn, außer sich vor Wut, mit seinem Stock, so daß der Bogen seiner Augenbraue aufplatzte. Da wurde Elaïse jedoch wütend. Nachdem sie auf Berts Stirn, von der frisches rotes Blut herunterrann, ein kleines Pflaster aus Pimentblättern gebracht hatte, schleifte sie einen Strohsack ins Schlafzimmer ihrer Jungen. Dort schlief sie zwei Wochen. Am Ende der zweiten Woche streckte Albert ihr, als er vom Geschäft zurückkam, stumm und steif einen Strauß Aronstab entgegen. Sie brach in Tränen aus und zog wieder ins eheliche Schlafzimmer ein. In jener Nacht wurde mein Großonkel René gezeugt, der nur ein sehr kurzes Leben haben sollte.

16

Damals war mein Großvater Jacob fast sechs Jahre alt. Er war ein stiller und grimmiger Knabe, der, während seine Mutter in Dubouchage unterrichtete, die Hausangestellte kratzte und mit den Füßen auf seinen Spielsachen herumtrampelte. Die Leute erkannten darin den Charakter seines Vaters wieder und ließen sich zu keiner der Liebkosungen oder liebreizenden Worte hinreißen, die man Kindern sonst zukommen läßt.

Er war erbarmungslos häßlich. Man fragte sich, woher er wohl diese Häßlichkeit hatte! Häßlich und schwarz. Blauschwarz wie manche Icaque-Pflaumen. Sicher deshalb war er der Liebling von Elaïse, die sein kleines, unvorteilhaft ausgefallenes Gesicht in ihrem Busen vergrub und sang:

»Ti Kongo à manman	*»Mamas kleiner Kongo*
Ola Ti Kongo an mwen?«	*Wo ist mein kleiner Kongo?«*

Als Antwort brabbelte der Junge eine Reihe von Kosewörtern und ließ seine Finger über die Augen, die Nase und den Mund seiner Mutter wandern:

»Mama-dudu-mause-schätzchen ...«

17

Bert schaffte den ersten Teil seines naturwissenschaftlichen Abiturs mit Auszeichnung.

Elaïse vergoß unendliche viele Tränen darüber, daß Theodora an diesem Ruhmestag nicht bei ihnen sein konnte. Oh, sie war mit großen Schritten vorangekommen, die Nachkommenschaft der Zuckerrohrbinderin, und hatte das Zuckerrohr weit hinter sich zurückgelassen! Jetzt hatte sie nichts mehr mit den ungesunden Ecken der Bruchbuden der Neger zu tun, die durch das Elend der Menschen so heruntergekommen waren, daß selbst die Pandanus-Buchten sie nicht schöner erscheinen lassen konnten! Ja, nun kletterte sie auf die Höhe der Anwesen hinauf, erreichte sie den Gipfel des Berges! Ein Neger Abiturient! Wie viele Neger mit Abitur gab es wohl in La Pointe, beziehungsweise auf Guadeloupe? Nirva ließ zur Danksagung eine Messe lesen. Albert beauftragte Elaïse, dem erfolgreichen Kandidaten eine goldene Taschenuhr zu überreichen, die an einer fünfzig Zentimeter langen Kette hing und die eingravierten Initialen ›J. H. A.‹ trug, während Camille Désir ihm die *Gesammelten Werke* von Marx und Engels schenkte, wobei er bestimmte Passagen sorgfältig mit roter Tinte unterstrich. Aber

Bert blätterte nicht in den Seiten jener wenig einladenden, kartonierten Bände. Gilbert! Gilbert de Saint-Symphorien, der im Abitur durchgefallene Faulenzer, verbrachte seine Ferien in Montebello, im Wochenendhaus seiner Eltern. Indem er sich über die Vorurteile zweier Familien hinwegsetzte, trat Gilbert über die Schwelle des nach saurem Hering und Stockfisch riechenden Geschäfts, um Bert zu sich einzuladen, und der Wagemut jenes forschen, jungen Mulatten im wildseidenen Anzug entlockte Albert ein Brummen, das der andere sogleich als Einverständnis auslegte.

Montebello!

Durch seine Heirat mit Adrienne Crespin, einer unehelichen Tochter des Fabrikbesitzers Hyacinthe de Belle-Eau, hatte Gilbert de Saint-Symphorien, Gilberts Vater, im Korb mit der Mitgift seiner Frau zwölf Hektar Yamsland und ein auf der Grenze nach Carrère gelegenes herrschaftliches Haus erhalten. Gilbert dachte nicht daran, in jener Hochburg der Mulattentümelei eingeschlossen zu bleiben, und gab dies dem verdutzten Bert schnell zu verstehen, denn Madame de Saint-Symphorien sang abends zu ihrem Geklimper auf dem Klavier, und die jungfräulichen Cousinen mit dem sirenenhaften Haar schliefen in der Dachkammer, keusch umzäunt vom Moskitonetz.

Der Mond zwinkert mit seinem einen Auge, und die beiden schleichen sich durch die Küchentür davon, was die Schäferhunde anschlagen läßt. Auf halber Höhe des Berges unterhält Omer einen Ausschank, in dem Gilbert jeden mit dem Vornamen anredet: *»Ti Pol, saou fè?«**

Am Fuße des Berges ist Célutas Bett breit genug, so daß man sich zu zweit hineinwerfen kann. Im Ort von Petit-Bourg lebt eine Negerin namens Délices, deren Vulkan von Venushügel statt Lava heißes Meerwasser speit. Bert, der nach und nach von Elaïse genesen ist, entdeckt den kurzen Tod der

* »Ti Paul, wie geht's?«

Lust unter ihrem niedrigen Dach, auf das die Septemberregen prasseln. Sie erinnert sich, Délices!

»Er war wie ein Rennpferd, das sich seines hervorragenden Galopps bewußt wurde, oder wie ein Kampfhahn der Stärke seiner Sporen. Ich sagte zu ihm: ›Himmeldonnerwetter, Neger! Willst du mich umbringen oder was? Dreimal hast du schon gesungen wie der Hahn beim Heiligen Petrus! Laß mich schlafen!‹ Aber auf dem Ohr war er taub.«

Zwischen zwei Saufrunden und zwei Bettrunden schwor Gilbert seinem Freund mit dem Ernst des Besoffenen: »Die Farbe zählt nicht. Mulatte oder Neger, das hat nichts zu sagen! Was wir hassen müssen, das ist das Bürgertum, das kleine und das mittlere, das heißt deine und meine Klasse! Sie beide kehren dem Volk den Rücken zu! Zu ihm, das alle Vernunft besitzt, müssen wir aber zurückkehren . . .«

Bert schenkte dem Schönredner keine Aufmerksamkeit. Er entdeckte seinen Körper, den brodelnden Saft in seinem Innern, der nicht mehr bei einer einsamen kalten Umarmung überschäumte, sondern in einem wilden Körpergemenge!

Am 15. August, dem Festtag von Petit-Bourg, flanieren die beiden Burschen die Straßen entlang, werfen bei den Geschicklichkeitsspielen Pfeile ins Schwarze, öffnen Champagnerflaschen, geraten dann vom Saufen zum Prahlen, schließlich bei Grande-Savane in eine Schlägerei und essen schließlich einen Macadam auf Bananenblättern, die mit dem Pinsel glasiert waren.

Während jener Ferien gewährte Lisa ihrem Sohn einen königlichen Frieden. Sie erlaubte ihm, sich herumzutreiben, seinen Samen auszuteilen, in den Seiten des *Wohltemperierten Klaviers* der Madame de Saint-Symphorien zu blättern und zu versuchen, galanten Umgang mit den Cousinen zu pflegen. Nachsichtig und unerwartet friedfertig wachte sie bis zu dem Moment, in dem sich die Toten von den Lebenden trennen müssen, am Kopfende des Bettes über ihren Kleinen, der, berauscht vom Glück, schnarchte. Jene Ferien in Montebello, die eine Woche dauern sollten, dauerten vier. Zu Beginn der fünften Woche schlugen die Hufe des Pferdes, das den Briefträger trug, auf dem Beton der langen Palmenallee Funken. Eine knappe Mitteilung des Vaters forderte den Sohn zur Rückkehr nach Hause auf. Den Tod in der Seele und nach einem allerletzten Beisammensein mit Délices, nahm Bert das letzte Segelboot nach La Pointe. Auf der kleinen Hafenmole schwenkte Gilbert sein Taschentuch, dessen weiße Farbe durch die hereinbrechende Dunkelheit drang. Bert kam zusammen mit der Nacht in der Rue du Faubourg-d'Ennery an, und die Hausangestellte, die man im Morgengrauen aufscheuchte, damit sie Kaffee aufsetzte, schlief schon wie ein Klotz auf ihrem Strohsack.

Am nächsten Morgen, als er bei einer Tasse Kakao Elaïse die Freuden der gerade vergangenen und schon so fernen Tage beschrieb, unwirklich in dem Eßzimmer, in dem die Henri-II.-Möbel sich stumm in ihren Schonbezügen ansahen, da schritt Albert durch das Zimmer und teilte ihm, ohne stehenzubleiben, mit, daß er an der Industriefachschule von Angers studieren werde. In seiner Bestürzung fand Bert noch die Kraft zu sagen: »Ich gehe nicht weiter auf das Gymnasium? Warum?«

Albert gab sich nicht die Mühe einer Antwort. Die eisernen Beschläge an seinen Stiefelabsätzen klickten schon draußen in dem aufkommenden Stimmengewirr der Straße. Als Bert, einmal an der Schwelle des Aufbegehrens angelangt, Elaïses gebrochenen Blick suchte, reagierte sie mit einer ausladenden Geste der Machtlosigkeit und lief aus dem Zimmer.

Ich gebe zu, daß wir da auf ein Rätsel stoßen! Warum unterbrach Albert die brillant begonnene Ausbildung seines Sohnes? Wer hatte ihm diese Industriefachschule in Angers in den Kopf gesetzt?

Alle, die in der Familie zu den Mutigen gehörten und es wagten, ihm direkt in die Augen zu sehen, sprachen entweder im Geschäft oder in der Rue du Faubourg-d'Ennery vor. Camille Désir kam mit Marx und Engels und setzte ganze Nachmittage lang auseinander, daß Bert, mit dem zweiten Teil des Abiturs ausgestattet, seiner Rasse noch besser dienen könnte. Er könne Arzt, Anwalt, Straßen- und Brückenbauingenieur werden, die Türen der Grandes Ecoles würden sich ihm weit öffnen, und er würde auf ihren Bänken Ränge erreichen, die Negern bislang unzugänglich waren. Albert hatte die Lider über seinen matten Augen geschlossen, zog an seiner Pfeife und antwortete nichts. Maroussia, die Frau des Segelmachers Marcel von Port Louis, gab sich nicht geschlagen. Sie hatte schon immer eine Schwäche für ihren Neffen gehabt und ging zu Man Melissa, die für Marcel schon so manche verzwickte Geschichte gelöst hatte, besonders die seines Prozesses mit einem Wassersportverein. Auf den mit Weihwasser besprengten Dielen und an den Wänden, die mit Bildern der Jungfrau Maria, des Jesuskindes und der heiligen Therese von Lisieux tapeziert waren, hatte Man Melissa so viele Kerzen angezündet, daß das Zimmer wie am hellichten Tag erleuchtet war, und nahm nun einen verdrießlichen Gesichtsausdruck an: »Der Junge darf nicht fortgehen! Geht er fort, so bedeutet das für ihn Orkan und Schiffbruch ...«

»Was tun?«

Maroussias Stimme klang ängstlich, aber Melissa blieb ruhig: »Dein Bruder, das ist kein gewöhnlicher Neger. Er zieht sich ins Innerste seiner Schale zurück wie eine Lambimuschel, und du kannst nichts machen. Überhaupt nichts! Außerdem ist er jetzt mißtrauisch und schläft wie eine Kröte mit offenen Augen! Gibt es jemanden, den er liebt?«

Ohne zu zögern sagte Maroussia: »Elaïse!«

Elaïse wurde also ins Vertrauen gezogen. Von nun an mischte sie unter Alberts Mahlzeiten, Imbisse, Kaffee und Tee zerriebene Papaya, Hühnerherzen und tausend andere Ingredenzien, die besänftigend auf seinen Charakter wirken sollten. Nichts tat sich.

Am 3. September 1924 teilte Albert seinem Sohn mit, daß er für ihn einen Liegeplatz dritter Klasse auf dem Passagierdampfer *Cherbourg*, der nach Le Havre fuhr, reserviert habe. Am nächsten Tag sollte er ablegen.

In dieser Nacht vollführte Lisa einen Hexensabbat.

Sie fuhr durch ein Fenster der Veranda, und ihr Heulen erklang wie das große Klagen des Windes über dem Meer. Die Leute wälzten sich unruhig im Schlaf. Waren da die Vorzeichen eines Orkans? Dann stieg Lisa in das Stockwerk hinunter, wo die Kinder schliefen, und pflanzte in die Hirnschalen ihrer Köpfe so schreckliche Alpträume, daß sie zu heulen begannen und ihre Betten bis auf die Matratze durchnäßten. Schließlich nahm sie sich das Schlafzimmer von Albert und Elaïse vor. Rasend wegen des Unrechts, das ihrem Sohn widerfuhr, wurde sie selbst ungerecht und schlug die unschuldige Elaïse mit jener Krankheit, die sie weit vor ihrer Zeit, durchscheinend und blutleer, dahinraffen sollte. Sie verschonte Albert nicht. Da er jedoch Alpträume und Schlaflosigkeit, in denen sich alte Ängste und ewige Leiden wieder entfachen, längst gewohnt war, regte er sich nicht übermäßig auf.

Mein Großvater Jacob nahm das fürchterliche Höllenspektakel mehr als alle anderen wahr. Aber er schrieb es Theodora zu. Er, der zärtlich an seiner lieben Großmama gehangen hatte, fürchtete sie, seit er sie aufgedunsen in ihrem Sarg hatte liegen sehen, das Kinn durch ein festes Baumwollband gehalten, denn der Kiefer klaffte über ihren Zähnen aus Guyanagold. Er kauerte sich auf seinem Bett zusammen, doch die uringetränkten Laken klebten ihm an der Haut, so daß er sich schließlich in Berts Bett flüchtete, dessen Kopfkissen ganz naß war.

18

Die Erinnerungen meines Großvaters beginnen eigentlich im Jahre 1928, dem Jahr, als er dreizehn wurde. Bis dahin war sein Leben trist wie ein Buch ohne Bilder und verlief, ohne daß sich seinem Gedächtnis etwas eingeprägt hätte. Um Viertel vor sieben pflegte ihn Elaïse zu rufen: »Ti Kongo, steh auf!«

Er stand auf, vergewisserte sich, daß er seine Laken nicht eingenäßt hatte, denn die Hausangestellte würde sie, um ihn zu beschämen, auf einer Leine im Hof aufhängen, so daß er den Stock seines Vaters zu spüren bekäme, ging hinunter, um sich mit kaltem Wasser zu waschen, ging wieder hinauf, um sich die Kleider anzuziehen, die er am Vorabend auf einen Stuhl gelegt hatte, und stopfte seine Schultasche mit den erstbesten Büchern voll. Dann kam die Mutprobe des Frühstücks. Durch eine täglich sich wiederholende Alchemie verwandelte der Blick des Vaters den wohlschmeckenden Banania-Kakao in eine Übelkeit erregende Galle, das zopfförmige Brot in Querhölzer mit Fußnägeln, die Zunge und Gaumen zerkratzten. Schließlich nahm er Serge bei der Hand und ging zur Schule, die er gar nicht mochte, aber wo wenigstens Albert nicht war. Er betete seine Mutter an. Leider hatte er aber drei Räuber von Brüdern! Daher wurde ihm die Aufmerksamkeit, die er so nötig hatte, zugeteilt wie die Stücke vom Marmorkuchen am Nachmittag. Sobald er konnte, stürzte er sich daher auf seine Mutter und überschüttete sie mit Küssen, die Augen voller Tränen, wobei er selbst nicht wußte, an welcher Quelle er das Wasser geschöpft hatte. Zunächst erwiderte sie die Küsse. Dann wurde die Stimme streng, und sie drängte ihn sanft zurück: »Na geh schon! Genug jetzt!«

Warum genug? Wo er doch nur davon träumte, sich wieder in ihrem Körper zu verlieren, in sie zurückzukehren und dort zu bleiben, als ewiger Fötus, der das Leben auf der Welt ablehnte!

Im Jahre 1928, dem Jahr, als er dreizehn wurde, traten drei Ereignisse ein, die sich für ihn für immer verbanden: Schrekken, Schmerz und Angst, die von jedem einzelnen Geschehnis hervorgerufen wurden, vermischten sich in der Tiefe seines Herzens und gruben sich in die Windungen seines Gehirns ein. Eines Morgens erschien Albert im Eßzimmer, starrte ihn wie einen Wurm auf einer Frucht an und verkündete ihm, daß er nicht weiter zum Gymnasium ginge.

Wie Bert vier Jahre zuvor fand auch er die Kraft, seinem Blick standzuhalten und zu fragen: »Ich gehe nicht weiter zum Gymnasium? Wieso?«

Albert antwortete natürlich nicht und setzte seinen Weg fort, zur Tür hin, von der sich Serge so schnell entfernte, wie es ihm seine kleinen Beine erlaubten. Mit der Kühnheit gewappnet, die die Verzweiflung hervorbringt, ging Jacob hinaus, um eine Erklärung zu fordern.

Unter dem niedrigen, bleiernen Himmel spielten die Wellblechstücke Fesseldrachen und verfolgten sich schreiend gegenseitig: »Juchuuu«. Die niedrigen zerzausten Häuser gingen in die Knie, und das gewöhnlich ruhige Meer, das die Straße an ihrem Ende abriegelte, krümmte seinen Rücken wie ein wütendes Tier, das nach rechts und links kratzt und beißt. Ein sturzbachartiger Regen ging nieder. Erschrocken, denn das Wasser reichte dem Jungen schon bis zum Gürtel, kehrte er ins Haus zurück und heulte: »Liebe Mutter!«

Die Hausangestellte, die gerade im Hof die Laken aufhängte, warf ihm giftig zu: *»Kiteye tranki!«**

Er kletterte auf allen vieren die Treppe hinauf und fand Elaïse unter einem geöffneten Schirm in ihrem Zimmer sitzend, in das das vom Himmel strömende Wasser überall hineinregnete. Serge, René und Jean hatte sie an sich gedrückt. Sie schluchzte: »Er ist tot! Er ist tot! Bert ist tot!«

Er stotterte: »Bert!«

Elaïse weinte noch mehr: »Euer Vater hat mir verboten, es euch zu sagen! Schwör mir, SCHWÖR MIR, daß es ein Geheimnis unter uns beiden bleibt!«

Er brach in Tränen aus: »Woran ist er gestorben?«

»Ein Unfall! Ein furchtbarer Unfall!«

In diesem Moment brach der Balkon des Hauses mit großem

* »Laß sie in Frieden!«

Getöse von Wellblech zusammen, und die Kleinen begannen zu schreien.

Am nächsten Morgen (aber war es der nächste Morgen?) kam Elaïse, um ihn um halb sechs zu wecken: »Ti-Kongo, steh auf! Du mußt mit mir zur Messe gehen, um für ihn zu beten!«

Der Junge gehorchte.

Es fiel noch ein feiner Regen, der die mit Wellblechstücken, Brettern und toten Tieren übersäte Straße aufweichte. Ein Rind lag quer auf dem Gehsteig, und zwei Männer mühten sich ab, es mit einem an den Hörnern festgebundenen Strick beiseite zu ziehen.

Der Wirbelsturm von 1928 und das Hochwasser, das ihm folgte, kosteten eintausendfünfhundert Menschen das Leben, ebenso viele waren vermißt und mehr als zehntausend verletzt. In manchen Orten fehlte es an Holz für die Särge, und die Geistlichkeit der Gemeinden sang sich bei den *Dies irae* heiser. Auf dem Vorplatz der Saint-Jules-Kirche hatte man Zelte errichtet, und Frauen in aufgeweichten Lumpen ernährten mühevoll die Kinder. Elaïse ging von einer zur anderen, die Augen tränenüberströmt, aber Jacob wußte durch die Intuition der Liebe, daß sie hauptsächlich wegen einer anderen Verwundung weinte. Jacob verbrachte die Zeit der Messe damit, sich Bert steif in seinem Sarg vorzustellen. Hatte man sein Kinn festgebunden wie das von Großmama und Watte in seine Nasenlöcher gesteckt? Wer hatte bei ihm gewacht? Wie viele Kerzen weinten ihren Talg in die Untertassen? Und woher hatte man den Rum? Elaïse gab ihm ein Zeichen, ihr zum Altar zu folgen, und er wagte nicht, sich zu widersetzen, obwohl er in den vergangenen Nächten lange mit seinem steifen Glied unter der Decke gespielt hatte. Der Geruch seiner Unwürdigkeit widerte ihn an, und er begann zu schluchzen. Elaïse verstand das falsch und drückte ihn an sich: »Weine nicht! Er hat den ewigen Frieden!«

Als sie die Kirche verließen, bedeckte ein unschuldig blauer Himmel La Pointe. Elaïse küßte Jacob auf die Stirn, wobei sie flüsterte: »SCHWÖRE, daß du keinem etwas davon erzählst!«

Er nickte mit dem Kopf und ging in Richtung Geschäft. Er war der Ersatz für Julien, den ersten Angestellten, der einen Blutsturz erlitten hatte, weil Albert ihm nach der Niederkunft seiner Frau eine Lohnerhöhung verweigert und ihm vorausgesagt hatte, daß er wie ein Hund sterben würde.

Jacob begann, die Höhle mit den penetranten Gerüchen zu hassen, in deren Innern Albert wie eine ungeheuere Spinne lauerte und unablässig die Bücher prüfte. Er wußte nicht, daß dies auch der Tempel eines Gottes war, dessen eifrigster Verehrer er ebenso wie Albert, mehr als Albert werden sollte: des Geldes! Der Handel mit Kabeljau, Hering, Öl, Schmalz, Reis, roten Bohnen und grünen Brechbohnen brachte vielleicht keinen Ruhm ein, aber Geld. Bündel um Bündel vielleicht übelriechender Geldscheine, die in einer Bank deponiert wurden und dort mehr und mehr Bündel von Geldscheinen hervorbrachten – übelriechend, was machte es schon aus! Bald wurde Jacob der eigentliche Chef, der Boß, der Kredite verweigerte oder gewährte, die Angestellten anfuhr und sie entließ. Seine Autorität wuchs. Er wurde Gebieter über den Lakou und trat seine Herrschaft damit an, daß er sechs Familien auf die Straße setzte, die durch den Orkan alles verloren hatten und ihre Miete nicht zahlen konnten.

Während sich der Sohn wandelte, wandelte sich auch der Vater. Albert war ein Wrack, nachlässig angezogen, mit sprießendem Bart, die Schuhe verdreckt! Er, der so auf sich geachtet hatte!

Den Leuten entging seine Veränderung nicht. Wann begann sie?

Ein früherer Angestellter, Julien, derjenige, den Jacob ersetzt hatte, berichtete, daß alles mit einem Brief angefangen habe, den Albert ungefähr zwei Jahre zuvor erhalten und den er wieder und wieder in seinem Kabuff von Büro gelesen habe, um dann wie von einer Tarantel gestochen hinauszustürzen! Danach seien weitere Briefe angekommen, die er ungeöffnet in einer Schublade gestapelt habe.

Wenn man die Kinder gefragt hätte, so hätten sie auch viel zu erzählen gehabt. Eines Abends hatten sie nach sorgenvollen Blicken ihrer Mutter auf die Standuhr ohne ihren Vater am Tisch Platz genommen. Dann war Albert schwankend durch das Eßzimmer hereingekommen, wie ein Boot in der Meerenge von Dominica, wobei er unsichtbare Ruder bewegte. Ohne Grund ließ er seinen Stock auf Jacobs armen Kopf niederfahren, und als Elaïse entrüstet auffuhr, hatte er deutlich vernehmbar geschrien: »Ich hätte ihn umbringen sollen! Umbringen hätte ich ihn sollen!«

Dann war er auf die Treppe zugesteuert, Elaïse auf seinen Fersen!

Elaïse war nicht wieder heruntergekommen. Sie hatten schließlich ihre fettige Suppe unter den Augen der Hausangestellten gegessen und bis auf Jacob, der jammerte und seine Beule rieb, die Gelegenheit genutzt, Unfug zu treiben und eine Reihe kreolischer Flüche loszulassen.

Von jenem Tag an war die schon gedrückte Stimmung in der Familie noch gedrückter geworden. Albert knurrte nicht einmal mehr. Er war ein umherirrender Zombie! Elaïse sang nicht mehr, wenn sie ihnen den Nacken mit Bay Rum einrieb oder ihnen das Haar entwirrte. Dagegen seufzte sie bei jeder Gelegenheit! Überdies begann sie nun, ihnen Ohrfeigen zu verabreichen, die sie mehr schmerzten als die regelmäßigen Stockschläge ihres Vaters ...

In jenem Jahr kaufte Albert für Elaïse ein Auto. Einen braunen, chromverzierten Citroën C4 mit einer Ansammlung kochtopfartiger Scheinwerfer von unterschiedlichem Durchmesser zu beiden Seiten der breitnasigen Haube.

Elaïse ließ sich nun von einem Neffen, der sich in mechanischen Dingen auskannte, zur Kirche fahren, befand dann aber das Fuhrwerk für zu protzig, um sich damit zum Gottesdienst zu begeben, und legte den Weg wieder zu Fuß unter ihrem Sonnenschirm zurück.

Also verrostete der C4. Spinnen webten ihre Netze in den

Ecken der Sitze, deren Leder vom Schimmel grün und weiß wurde. Ein Vogel baute sein Nest im Horn der Hupe, und als eines Tages zufällig der Kofferraum hinten geöffnet wurde, beherbergte dort eine Katze ihre Jungen.

Ich halte dieses Geschenk, kostspieliger als Orchideen oder Aronstab, für eine ungeschickte, demütige Bitte. Albert hatte allen Grund, um Vergebung nachzusuchen.

ZWEITER TEIL

1

Mit den Jahren wurde mein Großvater Jacob unangefochtener Chef des Hauses Louis.

Die Leute sagten: *»I pi mové ki papaye!«**

Und das war er bestimmt! Er ließ in den Räumen des Lakou Zwischenwände aus Sperrholz einziehen, wodurch er sie teilte und auf einen Schlag die Zahl seiner Mieter verdoppelte. Er entließ die drei Angestellten des Geschäfts, um an ihrer Stelle einen der Söhne seiner Tante Nirva einzustellen, einen über dreißigjährigen Mann und Vater von fünf Kindern, dem er mit seinen achtzehn Jahren von oben herab Anweisungen gab! Er kaufte sechs Hektar Land, das an jenes grenzte, das Albert in Juston schon besaß, und bepflanzte es mit Gemüsekulturen, ließ außerdem Ställe für Kaninchen, Hühner, Schweine und ein Rindergehege errichten, so daß Elaïse nicht mehr anderweitig einzukaufen brauchte. Den reichlichen Überschuß verkaufte er an die Landfrauen von Juston, die ihn auf den Märkten von Guave und Petit-Bourg weiterverkauften. Es gelang Jacob, eine Sorte Pampelmusen aus Dominica heimisch zu machen, die saftig und ohne Kerne war.

Da sein Sohn alles in die Hand genommen hatte, hatte Albert Zeit, sich völlig gehen zu lassen. Sein Rücken war bucklig, die Füße schlurften, Federbüsche weißer Haare wuchsen ihm in

* »Er ist schlimmer als sein Vater!«

Nasenlöchern und Ohren. Er hatte immer die Wochenenden in Juston verbracht, von nun an verbrachte er den größten Teil der Woche dort. Elaïse kam nach, wenn sie keinen Unterricht gab. Sie verabscheute das Land, die Nächte, die nicht enden wollten, das Getöse des Regens auf dem Wellblech, die Bellkonzerte der Hunde, die Stechmücken, die auf das Blutsaugen versessen waren und die selbst der Qualm der schwelenden Feuer nicht vertrieb, die hartnäckigen Nageratten, die ihre Söhne in allen Ecken aufstöberten. Sie verabscheute es vor allem, weil sie hier mehr als anderswo Lisas Gegenwart verspürte. Die tagsüber besiegte Rivalin rächte sich nachts. Sie schlich zur Essenszeit herum. Sie wirbelte in immer enger werdenden Kreisen ums Bett, womit sie das Vergnügen verdarb, das Albert noch ausgiebig verschaffte. Elaïse erwartete den Todesstoß und war nicht überrascht, daß sie in Strömen ihr Blut verlor, als sie eines Morgens erwachte. Albert, der wie gewohnt vor Tagesanbruch auf den Beinen war, versah die Yams mit Pflöcken. Sie erhob die Stimme, um einen ihrer Jungen herbeizurufen, brachte aber nur ein Stöhnen hervor, bevor sie kraftlos von dem roten Ozean, der sie umgab, fortgetragen wurde. Gegen neun Uhr öffnete Jacob, überrascht, weil sie gewöhnlich nicht lange schlief, einen Spalt ihre Tür und fiel auf die Knie.

Es war die erste von Elaïses großen Blutungen. Da die Familie, an ihrer empfindlichsten Stelle getroffen, nur seufzte, schluchzte, zu Gott betete oder Geisterbeschwörer anrief, nahm die Krankenschwester Jeanne Lemercier die Dinge in die Hand, indem sie die Anweisungen des Arztes, die sie ausführte, um Heilmethoden eigener Art ergänzte, denn sie kam von Marie-Galante, der Insel jener heilenden Blätter, die in wenigen Wochen Elaïse, schwach aber lächelnd, wieder in einen Schaukelstuhl neben ihrem Bett brachten. Die Krankenschwester hatte nur eine Tochter, Ultima, beziehungsweise Tima – ein schöner Name für eine Erstgeborene und Letztgeborene zugleich –, die ihr bei ihren Wachen und Anwendungen half; eine junge, arrogante und schwierige Person, die alle aufrichtigen

Neger, die ihre Mutter ihr vorstellte, abwies, so daß die Leute von ihr sagten, sie möge ihre Hautfarbe nicht. Eines Tages, während sie am Kopfende des Bettes seiner Mutter beschäftigt war, stieß Timas Schönheit Jacob mitten in die Brust. Er wich auf den Treppenabsatz aus und blieb, nach dem wunderbaren und nachhaltigen Schmerz des Stiches nach Luft ringend, dort stehen. Er hatte nie eine andere Frau angesehen als seine Mutter und wurde sich plötzlich bewußt, daß er sterben würde, wenn er diese Unbekannte nicht bekäme.

Wie schön war sie doch, meine Großmutter Tima! Der Teint schwarz und strahlend, das Haar dicht wie ein Wald und in dikken ›Vanilleschoten‹ geflochten, mit Karapatöl eingefettet, die Augäpfel glänzend vom Feuer des Emporstrebens und der Sinnlichkeit. Die Leute sagten, daß sie meinen Großvater Jacob nicht aus Liebe, sondern wegen seines Bankkontos, des Lakou, seiner zwei Häuser und der mehreren Hektar Yamsland in Juston heiratete! Und es ist wahr, daß Jacob mit den Jahren nicht schöner geworden war, schlecht gekleidet, auf dem Kopf einen zu großen Tropenhelm, der ihm bis auf die Nasenwurzel herunterfiel, Schaftstiefel an den Füßen!

Seiner Tima zuliebe wurde dieser halbreife Junge, der nie etwas anderes getan hatte, als mit Gewinn zu verkaufen, zum Kenner von Teppichen, Nippsachen und Wandschirmen. Er kam auf die Idee, zwergenhafte Büsche und Bäume zu ziehen, und so wanderten Paradiesvogelblumen, Immerschön und ein Jaracanda ebenso in Töpfe wie ein Flamboyant mit blauen Blüten, dessen Samen ihm ein Neger von Grenada verkauft hatte. Er ließ das erste Badezimmer im Haus der Rue du Faubourg-d'Ennery einrichten, indem er selbst die Wasserhähne in Form von Seepferdchen und die Ton in Ton gehaltenen Faïencekacheln aussuchte. Er war es auch, der die Bretterbude von Juston in ein Wochenendhaus verwandelte, das den Häusern der Béké von Saint-Claude in nichts nachstand.

Acht Tage vor seiner Hochzeit wurde Jacob klar, daß er mit Tima vom Stadium langweiliger Konversation - zwei Schritte von Jeanne Lemercier entfernt, die mit einer Nadel an einem Tischläufer hantierte, und mit einem letzten sittsamen Kuß von Tima auf seiner Wange – zu einer furchteinflößenden Intimität zwischen zwei Bettlaken übergehen würde. Dabei hatte er mit neunzehn Jahren noch nie mit einer Frau geschlafen! Wie sollte er das anstellen? Er hatte instinktiv einen solchen Respekt vor Frauen, daß er sich selbst für die Idee, sich bei einer käuflichen Frau etwas Erfahrung zu verschaffen, nicht erwärmen konnte. In Gedanken versunken stieg er also in einen Tilbury, um Tima nach Juston zu fahren. Die Pferde wieherten, als sie die Gabarre-Brücke überquerten, hoben den Schweif, um eine Tonne Pferdeäpfel abzuladen, und brachten die zwölf Kilometer im Galopp hinter sich. Ihr vornehmes Getue aufgebend, warf Tima sich gegen Jacob, der, damit beschäftigt, die Tiere zu zügeln und die Ängste seiner Geliebten zu beruhigen, sich zum ersten Mal in seinem Leben groß und unbesiegbar fühlte. In Juston, vor dem riesigen Himmelbett, das er selbst im schönsten Zimmer hatte aufstellen lassen, hätte ihn seine ungewöhnliche Selbstsicherheit fast wieder verlassen. Aber ein Tausendfüßler schlängelte sich im Moskitonetz, und Timas erneutes Aufschrecken gab ihm Gelegenheit, sie zu umarmen. Dann raubte er ihr die Jungfernschaft . . .

Vom Morgen nach der Hochzeit an überließ Elaïse Tima die Führung des Haushalts, und diese wurde die alleinige, die wahrhaftige Madame Louis! Mit Ausnahme von Elaïse, die sie wie eine Mutter behandelte, brachte sie das Haus auf Trab. Die Hausangestellte lernte, den Blick zu senken und nichts zu erwidern. Jacobs Brüder lernten, ihre Betten zu machen und ihre Nachttöpfe zu leeren. Die Verwandten und Bekannten lernten, keine Besuche ohne Einladung abzustatten. Der einzige Aufsässige, wer erriete es nicht, blieb Albert, der mit seinen dreckigen Latschen über die frisch gebohnerten Dielen marschierte, den Saft seiner Pfeife in die Ecken spuckte und seinen muskulösen Penis entblößte, um in den Hof zu urinieren. Zwischen Schwiegertochter und Schwiegervater brach sogleich Krieg aus, aber die erste unterlag ständig.

Die Ehe meines Großvaters Jacob und meiner Großmutter Tima war nicht glücklich, denn ihre mangelnde Übereinstimmung im Sexuellen verdarb alles.

Sobald er von ihr gekostet hatte, verspürte Jacob einen solchen Heißhunger auf Tima, daß er sie nicht mehr in Ruhe lassen konnte, weder in der Dunkelheit der Nächte, noch in der Tageshelle der Siesten, wenn selbst die heruntergelassenen Jalousien keinen Schatten spenden. Er erforschte alle ihre Winkel, drang in all ihre Münder. Wenn sein Glied ihm müde den Dienst verweigerte, ging er mit der Zunge und den Fingern ans Werk, scheiternd am Gipfel einer Lust, die zu verschaffen er unfähig war. Er merkte wohl, daß er Tima ermüdete, belästigte, erschöpfte, und zog seine Lehren daraus. Leider fiel er immer wieder in sein Verlangen zurück wie ein Sündiger in seine Sünde. Sechs Monate nach der Heirat wehrte sich Timas Körper mit allen Mitteln gegen die ständige Bestürmung, indem er einen Fötus ausstieß. Zwei weitere Male noch vergoß sie das Blut ihre Körpers, dick und schwarz, bevor dann das kleine rebellische und hochbegabte Mädchen, meine Mutter, auf die Welt kam. Ich vermute, daß sie in einem Augenblick der Gnade gezeugt wurde.

Eine Sache fällt mir auf, wenn ich an meine Großmutter Tima denke, die gestorben ist, ohne daß ich sie noch kennengelernt hätte: daß sie nämlich nicht arbeitete. Im Gegensatz zu Elaïse, die Punkt acht Uhr im Klassenzimmer stand und mit einem Lineal auf das Pult schlug, um die Schreihälse zum Schweigen zu bringen oder die Eingeschlafenen aufzuwecken, bevor sie das ›Unsere Vorfahren, die Gallier‹ oder irgendeine sterbenslangweilige Geschichte dieser Art aufsagen ließ, dann in die Rue du Faubourg-d'Ennery zurückkehrte, um die Mahlzeit ihrer kleinen Gangster zu beaufsichtigen, um ein Uhr unter einem Sonnenschirm wieder zur Schule ging und Dubouchage erst dann verließ, wenn die Hafenmauer violett schien, in der Begleitung eines Schülers, der stolz den Stapel Klassenhefte trug, den sie korrigieren mußte, während sie sowohl die Zubereitung des Abendessens durch die Hausangestellte überwachte – denn Albert, der mittags nicht aß, war schwierig und konnte seinen Teller nach einem Bissen von sich schieben – als auch die Hausaufgaben der faulen Jungen: Im Gegensatz zu ihr arbeitete Tima nicht. In jener Klasse, in der die Frauen ebenso hart wie die Männer kämpften, um ihre Hautfarbe zu ehren, tat sie nichts, außer ihre Hausangestellten, ihre Schwäger, ihre Mutter zu plagen und sich mit ihrem Schwiegervater zu streiten, bevor sie sich auf ihren Balkon setzte, ein Buch über Wandbehänge zwischen den Fingern, und trällerte:

Ramona, ich hab' so wunderbar geträumt . . .

Sie war eine Sirene ohne Schwanz und ohne Beine. Eine Meerjungfrau, die die Vorbeifahrenden nicht mehr bezauberte. Eine Sirene, die auf üble Weise die Zeit totschlug.

2

Wenn Albert schon immer Abneigung gegenüber Jacob und eine völlige Gleichgültigkeit gegenüber Serge und René gezeigt hatte, so schien er Jean, den letzten Jungen, der kurz vor dem Wirbelsturm von 1928 geboren wurde, über alles zu mögen.

Jean war hübsch. Man fragte sich, woher er diese Schönheit hatte. Die Leute riefen: *»Si sété an ti fi!«** Denn er hatte die hellbraunen, manchmal goldschimmernden Augen von Elaïse, die sich mandelförmig unter Augenbrauenbögen öffneten, die so deutlich konturiert waren, daß man meinte, seine Mutter zupfe ihm die Härchen! Darüber hinaus legte er eine Guther-

* »Ach, wenn das ein Mädchen wäre!«

zigkeit an den Tag, die für diese wenig freigebige Familie überraschend war! Bewahrte er nicht sogar die Geldstücke auf, die Elaïse und sogar Albert ihm für *Sinobol* oder *Kilibiki** überreichten, um sie einem Krüppel zu geben, der vor dem Kaufhaus namens ›Glück der Damen‹ Eisen unter die Schuhe setzte? In Juston ging er, anstatt mit seinen Brüdern Ratten zu jagen, in die Häuser der Bauern hinein, wo er sich über ihre Lumpen, ihre vorzeitigen Falten und die Schwielen an ihren Händen wunderte. Die Bauern, die unsere Familie haßten, machten eine Ausnahme bei diesem kleinen Lausebengel, der sich darin versuchte, kreolisch mit ihnen zu sprechen, und seine Hände über ihre Gwoka-Trommeln fahren ließ. Albert dagegen war außer sich vor Wut. Wenn Jean von seinen Ausflügen zurückkehrte, ohrfeigte er ihn kurz, um ihn dann inmitten der Mittagssonne an den Pfahl zu stellen. Dem Kind brach der Schweiß aus. Hitzemücken tanzten ihm vor den Augen. Dann verschwand er wieder im Dorf, sobald Albert zu seinen geliebten Yamswurzeln zurückgegangen war.

Jean war auch das liebste Kind von Jacob, seinem um zwölf Jahre älteren Bruder, so als ob sich ein besonderes Verhältnis zwischen dem am wenigsten und dem am meisten vom Glück Bedachten unter der Nachkommenschaft herausgebildet hätte. Jacob war es, dem Jean die Nöte und Heldentaten seines Schülerdaseins erzählte. Er versuchte auch, ihn an seiner Lektüre teilhaben zu lassen, denn er verschlang alles. Er war es vor allem, der von den mit Randnotizen versehenen *Gesammelten Werken* von Marx und Engels profitierte, die Camille Désir Bert geschenkt hatte und die in einer Ecke verstaubten. Es gab nie auch nur eine Verstimmung zwischen den beiden Brüdern, bis auf die Wahl Timas, die Jean instinktiv so sehr verabscheute, daß er sich weigerte, bei der Hochzeit ihre Schleppe zu tragen. Trotzdem bestand zwischen ihnen eine solche Zuneigung, daß sie dieses Thema niemals

* Leckereien

ansprachen und das Hindernis umschifften wie geschickte Steuermänner ein Riff.

Eines Tages kam Jean zu Jacob und zeigte ihm ein Foto: »Wer ist das?«

Die Frage überraschte Jacob, und er rief: »Aber das ist doch Bert! Unser Bruder Bert!«

»Kein Sohn von unserer Mama Elaïse?«

Mit zunehmender Überraschung fiel Jacob mit einem Mal auf, daß alle Bilder von Bert aus den Rahmen, in denen sie gesteckt hatten, verschwunden waren und daß sein Name nicht mehr ausgesprochen wurde. Er stammelte: »Nein, er ist der Sohn einer englischen Negerin, die unser Vater in Panama kannte. Er ist bei einem Unfall ums Leben gekommen.«

»Was für ein Unfall?«

In diesem Moment wurde den beiden Brüdern bewußt, daß sie an ein Geheimnis rührten, an eine mutwillige Tilgung, ein Grab, das absichtlich mit Tonnen von Beton zugeschüttet worden war. Sie versprachen sich, sobald es Abend war, mit ihrer Mutter zu reden. Irgendwo stand geschrieben, daß es nicht dazu kommen sollte. Denn an jenem Tag brachte man ihnen Elaïse auf einer Trage nach Hause. Um vier Uhr nachmittags war sie vor ihrer schwarzen Wandtafel niedergesunken, und ein hellrotes Rinnsal schlängelte sich zwischen den Füßen der entsetzten Schüler.

Das war die zweite große Blutung von Elaïse. Die dritte, die ein Jahr später auftrat, sollte sie nicht überleben ...

Nach der zweiten öffneten die miteinander fachsimpelnden Henkersärzte ihren Bauch und schnitten ihr Körperteile heraus, die nichts mit der Sache zu tun hatten. Nach der zweiten begab sie sich trotzig wieder auf den Weg zur Schule. Aber ihre Tage waren gezählt, und ihre fünf Männer, die völlig im Bilde waren, beteten morgens jeder für sich zu seinem Gott, daß Er sie ihnen noch einen Tag lasse. Noch einen Tag.

Währenddessen verloren Nirva, Mérita, Sandrine, Gerda und Maroussia, die fünf Schwestern Alberts, keine Minute.

Nirva, die nie zuvor übers Meer gereist war, noch nicht einmal nach Marie-Galante, wo sich eine ihrer Töchter verheiratet hatte, klammerte sich auf der Brücke der *Stella Maris* fest, um einen berühmten Blätterdoktor in Cap-Haïtien aufzusuchen. Sie nutzte die Gelegenheit, um sich in ein Voodooheiligtum führen zu lassen, wo sie Kalebassen voller *Manger-Loas** darbrachte. Elaïse ließ sich folgsam pflegen, machte sich aber überhaupt nichts vor, denn Lisa, die die ganze Zeit mit raubgierigem Grinsen auf dem Baldachin des Bettes saß, hatte ihr schon ihre Niederlage angedeutet.

Der vorzeitige Tod von Elaïse Louis, geborene Sophocle, verstorben im Alter von zweiundvierzig Jahren, war der schwerste Schlag, den das verfluchte Leben unserer Familie versetzte.

Als Alberts Stumpfsinnigkeit nachließ, in die ihn der Verlust seiner Frau für Wochen stürzte, übergab er Jacob, dem ungeliebten Sohn, dessen Verbissenheit in die Arbeit aber seine Wertschätzung erhöht hatte, Vollmacht über alle seine Konten und seinen Besitz und machte sich auf den Weg nach Juston. Sein Leben war zu Ende, wenngleich er noch zehn Jahre leben sollte.

3

Da sie nun tot waren, schlossen Elaïse und Lisa Frieden und kamen überein, ihrem Albert den Haushalt zu führen.

In der noch dunstigen Frühe, denn Albert litt unter Schlaflosigkeit und stand schon um fünf Uhr auf, um an den Ylang-Ylang-Busch zu pinkeln, lösten sie sich ab, um das Feuer zu schüren, mit dem er allein niemals fertig geworden wäre. Dann brühten sie in einer alten blauen Emaillekanne Kaffee auf,

* Voodoogeistern dargebrachte Nahrungsopfer

wärmten Kassawa auf, die sie in einer Keksdose verwahrten, und machten ihm Schnittchen mit saurem Hering. Sie waren ihm auch nicht böse, wenn er an der Flasche Feneteau-Les-Grappes-Blanches nippte. Ein bißchen Rum hat noch keinem geschadet. Es ist sogar die beste Medizin fürs Leben. Albert dankte ihnen mit einem Brummen, ließ sie den Becher und den Blechnapf spülen und ging zu den Arbeitern, deren Schweiß schon in der Sonne floß. Die Arbeiter sahen ihn gereizt näherkommen. Denn obwohl er ihnen im Nacken saß, nahm er ernsthaft weder die Hacke noch die Schaufel in die Hand. Er spielte vielmehr mit der Erde wie ein Kind. Er knetete sie, ließ sie durch seine Finger rieseln, die ebenso schwarz waren wie sie und Nägel trugen, die Feuersteinklingen glichen, mit denen er Löcher grub. Gern betastete er auch mit geschlossenen Augen den Hügel am Fuße des Yamsfeldes, wog den Bauch der Kürbisse und lutschte Monbins oder Barbadoskirschen, die er unter dem Baum auflas. In der Mitte des Vormittags ging er zur Sanguine hinunter, in ein kleines Bambuswäldchen hinein und zog sich ganz nackt aus. Dann schnaubte er im langsam fließenden Wasser, ohne sich um die Blutegel zu kümmern, die sich an ihn hefteten.

Manchmal sah ein Kind, das auf der Suche nach einer Guave war, um seinen hungernden Bauch zu überlisten, wie er, einem Holzklotz gleich, dahintrieb, und zu Tode erschrocken ergriff es die Flucht.

Erfrischt stieg er wieder hinauf zum Haus. Der Migan aus Brotfrucht zerschmolz schon mit einem Stück gesalzenem Schweinefleisch im Kochtopf. Albert hielt seinen Coui hin, den seine Frauen ihm nun füllten, nippte erneut am Hals seiner Flasche und schnarchte dann mit offenem Mund auf der Veranda. Er schnarchte stundenlang und öffnete die Augen erst wieder, wenn die Fledermäuse im Zickzack flogen und in der Krone des Fromager kreischten.

Das wirkliche Leben begann erst mit der Dunkelheit der Nacht. Albert und seine beiden Frauen plauderten unermüdlich, gestanden sich Dinge, die sie sich zuvor nie offen erzählt hatten, packten Pakete voller alter Träume aus, muffig, weil sie nie Form angenommen hatten. Natürlich war Albert von den dreien derjenige, der am meisten redete. Er hatte Zwangsvorstellungen: »Ich glaubte, daß ich Gold anbauen würde. Aber das Blut meines Bruders ist geflossen. Also wollte ich nicht mehr dort leben, wo er gestorben ist, und bin nach Hause zurückgekommen. Nach Hause? Und um was zu finden? Wenn Elaïse nicht gewesen wäre, wäre ich über das Meer wieder fortgefahren. Vielleicht sind die Neger auf Jamaika oder auf Kuba weniger böswillig.«

Manchmal regte sich Albert auf und redete sinnloses Zeug: »Der! Der! Was hat er mir da angetan? Er, der der Mapoubaum sein sollte, an dem ich mich festhalten kann, wenn ich einmal alt bin. Ich hätte ihn umbringen sollen! Und zwar am Tag seiner Geburt. Ich hätte übrigens voraussehen müssen, daß er mich ins Grab bringt! Er hatte ja schon seine Mutter ins Grab gebracht!«

Daraufhin beeilten sich Elaïse und Lisa, ihn mit einem guten Schluck Feneteau-Les-Grappes-Blanches zu beruhigen. Eine am linken Arm, eine am rechten, nahmen sie ihn zu einem kleinen Spaziergang mit, hoben ihm den Kopf hoch zu den Sternbildern des großen und kleinen Hundes, von Stier, Kranich, Kiel, nördlicher Krone und Walfisch, damit er sein irdisches Dasein vergäße. Er fand Gefallen daran, also zogen sie bis zum Strand von Viars, um La Pointe blinken zu sehen. Die Einwohner von Juston, die sie Späße treibend und plaudernd vorbeiziehen hörten, bekreuzigten sich!

Oh ja, sie hatten Angst vor dem Soubarou, und was für Geschichten kursierten über Geschehnisse, die auf seine Rechnung gingen! Für jedes Neugeborene, das nicht auf die sichtbare Welt kam und dorthin zurückkehrte, wo es hergekommen war, für jeden unvorsichtigen Jungen, der sich beim Sturz von einem Quenettenbaum den Schädel einschlug, für jedes Boot, das bei hoher See mit seinen Fischern kenterte, war er verantwortlich! Er selbst verbarg sich in der Kröte, die nachts auftauchte, im Hund, der den Mond anbellte oder ohne Halsband umherlief.

Überall, er war überall! Und um sich zu schützen, errichteten die Ängstlichen an den vier Ecken ihres Grundstücks Marientempel und stopften sie voll mit Blumen und Weihwasserfläschchen.

Um ehrlich zu sein, sein schlechter Ruf störte das Trio nicht. Nachdem sie sich zur Herrin über ihre Rivalin aus Fleisch und Blut gemacht hatte, hatte Lisa ihre Schlagfertigkeit und den Witz ihrer Jugend wiedergefunden. Wenn sie erst einmal zusammen mit Elaïse ihren Mann durch Spaziergänge, Rumgaben und Plaudereien eingeschläfert hatte, legte sie mit ausschweifenden Geschichten aus ihrem Leben in Panama los. Elaïse, die einzige Tochter einer ehrbaren Frau, war aus deren Vormundschaft in die von Albert hinübergewechselt und hörte nicht ohne Wehmut zu. Viel zu lachen hatte es in ihrem Leben nicht gegeben!

Wenn Jacob samstags kam, um den Landarbeitern den Lohn auszuzahlen, Jacob, der den Verlust seiner Mutter nicht verwinden konnte und dem Tag für Tag der Gedanke an Rattentod, Terpentin oder Maniokknollen im Kopf herumging, dann wunderte er sich, daß er sich unbeschwert fühlte, fast glücklich, als sei die Tote zurückgekehrt. Oh ja! Sie wog ihre Hüften in der Hitze des Feuers. Sie hängte sich an die Liane des Ylang-Ylang. Sie tobte sich mit dem Regen auf dem Blechdach aus.

Sie war überall. Überall.

Dann wandte Jacob sich seinem Vater zu, erstaunt, daß er ihm gegenüber keine Verbitterung und Wut mehr im Herzen verspürte. Also ließ er die Zeit im Sanftmut von Juston verstreichen und kehrte erst nach Mitternacht zu Tima zurück, die mit saurer Miene auf ihn wartete.

Die sintflutartigen Regenfälle im November zwangen ihn, zwei Nächte in Juston zu bleiben, da das Wasser nicht nur die Zuckerrohrfelder überschwemmt, die Bananenstauden fortgespült und Straßen und Wege überflutet hatte, sondern auch die zwei Teile der Gabarre-Brücke auseinandergerissen und in den Mangrovenwald geschwemmt hatte. Vater und Sohn ließen sich vor einem Ziegencurry und körnig gekochtem Reis nieder, dessen Geschmack Jacob überraschte, und sie redeten, was noch nie vorgekommen war, von sich selbst. Keinerlei Verbitterung in diesem Gespräch. Albert krächzte: »Du hältst mich für einen Neger ohne Gefühle. Mit einem Felsen in der Brust, was? Das kommt daher, daß ich in deinem Alter Dinge erwartete, die mir das Leben, dieses verrückte Weib, niemals zugestanden hat. Schau, es hat mir zum zweiten Mal die Allerliebste genommen. Zum Glück ist da der Tod, der ...«

Jacob stammelte wie ein Echo: »Und ich, du bist immer auf mir herumgetreten. Du hast nicht aufgehört, um zu fragen, ob mir dein Fuß auf meinem Körper weh tut. Zum Glück gab es sie, die heute nicht mehr da ist ...«

»Was sagst du, wer ist nicht mehr da? Blicke über den Tod hinaus ...«

Jacob rollte sich zum Schlafen ein auf einem angeschimmelten Bett, aber seine Träume waren so sanft, daß er entzückt die Augen wieder öffnete. Deutlich sah er diejenige, die er unaufhörlich beweinte, wie sie in ihrer wiedererlangten Schönheit an seinem Kopfende saß, wie damals, als er sechs Jahre alt war! Er stammelte: »Liebe Mutter, bist du zurückgekehrt?«

Sie lächelte: »Ti-Kongo, was erzählst du denn? Ich bin nie fortgegangen!«

4

Als ein Ei beschloß, sich in Timas Bauch einzunisten und – männlich oder weiblich – fristgerecht in der Hölle der Lebenden an den Tag zu kommen, gingen beunruhigende Gerüchte in Europa um und fanden sogar ihren Weg nach Guadeloupe.

Von informierten Leuten wie Camille Désir wurde das Wort ›Krieg‹ laut ausgesprochen. Jean, der von alledem hörte, bemühte sich, Jacobs Aufmerksamkeit darauf zu lenken. Aber Jacob achtete nur auf Timas Bauch, der Monat für Monat runder wurde, bis er schließlich unter ihren engsitzenden Kleidern einen Berg der Gewißheit bildete. Ein Kind! Ein Kind! Jacob wünschte sich ein Mädchen. Erstens, weil bei den Louis seit schon so langer Zeit nur Jungen geboren wurden, mit ihrer später eigenwilligen Ausstattung zwischen den Beinen! Dann, weil ein kleines Mädchen, vor allem, wenn es Elaïse ähnlich sähe, ihm das Gefühl vermitteln würde, seiner Mutter Leben zu schenken. Vater derjenigen zu sein, die ihn geboren hatte.

Doch die Kriegsgerüchte verdichteten sich, verwandelten sich in das Dröhnen von Stiefeltritten. So mußte sich Jacob wohl oder übel damit beschäftigen. Er witterte den Wind. Nicht gerade auf den Kopf gefallen, begriff er, daß, wenn Frankreich von den Deutschen erobert würde, die Insel von ihrer Versorgungsquelle abgeschnitten wäre. Kein Öl mehr, kein Zucker, kein Mehl, kein Reis mehr und kein wohlschmeckender Banania-Kakao. Sogleich begann er, indem er die Vorräte kleiner, nichtsahnender Ladenbesitzer aufkaufte, Warenlager anzulegen. Gleichzeitig steigerte er die Nahrungsmittelproduktion in Juston, vor allem den Anbau von Maniok, aus dem man ein gutes Mehl herstellen kann, nahm noch Sisal, Baumwolle und Rizinus hinzu. Von nun an verließ er seine schwangere Frau, sobald es Freitagabend war, um mit seinen Arbeitern die Ländereien zu bevölkern.

Dies alles, um zu erklären, warum sein Name in vorderster Reihe unter ›Gottes Helfern‹ erscheint, wie sie der Gouverneur Sorin nannte!

»Der Marschall hat vor Euch, Landwirten und Bauern, die größte Hochachtung, denn er weiß, daß Ihr wieder ein reiches Frankreich, ein reiches Guadeloupe schaffen werdet ... Er weiß wie wir alle, daß, während Gott die Pflanzen wachsen läßt, Ihr Gott helft, wenn Ihr sie hegt ... Gottes Helfer, welchen schöneren Titel könntet Ihr Euch wünschen?«

Der Krieg, der nach Elaïses Tod anfing, begann unsere Familie zu spalten. Bis jetzt habe ich kaum von Serge und René gesprochen. Sie waren nicht besonders bemerkenswerte Burschen, weder schön noch häßlich, weder Überflieger noch Faulenzer, die ihren Weg durch das Gymnasium und die Betten der Frauen fanden.

Nun war es aber so, daß Serge sich zum Pazifisten erklärte und den Krieg unter Weißen geißelte, in dem Schwarze ihr Leben ließen, während René von den Ideen des Komitees ›Pro Patria‹ angezogen wurde und den ›Geist der Kapitulation‹ ablehnte. Sie stritten sich bald jeden Tag. Die beiden Jungen stürzten sich aufeinander, packten sich am Hals, bissen sich wie kubanische Doggen und versuchten sogar manchmal, sich gegenseitig Küchenmesser in den Rücken zu stechen. Tima heulte auf und drohte, mit ihrem Bauch das Haus zu verlassen, wenn dieses Durcheinander nicht aufhöre.

Eines Abends verließ René sein Zimmer und traf hinter dem Hügel von La Loge eine Gruppe gleichaltriger Jungen, die beschlossen hatten, sich General de Gaulle anzuschließen. Ein Boot erwartete sie in Trois-Rivières und sollte sie nach Dominica bringen, von wo sie nach England gelangen wollten. Dieser Abschied hätte Jacob sicher das Herz gebrochen, wenn in der gleichen Nacht nicht noch ein anderes Ereignis eingetreten wäre. Gegen elf Uhr verlor Tima, die ihren Bauch eigentlich noch mehrere Wochen schleppen sollte, das Fruchtwasser. Jacob, der ganz erschrocken war, stürzte die Treppe hinunter, um die Hausangestellte aus dem Schlaf zu reißen, damit sie Madame Malenfant, die Hebamme, hole. Als er eilig wieder hochkam, lächelte ihn schon ein kleines Mädchen an und spielte mit seiner Nabelschnur, die dreimal um seinen Hals gewickelt war.

Thécla Elaïse Jeanne Louis, meine Mutter.

Die Taufe glich einer Hochzeit. Selbst Albert, der aus diesem Anlaß – ein Mädchen, ein Mädchen! – seine am besten erhaltene Kleidung anlegte, frisierte sich, rieb sich mit einem Rest Jean-Marie Farina ein und stieg, von seinen beiden unsichtbaren Frauen eskortiert, die Treppe hinunter.

Die Taufe glich einer Hochzeit, aber die Familie wußte nicht, daß der Tod sich mitten in der Menge versteckt hatte, im Bauch von Tima, die keine Kinder mehr bekommen würde, in Renés Abschied, der endgültig sein sollte, da René während eines Sondereinsatzes erschossen werden würde. Die Taufe glich einer Hochzeit. Der Pommery-Champagner floß in Strömen. Als man Thécla aus der Kirche trug, wobei sie das auf ihre Lippen gestrichene Salz der Weisheit mit aufgesperrtem Mund ableckte, betrachtete Tima ihren Mann mit einem anerkennenden Blick.

Die Taufe glich einer Hochzeit. Man trank literweise *Chodo**. Überall spürte Jacob die Gegenwart seiner geliebten Mutter, als ob sie in der Mitte der Tafel an Nirvas Stelle thronte, als ob sie aus Létitias Kehle sänge, die eine ganz nette Stimme hatte.

Drei Monate nach der Taufe, und wie machte er sich lächerlich, wenn er seiner Tochter die Flasche gab, ihr den Po puderte, die Windeln wechselte und auf ihr engelhaftes Lächeln im Schlaf lauerte, da erreichte Jacob ein Einschreiben des Gouverneurs Sorin. Sein Scharfsinn war an hoher Stelle bemerkt worden. Er wurde eingeladen, sich mehreren Generalräten anzuschließen und zu einer Wirtschaftsdelegation zu stoßen, die sich nach New York begeben sollte! Von der Milch des Mutterlandes abgeschnitten, suchte die Insel nach anderweitiger Versorgung! Welche Ehre! Zuviel der Ehre! Im Alter von vierundzwanzig Jahren hatte er, außer nach Dominica, sein Land niemals verlassen und jedesmal geglaubt, in der aufgewühlten Meerenge Leib und Seele zu verlieren! Außerdem bereitete ihm die Vorstellung Angst, daß er Tima und seine Thécla in diesen unsicheren Zeiten hätte verlassen müssen. Er war also gerade

* Getränk aus aromatisierter Milch

dabei, das schmeichelhafte Angebot auszuschlagen, als Tima ihn vom Gegenteil überzeugte.

Als er, niedergeschlagen und den Tod in der Seele, Albert ankündigte, daß er nach New York führe und sein wertvollstes Gut der Aufsicht Serges überlasse, eines Jünglings von zweiundzwanzig Jahren, der sich ziemlich herumtrieb und auf Frauen flog, da fand Albert zu einer gewandten, deutlich vernehmbaren Sprache zurück, die sein Sohn gar nicht von ihm kannte. »Du fährst nach New York? Dann wirst du Marcus Garvey einen Brief von mir übergeben. Er hat ein Büro dort! Weißt du, wer Marcus Garvey ist?«

Jacob, der diesen Namen noch nie gehört hatte, blieb still, und sein Vater rief mit gleicher Zungenfertigkeit aus: »Der größte Neger aller Zeiten! Es gibt keinen zweiten wie ihn und keinen dritten!«

Dann eilte er zur Trinkbude ›Zu den sieben Todsünden‹, wo die Bauern sich bei seinem Anblick fast bekreuzigt hätten, um Briefpapier und einen Umschlag zu kaufen. Man muß zugestehen, daß Albert Hoffnung und Treue fest im Herzen saßen! Jacob, noch ganz verdutzt, sah ihm zu, wie er im Licht der mit ›Antillen-Benzin‹ betriebenen Lampe und mit ausholenden Bewegungen zusammenhangslos Worte der Begeisterung aufschrieb.

»*Liebster Marcus Garvey,*

mit meinen Augen werde ich Sie zu Lebzeiten nicht mehr sehen. Aber mein Sohn wird diesen Brief überbringen und von Ihren mitreißenden Lektionen mehr lernen, als ich es konnte. Ich habe nichts aus meinem Leben gemacht. Und trotzdem bin ich wie Sie stolz auf meine Rasse. Ich glaube an eine reine schwarze Rasse, ebenso wie ein Weißer, der sich selbst achtet, an eine reine weiße Rasse glaubt. Deshalb bin ich im Herzen getroffen. Zur Zeit lebe ich wie ein Wilder, ich bin stumm, ich bin taub. Ich bin wieder der Moudongue, der Soubarou geworden, über den sie lachte. Dennoch glaube ich, daß unsere Rasse sich für alle Demütigungen, die sie noch heute jeden Tag über sich ergehen lassen muß, rächen wird. Ich weiß, daß die Geschichte, die wir gestalten werden, die Welt in Staunen versetzen wird.«

(Über den Text dieses Briefes verfüge ich nicht, kann mir aber leicht seinen Inhalt vorstellen.)

Nach seiner Rückkehr nach La Pointe setzte Jacob Jean auf die Spur von Marcus Garvey an, von dem der Junge trotz seiner Gelehrtheit noch nichts gehört hatte. Der kleine Schnüffler war erfolgreich. Er schnitt Artikel aus Zeitungen heraus, die schon eingegangen waren oder kurz vor ihrem Ende standen, befragte kompetente Leute wie Camille Désir, schloß sich in Gemeindebibliotheken ein und konnte den tragischen und ungeraden Lebensweg des großen Mannes rekonstruieren. »Er wollte, daß alle Neger nach Afrika zurückgehen . . .«

Jacob erwiderte erschrocken: »Nach Afrika?«

Der Jüngere belehrte ihn: »Aber dorther kommen doch unsere Vorfahren. Die Leute von den Antillen sind darüber sehr geteilter Meinung gewesen. Lies diesen schwärmerischen Artikel von Adolphe Mathurin! Und den dort von André Béton, der seine Ideen aufnimmt! Aber Candace und Satineau haben ihn bekämpft. Soweit die Kommunisten!«

Das alles erschien Jacob ziemlich kompliziert, zumal er andere Sorgen im Kopf hatte! Wem sollte er in seiner Abwesenheit die Leitung des Geschäftes anvertrauen? Wer würde die Miete des Lakou einziehen, was er jede Woche selbst tat, mit einem Gesicht, verschlossen wie eine Gefängnistür, um Klagelieder und Erweichungsversuche abzuwehren? Wer würde die Arbeit der Landarbeiter in Juston überwachen? Und wenn sein Mausespätzchen krank wurde? Jacob sah schon, wie das Kind von Henkerschirurgen zerstückelt würde . . . Wer vor allem würde sich um Elaïses Grab kümmern, das er jeden Tag, bei Sonne oder Regen, besuchte, um das Wasser in den Vasen zu erneuern, das aufgeweichte Ende der Stengel abzuschneiden und Sorge zu tragen, daß die Sträuße von Tuberosen, Frangipani, Aronstab und Lilien leuchteten?

Die Friedhöfe von Guadeloupe liegen an den Toren der Stadt und sind Wohnstätten der Toten, wo der Filao, der schöne Trauerbaum, über die Verstorbenen wacht. Dort wetteifern Marmor, Glas und sorgfältig geweißter Beton miteinander. Auf die Grabkammern stellt man Schalen, Blumen, Kreuze oder Perlenkronen. Hier und da Fotos der Verstorbenen. Man zündet die Totenlichter immer wieder an, deren ausdauernde, zarte Flamme die Zuneigung der Lebenden symbolisiert.

Das Grab von Elaïse war einer Königin würdig.

So verbrachte Jacob die Wochen vor seiner Abreise damit, sich den Kopf zu zerbrechen. Ja! Wer würde sich in seiner Abwesenheit darum kümmern?

5

»Stadt der Kontraste, puritanisch und freizügig, das doppelte Bild eines zivilisierten Amerika und eines wilden Kontinents, Osten und Westen: Nur drei Schritte vom Luxus der Fifth Avenue entfernt liegt die Eigth Avenue, dreckig und mit Schlaglöchern. New York ist das Symbol Amerikas, und die Hälfte seiner Einwohner sind Fremde ... New York ist groß, es ist neu, aber groß und neu ist eigentlich ganz Amerika. Das, was an New York ungeheuer schön ist, wirklich einzigartig, das ist seine Gewalt. Die macht es erhaben und entschuldigt es, sie läßt einen das Gemeine der Stadt vergessen. Denn New York ist gewöhnlich; stärker, reicher, neuer als irgend etwas, aber es ist banal. Die Gewalt der Stadt liegt in ihrem Rhythmus.«

Es war natürlich nicht mein Großvater Jacob, der dies schrieb. Die Sätze stammen von Paul Morand, einem französischen Schriftsteller, der New York im Jahre 1930 besucht hat.

Hier der Brief von Jacob an Tima:

»Liebste Tima,

unsere Delegation ist im Hotel Ambassador in der Park Avenue untergebracht. Man ißt dort sehr gut.

New York ist eine sehr große und sehr saubere Stadt. Man hat uns die zentrale Verbrennungsanlage an der Ecke der 57. und 12. Avenue gezeigt, wo täglich tonnenweise Abfälle und sogar tote Hunde verbrannt werden. Was für ein erschreckendes Schauspiel! Morgen werden wir das Polizeihauptquartier besichtigen. Ich war von der Höhe der Wolkenkratzer überwältigt. Sag Papa, daß ich seinen Brief noch nicht übergeben habe, es aber sicher noch schaffen werde ... Tag und Nacht denke ich an Thécla und an Dich.

Dein lieber Ehemann.«

Sobald sie ihren Fuß in das Boot gesetzt hatten, das sie nach Roseau bringen sollte, von wo sie an Bord der *S. S. Catalina* Amerika ansteuerten, ließen die Generalräte, im reifen Alter, von heller Haut, mit Auszeichnungen und Bauchansatz, den schwachbrüstigen Jacob Louis spüren, daß er, der Sohn des Negers Albert mit dem schlechten Ruf, keiner der Ihren war. Sie ließen ihn seine Suppe schlabbern, sie ließen ihn seinen Spargel am dicken Ende zuerst abbeißen und mit beiden Händen seine Nudeln schneiden. Sie ignorierten ihn, wenn er sich anschickte, in das Heiligtum des Rauchsalons einzutreten, wo sie Porto schluckten und dabei auf ihre Havannas tippten. Und der unglückliche Jacob grübelte: »Warum? Warum behandeln sie mich wie eine lästige Fliege? Etwa deshalb, weil ich schwarz bin? Vergessen sie, daß ihre Mutter oder ihre Großmutter schwarz waren? Etwa deshalb, weil ich nicht gebildet bin? Mein Bankkonto ist doch genauso viel wert wie ihres!«

Wut und ein Keim von Aufruhr regten sich in seinem Kopf. Während er das Promenadendeck mit eingezogenem

Nacken und den Händen in den Taschen abschritt, malte er sich die deutlichen Worte aus, die er aber dann doch nicht aussprach.

Am Morgen des vierten Tages zeigte der Ozean seine Zähne, sprang und tobte in alle Richtungen, so daß Jacob zu sehr mit seinen Krämpfen und seiner Übelkeit zu tun hatte, um noch an andere Dinge denken zu können. Erschöpft kam er am Kai neunzig, am Beginn der 50. Straße an, einen Steinwurf von jener monströsen Freiheitsstatue entfernt, zu der er lieber nicht hinaufblickte.

Tatsächlich hatten die dickbäuchigen, dekorierten Räte der Delegation nicht weiter als bis zu ihrer Nasenspitze gesehen und hatten den jungen Neger mit seinem einfachem Auftreten zu Unrecht herablassend behandelt. Durch seine häufigen Reisen nach Dominica wegen seiner Pampelmusenplantagen sprach Jacob perfekt englisch und war der einzige, der keinen Dolmetscher brauchte. Außerdem hatte er einen unerhörten Sinn für geschäftliche Verhandlungen. Seine Ungelenkheit verschwand völlig, als er Seiner Exzellenz dem Botschafter von Frankreich persönlich gegenüberstand und er von den amerikanischen Herstellern Verkäufe auf langfristige Kredite und für die Insel Hilfsgüter mit den allernotwendigsten Produkten fordern mußte. Ohne seine Verbissenheit und seine Hartnäkkigkeit wäre die Mission zum Scheitern verurteilt gewesen!

Wenn er einmal nicht damit beschäftigt war, Geschäftliches zu besprechen, dann erlebte Jacob seinen Aufenthalt geradezu wie einen Traum. Er wartete immer darauf, daß er die Augen öffnete, erschrak und sich an Timas Seite wiederfand, die Thécla gerade die Flasche gab, oder daß Jean ihn im Kartenspiel schlug. Wie gern hätte er, statt seiner Familie Fadheiten mitzuteilen, sie an der Faszination teilhaben lassen, die New York auf ihn ausübte! Aber um New York wiederzugeben, hätte man ein begnadeter Künstler sein müssen, und Jacob war nur ein Krämer! Wie sollte er die langen, zitternden Beine der Wolkenkratzer beschreiben, die mit ihren steinernen Stiefeln in den

Himmel stießen, die triumphale Architektur der Brücken aus blauem Metall über den gebändigten Flüssen, die tänzelnden Pferde der Polizei, die Harlekinslumpen der Bettler und in den Parks die Menge unbekannter Bäume. Er, der immer nur in einer Ansiedlung von zehntausend Seelen gelebt hatte, war verängstigt und überdreht angesichts des wilden Stroms von Männern und Frauen, der sich über ihn ergoß, um ihn herumwirbelte, ihn wie einen menschlichen Strohhalm ungewollt in irgendeine Richtung trug. Der unablässige Lärm der Stadt machte ihn taub, und er glaubte sich immer in größter Gefahr, daß er bestohlen, ausgeplündert, ermordet und in einer Teerlache liegengelassen werden könnte.

Eines Tages verirrte er sich in Straßen, die von Holzhäusern in roten, rosa, scharlachroten oder apfelgrünen Farben gesäumt waren und deren Balkone unter girlandenverzierten Verandadächern geschützt lagen. Männer mit Schlitzaugen und öligem langen Haar lächelten ihm geheimnisvoll zu und deuteten auf ihre Auslagen mit Kräutern und Früchten von intensivem Geruch. Das erinnerte ihn an Fotos, die er flüchtig im Büro seines Vaters wahrgenommen hatte. Nach einer Stunde des Herumrätselns (in welchem merkwürdigen Amerika war er da gelandet?) sprach er schließlich einen Jungen an, der seine Kappe abnahm und ihm erklärte, daß er in Chinatown sei.

Er ging mehrmals dorthin zurück, wobei er, ohne es zu wissen, ebenso angelockt war wie Jahre zuvor sein Vater unter einem anderen Himmel des Landes, so als ob das Blut persönliche Eigenheiten weitergäbe. Er trank eine Tasse Tee im ›Goldenen Drachen‹, kniete an den Straßenecken nieder, um den Spielern zuzusehen, wie sie ernst die Figuren in Form von geflügelten Pferden auf goldfarbenen Holzbrettern setzten.

Erst in der Mitte der zweiten Woche seines Aufenthalts stieß er ganz unten in einer Dokumentenmappe wieder auf den Brief, den Albert ihm mitgegeben hatte.

114 West 138. Straße. Jacob hatte sich noch nie so weit hinaufgewagt. Er tauchte in die U-Bahn ein, stolperte unendliche

Gänge entlang, stieg Treppen hinauf und hinunter und kam auf einem kahlen Platz wieder ans Tageslicht, der von dreckigem Papier übersät war und wo sich Obdachlose in der Sonne wärmten.

Gott, in welchem neuen Amerika war er da gelandet?

Es war nicht der Dreck, der ihm den Atem verschlug. Auch nicht die Luft von Armut und Verlassenheit, drückend wie Fabrikqualm. Es war die Tatsache, daß alle Gesichter der Männer, der Frauen, der alten Leute und der Kinder die gleiche Farbe hatten wie seines, als ob sie zu seinem Empfang eigens Masken aufgesetzt hätten. Aber was für Masken! Grimmige, spöttische, groteske, hoffnungslose!

Obwohl die Gegenwart der Schwarzen in New York, von den Liftboys bis zu den Hotelportiers, von den Schuhputzern bis zu den Zeitungsverkäufern, von den fliegenden Händlern mit Krawatten im Regenschirm bis zu den Taxifahrern, ihn von Anfang an beeindruckt hatte, so war er dennoch nicht auf den Schock vorbereitet, den er dort im Herzen von Harlem bekam.

Er ging schneller.

Die 138. Straße war eine stinkende Verkehrsader, an der entlang die Wolkenkratzer aus Mülltonnen am hellichten Tag Spalier standen. Im Erdgeschoß der Nummer 114 trug ein Schild die Zeichen *U.N.I.A.** Jacob klopfte schüchtern an die Tür, die sich von selbst öffnete. Er stand einem langen Lulatsch gegenüber. Dessen Augen waren hinter einer schwarzen Sonnenbrille versteckt und seine Haare mit einem wirksamen Mittel glattgestrichen. Er hörte ihm ruhig zu, bevor er in Tränen ausbrach und nur mühsam hervorbrachte: *»Marcus just died, man! In London!«***

* Universal Negro Improvement Association
** »Marcus ist gerade gestorben, Mann! In London!«

6

Jacob hatte nie weiter als bis zu seiner Nasenspitze geschaut, die er über seine Kisten mit saurem Hering beugte, seine Fässer mit Schmalz oder die zu jätende Erde seiner Plantagen, wenn er nicht gerade vor Verzückung beim Anblick seiner Tochter oder seiner Frau erzitterte. Er entdeckte, daß Millionen von Menschen Amerika bevölkerten, deren Vorfahren, wie seine eigenen, Afrika entrissen worden waren, um Geld zu scheffeln. Er weinte, als er die Berichte von Folter, Lynchjustiz, Rassentrennung hörte und den langen Weg seiner neu entdeckten Brüder von den Plantagen in die Ghettos verfolgte. All jene Neger, die bei lebendigem Leibe verbrannt, gehenkt, geköpft, gegeißelt oder verstümmelt wurden, brachten ihn um den Schlaf, und er wachte heulend vor Schmerz in den frühen Morgenstunden auf. Brother Ben, der lange Lulatsch mit der schwarzen Sonnenbrille und dem glattgestrichenen Haar, der in Wirklichkeit der sanfteste und brüderlichste unter den Menschen war, wunderte sich, während er ihm den Schweiß seiner Alpträume abwischte: »Was ist das nur für ein Loch, dein Land, daß ihr dort nichts von diesen Dingen mitbekommt?«

Jacob stöhnte: »Glaub mir, man erzählt uns nur von den Mäandern der Seine und dem puderigen Weiß des Schnees in den Alpen.«

Im Gegensatz zu meinem Urgroßvater Albert kam mein Großvater Jacob nicht auf die Idee, ein Tagebuch zu führen. Dennoch haben meine Nachforschungen einiges ergeben.

Am Tag nach dem Besuch in der 138. Straße verließ er das Hotel Ambassador. Die dickbäuchigen, dekorierten Räte stiegen ohne ihn hinauf bis zum kleinen Finger der Freiheitsstatue und ganz hinauf auf das Empire State Building, um sich New York wie im Modell anzusehen. Er dagegen teilte mit Brother Ben und seinem jüngeren Bruder, dessen Nasenflügel vom Kokain ganz weiß geworden waren, eine mit Büchern gefüllte Kammer. Jacob, der zuvor in nichts anderem als in seinem Lokalblatt geblättert hatte, machte sich daran, unter Zuhilfenahme eines Wörterbuches die Reden von Marcus Garvey zu entschlüsseln. Manchmal schlief er während der schwierigen Lektüre ein, und Brother Ben fand ihn, schnarchend wie ein Maulwurf, über einem geöffneten Buch. Er weckte ihn und hielt ihm eine ernste Predigt: »Da sitzt du und schläfst, aber währenddessen schlafen die Feinde unserer Rasse nicht! *Man*, sie haben Marcus umgebracht! Wir müssen die Fackel weitertragen! Und du sitzt da und schläfst!«

Abgesehen davon verstanden sich Brother Ben und Jacob wie Brüder, die mit dem gleichen Brei ernährt worden sind. Jacob folgte Brother Ben zu allen möglichen Versammlungen, Demonstrationen, Märschen und Gedenkfeiern, wo endlos über die Untaten der Weißen diskutiert wurde. »Wenn es darum geht, Amerika zu verteidigen, dann ist unser Blut rot genug! Die übrige Zeit bringt man uns an allen Straßenecken um.«

Jacob lernte, sich an den *grits, collard greens* und *ham hocks** zu erfreuen, auf die Ben ganz wild war, und bereicherte sein Englisch um eine Prise amerikanischen Näselns.

Als Ben seine Blicke bemerkte, die er Frauen zuwarf, nahm er ihn zu Louise mit, einer Schwester der 147. Straße, die bei Männern nicht allzu kleinlich war. Als Louise dennoch maulte, daß Jacob ziemlich schwarz und ziemlich häßlich sei, stellte er ihr die fleischliche Tat als der Rasse dienlich dar. Und Jacob, der nie daran gedacht hatte, daß er seine angebetete Tima eines Tages hintergehen würde, wurde innerhalb kürzester Zeit zum Ehebrecher. Ja, der Aufenthalt in New York machte aus Jacob einen neuen Neger.

Was mich betrifft, so freue ich mich über die Abwechslung im Leben meines Großvaters, über die Brise frischer Luft im stickigen Kerker seines Lebens. Ich freue mich über das Fenster, das sich für einen Augenblick auf etwas anderes öffnete.

* Lieblingsgerichte der Schwarzen im Süden der USA

Leider schloß es sich schnell wieder. Ich bin jedoch sicher, daß er jenes kurz erblickte Stückchen Himmel in Erinnerung behielt, obwohl er mit niemandem darüber sprach.

Die ersten, die bemerkten, daß er ganz verwandelt war, waren die dickbäuchigen und dekorierten Generalräte. Am Tag der Abreise sahen sie ihn von irgendwoher auftauchen, umgeben von einer ganzen Abordnung von Negern aus Harlem, die sie mit ihren mißtrauischen Blicken durchbohrten. Nachdem einer von ihnen Jacob feierlich umarmt hatte, trug er eine Abschiedsrede vor, von der sie kein Sterbenswörtchen verstanden, da sie während ihres zwölfwöchigen Aufenthalts keine Fortschritte in Englisch gemacht hatten. Der Passagier der *S. S. Portsmouth* hatte nichts gemein mit dem, der die Hinreise an Bord der *S. S. Catalina* angetreten hatte. Er ging an seinen Begleitern grußlos vorbei. Er setzte sich allein an einen abseits stehenden Tisch und versenkte sich in seine Lektüre. Selbst als der Ozean seine Nummer wiederholte und seine Zähne zeigte, marschierte er würdig und stolz wie Oskar auf dem Promenadendeck hin und her. Die zweiten, die seine Verwandlung bemerkten, waren die Louis, die alle, außer Albert, der sich nicht herbemüht hatte, um seinen Sohn zu begrüßen, geschlossen wie eine Mauer am Fuße des Steges standen. Er kam mit kraftvollen Schritten, die man gar nicht von ihm kannte, herunter, zerquetschte Jean die Finger mit dem Händedruck eines Boxers und flüsterte: »Hab dir viel zu erzählen, Brüderchen!«

Was Tima betraf, die die Nächte keusch in ihren bestickten Nachthemden verbracht hatte, so mußte sie wieder zu Gott beten, daß die nächtliche Quälerei schnell vorübergehe. Um jedoch ihren Verweigerungen, Zurückweisungen und der ständigen Vernachlässigung, die er von ihr erfuhr, abzuhelfen, nahm er sich eine Mätresse, eine gewisse Flora Lacour, eine schöne, rotbraune Negerin, Kassiererin im ›Glück der Damen‹, der er in der Rue Vatable eine Wohnung mit Eichenmöbeln einrichtete.

Bald konnten La Pointe und ganz Guadeloupe feststellen, wie verwandelt er war. Es sprach sich herum, daß Jacob Louis eine Partei gründete. Die Partei der ›Nègres Debout‹. Neger, aufgestanden!

»Die Partei der Nègres Debout? *Ka sa yé sa?*«*

Man wird doch nicht einfach Politiker. Dazu muß man in einer Familie geboren sein, die sich seit Generationen mit Lüge und Wahlbetrug beschäftigt hat. Wer weiß schon, wie man die Urnen mit Stimmzetteln von Verstorbenen vollstopft? Wer kennt sich damit schon aus? Für wen hält sich denn dieser Jacob Louis?

Das Programm dieser Partei war zugegebenermaßen ziemlich unklar. Es ließ sich mit dem berühmten Satz von Marcus Garvey zusammenfassen: ›*I shall teach the Black Man to see beauty in himself*‹, was nach meiner Meinung platt übersetzt ergab: ›Ich werde den Schwarzen die Erkenntnis lehren, daß er schön ist.‹ Eigentlich machte er nichts anderes, als die Parolen von Légitimus aus der Gründungszeit der Schrecklichen Dritten wieder aufzunehmen.

Als Albert erfuhr, daß sein Sohn vorhatte, in die Politik zu gehen, gab er seine Zurückgezogenheit noch einmal auf und erschien im Geschäft, mit verwahrlostem Haar und Bart und nach Alkohol stinkend: »Tu das nicht! Tu das nicht! Sie hassen uns! Sie verzeihen uns nicht, daß wir die Zuckerrohrfelder verlassen haben. Auf einem Ochsenkarren möchten sie uns sehen, die Peitsche in der Hand. Sie werden dich mit Scheiße bewerfen, wie sie es mit mir gemacht haben!«

Jacob zuckte mit den Schultern.

Albert hatte natürlich recht. Jacob wurde massiv und brutal angegriffen. Die Zeitungen aller Parteien der verschiedensten Richtungen tobten. Aber den Vogel schossen die Kommunisten ab. Ein gewisser Silius Siléus tauchte seine Feder in Galle und Vitriol. Er beschrieb minutiös den Lakou, wo bedürftige

* »Was soll das bedeuten?«

Familien ausgebeutet und bei dem geringsten Zahlungsverzug fristlos hinausgeworfen würden. Er nannte Zahlen bezüglich des Lohns der Angestellten im Geschäft und der Landarbeiter in Juston. Er befragte sogar eine Hausangestellte, die Tima gerade, weil sie Widerworte gab, entlassen hatte, und zitierte sie wörtlich: »Nur ihre Haut ist schwarz. Ansonsten sind sie schlimmer als die Weißen.«

Zur Krönung seines Leitartikels vergaß er nicht zu erwähnen, daß mein Großonkel René sich dem Widerstand angeschlossen hatte und die Louis an Frankreich den ›Blutzoll‹ abführten. Die Tatsache, daß Jacob Mitglied einer Handelsdelegation in New York gewesen war, nahm er zum Anlaß, um die ganze Familie als ›Vichyanhänger‹ und ›Kollaborateure‹ zu bezeichnen.

Im Kinotheater ›Rialto‹ warnte Saturnin Filcoste, der bekannte Abgeordnete, vor den Handlangern des Imperialismus und beendete seine feurige Rede wie folgt: »Guadeloupaner, Guadeloupanerinnen, zeigt, daß ihr euren Ärger nicht herunterschluckt und daß man euch kein X für ein U vormachen kann! Schickt diesen Schweineschmalzschieber an seine manipulierten Roberval-Waagschalen zurück!«

Jacob blieb anfangs standhaft, stand Versammlung für Versammlung durch, selbst, wenn nicht mehr als zehn Neugierige da waren, die über ihn lachten. Er war, wie man sich vorstellen kann, kein guter Redner. Er verließ sich nicht auf sein Gedächtnis, sondern las seine mit violetter Tinte sorgfältig in Schulhefte vorgeschriebenen Reden, von denen ich keine aufgefunden habe, vollständig ab.

Erst nach dem Zwischenfall in Capesterre gab er auf. Als er gerade den angemieteten Saal verließ, in dem sich nur Jean und ein halbes Dutzend junger Störenfriede eingefunden hatten, stand er plötzlich einer kleinen Menge gegenüber, die begann, ihn mit Steinen zu bewerfen. Einer hätte fast sein rechtes Auge herausgerissen. Ein anderer ritzte seine rechte Wange, so daß das Blut auf seinen abnehmbaren Kragen rann. Ein dritter landete auf seinem Unterleib und schlitzte ihn auf, so daß er mit dem Gesicht voran in den Dreck fiel, während seine Angreifer heldenhaft im Dunkeln der Nacht flüchteten.

Diesmal verstand er die Lektion. Er ließ von seinen schönen Ideen ab und sich von Tima ausschimpfen: »Mach nur weiter, wenn du sterben willst! Wenn du mir ein vaterloses Kind hinterlassen willst!«

In einigen Monaten nahm er die gealterte Gestalt seines Vaters an, so daß die Leute ihn verwechselten, wenn sie ihn von weitem sahen. Nachlässig gekleidet in seinen Anzügen aus Drill, die ihm weiter und weiter wurden. Die Stirn schweißbedeckt unter seinem Tropenhelm, den er immer und ewig trug. Er hatte nur noch eins im Kopf, nämlich Geld zu verdienen, immer mehr Geld, und seine Tima zu verwöhnen.

Etwas später bekam Flora Lacour zwei Söhne von ihm, aber er machte so wenig Aufhebens darum, daß die arme Mutter jammerte: *»A pa té la pen!«**

Er beklagte sich nie. Er sprach nie offen mit anderen. Alle, die ihm in die Augen sahen, wußten jedoch, daß in jenem Wasser ein großer Traum untergegangen war!

7

Jean litt ebenso wie Jacob.

Sein zuvor fröhliches Temperament, das sich schon durch Elaïses Tod und Renés wortlosen Abschied verdüstert hatte, veränderte sich völlig. Abgesehen von seinen geliebten Büchern, hatte er nun keinen Gesprächspartner mehr außer Jacob, der wiederum Wochen verbringen konnte, ohne laut vernehmbar zu sprechen. Jeans einziges Vergnügen bestand darin, daß er geradewegs nach Bas Fort marschierte und mit gewaltigen

* »Das war doch wohl nicht nötig!«

Zügen bis zum Inselchen von Gosier schwamm, das er in zwölf Minuten und dreizehn Sekunden erreichte. Bei diesem Tempo dehnten und formten sich seine Muskeln zu einem athletischen Körper.

Eines Morgens betrat er das Geschäft und blieb in dem Kabuff stehen, wo Jacob Zeile für Zeile seine Kontobücher überprüfte. »Hör zu, ich will auf die Ecole normale. Ich will Grundschullehrer werden.«

Jacob hob seine Nase und protestierte: »Grundschullehrer! Aber du bist der Beste in deiner Klasse! In ein paar Jahren hast du dein Abitur und du . . .«

Jean unterbrach ihn: »Ich will kein Abitur machen. Ich will Grundschullehrer werden.«

Da Jacob den Mund nicht wieder zubekam, erklärte der jüngere Bruder: »Ich will nicht, daß sie mir antun, was sie dir angetan haben! Ich will weit entfernt leben, weit von ihnen entfernt, in einem Marktflecken, einer Gemeinde, einem Dorf . . .«

Jacob sagte nichts mehr und wischte sich die Tränen ab.

Vier Jahre später – inzwischen war der Krieg vorbei, ohne daß René zurückgekehrt wäre – machte sich Jean also in Richtung Grands-Fonds-les-Mangles auf, einem Dorf auf Grande-Terre, das inmitten von Zuckerrohrfeldern lag, wie ein Felsen im Ozean. Die Bauern mochten die Grundschullehrer nicht besonders. Dieser jedoch war so jung und so schön, daß sie ihn akzeptierten. Sie halfen ihm dabei, die Blechstücke auf seinem Dach zusammenzuflicken, die Zisterne vom Schmutz zu säubern und die Tausendfüßler zu töten, die sich auf seinem Strohlager tummelten. Sie gaben ihm sogar eine ihrer Töchter, Anaïse, deren Brüste gerade zu wachsen begannen und deren Haut nach Zimt duftete. Jean, der sich mit Mädchen überhaupt nicht auskannte, tat willig, was von ihm erwartet wurde. Bald gab Anaïses Bauch Anlaß zu Vermutungen: »*Sé an ti fi!*«*

Wie sehr liebte Jean diesen trockenen Landstrich, der so hell-

* »Es ist ein Mädchen!«

hörig war, daß man wie an einem Klappenschrank alles mitbekam! Regen fiel hier kaum, selbst im November nicht, wenn das ganze Land überflutet wurde.

Am ersten Schultag rief er seine vierzig Kinder zusammen, Rotz an der Nase und mit von der Sonne gerötetem Haar, und sagte zu ihnen: »Ihr müßt wissen, daß ich keine Ahnung habe. Ich komme, um von euch zu erfahren, was ihr von denen gelernt habt, die euch zu essen und zu trinken geben! Die wissen Bescheid . . .«

Kein schlechter Witz! Die Kinder schauten sich verschmitzt an. Dennoch stellten sie bald fest, daß ihr Lehrer meinte, was er sagte. Und nach und nach kamen sie, um ihm alles zu verraten.

Zunächst materielle Dinge. Wie man Öl und Seife aus Kokosnüssen macht. Wie man aus Stangen eine luftige und trotzdem regendichte Behausung errichtet. Wie die Fackelliane die Haut geschmeidig macht. Wie Karapatöl das Haar entwirrt, aber auch Licht erzeugt, ohne zu rußen. Wie aus Vetiver-Ruten Körbe geflochten werden. Und dann jene selten ausgesprochenen Geheimnisse, die vor allem durch Mütter, Großmütter, Urgroßmütter weitervermittelt werden! Pflegen, heilen oder Krankheiten verursachen! Töten sogar!

Jean schrieb alles auf, und ein Heft kam zum anderen, jedes hundert Seiten lang.*

Bald erzählten die Kinder nicht mehr nur, was man sich erzählt, sondern führten Jean zur Quelle ihres Wissens, in die Häuser ihrer Eltern. Jean setzte sich auf den Boden, aß den Migan aus dem Coui und betrachtete aus der Nähe jene von der Not gezeichneten und geprägten Gesichter, die dennoch in seinen Augen so schön waren. Jeden Tag schrieb er Jacob, der in La Pointe von der Sorge um das Geldverdienen und von seiner Liebe zu Tima und Thécla in Anspruch genommen wurde, Briefe, in denen er ihm sein Glück schilderte.

Frieden. Armut. Armut. Frieden.

* Diese Aufzeichnungen bilden das auf eigene Kosten verlegte Werk *La Guadeloupe inconnue (Das unbekannte Guadeloupe).*

Eines Tages kam Jean auf dem Rücken von Melchior, dem dösigen Esel, den Anaïses Vater ihm gegeben hatte, aus Anse Laborde zurückgeritten. Er hatte geschwommen und zwei Fischerboote im Wettstreit geschlagen, um sie dann aufs offene Meer hinausziehen zu lassen. An einer Kreuzung begann Melchior plötzlich zu wiehern und warf ihn mit einem heftigen Schlag der Hinterhand ab. Jean stand wütend auf und wollte das Tier gerade strafen, als er ein Mädchen sah, das unter einem Mangobaum saß. Wahrhaftig, sie hatte eine goldschimmernde, hellbraune Haut, blonde Zöpfe, die unter ihrem Hut tanzten, und Sommersprossen um ihre in allen Regenbogenfarben schimmernden Augen. Jean war zwar getrimmt worden, Leuten mit heller Hautfarbe aus dem Weg zu gehen, murmelte aber dennoch, gut erzogen, wie er war, einen kurzen Gruß, bevor er wieder auf seinen Esel stieg, als er plötzlich durch etwas überwältigt wurde, das ihn zwang, das Mädchen ein zweites Mal anzuschauen, und ihn an Händen und Füßen fesselte. Er hörte sich selbst sagen: »Guten Tag, meine Schöne, wohin des Weges? Willst du, daß ich dich ein Stück mitnehme?«

Sie erwiderte eisig: »Gehen Sie Ihres Weges! Ich habe Sie um keinen Gefallen gebeten!«

Nach dieser Begegnung war Jean nicht mehr der gleiche. Keine Fragen mehr an die Schüler, keine Zusammenkünfte mehr mit ihren Eltern. Kaum war die Schule aus, so sprang er auf Melchiors Rücken und verschwand quer durch die Zuckerrohrfelder. Morgens, lange nachdem die Hähne in den Hühnerställen gekräht hatten, tauchte er wieder auf, mit geröteten Augen von der schlaflosen Nacht. Anaïse, die ihren Mann nicht wiedererkannte, weinte sich die Augen aus und fragte ihre Mutter um ihre Meinung, die ihr riet, Geduld zu haben. So ging es über Wochen, als an einem ruhigen und sonnigen Samstag – Anaïse sollte sich noch ihr Leben lang daran erinnern – Melchior wieder auftauchte und auf seinem Rücken einen riesigen karibischen Hochzeitskorb trug, der zwischen Jean und einem Mädchen eingeklemmt war, das sie verblüfft wiedererkannte! Marietta, die Tochter von Mario!

Mario war ein Weißer, über den man nichts wußte, noch nicht einmal, ob er Franzose, Italiener oder Engländer war! Einige Leute erzählten sich, daß er in seinem Land jemanden getötet habe, andere, daß er eine Bank ausgeraubt habe und sich verstecke zusammen mit seiner Lebensgefährtin Adélia, die Negerblut in sich haben müsse, jedenfalls nach der Beschaffenheit ihres Haars zu urteilen. Wovon lebten die beiden? Das fragte man sich allerdings! Mario verbrachte die meiste Zeit in einer Hängematte, die Füße höher als der Kopf, Adélia an seiner Seite. Sie hatten zwei Kinder, die sie wie streunende Katzen erzogen, Adélio, einen Jungen, den man eines schönen Morgens nicht mehr gesehen hatte (man erzählte sich, daß Mario ihn zu sich nach Hause geschickt habe), und Marietta, ein Mädchen, von dem alle Männer zwischen Le Moule und Anse Bertrand träumten.

Die Hochzeit meines Großonkels Jean und Marietta – er heiratete sie in der Kirche – war eine Bresche in der Mauer der Hautfarbe, die unsere Familie umgab. Die Louis, die einer nach dem anderen aus dem Bauch ihrer Mütter geschlüpft waren, waren schwarz in allen Schattierungen. Von nun an kamen durch Marietta solche mit rotbrauner Haut, kraushaarige Weiße und sogar ein Kind hinzu, dem man den Mulatten ansah, das etwas vom Großvater Mario hatte.

Als Jacob von der Hochzeit seines Bruders erfuhr, ließ er eilig das Eisengitter vor dem Laden herunter, nahm seine Thécla und ließ sich nach Grands-Fonds-les-Mangles fahren (Er hatte Tima zu Ehren gerade einen Citroën gekauft.). Die beiden Brüder nahmen sich an der Hand, wie sie es seit zwanzig Jahren gewohnt waren, und gingen aufs Geratewohl los. Auf einmal brach Jacob das Schweigen: »Kränke Anaïse nicht. Wenn du sie kränkst ... dann ist es ... als ob du ... unsere Mutter kränken würdest!«

Jean ließ den Kopf sinken.

In Wirklichkeit hatte Mario niemanden umgebracht. Er hatte lediglich eines Tages die Welt um sich herum betrachtet und gefunden, daß sie mit ihren eiternden Pusteln ziemlich häßlich aussah. Also hatte er sich ein Boot gekauft und war in Paramaribo an Land gegangen, wo er Adélia aus einem Bordell herausholte. Zusammen hatten sie dann die Segel gesetzt und waren nach Guadeloupe gefahren. Selbstverständlich hatte er ebenso wie Jean Marx und Engels gelesen, aber er zog ihnen Rousseau vor: »Nimm einen Bauern von Guadeloupe oder einen Fischer! Einen Bauern oder einen Fischer. Er hat ein mutiges Herz, den Kopf voller edelmütiger Ideen. Setz ihn auf eine Schulbank. Bind ihm einen Kragen und einen Schlips um. Bring ihm Französisch bei, und er wird zum Raubtier, mit einem Felsen im Herzen und Reißzähnen, um andere zur Ader zu lassen! Ob Neger, Mulatte, Weißer, das ist dabei egal, das ist der ganz normale Lauf der Dinge!«

Jean gab ihm recht und erzählte, wie man erst seinen Vater zugrunde gerichtet hatte und dann seinen Bruder!

Donnerstags, wenn keine Schule war, fuhr Jean nach Anse Laborde hinunter, und dort schwatzten Schwiegervater und Schwiegersohn dann, bis Adélia, die das endlose Gerede leid war, losbrüllte: »Haltet doch endlich eure Schnäbel! Und du, Jean, du hast zwei Frauen zufriedenzustellen, kannst du nicht bei denen bleiben?«

Ich für meinen Teil glaube, daß Mario entscheidenden Einfluß auf ihn ausübte und aus Jean letztlich einen sanften, träumerischen Aufrührer machte, einen Rousseau-Anhänger mit Anklängen an Garveysche Ideen ... Mein armer Großonkel war für die Rolle, die man ihm zuwies, nicht geschaffen, und wenn er als Märtyrer starb, dann konnte er selbst nichts dafür.

Die Einwohner von Grands-Fonds-les-Mangles setzten eine unschuldige Miene auf und machten einen Umweg, um zu sehen, wie Jean mit seinen beiden Frauen zurechtkam. Nicht die Zahl machte sie neugierig. Jeder Mann hat zwei Frauen und mehr! Es gibt sogar Männer, die in jedem Dorf, in jeder Gemeinde eine haben! Nein, es war die Tatsache, daß sie unter dem gleichen Dach zusammen tranken, aßen und schliefen. Sie kamen ins Haus und inspizierten die drei gut gebohnerten Räume, die nach Kräutern dufteten: zwei Schlafzimmer, zu beiden Seiten einer dünnen Trennwand, in der sich ein Durchgang befand, der nur durch einen Vorhang aus klimpernden Holzperlen zu schließen war. In einem der Schlafzimmer zwei gittereiserne Betten, links und rechts von einer Wiege, in der das kleine Wesen schlafen würde, das zur Stunde noch in Anaïses Bauch strampelte. Enge und keusche Betten aus Eisen, wie die zweier Schwestern oder Schülerinnen, die Seite an Seite heranwachsen und sich die Augen beim gleichen Kerzenlicht verderben. Anaïse und Marietta schienen sich tatsächlich zu verstehen, wobei sie sich sowohl die Arbeit als auch, und darauf deutete alles hin, das Vergnügen teilten ... Kaum ein Schatten lag auf dem Grunde von Anaïses Augen, wenn sie ihre Wäsche mit den Händen im blauen Wasser einer Wanne wusch. Was Marietta betraf, so war sie durch die Liebe zahm geworden, legte das Verhalten einer Wildkatze ab und fegte singend den Hof, versuchte sogar Rosen im Garten zu pflanzen. Jean fühlte sich wie ein Hahn im Korb. Letztlich gibt jeder dem Glück ein anderes Aussehen.

8

Inzwischen war meine Mutter Thécla Elaïse Jeanne Louis fast acht Jahre alt. Sie war ein kleines Mädchen, das alle übereinstimmend schön fanden, aber ohne jeden Charme. Man hätte sich irgendeinen Makel gewünscht, eine platte Nase, dicke Lippen, rosa Zahnfleisch*, damit ihr Gesicht durch diese Unregelmäßigkeit etwas Leben bekommen hätte. Statt dessen kühle

* Schwarzes Zahnfleisch ist ein Zeichen der Schönheit.

Vollendung. Eine hohe, kräftig gewölbte Stirn, darüber das Haar, ebenso dicht wie das ihrer Mutter und immer sorgfältig mit Karapatöl eingefettet. Große, mandelförmige Augen, die geradeaus blickten, ohne zu zwinkern. Die Nase fast gerade. Der Mund mit kräftigen, aber nicht zu großen Lippen, die sich manchmal für die kurze Zeit eines Lächelns öffneten und dann ihre ganz weißen und gleichmäßig gewachsenen Zähne erkennen ließen.

Dazu kam, daß sie sträflich verwöhnt war. Niemals war ihr irgend etwas abgeschlagen worden, weder von Tima noch von Jacob. Der letzte kaufte ihr zu astronomischen Preisen Äpfel aus Frankreich oder Muskatellertrauben, und das kleine Mädchen wußte nicht, daß die Bananen und Mangos auf den Bäumen für den großen Hunger der weniger bemittelten gleichaltrigen Kinder wuchsen. Tima hatte sie aus Angst, sie zu verlieren, bis zum zwölften Lebensjahr in Weiß gekleidet, und so marschierte sie in ihren geputzten Stiefelchen daher, in ihren mit Spitze abgesetzten Kleidern aus Organsin, an der Hand einer Hausangestellten, die ihren Schirm und ihre Schultasche bis zur Privatschule der Demoiselles Vertueux trug. Die Kinder, die sich nur widerwillig und gezwungenermaßen neben sie setzten, betrachteten sie und flüsterten sich ihre Lästereien zu: »Sie hat ihr Kindermädchen angespuckt!«

»Sie hat gesagt, daß ihr Papa genug Geld hätte, um ganz La Pointe zu kaufen!«

»Sie hat mit dem Fuß aufgestampft!«

»Sie hat gesagt, daß ...«

Sonntags begleitete sie Tima zum Hochamt; ihre Haare waren seit dem Vorabend mit heißen Eisenstäben und Lockenwicklern aus Seidenpapier bearbeitet worden, um sie schließlich unter einen englisch anmutenden Hut zu stopfen. Um vier Uhr führte eine zum Familienessen eingeladene Großcousine sie in das Kinotheater ›La Renaissance‹ und hatte an den Filmen mit Shirley Temple mehr Vergnügen als Thécla. Um sechs Uhr war Jacob an der Reihe, der sie an der Hand mitnahm, um das Blumenwasser auf dem Grab von Großmama Elaïse zu wechseln.

An Wochentagen hatte sie Klavier- und Geigenstunden, Unterricht in Tanz, Gesang, Katechismus und Rechnen, denn vom Quadrat der Hypotenuse verstand sie nichts.

Kein Wunder, daß meine Mutter ihre Kindheit haßte!

9

Als klar wurde, daß das Kriegsende meinen Großonkel René nicht zurückbrächte, ging Jacob mit einem Foto, das bei Théclas Taufe aufgenommen worden war, zu Guidicelli, dem Italiener in der Rue Frébault. Angesichts seiner amateurhaften Ausstattung leistete Guidicelli hervorragende Arbeit. Er isolierte und vergrößerte das Gesicht von René, der das Neugeborene über das Taufbecken hielt. Die letztlich doch unscharfe Vergrößerung zeigt die unvollendeten Gesichtszüge – Engel oder Teufel? – eines jungen Mannes mit zusammengepreßten Lippen, Brille und steifem Kragen. Jacob ließ das Bild schwarz rahmen, und seitdem hängt es im Wohnzimmer des Hauses in der Rue du Faubourg-d'Ennery. Als Jacob es aufhing, verspürte er ein seltsames Gefühl: daß er einen anderen vergaß, ihm das ehrende Gedenken durch die Familie verweigerte. Mit einem Stich im Herzen erinnerte er sich wieder an seinen Halbbruder Bert. Unter welchen Umständen war er gestorben? Bestürzt nahm er sich vor, seinen Vater am folgenden Samstag zu fragen, wenn er nach Juston fahren würde. Es stand jedoch geschrieben, daß daraus nichts werden sollte.

Am Nachmittag desselben Tages schickte Tima die Hausangestellte, um ihm mitteilen zu lassen, daß Anaïse, die Frau seines Bruders Jean, sich umgebracht hatte.

Umgebracht?

Jacob kam in dem Dorf an, das still war wie ein versteinerter

Wald. Drei Monate zuvor hatte Maman Georgina, die alle Frauen der Gegend entband, einem pausbäckigen Dickerchen auf die Welt verholfen, das angesichts der Veränderungen, die es erlebte, gar keine Angst zeigte. Drei strahlende Gesichter hatten sich über ihn gebeugt, drei Augenpaare hatten sich zusammengedrängt, um den kleinen, strammen Körper in Augenschein zu nehmen. Alles in Ordnung. Für das Abenteuer gewappnet!

Am Tag der Taufe wurde an Rum und Chodo nicht gespart, und wenn auch, bis auf Jacob, die Louis durch Abwesenheit glänzten, weil sie für Jeans Lebensweise kaum Verständnis aufbrachten, so war doch Mario persönlich anwesend und sang korsische Lieder:

Insel der Liebe ...

Danach hatten alle zugesehen, wie Anaïse ihr Korsett aufhakte, um Dieudonné, ihrem Sohn, die Brust zu geben. Sie hatten die Kinder in der Schule eine Lektion aufsagen hören, die von Jean stammte*: »Mein Land, meine Insel, Guadeloupe hieß früher Karukéra. Menschen lebten hier, die weder töten noch Böses tun konnten. Sie ernährten sich von Fischen, die sie im Meer und in den klaren Gewässern der Flüsse fingen. Sie bauten Tabak an, Maniok und Mais.«

Sie hatten Marietta gesehen, wie sie unter dem Vordach der Küche hin- und hergegangen war.

Was war passiert?

Anaïse ruhte auf ihrem Bett aus Courbarilholz. Das Totenkleid ihrer Mutter, das man ihr angezogen hatte, bildete einen eigentümlichen Kontrast zu ihrem Gesicht. Jung. Wehrlos. Jacob schluchzte: »Was hast du ihr angetan?«

Jean vollführte eine Geste der Ohnmacht. Man hatte Anaïses Körper nach einer Suchaktion von drei Tagen und drei Näch-

* Damals wurde die Geschichte Guadeloupes in der Schule nicht unterrichtet.

ten gefunden. Die Männer hatten Fackeln angezündet und mehrere Mannschaften gebildet. Die einen hatten die Zuckerrohrfelder durchstreift. Die anderen hatten an den Türen aller Häuser angeklopft. Andere wiederum waren bis nach Anse Bertrand, Le Moule und Saint-François gelaufen. Niemand hatte an das Meer gedacht. Fischer, die ihr Boot zu Wasser brachten, hatten sie am Ende einer kleinen Bucht gefunden, ihre Scham mit Algen bedeckt.

Bei Anaïses Tod regnete es sieben Tage und sieben Nächte lang in Strömen, paradoxerweise ein Zeichen dafür, daß jene, die sich selbst das Leben genommen hatte, das Leben liebte. Obwohl es Juni war, der Monat der glitzernden, schwefelfarbenen Zuckerrohrfelder, der Monat der Brände in den wasserlosen Vororten von La Pointe, der Monat der alles beherrschenden Hitze, goß es wie aus Kübeln. Wassermassen, die die Erde tränkten, bis ihr Durst gestillt war. Man wachte drei Tage und drei Nächte bei Anaïse und wartete auf ein Aufklaren. Da das Warten vergeblich blieb, setzte sich der Troß in Bewegung und watete durch den Morast. Die Regentropfen prallten auf den Sarg wie kleine Steinchen, und jene, die ihm mit gesenkten Köpfen folgten, suchten vergeblich unter Regenschirmen, großen Bananenblättern oder wieder andere unter Jutesäcken Schutz; in kürzester Zeit waren sie bis auf die Haut naß. Da Anaïse sich das Leben genommen hatte, zum großen Ärger von Pater Lebris, der sie getauft, ihr dann die Kommunion erteilt und jeden Donnerstag die Beichte der unbedeutenden Sünden eines jungen Mädchens abgenommen hatte, wurde ihr die kirchliche Beerdigung verweigert. Ohne Blumen und ohne Kränze sollte ihr Sarg, die Kiste der Schande, in die Tiefe der Grube geworfen werden. Die Menschen aber, die sie geliebt hatten, ließen dies nicht zu, und so wurde es die schönste Beerdigung, die man jemals gesehen hatte! Einige Leute erinnerten sich noch gut an Matalpa, die lange vor dem Wirbelsturm von 1928 im blühenden Alter gestorben war, Matalpa, die so schön die Quadrille tanzte. Und daran, daß aus der Trauer, die sie in allen Herzen zurückließ, unvergeßliche Lieder entstanden waren. Aber selbst ihre Beerdigung war nicht so schön gewesen! Trotz allen Wassers, das da herunterkam!

Anaïses Tod stürzte meinen Großonkel Jean endgültig in die Welt der Bücher, der Gedanken, des Nachsinnens. Nach Beendigung des Unterrichts sprach er, wie sein Vater, praktisch nicht mehr und verständigte sich mit Marietta nur noch durch kaum vernehmbares Grummeln. Unter dem Vorwand, er brauche Ruhe, um die aus vielfältigen Quellen erhaltenen Informationen zu ordnen, erbaute er eigenhändig und Hilfe zurückweisend ein Haus, in das er sich dann einschloß. Wenn Marietta es leid war, das Essen immer wieder aufzuwärmen, und um Mitternacht kam, um ihn zu rufen, die Fäuste in die Hüften gestemmt, dann stand er auf wie ein Zombie, folgte ihr bis ins große Bett, wo sie dann miteinander schliefen. (Bei diesen wortlosen Umarmungen zeugten sie zehn Kinder.)

Anaïses Tod brachte Jacob und Jean wieder einander näher. Wenigstens einmal im Monat kam Jacob von La Pointe herüber. Er schloß sich mit seinem Bruder im Haus ein, und wie in ihrer Jugendzeit blätterte Jean dann in den Seiten seiner Bücher oder las Jacob die Früchte seiner eigenen Überlegungen vor. (Jacob ist auch das Werk *Das unbekannte Guadeloupe* gewidmet.)

Oft auch unterhielten sich Jacob und Jean miteinander. Dabei formulierte der erste seine Worte mit krächzender Stimme, der zweite, indem er sie bearbeitete wie der Schmied ein selten verwendetes Metall: »Ist doch komisch, was? Seit sie nicht mehr da ist, spüre ich sie näher!«

»Das geht mir genauso mit Mama Elaïse! Manchmal, in Juston, da bin ich sicher, daß sie im Zimmer ist, daß sie alles sieht, was ich tue!«

Ab und zu nahm Jacob Thécla mit, obwohl Tima dagegen war. Wenn das Mädchen schon das Leben verabscheute, das man sie in La Pointe führen ließ, so verabscheute sie paradoxerweise die Aufenthalte in Grands-Fonds-les-Mangles noch viel mehr. Sie konnte die Bauern nicht ausstehen, die nach Schweiß rochen und kreolisch sprachen, die ihr mit ihren fettigen Mündern Küßchen gaben, und ihren Vater nicht, der sie zurechtwies: »Jetzt hör auf und zier dich nicht so! Sag guten Tag!«

Sie konnte den Coui nicht ausstehen, aus dem sie aß, das Stroh auf dem blanken Boden, auf dem sie zwischen ihren Cousins schlief, die sich nach dem Abendessen noch nicht einmal die Zähne putzten. Vor allem konnte sie Marietta nicht ausstehen, blond, barfüßig und ungeniert, so ganz anders als Tima, die immer wie aus dem Ei gepellt und morgens um sieben Uhr schon frisiert war. Aus Mariettas Augen glaubte sie eine Verachtung zu lesen, die vielleicht nur in ihrem eigenen Inneren steckte: »Du brauchst gar nicht so vornehm zu tun! Du brauchst dich gar nicht so aufzublasen wie der Frosch im Märchen. Du wirst doch niemals etwas anderes sein als eine kleine Negerin mit Krauskopf. Und ziemlich schwarz dazu ...«

10

Der Welt ist sicher das Jahr 1953 als Todesjahr von Josef Stalin in Erinnerung, denn dieser Todesfall füllte die Titelseiten der großen internationalen Zeitungen. Jenes Ereignis nahm jedoch wenig Raum im Geiste meines Großvaters Jacob und meines Großonkels Jean ein, die früher über Marxismus, Rasse und Klasse begeistert diskutiert hatten. Wenn das Jahr 1953 sich ihnen unauslöschlich einprägen sollte, dann deshalb, weil Geschehnisse es bestimmten, die für andere bedeutungslos waren, aber in ihrer persönlichen Geschichte weit mehr Spuren hinterließen als der Tod eines russischen Diktators. Am 13. Januar 1953 erschien der erste Band von *Das unbekannte Guadeloupe* meines Großonkels Jean. Siebeneinhalb Jahre hatte er daran gearbeitet. Nur dadurch, daß er etwas von seinem Gehalt dafür abzweigte und Marietta Geld verweigerte, um die Schuhe der Kinder besohlen zu lassen, war es ihm gelungen, die Geldsumme zusammenzubringen, die der Drucker Jean Repentir verlangte. Das Werk, das heute als Klassiker gilt und von Studenten für ihre Examens- und Doktorarbeiten wieder und wieder ausgeschlachtet wurde, erschien in zweihundert Exemplaren, die Jean, der aus diesem Anlaß nach La Pointe hinunterfuhr, recht und schlecht in einem Pappkoffer unterbrachte. Er machte dann einen Umweg zu den Kais, um Jacob eines zu überreichen, der nicht begriff, warum sein Bruder, den Koffer an sich gedrückt, ein Gesicht aufsetzte, als käme er gerade vom Heiligen Abendmahl. Nach dem Besuch bei Jacob ging Jean zu Camille Désir, inzwischen ein einflußreiches Mitglied der Kommunistischen Partei, und bat ihn, sein Buch in der Zeitung *La Flamme* zu besprechen. Mit *Das unbekannte Guadeloupe*, so meinte Jean, habe er dem Schöpfergeist der immer Verkannten, des Volkes nämlich, ein Denkmal gesetzt. Camille war mit den Gedanken gerade woanders (bei Stalins Tod, tja!), aber er versprach, worum er gebeten wurde, und riet dazu, etwa zwanzig Exemplare bei dem Buchhändler Hubert Mondésir zu deponieren.

In *La Flamme* erschien kein Artikel. Besprechungen erschienen aber in *Le Nouvelliste*, *La Voix du Peuple* und einigen anderen Zeitungen, die sich über den Stil des Werkes, seine Naivität (oh, diese Passagen zum Übernatürlichen!) ziemlich mokierten und den kleinen Grundschullehrer, der sich für einen Intellektuellen hielt, kurz entschlossen wieder in die Pampa zurückschickten.

Als Jacob die Zeilen las, weinte er: »Warum, warum hassen sie uns so? Sie geben niemals Frieden!«

Folglich vergilbten die Mondésir überlassenen Exemplare im Regal, bevor man sie in eine Ecke verbannte. Doch blieb *Das unbekannte Guadeloupe* nicht von allen unbemerkt.

Am 2. März 1953 betrat der von der Verwaltung alarmierte Schulrat, Monsieur Besnard, die Schule in Grands-Fonds-les-

Mangles. Er setzte sich in die letzte Bank des Klassenraumes und hörte geschlagene drei Stunden lang dem Unterricht in Französisch, Geschichte und Sachkunde zu. Danach zog er sich zurück und faßte seinen Bericht ab.

Der zeigte sofort Wirkung. Am 17. April 1953 erfuhr Jean per Einschreiben, daß man ihn aus dem Lehrkörper ausgeschlossen hatte. Außerdem hatte er das Haus, das er bewohnte, zu räumen und dem neuen Lehrer Platz zu machen.

Noch am selben Abend suchten Jean und Marietta Kinder und Einrichtung zusammen, luden sie auf einen Ochsenkarren, den ihnen ein Nachbar ausgeliehen hatte, und machten sich unter den traurigen Blicken der Schulkinder und der Eltern (manche weinten sogar) auf den Weg nach Anse Laborde, wo Mario und Adélia wohnten.

Als Jacob von dem Unglück erfuhr und drei Tage später überraschend in Anse Laborde eintraf, fand er Mario, die Füße höher als der Kopf, in seiner Hängematte vor, Marietta und ihre Mutter in einer ihrer alltäglichen Streitereien, und Jean war gerade dabei, Zweige zu spalten, um unter den neugierigen Blicken seiner Söhne Gerten daraus zu machen. »Komm nach Juston! Ich habe das Haus herrichten lassen!«

Jean schüttelte den Kopf.

»Du weißt, daß ich unseren Besitz nur verwalte. Willst du deinen Anteil?«

Jean schüttelte noch entschiedener den Kopf.

»Laß mich dir wenigstens helfen.«

Jean blickte auf Dieudonné, Anaïses Sohn. Jacob verstand, nahm ihn an die Hand und kehrte mit ihm nach La Pointe zurück.

Um seinen Lebensunterhalt zu verdienen, wurde Jean öffentlicher Schreiber. Mit einem Tintenfaß und einer Unteroffiziersfeder ließ er sich am Rande der Märkte nieder. Dort half er den Bauern dabei, ihre Steuererklärung auszufüllen, den Verlobten dabei, Liebesbriefe an ihre eingezogenen Bräutigame zu formulieren, den Mietern, Bittschriften an ihre Vermieter zu schicken. Die Sozialversicherung machte ihm schwer zu schaffen, denn daraus wurde niemand schlau.

Jedoch vergaß er oft, sich bezahlen zu lassen, und nahm irgendeine Lügengeschichte, die ihn erweichen sollte, für bare Münze. Das kümmerte ihn jedoch wenig. Sein wahres Leben begann erst abends um neun Uhr, wenn er allein in seinem Haus saß, um den Folgeband von *Das unbekannte Guadeloupe* zu verfassen.

So sah sich Marietta nach einiger Zeit genötigt einzuschreiten. Mühevoll, denn sie hatte seit ihrer kurzen Schulzeit keinen Stift mehr in der Hand gehalten, malte sie zwei Schilder. Ein großes: ›Trink noch einen‹. Ein kleines: ›Kredit ist gestorben. Den haben die schlechten Zahler auf dem Gewissen‹. Dann eröffnete sie einen Getränkestand, um zu Hause das Geld einzunehmen, das Jean sich hatte entgehen lassen.

Tima jedenfalls war entzückt, als sie die dreckigen Füße von Dieudonné auf ihren Dielen erblickte! Da Jacobs Gesichtsausdruck ihr bedeutete, daß Protest nicht angebracht sei, wartete sie, bis er gegangen war, um dem armen Jungen eine Schüssel Wasser und eine Wurzelbürste in die Hand zu drücken. Als Thécla von ihrer Klavierstunde zurückkam, hockte der ungebetene Gast auf seinen Knien und heulte, während seine Wangen noch voller Seife waren. Der Anblick ließ in ihrem Herzen, ohne daß sie wußte, wie ihr geschah, eine Saite erklingen, deren unbekannter Ton sich verstärkte und sie ganz erfüllte. Sie drückte ihren kleinen Cousin an sich, und von nun an verteidigte sie ihn mit Klauen und Zähnen gegen die Krallen ihrer Mutter.

Die Kinder des Petit-Lycée warfen einen Blick auf diesen pausbäckigen, schwarzen Jungen aus Grands-Fonds-les-Mangles, der Französisch radebrach und sein Heft mit Tintenklecksern übersäte, und zögerten nicht lange. Sie nannten ihn ›*Nèg mawon!*‹*

* ›Nègre marron!‹ (Der Ausdruck bezeichnet entflohene Sklaven, die vereinzelt oder in Gemeinschaft in unzugänglichen Inselregionen lebten; Anm. d. Ü.)

Am 20. Dezember 1953, als alle in Gedanken schon bei Weihnachten waren und Kinder und Eltern Adventslieder sangen, erhielt Jacob im Geschäft Besuch von einem gutaussehenden Unbekannten: Monsieur Gilbert de Saint-Symphorien, der gerade aus Paris zurückgekommen war, um die Anwaltskanzlei seines Vaters zu übernehmen. Die beiden Männer blieben vier Stunden unter sich. Danach trat Jacob schwankend wie ein betrunkener Neger nach draußen, setzte sich hinter das Steuer und fuhr mit zwei, drei wilden Schlenkern zur Stadt hinaus. Die Leute erinnern sich noch an diesen Tag, denn als sie den schnellen Wagen vorbeifahren sahen, dachte einer, der etwas zuviel Phantasie hatte, daß das Haus der Louis Feuer gefangen hätte, was ganz La Pointe in helle Aufregung versetzte.

Jacob stoppte den Wagen vor Marios und Adélias Haus, wobei er eine Henne aufscheuchte, die gerade für ihre Küken in der Erde scharrte, und brüllte: »Jean! Jean!«

Der Ton seiner Stimme war so, daß der Jüngere, der gerade vom Markt in Anse Bertrand zurückkam, ein Unglück wähnte und herbeilief: »Ist Großpapa was passiert?«

Jacob stotterte: »Er hat ihn umgebracht! Er hat ihn umgebracht! Er war es, der ihn umgebracht hat!«

BERICHT VON GILBERT DE SAINT-SYMPHORIEN

Als Bert, eingezwängt in einen Mantel, den sein Vater Jahre zuvor in San Francisco gekauft hatte, und mit einem Pappkoffer im Bahnhof Paris-Saint-Lazare aus dem von der Küste kommenden Zug stieg, war er furchtbar enttäuscht: Sein Freund Gilbert de Saint-Symphorien, dem er seine Ankunft angekündigt hatte, war nicht da. Er konnte nicht wissen, daß der arme Gilbert seit kurzem in einem Jesuiteninternat in Le Mans dahinvegetierte und nicht hatte entwischen können. Bert hatte sich so gefreut bei dem Gedanken, ihn wiederzusehen! Dennoch war er nicht ganz verloren, denn ein Freund von Camille Désir wartete mit einem kleinen Schild in der Hand auf ihn. Ein gewisser Jean Joseph, ein Kolonialwarenhändler.

Es regnete.

Die glänzenden Straßen waren voller Autos, triste wie Leichenwagen, Frauen unter schwarzen Regenschirmen, Männer mit runden Hüten, und Stadtpolizisten in schweren Regenumhängen dirigierten dieses Ballett. Bert betrachtete entsetzt die große, graue Stadt, erinnerte sich an Gilberts mitreißende Beschreibungen und fragte sich, ob sein Freund ihm nicht einen Bären hatte aufbinden wollen! Dann sagte er sich, daß die Städte vielleicht nur in der subjektiven Sicht derer existieren, die in ihnen leben.

Jean Joseph reichte ihm die Hand, um in eine Straßenbahn zu steigen. Eine Menschenmenge in Kleidung, die die Farbe von dreckigem Wasser hatte, reckte den Hals, um die beiden anzugaffen und offen über sie zu lachen. Ohne ihnen Beachtung zu schenken, fragte Jean nach Neuigkeiten aus dem Heimatland, das er vor nun fast fünfzehn Jahren verlassen hatte. Lange vor dem Krieg!

»Bah«, dachte Bert, »vielleicht gewöhnt man sich noch daran!«

Bis dahin jedoch beleidigten und quälten ihn diese Blicke, ließen ihn schmerzlich sich seiner schwarzen Hautfarbe bewußt werden, die er bisher ohne große Verlegenheit getragen hatte. Eine Blondine streckte ihre Hand nach seinem Gesicht aus, um ihn zu streicheln, und rief: »Ah, das ist garantiert farbecht!«

Alle brachen in schallendes Gelächter aus und sogar Jean Joseph, was Bert erschütterte. Darf man sich selbst verspotten?

Die Geschäfte von Jean Joseph gingen offenbar nicht sehr gut, denn er wohnte in einer tristen Straße, die, wie Bert las, Rue de la Roquette hieß und in der sich Metzgereien mit Köpfen von toten Kälbern und Bistros aneinanderreihten, in denen

Männer mit Schirmmützen zechten. Dazwischen Kinder mit Rotznasen und strohblonder Mähne. Bert unterdrückte ein Schluchzen, als er an Elaïses letzten Kuß dachte. Jean Joseph redete ohne Unterlaß: »Ich bin gerade zum Mitglied des Komitees zur Verteidigung der schwarzen Rasse ernannt worden, und glaub mir, Monsieur Gratien Candace, der Verfechter des französischen Imperialismus, wird von mir noch reden hören! Alle Neger haben, sobald sie hier ankommen, nur einen Gedanken: eine Weiße flachzulegen! Du kennst doch den Witz? Beim Orgasmus schreit der Neger: ›Schoelcher lebe hoch!‹«

Bert lachte höflich. Was ihn betraf, so hielt er diesen Mann, der sein Vater hätte sein können, für ziemlich oberflächlich!

»Sogar Lamine Senghor ist mit einer aus der Picardie verheiratet! Meine Frau dagegen ist wie ich und du: schwarz! Da beginnt unser Stolz, bei der Farbe unserer Gefährtinnen!«

Die Straße endete an einem riesigen Friedhof. Bert fürchtete sich vor dem traurigen Wald von Gräbern, wobei er zum ersten Mal an den Tod in der Ferne dachte, den schlechten Tod. Wer würde sich an sein Grab setzen? Wer würde Blumen in die Vasen stellen?

Nachdem sie den Leidensweg der sechs Etagen hinauf hinter sich gebracht hatten und in einer ziemlich düsteren Wohnung ankamen, stellte Jean ihm seine Schwarze vor, die in Wirklichkeit eine Madegassin war, umhüllt vom Seidenschal ihres Haares. Bert, der noch nie zuvor eine solche Haarpracht bei Frauen gesehen hatte, blieb wie angewurzelt stehen und betrachtete sie. Jean plauderte noch immer: »Morgen nehme ich dich mit zu Monsieur Gothon Lunion. Das ist ein großartiger Guadeloupaner.«

Die Madegassin nahm Berts Kopf mit den großen, tränenerfüllten Augen in ihre Hände und küßte ihn sanft auf den Mund.

»Laß ihn schon in Ruhe, den Kleinen! Und fang nicht an, ihm den Kopf mit euren Dummheiten zu verdrehen. Ich werde ihn besser mitnehmen, damit er sich Phi-Phi anhört!«

Aber Bert machte weder das eine noch das andere. In aller

Frühe schlich er sich hinaus, um Gilbert zu suchen. Die Adresse seines Brieffreundes trug er im Herzen: 51, Rue d'Alger.

Da Sonntag war, ließ ihm sein Gewissen keine Ruhe, und er ging in die nächste Kirche, die mit ihren steinernen Wänden ganz anders aussah als die Kathedrale Saint-Pierre-und-Saint-Paul, so daß ihm die Lust zum Beten verging. Dennoch drehte er alle Silberperlen seines Rosenkranzes von der Erstkommunion, bevor er zu neuen Abenteuern auf den Gehsteigen aufbrach und sich bemühte, den Spötteleien der Passanten keine Aufmerksamkeit zu schenken. Ohne recht zu wissen wie, gelangte er dann vor einen Bau, der ganz nach dem Museum des Louvre aussah! Gilbert hatte ihm die Umgebung ausführlich beschrieben: »Die Place du Carrousel stammt von 1692. Sie verdankt ihren Namen jenen Paraden, die Ludwig XIV. hier veranstalten ließ. Im Jahre 1600 wurde über dem Stadtwall und den eingeebneten Gräben ein Garten namens Parterre de Mademoiselle angelegt. 1793 nannte man ihn Place de la Fraternité. Ab 1795 stand darauf ein heute verschwundenes Denkmal zu Ehren Marats . . .«

Er war schrecklich enttäuscht. Alles war so grünlich grau und von noch dunkleren Streifen durchzogen. Alles roch uralt, nach der auf dem Boden der Jahrhunderte abgelagerten Geschichte, und berührte ihn nicht im geringsten. Sollte er in jenem Museum der Schrecken seine Zeit verlieren? Entschlossen wandte er sich ab und setzte seinen Weg fort.

In der Rue Vignon bevölkerten Mädchen die Bürgersteige, die mit den Hüften ihre mit Straß besetzten Täschchen schwenkten. Ohne es zuvor gesehen zu haben, erkannte Bert das Angesicht der Sünde. Als ein Mädchen schrie: »Oh, was für ein niedlicher Neger! Für dich kostet's nur die Hälfte!«, nahm er feige die Beine in die Hand.

In der Rue d'Alger empfing ihn die Concierge sehr unfreundlich und teilte ihm mit, daß dort oben niemand sei.

Mit den Händen in den Taschen seines lächerlichen Mantels,

der ihn nicht einmal wärmte, lief Bert den ganzen Tag durch die Stadt, die wie ein orientalischer Bazar toste. Unwillkürlich blieb er stehen und gaffte die Asiaten an, die ebenso zurückgafften, die verschleierten Frauen, die bei seinen Blicken ihre Schleier höher zogen, Zwerge, Riesen, die ihren Bizeps spielen ließen und lachten, wenn er auftauchte.

Plötzlich merkte er, daß es schon zehn Uhr abends war, und eilte zur Rue de la Roquette zurück. Die kalte, dunkle Wohnung war wie ausgestorben. In der Küche stand ein Teller mit Brot und Käse. Er rührte nichts an und weinte die ganze Nacht.

Am folgenden Tag brachte ihn Jean Joseph zum Zug nach Angers.

Die Stadt Angers hat Balzac zu den Worten inspiriert: »Die ganze Geschichte Frankreichs liegt hier vor einem.«

Außerdem hat sie viele Graveure und Lithographen angeregt. Im Jahre 1826 kam der berühmte Turner zu Fuß auf seiner alljährlichen Reise hier an und wanderte von Nantes bis Orléans die Loire hinauf. Er füllte fünf Seiten mit Zeichnungen in seinem *Sketchbook*, um, von diesen Skizzen ausgehend, eine Reihe von Aquarellen auf blauem Papier anzufertigen, die er *Wandering by its Loire* nannte.

Angers regte Bert zu überhaupt nichts an. Ein ganz in Schwarz gekleideter Mann erwartete ihn am Bahnhof: der Oberaufseher Monsieur Piedelu! Als sie den Bahnhof verließen, spannte er seinen Regenschirm auf, denn es ging gerade ein Wolkenbruch nieder. Da Bert niemanden hatte, dem er sich hätte anvertrauen können, schrieb er am gleichen Abend an Gilbert:

»Mein lieber Gilbert,

wo bist du? Was machst du? Wie können wir uns wiedersehen?

Wenn du wüßtest, wie unglücklich ich bin! Wo ich doch glaubte, daß ich mein Leben in La Pointe haßte! Wenn du wüßtest, wie sehr ich diese Stadt hasse, die Schule, die Lehrer und die rassistischen Mitschüler, die alles ablehnen, was nicht mit ihrem Land an der Loire zu tun hat. Wie ich diesen Himmel hasse . . .«

Als jedoch die ersten völlig verzweifelten Wochen vergangen waren, bemerkte Bert, wie herrlich der Fluß war, mit den weißen Inseln und den kühnen Streben seiner Brücken. Und vor allem schloß er Freundschaft mit Xavier de Lannoy, dem Sohn eines Industriellen aus Tours.

Xavier erklärte seiner Mutter, daß er einen Freund von den Antillen habe, das hieße, daß er schwarz sei, er ihn aber sehr möge, und er erhielt die Erlaubnis, ihn an einem Sonntag zum Essen einzuladen. Madame de Lannoy las ihrer Hausbewohnerschaft also die Leviten, vor allem den jüngeren Brüdern und Schwestern von Xavier, damit sich ja keiner zu irgendwelchen unangebrachten Äußerungen über die Hautfarbe des Gastes hinreißen lasse.

Bert stieg aus dem Auto, mit dem er von der Schule abgeholt worden war, und stand einer Doppelreihe Neugieriger gegenüber. Alle Hausangestellten waren aus ihren Büros, Aufenthaltsräumen und Küchen herausgekommen, die Förster aus ihrem Wald, die Mädchen aus ihren Boudoirs, die Kinder aus ihren Spielzimmern und die Geistlichen aus ihren Kapellen, um sich den Neger anzusehen und seine unglaubliche Hautfarbe zu bestaunen! Trotz der Erklärungen und Anweisungen der Mutter stieß Sophie, mit fünf Jahren die jüngste der de Lannoy, einen langen Angstschrei aus, ließ die Hand ihrer Amme los und versteckte sich unter einem Schrank.

Abgesehen davon verlief alles gut. Bert konnte mit dem Fischbesteck umgehen, und Monsieur de Lannoy fing ein Gespräch mit ihm an über die Eroberung von Madagaskar und einen gewissen Gallieni, der schon durch Taten im Senegal berühmt geworden sei. Nach dem Essen wunderten sich Xaviers Schwestern, die inzwischen ihre Lachkrämpfe überwunden hatten und mit Bert plauderten, daß er so zuvorkommend und belesen war. Als er gegangen war, wiederholten sie unablässig: »Wie gut er doch französisch spricht!«

Und Xavier antwortete wütend, unterstützt von seinem Vater, der an Bert Gefallen gefunden hatte, daß er schließlich Franzose sei!

Xavier machte Bert mit den Ballsälen vertraut!

Einmal pro Woche gingen die Schüler der verschiedenen Schulen der Stadt auf einen Ball, um sich auszutoben, denn dort fanden sie dank der Komplizenschaft junger Dienstmädchen, die aus allen Bürgerhäusern herbeiströmten, Gelegenheit, sich des Spermas zu entledigen, das ihnen trotz der alltäglichen Masturbation verblieb. Abgesehen von seinen Streichen mit Gilbert war Bert ein braver Heranwachsender und dann ein braver junger Mann gewesen. Kein Gedanke, Albert um Erlaubnis zu fragen, einen Ball zu besuchen! In der Familie sah man solche ausschweifenden Freudenfeste gar nicht gern! Die Hochzeit von Létitia und Camille Désir war vielleicht die letzte Gelegenheit gewesen, um ausgelassen zu sein. Bert, der sich für ungelenk gehalten hatte, entdeckte nun, daß er das Feuer des Tanzes in den Adern hatte! Walzer, Boston, Charleston, keinen ließ er aus. An den Fersen wuchsen ihm Flügel, während der mächtige Körper seine Steifheit verlor und geschmeidig wie eine Liane wurde. Er wirbelte herum, drehte sich, vollführte Sprünge und Pirouetten, schwang das Tanzbein inmitten einer besinnungslosen Gesellschaft. Jetzt rächte er sich für alles. Für die Grausamkeit seines Vaters. Für die Einsamkeit seiner Tage. Die Neugierde. Die Meckereien. Die väterliche Bevormundung.

Am Tag der Heiligen Rosalie fand ein Ball im Viertel Moulin du Pendu statt.

Bert und Xavier trafen Punkt elf Uhr ein, nachdem sie den Anwesenden Zeit zum Aufwärmen gelassen hatten.

Berts Erscheinen in einem Festsaal löste stets Aufsehen aus, eine Mischung aus Bestürzung, Gelächter und Vorfreude bei denen, die sein Talent kannten. Man spielte einen Charleston, diesen verhängnisvollen Tanz für jene, deren Beine nicht flink genug sind! Bert, der eingebildet war, streckte die Brust heraus, die Jacke weit offen, und baute sich vor der Reihe der aufgeregten Tanzpartnerinnen auf, die den Atem anhielten, während er seine Wahl traf. Inmitten der bekannten Gesichter, von der großen Lulu, mit der er es im Hauseingang gemacht hatte, von Nana, die ihn zu sich unters Dach hinaufgelassen hatte, von Phi-Phi, die für ihn Josephine Baker nachahmte, wurde er plötzlich von zwei hellgrauen Augen in einem kleinen runden, nicht sehr hübschen Milchgesicht angezogen! Der Überschwang an Gefühlen, die sie ausstrahlten, schmeichelte ihm, so daß er herablassend wie ein schöner Prinz sagte: »Wollen Sie mit mir tanzen?«

»Sehr gern, Monsieur Albert!«

»Woher wußtest du, daß ich Albert heiße?«

»Weil es nicht das erste Mal ist, daß ich dich sehe, während ich dir zum ersten Mal aufgefallen bin! Ich muß sagen, daß ich Bälle hasse, die jungen Herren, die uns verachten! Ich wäre niemals hergekommen, wenn meine Kolleginnen mich nicht einfach mitgenommen hätten. Ich bin Bretonin. Ich arbeite in der Flaschenfabrik. Ach, wie gern würde ich in mein Dorf zurückgehen und dich dorthin mitnehmen!«

Marie wohnte nicht weit vom Bahnsteig der Eisenbahnlinie in einem Mansardenzimmer, und anstatt seine Wochenenden bei Jean Joseph zu verbringen, steckte Bert von Samstag nach dem Essen bis zum frühen Montagmorgen bei ihr.

Der Schmerz, unter dem Bert litt, hatte nur einen Namen: Einsamkeit!

Von Elaïse erhielt er pro Monat einen Brief, bestenfalls zwei, die angefangen waren, unterbrochen, um das Fieber eines Kindes zu senken, erneut angefangen und wieder unterbrochen, und in denen eine Zahlungsanweisung lag, die von ihrem Gehalt einer Grundschullehrerin der dritten Klasse stammte.

Denn obwohl Albert für seinen Sohn die Internatskosten und Schulbücher bezahlte, kümmerte er sich nicht um seine Kleidung und schon gar nicht um seine Vergnügen!

»Ihm war immer kalt. Meiner Mutter war bewußt geworden, daß er sehr sensibel war, und aus Angst, daß sie ihn verletzen könnte, bot sie ihm keine warme Kleidung an. Und außerdem hatte er nie einen Pfennig Geld in der Tasche. Im Bistro bezahlte ich für ihn mit!«

So sprach Xavier de Lannoy.

Dazu kam, daß Gilbert in Le Mans saß!

Der Einsame schwamm, tauchte und atmete tief durch in dieser Liebe, die erfrischend war wie ein Bad! Er wurde der einfältigen Litanei liebreizender Worte nicht müde: »Du bist mein König aus dem Morgenland! Mein großer, starker Neger!«

In körperlicher Hinsicht aber lief es nicht so toll! Marie hatte eine sehr weiße Haut, und als Bert sie so sah, hingebungsvoll und wie eine gestürzte Milchspeise, verspürte er ein drohendes Ekelgefühl und mußte den lahmen Gaul seines Gliedes peitschen, um sie zu befriedigen. Sie bemerkte dies und beklagte sich mit ganz leiser Stimme: »Es ist, weil ich nicht gebildet bin! Ich bin nur eine Arbeiterin!«

Bert hob den Blick zum Himmel, dann tröstete er sie, so gut er konnte, wich aber dem blassen Strich ihrer Lippen aus.

Eines Morgens lächelte Marie nicht mehr. Unter ihren Augen bildeten sich Ringe. Ihre Wangen wurden hohl. Sie wurde noch bleicher. Als er in ihre Mansarde trat, hing sie zusammengekrümmt über dem Toiletteneimer. Schließlich flüsterte sie: »Bert, ich bin schwanger!«

Schwanger! Bert schwankte. Dann faßte er sich. Gab es denn keine Pflanzenextrakte, Austreibungs-, Abführ- oder Brechmittel ...? Marie schüttelte den Kopf: »Ich habe alles versucht!«

Bert flüchtete zunächst einmal. Er lieh sich von dem überraschten Xavier Geld und sprang in den Zug nach Paris. Bei Jean Joseph tauchte er während des Abendessens auf.

»Heute weiß ich, daß er mich um Hilfe bitten oder wenigstens meine Meinung über die Sache hören wollte, die ihn quälte. Aber damals waren wir gerade ziemlich beschäftigt. Ich mußte nach Marseille reisen, um ein lokales Komitee zur Verteidigung der schwarzen Rasse aufzubauen. Ich hatte keine Minute Zeit, und der Arme konnte nicht mit mir unter vier Augen reden!«

Dies erzählte Jean Joseph!

Da Bert sich niemandem anvertrauen konnte, betrank er sich in einer der unzähligen Spelunken in der Rue de la Roquette. Absinth und Rotwein ließen ihn auf den Tischen tanzen, umgeben von einem Kreis grölender Leute. Einmal kletterte er nachts auf eine Straßenlaterne, und die Gaffer riefen ihm begeistert zu: »He, Neger, komm runter von deiner Palme!«

Einmal, an einem Nachmittag, landete er in einem türkischen Bad, wo Schwule sich ihn im wahrsten Sinne des Wortes vornahmen! Ein andermal ließen ihn Gangster halbtot am Pont des Arts liegen.

Es waren zwei Wochen mit lautem Getöse und tiefem Schmerz, und währenddessen beschloß die Industriefachschule, Albert über das Ausreißen seines Sohnes in Kenntnis zu setzen.

Gilbert erhielt in Le Mans einen Brief, der ihn veranlaßte, sofort über die Schulmauer zu springen:

»Mein lieber Gilbert,

das Unglück ist über mich gekommen. Ich bin ein toter Mann. Mein Vater bringt mich um, wenn er das erfährt. Ich habe ihr ein Kind gemacht. Sie ist eine Weiße und arbeitet in der Flaschenfabrik.

Dein verzweifelter Freund.«

Als Gilbert in Angers ankam, war das Aufgebot bestellt. Bert heiratete Marie am 15. Dezember 1925, etwas mehr als ein Jahr nach seiner Ankunft in Frankreich. Xavier und Gilbert hatten die Nacht vor der Eheschließung damit verbracht, ihm dieses verrückte Vorhaben auszureden. Gilbert, dessen Onkel auf Tahiti ein hoher Beamter war, schlug ihm vor, die Beine in die Hand zu nehmen und sich dorthin abzusetzen. Xavier bot ihm das dazu notwendige Geld an.

Bert schrieb erst an Albert, als das Unglück geschehen war. Hoffte er, ihn damit überrumpeln zu können? Wahrscheinlicher ist, daß er die unliebsame Aufgabe in seiner Panik immer weiter aufschob, bis er mit dem Rücken zur Wand stand und nicht mehr anders konnte. Gilbert de Saint-Symphorien besitzt weder den Brief, den der arme Junge schließlich an seinen Vater schrieb, noch die Antwort, die er von diesem erhielt. Er besitzt nur die Abschrift eines Briefes, den der mutige Jean Joseph an Albert schickte, um ihn milde zu stimmen.

»Sie befinden sich in einer schrecklichen Notlage. Wegen ihres Zustandes hat das Mädchen ihre Arbeit in der Fabrik aufgeben müssen. Ich bin ebenso wie Sie Anhänger der Ideen von Marcus Garvey (der plant, uns mit seinem Auftreten in Paris zu ehren, trotz der Aktionen gegen sein Kommen). Ich glaube an eine reine schwarze Rasse ebenso wie ein Weißer, der Selbstachtung hat, an eine reine weiße Rasse glaubt. Ich betone, daß unser Stolz bei der Hautfarbe unserer Partner beginnt. Aber hier handelt es sich um Ihren Sohn, um sein Leben und das des unschuldigen Menschen, der auf die Welt kommen wird. Haben Sie Mitleid und verzeihen Sie! Schicken Sie ihnen den Scheck, der sie retten wird ...«

Der Brief blieb unbeantwortet!

Bert fand bei einem Bäcker Arbeit. Seine Jacke war weiß, sein Gesicht und seine Haare mit Mehl bestäubt (Gilbert läßt hier die unerschöpflichen Bemerkungen und Scherze beiseite!). Jeden Morgen setzte Bert sich eine Mütze auf, band sich ein dickes Halstuch um, nahm den Brotbeutel und machte sich mit großen, mechanischen Schritten zur Arbeit auf. Da die Schwangerschaft für seine Frau schrecklich war, war er es, der außerdem noch alles erledigte. Das Essen. Die Wäsche. Den Haushalt. Das Einkaufen. Die Händler auf dem Markt von Saint-Pierre waren über die Geschichte, die sich in der Stadt verbreitete hatte, auf dem laufenden und steckten ihm mit mitleidigen Gesichtern verdorbenen Käse und Gemüse zu: »Wie geht's der Marie?«

Eine kleine Atempause genoß er nur am Sonntag, und man sah ihn dann, wie er unablässig den Fluß entlangging, bis die von Nebelschwaden gesättigte Nacht ihn zwang, wieder zur Mansarde hinaufzusteigen.

»Mein lieber Gilbert,
wozu noch so weiterleben wie ich? . . .«

Bei diesen Worten weint Gilbert de Saint-Symphorien. Haben wir vor seinen Tränen Achtung!

Berts Sohn, Albert Louis, Dritter seines Namens, wurde am 3. März 1926 geboren. Xavier belagerte seinen Vater, der ein gläubiger Christ war, Ostern nie vergaß und herzensgut war. Er ließ seine Beziehungen spielen, und Bert wurde von der Electricité de France angestellt. Das Land wurde an das Stromnetz angeschlossen. Wie viele Masten waren da aufzustellen! Wie viele Leitungen waren da für die Vögel zu spannen!

Von nun an machte sich Bert mit einem Trupp Leute per Fahrrad zu den umliegenden Dörfern auf den Weg.

Als er eines Tages ganz oben auf einem Mast saß, muß ihm schwarz vor Augen geworden sein, denn er verlor das Gleichgewicht und stürzte herunter. Dabei brach er sich das Genick.

Unfall? Selbstmord?

Selbstmord! Gilbert de Saint-Symphorien ist sich dessen sicher.

»Ich habe hier alle seine Briefe! Stellen Sie sich das jeden Tag weiter zusammenschrumpfende Chagrinleder seines Daseins vor, seinen früher lebendigen, wißbegierigen Geist, der in der Mittelmäßigkeit verkümmerte! Tag für Tag einer Frau gegenüber, die er liebte, doch . . .!«

11

Die beiden Brüder schauten sich an: »Was sollen wir tun?«

Jacob wurde unruhig. Auf seinem Gewissen lasteten der Terror des Vaters, die Erinnerung an seine Stockschläge und, schmerzlicher noch, die Erinnerung an seine verächtlichen Blicke! Er faßte ein wenig Mut: »Wir müssen mit ihm sprechen! Begleite mich am Samstag nach Juston!«

Jean schüttelte den Kopf: »Nein! Wir können nicht solange warten. Jetzt ist es schon zu spät am Abend, aber morgen brechen wir in aller Frühe auf.«

Er faßte die Hand des älteren Bruders: »Ich werde mit ihm reden!«

Es wurde eine lange Nacht. Jean, der nach Berts Weggang nach Angers geboren war und nun von seinem Tod erfuhr, fragte sich, warum es keine Erinnerungsstücke gab. Wie das? Kein einziges Mal hatte man seinen Namen in seiner Gegenwart ausgesprochen! Von keiner Dummheit erzählt, die er gemacht hatte! Keine Geschichte erzählt, in die er verwickelt gewesen war! Er fühlte sich für seine Familie schuldig. Jacob quälte sich wie üblich. Er hatte ihn geliebt, den großen Bruder, der ihn auf die Schultern gehievt, der für ihn aus Avocadokernen kleine Karren geschnitzt und reife Mangos mit einem Schlagball vom Baum geholt hatte! Und dennoch hatte er ihn sterben lassen, auch er!

In jener Nacht wütete der Wind. Er erhob sich über dem Meer, blähte sich und blies dann mit all seiner Kraft, wobei er Häuser und Bananenstauden umwarf. Dann legte er sich, und eine große Stille trat ein, bis der Regen losheulte und dabei mit aller Wucht auf die Blechdächer schlug und durch die kleinste Ritze ins Innere drang, um die Strohsäcke unter Wasser zu setzen. Schließlich ertönte das wütende Stampfen des Donners. In dieser großen Wut der Elemente dachte Jacob an die große Wut seines Vaters und wünschte sich wie ein ängstliches Kind, daß es niemals Morgen werden möge.

Der gleichen Angst ausgeliefert, stiegen Jacob und Jean am folgenden, klaren Morgen in den Wagen, über ihnen ein strahlend blau gewaschener Himmel.

Es stand jedoch geschrieben, daß sie ihrem Vater nicht die Stirn bieten sollten. Als sie in Juston ankamen, fanden sie ihn stumm, blind und taub auf einem Fetzen Jutestoff vor, der ihm als Matratze diente, in seinem elenden Loch von einem Zimmer, das übersät war mit leeren Flaschen und tönernen Nachttöpfen, in denen Exkremente schwammen. Sein Herz schlug noch. Niemand wußte, wann ihn der Anfall niedergestreckt hatte. Die Landarbeiter hatten wohl bemerkt, daß er ihnen nicht mehr im Nacken saß, aber sie wußten nicht mehr genau, wie lange dieser Frieden schon währte. Zwei Tage? Drei Tage? Eine Woche? Erleichtert bei dem Gedanken, daß die so gefürchtete Aussprache vielleicht doch nicht stattfinden würde, ließen Jacob und Jean einen Arzt aus Petit-Bourg holen.

Der Soubarou lebte noch einige Wochen. Eines Morgens war seine Schwester Maroussia nach einer durchwachten Nacht am Kopfende seines Bettes eingenickt und öffnete nun die Augen. Der Soubarou war gestorben.

Die Leute sagten, daß der Tod gerecht und daß Albert Louis, der ein Leben wie ein Hund geführt habe, wie ein solcher gestorben sei, nämlich ohne die letzten Sakramente der Kirche empfangen zu haben. Ohne die abscheulichen Sünden zu beichten, die seit der Zeit, da er in Panama Gold gesucht hatte, sicher auf seinem Gewissen lasteten. Und tatsächlich sah er abscheulich aus zwischen den Kerzenreihen, steif auf seinen bestickten Laken! Die Frauen aus der Familie hatten ihr Bestes getan, als sie den schweren Körper wuschen, seine Haarmähne, die Stoppeln an seinem Kinn und an seinen Ohren rasierten. Man hatte seine Stiefel auftrennen müssen, um seine Füße hineinzustecken, die den Wurzeln des Lignum vitae glichen und deren Zehen wie Leprageschwülste abstanden.

Aber die Leute täuschten sich. Der Soubarou war endlich glücklich. Den Blicken der anderen entzogen. Bis in Ewigkeit nur den Blicken jener beiden Frauen ausgesetzt, die ihn geliebt hatten, durch und durch Soubarou, Geizhals, Autodidakt, der er war. Ein Weiser jener Wissenschaft, die erst nach dem Leben kommt.

Von der Nacht an, nachdem der Leichnam, der in La Pointe beerdigt wurde, abgeholt worden war, vernahmen die Leute in Juston Lachen, Freudengeschrei und glückliches Lallen, das von den Bäumen des Anwesens herkam, über das arabeskenhafte Wolken hinwegzogen. Dann versammelten sich die Vögel, Tölpel und Elstern, und mischten sich in dieses Konzert, das erst mit dem blassen Aufgehen der Sonne ein Ende nahm. Schlimmer war es an den Abenden, wenn der Mond dick und rund war. Das Getöse ließ Kinder und Erwachsene nicht einschlafen. Jedoch, und das war überraschend, niemand hatte deswegen Angst. Denn es war fröhlich wie ein *Dansé léwos**, verlockend wie eine Bergflöte. Diejenigen, die es hörten, mußten an sich halten, um nicht über die Drachenbluthecke zu springen oder das verrostete Tor zu öffnen, das nichts schützte.

Von den beiden Söhnen, die dem Sarg folgten (mein Großonkel Serge war nicht da, weil er, durch den Krieg verspätet, in Toulouse Medizin studierte), behielt Jean trockene Augen, während die von Jacob tagelang unter Wasser standen. Er konnte praktisch nicht sprechen. Die Tränen rannen ihm über die Wangen, was Tima aufbrachte. Sie war der Ansicht, daß ein Mann anderes zu tun habe, als in der Öffentlichkeit zu weinen! Und dann wollte Jacob den Leuten doch wohl nicht weismachen, daß er seinem Vater nachtrauere! Einmal mehr begriff sie nicht. Jacob weinte, gerade weil er so wenig Kummer im Herzen verspürte. Statt dessen eine große Erleichterung. Eine, die man empfindet, wenn man einen Übeltäter entwischen läßt, weil man sich außerstande sieht, ihm Gerechtigkeit widerfahren zu lassen. Was hätte er zu Albert gesagt, um ihn nicht von vornherein aufzubringen?

* Tanz zum Gwo-ka-Rhythmus (Anm. d. Ü.)

»Vater, erzähl uns von ihm. Erzähl uns von seinem so kurzen Leben. Erzähl uns von seinem Tod. Wir wissen nichts von ihm. Außer, daß er der Sohn einer englischen Negerin war, die du in Panama gekannt hast . . .«

Nun ja, zu diesem gefürchteten Gespräch sollte es nicht kommen!

Trotz der Tränen, die seinen Blick trübten, verlor Jacob nicht den Kopf. Den Besitz teilte er in drei gleiche Anteile, die er Serge, Jean und sich selbst zuteilte. Aber Jean schüttelte, trotzig wie er war, den Kopf und sagte: »Ich rühre nichts davon an, nicht mal mit einer Pinzette!«

Dann kehrte er in seine Täler von Grands-Fonds zurück.

Eines Abends im Bett, in dem Tima nicht mehr schlief, aber an seiner Seite blieb, ihm den Rücken zugekehrt, abweisend gegenüber all jener Lust, die er sich genommen hatte, ohne zu geben, da berührte Jacob Timas Schulter: »Wir reisen in die Metropole!«

Während sie gewöhnlich nörgelte, wenn Jacob ihr einen Entschluß mitteilte, war Tima diesmal so glücklich, daß sie sich mit dem entzückten Schrei eines Kindes auf einmal umdrehte: »In die Metropole!«

Daraufhin stand sie hastig auf und drehte eilig eine Besuchsrunde bei Verwandten und Bekannten, im Prinzip, um sich von ihnen zu verabschieden, in Wirklichkeit aber, um ihnen den Reichtum der Louis vorzuführen. Oh nein, das waren nicht irgendwelche armen Hunde, die da nach Paris fuhren, denn sie bezahlten ihre Überfahrt bei der Compagnie Générale Transatlantique selbst! Maroussia, die sie in Port-Louis besuchte, ärgerte sie ziemlich, als sie ihren allwissenden Gesichtsausdruck aufsetzte und sagte: »Ach ja, Jacob hat mir gesagt, daß er in Angers zu tun hat.«

In Angers?

Ist nicht Paris die einzige Stadt Frankreichs?

12

Jacob, besorgt darum, daß die Schulbildung der Kinder nicht beeinträchtigt wurde, vertraute Thécla und Dieudonné Camille Désir an und bezog mit Tima eine Kabine zweiter Klasse an Bord der *Colombie*.

Die Reise begann unter den besten Vorzeichen. Zwölf Tage blauer Himmel. Das Meer artig wie im Bilderbuch. Danach mieteten Jacob und Tima in der Rue de l'Ancienne-Comédie eine komfortable Dreizimmerwohnung, in der vorher schon Leute aus Guadeloupe gewohnt hatten. Tima fand ihr Glück beim Schlußverkauf im *Samaritaine*, lief weiter bis zum Markt von Saint-Pierre und zum Carreau du Temple. Jacob nahm mit Pierre Perrutin, einem Kolonialwarenhändler, Kontakt auf und verkaufte ihm die Säcke voll Kaffee, eine damals noch teure Ware, die er mitgebracht hatte. Oh weh, im siebten Monat ging alles schief! Jacob, der seinen Bruder Serge in Toulouse besucht hatte, kam ganz niedergeschlagen von einer mysteriösen Reise in die Provinz zurück, als ihm per Einschreiben mitgeteilt wurde, daß im Lakou ein Brand ausgebrochen war! Zu jener Zeit waren Brände in La Pointe gang und gäbe. Es gab keine Trockenzeit ohne Feuer in den Armenvierteln! Jacob hätte also beruhigt schlafen können, wenn dieser Brand nicht den Tod einer ganzen Familie verursacht hätte. Verbrannt! Der Vater, ein anständiger Arbeiter in der Fabrik von Destrellan, die Mutter und fünf Kinder!

Wieder vereinten sich rechte und linke Zeitungen, um die schwarzen Shylocks anzugreifen, die das Blut ihrer Brüder trinken und vor noch gar nicht langer Zeit die Frechheit besessen hatten, sich als Verteidiger der Rasse aufzuspielen. Jacobs Mitarbeiter, beschimpft und bedroht, gezwungen, das Eisengitter des Geschäfts am Kai tagelang unten zu lassen, bat ihn zurückzukommen.

Was er auch tat!

Unten am Steg empfing Jean ihn mit einem Wort: »Nun?«

Er zuckte mit den Schultern: »Ich erzähl's dir später ...«

Denn er schielte eher zur Seite der Gewerkschaftler, die ihn mit ihren Schildern unter den Katappenbäumen erwarteten: ›Mörder! Nein zur Ausbeutung des Menschen durch den Menschen!‹

Die Leute, die meinen Großvater Jacob bei seiner Rückkehr aus der Metropole sahen, fragten sich, was ihm wohl widerfahren sein mochte, daß er jämmerlicher aussah als jene, die die Konzentrationslager von Auschwitz oder Dachau überlebt hatten. Beim Gehen ließ er den Kopf so hängen, daß sein Kinn auf dem Brustkorb lag, aus seinen Augen sprach Verzweiflung. Dagegen erschien ihnen Tima so aufgeblüht wie noch nie, in ihrem pflaumenfarbenen Kleid mit gebauschten Ärmeln. Dennoch machte sich Tima Sorgen. Um ihre Tochter. Ihre Thécla! Sie erkannte sie nicht wieder! Oh, wenn sie nur die Wahrheit herausbekäme! An einem Wochenende hatte Thécla eingewilligt, ihren Cousin Dieudonné nach Anse Laborde zu begleiten, denn der Junge hatte Sehnsucht nach seinem Vater.

Jean ließ sich in seinem Haus gerade von Gesner, dem Tamburinmeister, diktieren, wie man einen Baum fällt, ihn in Abschnitte teilt, aushöhlt, damit er wie ein schlagendes Herz erklingt. Neben Gesner saß sein Sohn Gesner junior.

Wie gern hätte ich diese Liebe erlebt, die man zu Unrecht kindlich nennt, da sie doch alle Ängste und Qualen der Leidenschaft des Erwachsenenalters kennt!

Gesner und Thécla hatten sich kaum angesehen, als glühende Lavaströme schon ihr Feuer in ihnen entfachten. Gesner junior ließ seinen Vater und seinen früheren Lehrer dort sitzen und sagte: »Laß uns spazierengehen!«

Thécla, die, was das männliche Geschlecht betraf, mit niemand anderem als mit ihren Cousins und Onkeln gesprochen hatte, gehorchte und erfuhr schon bald, in welcher Langeweile sie ihr Leben verbrachte.

So begann die Liebe zwischen meiner Mutter und Gesner Ambroise. Diese Liebe war wie ein Vogel, dem sie gnadenlos die Flügel stutzte. Ein Liebesvogel, den sie in einen Käfig sperrte. Aber ohne seinen Gesang wachte sie von nun an immer traurig auf.

War es in jener Nacht, daß diese Liebe ihre Erfüllung fand? In einem strohgedeckten Haus? Das Meer heult in der Ferne, und die Ratten jagen übers Dach. »Drück mich fest, ich hab Angst!«

Jedenfalls ließ sich Tima durch die plötzliche Begeisterung ihrer Tochter für das Landleben nicht hinters Licht führen und begann, ihre Wäsche zu prüfen, erleichtert, wenn sie sich rot färbte, um sich vier Wochen später erneut Sorgen zu machen. Gesner, der mit vierzehn Jahren von der Schule geflogen war, erklärte meiner Mutter, daß Guadeloupe ein Land ist. Eine Insel. Ein Flecken Erde, der auf allen Seiten von Wasser umgeben ist. Bis dahin hatte sie sich darüber keine Gedanken gemacht!

»Sieh mal, die Mangos wachsen auf Mangobäumen und die Quenetten auf Quenettenbäumen. Schau, wenn es geregnet hat, bedecken rosafarbene und weiße Trompetenblumen den Boden, und die Krabben kommen aus ihren Löchern und schwenken ihre Beißwerkzeuge, die wie Zangen aussehen. Schau keinen Hund mit gelben Augen an, er könnte Böses im Schilde führen.«

Auch Jean wurde klar, was da zwischen seiner Nichte und dem allseits als Taugenichts bekannten Gesner junior vorging, dessen Vater, Gesner senior, es schließlich aufgegeben hatte, aus ihm einen Grundschullehrer zu machen. Es erfreute Jeans Herz. Er faßte es als Rache an Tima auf, als heilsame Rückkehr zum Ausgangsfeld. Die Louis hatten dem Volk den Rücken gekehrt, ohne daß es ihnen gelungen wäre, andernorts Anerkennung zu finden. Sie mußten dorthin zurückkehren. Auch nutzte er Théclas Verbindung mit Gesner, um ihr mit Tiraden über die Hautfarbe, Rasse und Klasse (Dinge, von denen sie noch nie gehört hatte) einen Floh ins Ohr zu setzen, und er versuchte sogar, ihr die von dem armen Bert geerbten *Gesammelten Werke* von Marx und Engels in die Hände zu drücken.

Ich mache meinen Großonkel Jean für die Verwirrung im Kopf meiner Mutter verantwortlich, für den Widerspruch zwischen ihrer Geringschätzung des Volkes, ihrem erbitterten Wunsch nach sozialem Aufstieg und ihren Träumen von der Befreiung der Neger, den sie nie auflösen konnte.

Ich werde versuchen, ein objektives Bild von meiner Mutter zu geben, obwohl in einem solchen Fall Objektivität wohl kaum in Betracht kommt. Ich weiß, daß man meine Empfindungen auf einen banalen Mutter/Tochter-Konflikt reduzieren wird, und das ist vielleicht sogar wahr. Sie hat mich zu wenig geliebt, als daß ich ihr verzeihen könnte.

Meine Mutter besaß weder die ohnmächtige Dienstwilligkeit meines Urgroßvaters, noch die Empfindsamkeit und die maßlose Demut meines Großvaters und schon gar nicht den großzügigen und naiven Idealismus meines Großonkels Jean. Sie war arrogant, weil sich ihrer selbst nicht sicher, und tat so, als verachte sie das Ansehen des Bürgertums, denn sie wußte, daß sie es nie würde erreichen können. Eine Außenseiterin, weil ihre überzogenen Wünsche unmöglich zu befriedigen waren! Für mich war meine Mutter nicht echt!

Was Gesner betraf, so mußte er am ehesten wissen, was im Herzen seiner Thécla vorging. Er wußte, daß er sie eines schönen Morgens nur noch von hinten sehen würde, ohne daß sie sich noch einmal nach ihm umdrehte. Er wußte, daß dieser schöne Morgen die Gestalt eines Jungen aus der Stadt annähme, der einen bekannten Namen tragen und vorzugsweise eine helle Haut haben würde. Gewissermaßen nur, um seinen Verdacht zu bestätigen, suchte er Sergette auf, eine echte Schwester seiner Mutter, die, wie diese auch, verfahrene Geschichten entwirrte. Nachdem Sergette ihre Kerzen angezündet hatte, befeuchtete sie die Finger mit Weihwasser, öffnete das Alte Testament, sammelte sich nach der Lektüre und sagte: »Das Mädchen ist nichts für dich. Sie wird dich für nichts und wieder nichts Kopfstand machen lassen. Aber ein anderer wird dich rächen und ihr ein Kind machen.«

»Was?«

Sergette sprach weiter, ohne ihn zu hören: »Nein, sie ist nicht für dich. Sie wird unser Land verlassen und eine Ewigkeit in der Ferne bleiben ...«

»Eine Ewigkeit!«

Von da an erlebte Gesner seine Liebe wie ein Verurteilter, der auf die Todesstrafe wartet.

13

Eines Samstags trudelte Jacob in Anse Laborde ein, tat so, als bemerke er seine Tochter nicht, die ausgestreckt im Schatten eines Mangobaumes lag, Gesner wie ein Hund zu ihren Füßen, und schloß sich mit seinem Bruder ein, um den Bericht dort wieder aufzunehmen, wo Gilbert de Saint-Symphorien aufgehört hatte.

Ein Totengräber vierter Klasse brachte Berts Sarg zum Friedhof. Weder Blumen noch Kränze. Jedoch erschien am selben Tag im Stadtblatt von Angers ein Gedicht:

Geboren an fernen Gestaden
Begegnet Dir unter uns
der Tod!
Albert, von einer Hautfarbe
Unbekannt in unserem Land
Schlaf!
Schlafe für immer!
Fremde liebten Dich.

Naiv und ungeschickt vielleicht, war dies der einzige Nachruf auf Bert.

Als Bert tot war, begann das, was von ihm blieb, das heißt die Erinnerung an ihn, ein gesondertes Leben zu führen. Marie machte aus einem schweigsamen Ehemann, der es im Bett nicht eilig hatte, einen Heiligen, ein Vorbild. »Er benahm sich wie ein hoher Herr. Er sprach perfektes Französisch. Wenn seine Farbe nicht gewesen wäre, hätte man ihn für den Sohn einer großen Familie halten können. Übrigens, seine Familie, obwohl sie alle schwarz waren, das waren vornehme Leute! Man muß die Briefe gesehen haben, die meine Schwiegermutter ihm schickte! Was für eine schöne Schrift! Und dann, keinen einzigen Rechtschreibfehler! Er hatte den silbernen Rosenkranz von seiner Erstkommunion aufgehoben! Hier ist er! Damit war er immer glücklich! Wenn er lachte, war es, als ob der Himmel erstrahlte. Es war auf einem Ball, wo ich ihm begegnet bin. Er kam direkt auf mich zu: ›Mademoiselle, wollen Sie tanzen?‹ Ach! Manchmal fragt man sich, ob Gott weiß, was er tut: Er nimmt die Besten fort und läßt die anderen ihr Unwesen in der Welt treiben. Als er uns verließ, war mein Bébert noch nicht einmal zwei Jahre alt!«

Da er dazu angehalten war, sich mit dem idealisierten Vorbild Bert zu messen, war es nicht verwunderlich, daß sein Sohn verhext wurde. Bébert stotterte und machte noch lange ins Bett. In der Schule lachte man über ihn wegen seiner Hautfarbe und seines schwefelgelben, krausen Haares. Und wegen seiner Stotterei. Der Haß auf seine Mutter führte dazu, daß er jede Silbe lange zurückhielt, bevor er sie wie ein Ei legte, wobei sein Mund wie ein Hühnerarsch aussah. Man muß sich das einmal vorstellen! Seit Menschengedenken hatte es nur einen Neger in Angers gegeben, und seine Mutter hatte sich von ausgerechnet dem nun ein Kind machen lassen! Einmal im Monat besuchte ihn sein Pate Gilbert de Saint-Symphorien aus Paris. Sommers wie winters lud er ihn zum Eisessen ins ›Aux Très Riches Heures‹ ein und hielt Tischreden, von denen er nichts verstand: »Wenn du groß bist, wirst du kommen, um bei uns zu leben. Da ist dein wahrer Platz. Du bist ein Neger. Vergiß das nie und sei stolz, es zu sein!«

Einmal im Monat führte ihm seine Mutter auch die Hand

und ließ ihn an seine Familie auf Guadeloupe schreiben. Seinen Briefen legte sie manchmal ein Foto bei und schrieb sorgfältig auf die Rückseite: *Albert Louis. Angers**.

Bébert, ein schmächtiges Kerlchen von achtzehn Jahren, verschwand gegen Ende des Krieges.

»Verschwand?«

Jacob rang in vertrauter Weise mit den Händen: »Ja, er wollte Musiker werden und ist nach Paris gegangen. Es hätte mich Monate gekostet, meine Nachforschungen anzustellen und seine Spur aufzufinden. Ich hatte schon herausgefunden, daß er am Konservatorium aufgenommen worden war, und ich hatte die Adresse von einem Hotel in der Rue des Abbesses . . . Dann mußte ich wegen dieser Lakou-Geschichte zurückkehren.«

Die beiden Brüder begannen einen jener langen Fußmärsche über Land, die sie so liebten.

Die Hitze der Trockenzeit brannte. Das Zuckerrohr vertrocknete am Stengel, und die Rinder brüllten vor Hunger, denn sie waren es leid, die verbrannte Erde abzuweiden.

Als sich die beiden unter einen Mangobaum setzten, um sich den Schweiß von der Stirn zu wischen, beichtete Jean. Die Mitglieder eines Verbandes, der sich ›Vereinigung für die Organisation des Volkes von Guadeloupe‹ nannte, waren auf ihn zugekommen und hatten ihm den Ehrenvorsitz ihrer Bewegung angeboten.

»Dir?«

Sie waren davon überzeugt, daß die althergebrachten Politiker, die sich alle mit ihren Pfründen beschäftigten, unser Land nicht aus seiner eingefahrenen Wagenspur führen konnten, in der es seit dem Krieg versank, und sie führten ein Wort im Munde, das niemals zuvor ausgesprochen worden war: Unabhängigkeit. Sie gaben sich einen Namen: ›Die Patrioten‹.

Jacob sah seinen Bruder entsetzt an: »Was wirst du tun?«

* Ich frage mich, was aus diesen Fotos geworden ist.

Jean schien den Blick auf den verbrannten Horizont zu richten und antwortete: »Ich weiß es noch nicht.«

Jacob erkannte jedoch am Tonfall seiner Stimme, daß er log. In derselben Nacht hatte er einen Traum. Er ging auf einem Pfad, der von riesigen Farnen überwuchert war, die ihn in Augenhöhe mit ihren Krallen packten, als er die unnachahmlichen Schreie eines Schweines hörte, das getötet wird. Überrascht, denn er glaubte sich weit von jeglichem Anwesen entfernt, ging er schneller und erblickte Jean auf einer Lichtung, blutüberströmt, an den Füßen aufgehängt und mit dem Kopf im Gras.

Da begriff er. Sein Bruder war dem Tod geweiht, und er kehrte schnell nach La Pointe zurück, um auf dem Friedhof mit Mama Elaïse darüber zu sprechen.

Währenddessen hatte die Liebe einen wohltuenden Einfluß auf meine Mutter. Sie verlor ihre Steifheit, ihre auf rechte Winkel zurechtgestutzten Gesten. Sie gewann an Grazie, kokettierte katzenhaft. Obendrein immer Klassenbeste. Als sie den ersten Teil ihres Abiturs mit der Note gut bestand, ließ Tima einen Dankgottesdienst abhalten, während Jacob, der noch nie zuviel in den Klingelbeutel gesteckt hatte, seiner Tochter das Kästchen überreichte, in dem er Elaïses schönsten Schmuck für sie aufbewahrt hatte. Jean zog es vor, ihr eine bewegte Rede zu halten, die so endete: »Nun bist du gut gewappnet, um dich für die Rasse einzusetzen . . .«

Thécla schenkte weder der Freude noch der Rührung oder dem Stolz der einen oder anderen Aufmerksamkeit. Auf der Place de la Victoire hatte sie plötzlich einem jungen Mann gegenübergestanden, der kürzlich aus dem Senegal gekommen war, wo sein Vater ein hoher Beamter war. Ein geckenhafter, aber ziemlich hübscher Mulatte, der, ohne sie anzusehen, an ihr vorbeigegangen war und den Duft von ›Roger et Gallet‹ hinter sich zurückließ. Etwas hatte sie in ihrer Eitelkeit getroffen und ein Gefühl in ihr erzeugt, das nach Liebe aussah.

Meine Mutter war gerade Denis Latran begegnet, meinem Vater!

14

Die Leute sagen, daß die Geister das Wasser nicht überschreiten können. Man muß also annehmen, daß Bert, der arme Bert, sein ewiges Leben in dem Land an der Loire zu leben begann, das viel besungen und viel gerühmt wird, aber in seinen Augen keinerlei Reiz hatte. Im ersten Sommer herrschte Trockenheit. Glühend heiße Sandbänke tauchten aus dem Fluß auf, der verrückt vor Durst war und sich kraftlos bis zum Wasser des Meers dahinschleppte. Die Weiden, Akazien und Pappeln weinten vor Hitze, und Tausende von Insekten ließen ihr verzweifeltes Sirren noch durchdringender erklingen.

Der zweite Sommer war verregnet. Der gierige Fluß fand sein Vergnügen an den Körpern der unvorsichtigen Badenden und trieb sie schnell zu seiner Mündung hin. Der Fels war ebenso öde wie das Wasser und der Himmel.

Der dritte Sommer war prächtig. Die Liebenden legten sich nieder, um im hohen Gras der Uferböschung vor Liebe zu sterben.

Was Bert anging, so hielt er es nicht mehr aus. Er zog durch Nacht und Raum bis zur Küstenlinie, um in der Ferne, mitten im Blau des Ozeans, vielleicht die verbotene Insel zu erblicken.

Er weinte: »Tot oder lebendig, ist mein Arm denn immer zu kurz, um das Glück zu erreichen?«

DRITTER TEIL

I

Ich selbst, Claude Elaïse Louis, wurde heimlich in einer Klinik des XV. Arrondissements in Paris zur Welt gebracht, in der Nacht zum 3. April 1960. Meine Mutter war gerade achtzehn Jahre alt geworden. Ich hatte ein ganz platt gedrücktes Gesicht, und mein Schädel sah wie ein Zuckerhut aus, denn bis zum Tag vor ihrer Niederkunft hatte sich meine Mutter in ein Korsett eingeschnürt, um ihren Bauch vor den höheren Söhnen und Töchtern zu verstecken, mit denen sie durch Denis Umgang hatte. Jene erahnten übrigens ihren Zustand und machten sich über die Zukunft des Paares keine Illusionen. Noch in der ersten Woche ihrer Schwangerschaft war Denis eingefallen, daß er mit der Tochter des besten Freundes seines Vaters verlobt war, auch er ein hoher Beamter und Mulatte. Dennoch lebten die beiden jungen Leute weiter zusammen bis zu meiner Geburt, als Thécla schließlich klar wurde, daß Denis sie nicht heiraten würde.

In jener Nacht, der Nacht meiner Geburt, wurde Tima gewahr, daß ihrer Tochter großes Leid widerfuhr. Genau in jenem Augenblick, als ich den Kopf zwischen den überströmten Schenkeln meiner Mutter hervorschob, war Tima zumute, als wollte ihr eine brutale Hand die Eingeweide herausreißen. Gleichzeitig erschien auf der schwarzen Leinwand ihrer Augenlider ein Name: Thécla! Sie hämmerte gegen Jacobs Schulter, der den Schlaf des Gerechten schlief. Der wiederum weckte die Hausangestellte, die auf einem Strohsack auf dem Küchenboden schlief, und schickte sie den Doktor holen.

Der tüchtige Doktor Alcius, der nicht weiter als bis zu seiner Nasenspitze sehen konnte, war völlig fassungslos und verordnete einer Frau Ruhe, die immer nur andere für sich arbeiten ließ.

Zwei Wochen nach meiner Geburt und ohne mir, dem Säugling, der langsam menschliche Formen annahm, einen Blick zu schenken, fuhr meine Mutter mit dem Zug ins Finistère, denn die bretonischen Ammen waren nach Aussage der Sozialarbeiterinnen die billigsten. Sie setzte mich bei Madame Bonoeil ab und vergaß mich für die nächsten zehn Jahre.

Madame Bonoeil hatte sich noch nie um ein schwarzes Kind gekümmert, liebte mich deswegen aber nicht weniger.

Ein kleines Gedicht für Maman Bonoeil. Ich schrieb es mit fünf Jahren. Man möge es mir verzeihen!

Mama mit weißen Händen
So zärtlich zu dem schwarzen
Verlassenen Kind
Mama mit dem Herz wie ein Laib
Weißes Brot
So gut zu dem schwarzen
Verlassenen Kind

So geselle ich mich also zu Bert und Bébert und gehöre wie sie zu jener Nachkommenschaft, über die man Schweigen bewahrte. Zweifellos entstand dadurch instinktiv meine Solidarität mit ihnen.

In der Vorhölle, in die ich abgeschoben wurde, erfuhr ich nichts von dem, was zu Hause passierte. So wußte ich nicht, daß man dort von mehreren Familien Louis zu sprechen begann, den Louis von Anse Laborde, den Louis von La Pointe, den Louis von Basse-Terre, und darüber vergaß, daß alle aus dem einen Bauch von Mama Elaïse stammten.

Mein Großonkel Serge war als Gynäkologe nach Hause zurückgekehrt. Er hatte gewissermaßen innerhalb der Familie geheiratet, indem er sich mit Céluta vermählte, einer der Töchter Camille Désirs und Enkelin seiner Tante Nirva. Oh weh! Sie sollte etwas mehr als ein Jahr später sterben, weil sie schweißgebadet in der großen Hitze am Nachmittag einen Feigapfel gegessen hatte. Das war freilich nicht die Ansicht ihres Ehemannes und Arztes, der von Herzinfarkt sprach, sondern die Erklärung ihrer Hausangestellten Rosa, die sie noch vergeblich gewarnt hatte, als sie sah, wie sie die Frucht nahm. Serge war also Witwer mit einem Baby von drei Monaten und vergoß bei der Beerdigung heiße Tränen, wobei ihn Jacob unterstützte. Den Leuten fiel auf, daß Jean hinter dem Leichenwagen keine Trauer zeigte, aber sie hatten keine Zeit, sich darüber den Kopf zu zerbrechen, denn kurze Zeit später entstieg einer Air-France-Maschine eine blonde Frau. Wer war denn die?

Die Leute in unserem Land haben eine klischeehafte Vorstellung von den weißen Frauen, die unsere Männer heiraten. Sie glauben, daß sie von niedriger Geburt und ungebildet sind. Sie denken, daß sie wie die Fliegen vom Honig von einem Leben mit Hausangestellten unter einem immer blauen Himmel angezogen werden. Vom Leben in der Kolonie eben!

Nadège, die zweite Frau meines Großonkels Serge, entsprach nicht im geringsten diesem vergröberten und vereinfachten Bild. Sie war die Tochter eines wegen seiner Rachitisforschungen bekannten Medizinprofessors und selbst Chirurgin. Sie hatte ein englisches Kindermädchen gehabt und siezte ihre Mutter. Es erübrigt sich also zu sagen, mit welchen Augen sie auf unsere hinterwäldlerische Negerfamilie blickte. Vor allem über Tima lachte sie sich tot, mit ihren gebauschten Ärmeln, ihren zu hellen Strümpfen und ihrem Zahn aus Guyana-Gold.

Nach und nach sah Serge unsere Familie mit den Augen von Nadège, und um seiner Frau zu gefallen, ging er auf Distanz. Als er mit ihr eine Klinik in Basse-Terre eröffnete und ein Wochenendhaus in Gourbeyre bauen ließ, wechselte er endgültig ins bürgerliche Lager über. Wenn er nach La Pointe hinunterfuhr, war er immer in großer Eile, und bald kam er gar nicht mehr. Durch Zufall erfuhr Jacob beim Lesen der öffentlichen Bekanntmachungen im *Eveil basse-terrien* von der Geburt seines Sohnes. Schwer gekränkt, beklagte er sich bei Tima, die mit den Schultern zuckte: »Warum regst du dich darüber auf? Du hast doch gesehen, daß er schon lange die Seite gewechselt hat!«

Was den Zwist zwischen Serge und Jean betrifft, so hatte er schon viel früher begonnen.

Kurz nach seiner Rückkehr nach Hause hatte Serge in Anse Laborde, wohin er sich zurückgezogen hatte, Jean einen Besuch abgestattet. Jean hatte ihn in den beiden Bänden von *Das unbekannte Guadeloupe* blättern lassen, die damals erschienen waren, und ihn sein strohgedecktes Haus bewundern lassen, von dem der Regen ablief, ohne einzudringen. Dann hatte er ihn zwischen den befreundeten Bauern Platz nehmen lassen, sein zurückerobertes Kreolisch vorgeführt und ein Glas nach dem anderen getrunken. Serge hatte zunächst nichts gesagt, und alles deutete darauf hin, daß er recht beeindruckt war. Als Marietta die *Soup Zabitan** in kleinen Couis servierte, hatte Serge plötzlich seinen vor Ironie funkelnden Blick auf seinen Bruder gerichtet und belustigt gefragt: »Was wird hier eigentlich gespielt?«

Überraschtes Schweigen von Jean! Serge war dann aufgestanden: »Hör mit deiner Maskerade auf! Gib dir keine Mühe, du wirst immer ein Kleinbürger bleiben, der sich unwohl in seiner Haut fühlt und das Volk nachäfft!«

Daraufhin war er mit schallendem Gelächter zu seinem Wagen gegangen. In Anse Laborde hatte man ihn seitdem nicht mehr gesehen!

Jacob verursachte die Verstimmung zwischen Serge und Jean

* Fischsuppe (Anm. d. Ü.)

anfangs großen Kummer, denn er hätte sich sehr gewünscht, daß die Söhne von Mama Elaïse geeint blieben wie die Finger einer Hand. Dann wurde alles durch die Sorge um die Gesundheit seiner Tima verdrängt.

Nachdem Thécla La Pointe einmal verlassen hatte, um in Paris zu studieren, schrieb sie weder ihrem Vater noch ihrem Onkel Jean. Auch nicht dem verlassenen Gesner. Selbst ihrer Mutter nicht!

Tima paßte Tag für Tag den Briefträger ab, verdächtigte dann die Post, ein Schlupfwinkel der Kommunisten in ihren Augen, daß sie ihr einen üblen Streich spiele, und schrieb einen ausführlichen Brief an den Minister in Paris. Schließlich mußte sie der Undankbarkeit ins Auge sehen und sich eingestehen, daß ihre geliebte Tochter sie vergaß.

Von diesem Tage an verfiel sie in Stumpfheit und Verbitterung.

Jeden Morgen stand sie jammernd um vier Uhr auf und ging mit den frömmelnden Frauen in schwarzer Tracht zur Frühmesse. Sie nahm das Abendmahl und kehrte vom Altar mit einem so verzückten Gesichtsausdruck zurück, daß sich eine Zeitlang das Gerücht verbreitete, sie habe glückselige Erscheinungen. Sie schimpfte nicht mehr mit ihren Hausangestellten, die von nun an die Möbel verstauben ließen, ebenso die Fensterläden, über die ihre Hausherrin nicht mehr mit dem Zeigefinger hinwegfuhr, und die Zimmerpflanzen wurden auch nicht mehr gegossen. Ohne Wasser gingen die *Multipliant** in den Töpfen ein, und im ganzen Haus breitete sich der Schlendrian aus. Auch war Tima nicht mehr danach zumute, Dieudonné zu tyrannisieren, der es sogar wagte, seine Kameraden zum Rauchen und Harmonikaspielen mit auf sein Zimmer zu nehmen. Nachts ließ sie sich mit geschlossenen Augen, ohne die Miene zu verziehen oder zu protestieren, praktisch ohne Bewußtsein, so oft von Jacob nehmen, wie er es wollte. Jacob versuchte wohl, sie zu über-

* Eine Art Bananenstaude

reden, daß sie eine Zeit im Wochenendhaus in Juston verbrächte, das er für sie herrichtete. Aber sie lehnte wütend ab, als ob sie gewußt hätte, daß dies ein verbotenes Privatgelände war, auf dem jetzt ihr alter Feind, der Soubarou, despotisch regierte.

Von nun an lebte Tima, trotz der Entfernung und der zwischen ihnen eingetretenen Stille, im Gleichklang mit Thécla. Sie verspürte, ohne es verstehen zu wollen, ihre Geburtswehen. Als Thécla eine Fehlgeburt hatte, strömte aus ihrem Unterleib schwärzliches Blut, obwohl sie keine Regel mehr hatte. Wenn Thécla in ihre nervösen Depressionen verfiel, dämmerte Tima ihrerseits in den violetten Säften der Angst vor sich hin und brachte nur noch soviel Kraft auf, um sich auf der Veranda zwischen den Bougainvilleen-Töpfen in ihrem Schaukelstuhl hin und her und her und hin zu wiegen, und die Passanten schüttelten traurig den Kopf: *»A pa jé, non!«* *

Sie starb eines Nachts im Schlaf, meine Großmutter Tima. Ohne daß ich sie jemals kennengelernt hätte und ohne daß ich den Schmerz ihres Herzens mit all meiner Zuneigung hätte lindern können. Sie starb in einer Nacht, die vor Dunkelheit schwarz war, während der müde Mond über den Filaos zwischen den Wolkendecken schlief. Sie hatte einen Tod, der kein großes Bedauern und bei niemandem großen Kummer auslöste. Außer bei Jacob, der keinen Trost fand! Man glaubte, daß er nicht darüber hinwegkäme, wie er so tief gebeugt hinter ihrem Sarg herging!

Da er jedoch gerade fünfzig Jahre alt war und fleischliche Gelüste im Überfluß hatte, nahm er seine langjährige Geliebte Flora Lacour bei sich in der Rue du Faubourg- d'Ennery auf, zusammen mit ihren beiden unehelichen Kindern, die weiter zu ihm ›Freund Louis‹ wie zu einem Fremden sagten. Dort aber, wo sie jetzt war, litt Tima nicht darunter, denn sie hatte die Überfülle des Glücks gefunden, die ihr das Leben die ganze Zeit vorenthalten hatte.

* »Wenn das kein Unglück ist!«

2

Wie viele Männer mögen wohl in den nebligen Nächten in London auf dem armseligen Körper meiner Mutter gelegen und die Klagen ihres verletzten Stolzes mit Seufzern der Freude verwechselt haben? War die Liste lang?

Als Denis sie mit ihrem unehelichen Kind, das er noch nicht einmal anerkennen wollte, sitzengelassen hatte, sie, mit ihren Auszeichnungen von der ersten bis zur letzten Klasse, sie, Thécla, mit einem Jahr *Hypokhâgne* und einem *Khâgne**, dann einer Licence in Englisch an der Sorbonne, da glaubte sie, in Paris ein Gegenstand des Spottes, schlimmer, des Mitleids geworden zu sein. Also nahm sie wahllos einige Kleidungsstücke und sprang am Gare du Nord in einen Zug. Während ihres Studiums war sie oft nach London gefahren, eine traurige, verregnete Stadt, die sie haßte und die ihr plötzlich dem Debakel ihrer Jugend angemessen erschien.

Sie schrieb sich wie gewohnt an der Universität ein und begann eine Untersuchung über Joseph Conrads *Heart of Darkness*. Wenn abends die blutroten Neonlichter leuchteten und sie es vor Scham und Kummer nicht mehr aushielt, ging sie in eine kleine Bar namens ›Purple Rose of Cairo‹, wo eine Sängerin mit Kamelienblüten im Haar die alten Billie-Lieder sang. Spätestens um Mitternacht weinte sie dann in ihr Taschentuch. Eines Abends setzte sich ein Mann an ihren Tisch, ganz klein, ganz hübsch, ganz schwarz, und sagte sanft: »*What is the matter, baby?*«

Irgend etwas in seinen wie Edelsteine funkelnden Augen bedeutete mehr als das Verlangen nach einer Bettgeschichte.

Manuel Pastor war der Sohn eines kubanischen Bauern, der es leid gewesen war, sich im Zuckerrohr abzuschuften, die Machete weggeworfen und das Schiff nach New York genommen hatte. Kaum an Land gegangen, hatte er eine schwarze ameri-

* Vorbereitungsklassen auf die französischen Elitehochschulen (Anm. d. Ü.)

kanische Putzfrau geheiratet und ihr vier Jungen gemacht. Im Gegensatz zu seinen Brüdern, die Strafen verschiedener Länge in den staatlichen Haftanstalten absaßen, hatte Manuel studiert und promovierte an der Temple University. Er war erst seit einigen Monaten in London, denn er bemühte sich, den gesamten Briefwechsel von Marcus Garvey zusammenzutragen. Tatsächlich gab es zwei Helden für ihn, Marcus Garvey, der leider in Armut und in der kalten Gleichgültigkeit der Herzen der Neger gestorben war, und Malcolm X.

Thécla hatte schon oft von Marcus Garvey gehört. Nicht durch ihren Vater, der sich über diesen Lebensabschnitt ausschwieg. Sondern durch Tima, die sich gern all der Dummheiten und üblen Streiche erinnerte, die Jacob angestellt hatte, und daran, wie er sie mit einem Kleinkind allein gelassen hatte, um in der Nacht nach dem Tod zu suchen. Den berühmten Satz ›I shall teach the Black Man . . .‹, der das Motto der Partei der Nègres Debout war, zog sie ins Lächerliche, indem sie kommentierte: »Zu sagen, daß ein Neger schön ist! Wo es doch nichts Häßlicheres als ihn gibt, bei der ganzen Böswilligkeit seines Herzens. Wißt ihr, was meine Mutter immer sagte: ›Oh weh, ein Neger, das ist ein Wirbelsturm und ein Erdbeben. Auf seinem Weg hinterläßt er nur Verwüstung.‹«

Dagegen hatte Thécla noch nie von Malcolm X gehört, und Manuel sprang auf: »Du weißt nicht, wer Malcolm ist, *baby*? Schon bald wird seine Stimme Amerika in Brand stecken, und in die heiße Asche, die von der Niedertracht und dem Rassismus der Weißen übrigbleibt, werden wir endlich Liebe säen!«

Thécla wurde nachdenklich und wollte mehr wissen, so daß Manuel erklärte: »Sein Vater war ein Schüler von Marcus Garvey. Du siehst, ganz am Anfang steht Unser Vater Marcus. Aber Malcolm hörte auf nichts. Sein Leben bestand aus Raub, Vergewaltigung, Drogen, Zuchthaus . . . bis zu dem Tag, als er dem schwarzen Gott des Islam gegenüberstand . . .«

»Dem schwarzen Gott des Islam?«

»Ja! Mach dich nicht lustig, *honey!* Man hat dir Lügengeschichten erzählt, und selbst du hast schließlich daran geglaubt. Das verfluchte Geschlecht des Cham. In Wirklichkeit sind wir der zwölfte Stamm Israels, und wir werden wieder in unser Reich zurückkehren!«

In der ersten Zeit mußte Thécla sich zurückhalten, um nicht zu lachen, wobei sie sich fragte, an welchen Halbverrückten sie da geraten war! Dann drang nach und nach der Zauber seiner Träume und seiner Worte in sie und trug sie fort. Und vor allem versetzte Manuel nicht nur Sätze in Ekstase. Er war ein ausgezeichneter Liebhaber. In dem Vorstadthäuschen aus Backstein, das er sich mit drei Brüdern, Musikern aus Jamaika, teilte und dessen Luft vom Lärm der Synthesizer erzitterte, waren die Nächte zu kurz. Erschöpft sank Thécla morgens in tiefen Schlaf und öffnete die Augen erst wieder, wenn die Universitätsbibliothek schon geschlossen war.

Thécla und Manuel kannten sich seit einem Monat, als er mit typisch latinischer Galanterie vor ihr einen Kniefall machte und ihr vorschlug, ihn zu heiraten. Sie lehnte ab, indem sie geheimnisvoll murmelte, daß diesem Glück ein Hindernis entgegenstehe, willigte aber ein, ihm nach Amerika zu folgen.

Von der Bekanntschaft mit Manuel rührt die erste Verwandlung meiner Mutter her. Von einer recht verklemmten Kleinbürgerin mit ihren hohen Pfennigabsätzen, ihren unechten Chanel-Kostümen, ihrem angemalten Gesicht, blau die Wimpern und rot die Lippen, zu einer gesunden Kämpferin mit natürlich belassenem und kurz geschnittenem Haar, an den Füßen leichte Ballerinaschuhe aus schwarzem Stoff. (Ehrlich gesagt war sie gute zwanzig Zentimeter größer als Manuel!) Damals war es auch, daß sie Conrad, *Heart of Darkness*, verwarf und durch den schwarzen amerikanischen Romanschriftsteller Richard Wright ersetzte, auf dessen Werk Manuel sie aufmerksam gemacht hatte. Damals war es auch, das muß gesagt werden, daß sie ziemlich zu trinken begann, genausoviel wie Manuel und zwar mit ihm zusammen.

Das war schließlich auch die Zeit, als mein Großonkel Jean, den man schon fast zwei Jahre lang nicht mehr in den Straßen von La Pointe gesehen hatte – so grauste es ihm davor, was aus dieser Stadt wurde (und die Leute fanden ihn, der so schön war, sehr verändert, ungepflegt) –, wie ein Verrückter bei seinem Bruder Jacob hereinstürmte, der, Tima gegenübersitzend, lustlos eine Mahlzeit beendete. »Ich habe einen Brief! Einen Brief von Thécla!«

»Lieber Onkel,

Du wirst mir mein Schweigen verzeihen, wenn Du erfährst, welch schreckliche Prüfungen ich durchgemacht habe. Aber sie haben aus mir eine Frau gemacht. Meine Augen öffnen sich. Ich sehe jetzt klar und verstehe den Sinn der Lehren, die Du mir erteilt hast.

Ja, Du wirst schon bald stolz auf mich sein. Meine besten Grüße an Gesner. Ich umarme Dich.

Deine liebe Nichte.«

Jacob steckte das Blatt in seinen Umschlag zurück und hielt ihn dann wortlos Tima hin, die sich mit einer Hand auf dem Herzen erhoben hatte. Auch sie las ihn, bevor sie mit ihrem ganzen Gewicht auf ihren Sitz zurücksank und zu stöhnen begann: »Und wir! Und wir! Kein Wort an ihren Papa! Kein Wort an ihre Mama! Oh, Jesus und Maria! Wer euch sagt, schafft euch Kinder an, der denkt nicht nach! Warum? Warum, das frage ich euch? Was ist undankbarer als ein Kind? Gefühlloser? Mein Bauch hat sich entzweigeteilt für diese Tochter da. Die Ärzte haben geglaubt, daß ich sterben würde. Ich bin trotzdem wieder aufgestanden, und jetzt schreibt sie an ihren Onkel! Und ihren Onkel fragt sie noch nicht einmal, ob ich noch lebe oder schon im Grab liege!«

Jacob und Jean überließen sie ihrem Wehgeschrei, das, so gerechtfertigt es auch sein mochte, dennoch ziemlich ohrenbetäubend war, und schlossen sich in das ehemalige Büro ihres

Vaters ein. Jacob weinte, ohne es zu verbergen, eine ganze Weile, dann schluckte er: »Sie sagt ›Prüfungen‹. Was meint sie damit?«

Jean zuckte mit den Schultern: »Na! Irgendeine Liebesgeschichte, die schiefgegangen ist! In dem Alter!«

Der arme Vater schneuzte sich geräuschvoll, während Jean zu einem anderen Thema überging: »Weißt du, was dieser Dummkopf von Serge schon wieder angestellt hat?«

Denn nun war es zum erklärten Krieg zwischen den beiden Brüdern gekommen, wenngleich sie auch noch nicht auf offener Straße aufeinander schossen. Die Politik! Immer die Politik! Serge war der siegreichen Partei des Generals de Gaulle beigetreten und über deren Liste zum Gemeinderat von Gourbeyre gewählt worden. Da Jean den Ehrenvorsitz der Bewegung der Patrioten, der A. O. P. G., angenommen hatte, machte einer den anderen zu seinem bevorzugten Prügelknaben. Für Jean war Serge das Symbol jener angepaßten, bürgerlichen Mittelschicht, die seit drei Jahrhunderten die Hosen herunterließ und dabei ›Vive la France‹ rief. Für Serge war Jean schlimmer als ein Kommunist! Jacob hütete sich sehr davor, in dieser Auseinandersetzung Partei zu ergreifen, er, der aus eigener Erfahrung wußte, daß die Politik eine Hahnenkampfarena war, in die sich nur blutdürstige, vom Rum besoffene Kampfhähne hineinwagen durften! »Er wird de Gaulle noch herumchauffieren, wenn Mon Général für Guadeloupe einen Sonderstatus vorschlägt! Bei der Gelegenheit wird er dann vielleicht in die Ehrenlegion aufgenommen!«

Während er diese Äußerungen überhörte, schluckte der Vater weiter, schneuzte und quälte sich: »Sie sagt ›Prüfungen‹. Wovon spricht sie? Hör zu, Jean, wenn ein Mann mit meiner Tochter sein Spiel getrieben hat, dann werde ich ein Gewehr nehmen und ihn eigenhändig umbringen, mit diesen Händen!«

Jean, der genau wußte, daß sein Bruder unfähig war, auch nur einer Fliege etwas zuleide zu tun, hörte gar nicht zu und fuhr mit gleichem Schwung fort: »Vielleicht wird er sogar aufgenommen! Ich wette, daß Serge noch mal als Hinterbänkler in der Nationalversammlung endet. Was meinst du dazu?«

Der arme Vater meinte nichts dazu.

Ein oder zwei Wochen später war Gesner an der Reihe. Er stürmte wie ein Verrückter in das Haus, wo Jean eifrig vor sich hinkritzelte: »Ein Brief! Ein Brief von Thécla! Sie geht nach New York!«

Jean war verdutzt: »New York? Was sucht sie denn da?«

Der Brief verriet nichts darüber.

»Mein lieber Gesner,

wirst Du mir jemals meine Grausamkeit Dir gegenüber verzeihen? Meine einzige Entschuldigung ist, daß ich das Opfer meiner Erziehung war ... Ist es nötig, Dir zu sagen, daß Du mir alles beigebracht hast und daß Du der einzige Mann bist, den ich für immer lieben werde?

Deine arme Thécla.«

Arme? Die beiden Männer sahen sich an, und Jean sah, wie in Gesners schönen, braunen Augen der spleenige Wunsch aufkam, das Stück Land, das er von seinem Vater geerbt hatte, zu verkaufen und ebenfalls nach Amerika zu gehen. Die Jugend! Die Jugend!

Jean brummte: »Nun mal langsam! Laß nicht die Pferde mit dir durchgehen! Soweit ich weiß, hat sie dich nicht gebeten, zu ihr zu kommen! Du solltest dich lieber auf deine Sanitäterprüfung vorbereiten!«

Mehr als Dieudonné, der doch sein eigen Fleisch und Blut war, aber in La Pointe unter Timas Einfluß aufwuchs, deren Gewohnheiten er ungewollt annahm – einen Becher zweimal spülte und sein Brotfruchtgemüse nach einem Bissen von sich schob –, mehr als Dieudonné war Gesner Jeans Sohn! Er hatte ihn schon gekannt, als er noch ganz klein war, mit seinem dikken, verbeulten Kopf, der nur bis zu den Knien seines Vaters reichte, wie er ernst seinen Erklärungen lauschte und mit seinen kleinen Fingern auf dem gespannten Fell einer Trommel herumfuhr! Wie oft hatte er ihn auf dem Pausenhof in die Ecke geschickt, die Arme verschränkt und in jeder Hand einen Stein, damit er das Einmaleins behielte. Dann war ihm schließlich klar geworden, daß er ihn das tun lassen mußte, was er wollte: Musik machen!

Was für ein Musiker! Er hatte gerade eine Gruppe gegründet, die, abgesehen von ihm selbst, der Tamburin spielte, noch aus einem Flötisten und einem Ti-bwa-Spieler bestand! Oh, welch wunderbare Klänge!

Gesners Ensemble, auf den Namen ›Kreye‹ getauft, hatte einen Riesenerfolg auf allen Dorffesten zwischen Petit Bourg und Vieux Habitants. Es reichte, sie anzukündigen, und schon füllten sich die Bänke mit einer erwartungsvollen und zugleich andächtigen Menschenmenge. Denn Gesners Musik sprach nicht nur einfach die Sinne an, wie die Biguine, sondern auch das Herz und die Seele. Sie setzte nicht nur die Beine in Bewegung und ließ die Hüften schwingen. Sie weckte geheimnisvoll in jedem den Wunsch zu lieben, zu tauschen, zu teilen, und es war nicht selten, daß sich zwei Fremde während des Konzerts fest drückten und umarmten. Was die Texte betraf, die die Musik begleiteten, so waren sie nie vulgär oder unanständig, sondern poetisch, ein bißchen lyrisch!

Trotzdem suchte Gesner damals noch nach seinem Stil. Er hatte noch nicht jenes Stück komponiert, das er meiner Mutter widmete und das sich sogleich in der französisch- wie englischsprachigen Karibik verbreitete, ebenso auf Kuba, Puerto Rico, Aruba und Bonaire, um dann Afrika und Europa zu erobern, nämlich ›Limbé‹, Liebeskummer.

3

Als Thécla im August 1963, mehr als zwanzig Jahre nach ihrem Vater, in New York ankam, hatte sie ihm gegenüber eine gute Länge Vorsprung durch Manuel, einen Führer, der die Stadt wie seine Westentasche kannte. Geboren und aufgewachsen in der 130. Straße, hatte Manuel an jeder Straßenecke von Manhattan Schuhe geputzt, um sein Studium zu finanzieren, hatte in jedem öffentlichen Pissoir Drogen verkauft und es, des Vergnügens wegen, schon in jedem Souterrain getrieben. Er nahm sie am Arm und ging mit ihr durch das ungelüftete Treibhaus der Straßen und Avenuen: »Schau mit beiden Augen hin, meine Liebe! Das ist die schönste und perverseste Schöpfung der Welt!

Diese Stadt ist das Abbild meiner Gefühle für Amerika, das Land, in dem ich geboren bin. Haß und Liebe begegnen sich hier. Brutalität und Poesie. Sie ist eine Nutte. Die sanft sein kann. Manchmal ist sie poetisch und träumerisch. Aber im Grunde ist sie lasterhaft. Wenn sie liebt, zerreißen einem ihre kehligen Schreie das Trommelfell. Sie läßt einen nicht mehr los!«

Thécla hatte einen erfahrenen Führer an ihrer Seite, das ist sicher. Sie hatte große Städte kennengelernt: Paris und London. In einem Sommer hatte sie sich mit Denis sogar nach Barcelona gewagt und in den Tavernen Rotwein getrunken. Dennoch empfand sie eine ähnliche Panik wie ihr dusseliger Vater, sobald er das Nest, in dem er geboren war, verließ. Verblüffung, Verwirrung, Erschrecken. Denn New York ist ein Liebestrank, der auch in den robustesten Naturen Leidenschaften weckt. Außerdem schleppte Manuel Thécla direkt in den siebten Kreis der Hölle, dorthin, wo die Sünde keinen üblen Geruch hat, wo die Gewalt Gesetz ist und ein Menschenleben keinen Pfifferling wert.

Seine Familie fristete noch immer in der 130. Straße ihr Dasein. Der Vater, ein Bauer, der in seiner Jugend zum Hotelportier umgesattelt hatte, ertrug die harte Winterzeit seines Lebens nur dank des schlechten Bacardis, den er von morgens bis abends in sich hineinkippte. In seinen Alpträumen verloren, wiegte er seinen Kopf nahe an einem Fenster hin und her, das sich in der Höhe der Hydranten und der zusammengeflickten Schuhe der Passanten öffnete. Manchmal stöhnte er: »Was ist das für eine Hure, das Leben! Noch nie ist die Sonne für mich aufgegangen! Ich habe den Ozean überquert, und an beiden Ufern waren nur Hunger und Elend. Oh ja, wir sind eine verfluchte Rasse!«

Manuel wurde wütend, wenn er ihn so reden hörte, und überschüttete ihn aus Verzweiflung und Liebe mit Flüchen, während Mrs. Pastor, die den ganzen Tag Latrinen gescheuert hatte, größere Mengen Essen zubereitete und wieder und wieder die Sünden aufzählte, die drei ihrer Söhne in Hochsicherheitsgefängnisse in alle Ecken des Landes geführt hatten. Zum Glück würde Earl, ihr Liebster, bald nach Hause kommen.

Um Punkt sieben Uhr traten Mr. und Mrs. Baltimore, schwärmerische Moralprediger aus der Nachbarwohnung, in die Küche und taten sich gütlich an gebratenen Hühnerschenkeln, Jambalaya-Reis, an in Gombo gekochten Scampi und Stücken vom Kartoffelkuchen, wobei sie zwischen zwei Bissen immer mit lauter Stimme aus der Heiligen Schrift vorlasen. »Wirf dein Brot auf die Fläche des Wassers, so magst du es nach vielen Tagen wiederfinden. Gib Teile an sieben oder gar an acht, denn du kannst nicht wissen, welches Unglück über das Land kommt.«

Oder: »Der Weise wandelt recht, der Tor auf schiefer Bahn. Und gerade auf dem Wege, wie der Tor ihn geht, mangelt ihm der Verstand.«

Mr. und Mrs. Baltimore, die schwärmerischen Moralprediger, hatten ihre erfolgreiche Taktik verfeinert, seit sie ihre Hütte in Alabama verlassen hatten! Jeden Morgen stellten sie sich mit einer Holzschale zwischen den Füßen an eine Straßenecke und sagten das Ende der Negerrasse im Gestank ihrer

Sünde voraus. Mr. Baltimore, der Begabtere von beiden, erhob seine Stimme: »Schnell! Schnell! Schon stürmt Azraël herbei, der Todesengel, mit einem blitzenden Schwert in seiner Rechten. Gebt, gebt, um seinen Wagen zu stoppen ...«

Es regnete Cents, Zehn- und Fünfzig-Cent-Münzen. Wenn die Holzschale voll war, kauften sich Mr. und Mrs. Baltimore ein paar sorgfältig eingepackte Flaschen, die sie in ihrer Wohnung abstellten, bevor sie sich bei Mrs. Pastor von der ganzen Mühe des Tages erholten. Das Ehepaar Baltimore jagte Thécla Furcht ein, besonders die Predigerin, die sie mit ihren geröteten Augen wie eine Beute anstarrte. Wie gern wäre sie diesem muffigen Elendsquartier entflohen und weiter hinunterzogen, immer weiter hinunter, zu den Avenuen, die Träume feilboten, oder fortgeflogen in jene stattlichen Vororte, wo sich die Bäume mit den Farben des Spätsommers schmückten. Nichts zu machen, leider! Manuel hing an seinen Eltern, als wären sie ein Teil seiner selbst!

Mitte September kam Earl aus San Quentin zurück, wo er seine zehn Jahre wegen bewaffneten Raubüberfalls abgesessen hatte. Thécla, die noch nie einem professionellen Gangster gegenübergestanden hatte, sah einen kleinen Mann eintreten, kleiner noch als Manuel, mit den gleichen funkelnden Augen und der Stimme eines Chorknaben bei der Messe. Er küßte seinen alten Vater auf die Stirn, nahm seine schluchzende alte Mutter in den Arm und sagte: »Schon gut, schon gut, es ist vorbei!«

Er tat noch zwei bedeutende Dinge. Er jagte Mr. und Mrs. Baltimore förmlich hinaus, als sie sich zum Abendessen einfanden, und schlüpfte in der Nacht in das Klappbett, in dem Thécla und Manuel schliefen, wobei der letzte erklärte: »Wir haben immer alles geteilt!«

In diese Zeit fällt die zweite Verwandlung meiner Mutter. Ich schaue mir die Fotos an. Verschwunden die schlichte Kämpferin! Statt dessen eine glorreiche Frau, der Körper wieder und wieder bearbeitet, die Stimme tief, kaputt, mit dem

Klang der Saxophone in jenen Spelunken, wo sie mit ihren Männern die Nächte verbrachte.

Zwischen zwei Gefahren einer Überdosis lebend, war jedoch nicht alle intellektuelle Besorgnis verschwunden. Wider Erwarten war Earl, der Gangster, ein Verfechter der Gewaltlosigkeit und leidenschaftlicher Anhänger von Martin Luther King, dessen Märsche er gespannt am Fernsehen verfolgte und kommentierte: »Es ist soweit! Sie haben die Hunde losgelassen! Das ist es, die wollen uns fertigmachen!«

Manuel dagegen verehrte weiterhin Malcolm X. Er träumte nur davon, sich mit ihm über einige Punkte des Islam zu unterhalten, die ihm rätselhaft blieben, und besuchte, in der Hoffnung, ihn zu treffen, regelmäßig seinen Tempel in der 116. Straße. Leider war der große Meister gerade dabei, an verschiedenen Orten des Landes das Heilige Feuer zu entfachen, oder er war in Afrika unterwegs, oder er war zu beschäftigt. Thécla nahm an seinen Kämpfen keinen Anteil. Sie hatte Richard Wright aufgegeben und fühlte ein anspruchsvolleres Thema in sich aufkeimen: ›Zur Lage der Schwarzen in Amerika‹. Dazu wollte sie Mrs. Pastor interviewen. Ob ihre Eltern ihr etwas von dem Leben in Virginia erzählt hätten? Was sie im Norden vorgefunden hätten? Was für ein Pech! Mrs. Pastor, die der Eingedrungenen vorwarf, daß sie ihr die beiden Söhne gestohlen hätte, machte den Mund nicht auf!

»Mein lieber Gesner!

Was ich um mich herum in New York sehe, in dieser Stadt, die von der Freiheitsstatue überragt wird, ist unvorstellbar. Wie erscheint doch unser Leben und das unserer Eltern im Vergleich dazu glücklich und ereignislos . . .«

Einige Monate später wurde Théclas Bauch unter ihren weiten Kleidern runder.

Thécla, die von Tima in der Ehrfurcht vor Gott und dem Schrecken vor der Meinung der Menschen erzogen worden war, hatte sich von den Zwängen ihrer Jugend befreit. Doch offenbar nicht genug, um die Vaterschaft des Säuglings, der in ihr heranreifte, nicht sofort zu offenbaren. Sie verfiel in eine düstere Stimmung, die durch eine Weissagung von Mrs. Baltimore, welche ihr im Flur begegnete, noch trüber wurde: »Die Frucht der Sünde reift nicht!«

Manuel jauchzte und machte Luftsprünge: »Ein kleiner Neger mehr! Es kommt mir vor, als könnte ich ihn schon vor mir sehen, mit seinen Augen, die riesengroß sind vor Verlangen nach jenen Dingen, die ihm von den Weißen verwehrt werden, weil sie wissen, daß, wenn sie uns nur ließen, wir alles besser machen würden!«

Earl dagegen war zurückhaltender, manchmal ebenso trübsinnig wie Thécla. Er ging im Zimmer auf und ab: »Mit den paar Pfennigen, die Manuel an seiner Universität verdient, können wir unserem Sohn kein Leben ermöglichen, wie es sein müßte, um hier im Land des Unglücks auf dem ersten Platz zu landen!«

Daraufhin begann er, das Gewehr mit abgesägtem Lauf, das er auf einem Schrank verstaut hatte, zu ölen, und verschwand eines Abends.

4

Es ist immer das gleiche! Wenn man einen Amerikaner auf der Straße anhält und ihn danach fragt, was ihn in jenem Jahr 1965 am meisten schockiert hat, so antwortet er mit hoher Wahrscheinlichkeit: die Ermordung von Malcolm X, die derjenigen von Kennedy in einem dem Wahnsinn verfallenen Amerika auf dem Fuße folgte.

Doch trotz seiner Bewunderung für den Anführer war sein Tod Manuel fast gleichgültig, und er sollte von jenem Jahr, dem Jahr 1965, nur den flüchtigen Abschied seines Bruders in Erinnerung behalten, seine Rückkehr im Morgengrauen drei Tage später, die vom Blut gerötete Kleidung und sein letztes Lächeln, als er Thécla ansah: »*Take care, baby!*«

Das also war für ihn das Jahr 1965, inmitten von Trauer und Revolte der schwarzen Gemeinde seines Landes! Und er mußte überrascht feststellen, daß für die anderen der Aufenthalt von Earl M. Pastor auf Erden, verstorben im Alter von dreiunddreißig Jahren, kaum zählte.

Earls Tod ließ Mr. und Mrs. Baltimore triumphieren. Man hatte den blutenden Körper gerade gebracht, als sie auch schon im Souterrain auftauchten, wo Théclas Schluchzer denen von Mrs. Pastor wie ein Echo antworteten. Diesmal war niemand da, um sie hinauszuwerfen. Während Mr. Baltimore niederkniete, stürzte Mrs. Baltimore sich wie eine fleischfressende Spinne auf ihre Beute. Schnell ließ sie von Mrs. Pastor, einer einfachen Beute, ab und warf sich auf Thécla. Ihrer Meinung nach war der Fall klar: »Es ist der Geruch deiner Sünde, der Gott dem Allmächtigen in der Nase gestochen hat. Deine Verruchtheit ist es, die sein doch immer liebenswürdiges und zum Verzeihen bereites Herz in Empörung versetzt hat. Du hast dich zu zwei Männern unter eine Decke gelegt, zwei Brüdern! Wie willst du das Ungeheuer nennen, das aus deinem Schoß kommen wird?«

Thécla schluchzte: »Und du weißt noch nicht alles! Du kennst nicht das ganze Ausmaß meiner Verbrechen. Ich, Thécla Louis, ich habe Vater und Mutter umgebracht. Ich habe ein Schwert in ihre Herzen gestoßen. Ich habe ihr Blut fließen lassen. Ich habe mir die Finger danach geleckt!«

»Warum hast du das getan?«

»Ich schämte mich für sie. Ich warf ihnen vor, daß sie zu schwarz waren. Ungebildet. Meine Mutter wußte nichts und wieder nichts. Sie konnte nur über ihre Kochrezepte und ihre Träume reden. ›Für das Dombwé mit Erbsen nimmst du . . .‹ Und gleichzeitig glaubte sie, daß sie Jupiters Schoß entsprungen sei. Sie verachtete alle Leute, weil sie Geld hatte. Und er und er . . .«

»Schon gut, schon gut, beruhige dich!«

»Ich wollte andere Eltern haben, eine andere Familie! Ich wollte . . .«

Eine Woche nach Earls Tod, sie las gerade in der Heiligen Schrift: »In seinem Herzen sagt der Tor: Es gibt keinen Gott! Verderbt sind sie, ihr Treiben ein Greuel, keiner ist, der Gutes noch tut. Vom Himmel blickt auf die Menschen der Herr, zu sehen, ob einer verständig, ob einer Gott suche. Doch sind alle abgewichen, alle verderbt, nicht einer, der Gutes täte, nicht einer«, da wüteten Schmerzen in Théclas Körper, aus dem ganz schwarzes Blut floß. Sie fiel auf den Rücken, und Mrs. Baltimore bemühte sich, ihr die Hände zu falten und sie nachsprechen zu lassen: »Hosianna! Deine Gerechtigkeit komme!«

Im selben Moment versammelte sich eine Ärztekonferenz am Bett von Tima, deren Kiefer sich unter der Wirkung einer mysteriösen Krankheit verkrampften: »Das ist die Menopause! Frauen machen da einiges durch. Sie sollten eine Reise in die Metropole mit ihr machen!«

Jacob überschlug die Ausgaben!

Nun da ihr Kind tot und ihre Verfehlung gebüßt war, hütete sich Thécla davor, weiter zu sündigen.

Sie verließ Manuel und die 130. Straße und mietete ein Zimmer bei einer achtbaren haitianischen Familie in Brooklyn.

Sie nahm ihr Studium wieder auf.

5

Tja, nachdem sie nun so viele Leichen unter die Erde gebracht hatten, war es verständlich, daß Thécla und Manuel sich trennten, um weiterleben zu können.

Manuel blieb mit den Füßen im New Yorker Schnee stecken. Tagsüber arbeitete er an seinem Dr. phil., was seit einiger Zeit wie eine Todesanzeige auf ihn wirkte. Nachts reichte er in einem Krankenhaus alten Leuten Urinflaschen und Spucknäpfe, und ihr stinkender Atem schlug ihm mitten ins Gesicht, wenn sie sich über seinen offensichtlichen Kummer lustig machten. Er sah und hörte sie nicht. Immer wieder vernebelte ihm Thécla die Sicht.

In Port-au-Prince auf Haiti finde ich Thécla wieder. Es ist wahr, sie hatte recht ordentlich zusammengesucht, was von ihr selbst noch übriggeblieben war, und sich an der Columbia University für eine Untersuchung über den ›Einfluß der Erneuerungsbewegung von Harlem auf die haitianischen Intellektuellen‹ eingeschrieben. Sie hatte das aus einer Art Gewohnheit heraus getan, denn sie glaubte, daß das Studium ihrem sinnlosen Leben einen Sinn geben könne.

Sie wohnte im Viertel von Turgeau in der Privatpension ›Les Poinsettias‹, die von den Damen Volder unterhalten wurde.

Die Mulattenfamilie Volder hatte seit dem Herrschaftsantritt des schwarzen Diktators Duvalier viel gelitten. Alle Männer waren Hals über Kopf nach Mittel-, Nord- oder Südamerika geflüchtet, um den *Tontons Macoutes** zu entgehen, so daß nicht mehr als dieses Frauenquartett übriggeblieben war. Die Mutter. Die Tante. Die ältere Tochter. Die jüngere Tochter. Alle vier hatten eine Hautfarbe wie Elfenbein, das man für Kruzifixe verwendet, und trugen Schwarz, denn sie trauerten um einen Ehemann, einen Verlobten, einen Vater, einen Verehrer, der noch gar keine Liebeserklärung abgegeben hatte, mit dem sie aber schöne Kinder gezeugt hätten. Wenn sie sich nicht die Zeit damit vertrieben, junge, verängstigte Dienstmädchen, die mit gesenktem Kopf dastanden, herunterzuputzen, dann verbrachten sie sie mit dem Aufsagen von Gebeten und Gesprächen mit Besuchern. Gebete für die Lebenden. Gebete für die Verstorbenen. Gebete für die Abwesenden. Gebete für die Anwesenden. Gebete vor allem für das geliebte Haiti, dessen

* Todesschwadronen Duvaliers (Anm. d. Übers.)

Leid kein Ende nahm. Besuche von allen trauernden Verwandten und Freunden. Eine endlose Reihe Menschen, der von allen Seiten herbeiströmte. Witwer. Witwen. Waisen, die Vater und Mutter verloren hatten. Sie ertränkten ihren Aufruhr in einer Schale Weihwasser.

Thécla verließ gerade eine Bibliothek, als ein Mann wie aus Ebenholz, baumstark, sich vor ihr aufbaute, der zu anderen Zeiten zweifellos ein Vermögen gekostet hätte. »Mademoiselle, entschuldigen Sie meine Aufdringlichkeit!«

Lieber Gott! Sie hatte noch nie einen Mann gesehen, der so groß war! Und breitschultrig! Sie, die doch seit Jahren auf Manuel herabschaute und dann ebenso auf Earl, die sie an ihre Brust drückte und die kaum mehr wogen als Kinder! Ihr wurde schwindelig angesichts dieser Kraft! »Darf ich mich vorstellen: Hénock Magister!«

Hénock Magister war nichts Großartiges: Journalist beim *Nouvelliste*, aber er hatte große Arme, die Théclas Körper ganz umfaßten, einen großen Mund, der sie mit Küssen verschlang, und einen großen Schwanz, den er ihr heiß zwischen die Lippen oder die Schenkel steckte. Außerdem war er aus Jacmel gebürtig, und seine Mutter war gut und sanft zu der Guadeloupanerin ohne Zuhause. Madame Magister verkaufte Brot, das ihr Ehemann, Hénock wie der älteste Sohn, herstellte, und betrachtete die Diktatur mit Lebensphilosophie. »Schon seit Jahrhunderten leiden wir! Wir haben dafür gekämpft, daß die Franzosen abziehen und die Freiheit kommen würde. Die Franzosen sind gegangen, aber die Freiheit, die ist nicht gekommen. Dann haben wir dafür gekämpft, daß die Amerikaner abziehen und die Freiheit kommen würde. Das gleiche. Die Amerikaner sind gegangen, die Freiheit, sie kam nicht! Wir haben uns in Bewegung gesetzt, um die mulattischen Präsidenten zu verjagen. Die mulattischen Präsidenten sind gegangen. Ein Neger ist gekommen, und es ist noch schlimmer! Ich sage euch, unsere Rasse, das ist die Rasse der Verfluchten!«

Vater Magister behielt keinen so kühlen Kopf und wiederholte wütend: »Gebt mir ein Gewehr! Stellt mir Duvalier direkt vor die Nase, und ich bring ihn euch um! Mausetot könnt ihr ihn abholen!«

Hénock, der dank seines Presseausweises Zugang zum Palais hatte, setzte eine wissende Miene auf: »Tja, der ist nämlich gar nicht das, wofür man ihn hält, und wenn man ihn anpieksen würde, so würde kein Blut herauskommen! Sondern Wasser mit ein bißchen Jauche vermischt. Er ist ... er ist der Baron-Samedi, der Voodoogeist, und ich sage euch, ob Wochentag oder Feiertag, er braucht seine Ration an frischem Fleisch! Das ist der Grund, warum die Tontons Macoutes die vielen Leute töten.«

Eines schönen Tages brachte Hénock, der davon träumte, in den traurigen Augen seiner Schönen wichtig zu erscheinen, Thécla eine Einladungskarte mit. In goldenen Lettern luden Madame und Monsieur le Président Mademoiselle Thécla Louis, Internationale Forscherin *(sic)*, zu einer Gartenparty auf dem Rasen der Präsidentenvilla ein.

Einmal will ich mich meiner Mutter gegenüber großmütig zeigen. Kein Zweifel: Wenn sie sich nicht so allein gefühlt hätte, so verloren, mit der Last jener Toten auf ihrem Gewissen und der Angst angesichts der Zeit, von der sie jeden Tag ein Stück verlor, sie hätte sich nicht dort hinbegeben, zu diesem Empfang.

Aber der Erinnerungen und der Langeweile überdrüssig, nahm sie an. Sie fand ihn ganz schön, den Präsidentenpalast, mit den Goldfischen, die in einem Becken aus blauem Marmor schwammen, den rosa Flamingos, die aus der Hand der Geladenen pickten, und den grünen Papageien, die in ihren Käfigen unablässig vor sich hinplapperten. Sie tanzte begeistert mit Hénock, der vor Freude aus dem Häuschen war und sie anderen, ebenso großen und ebenso breitschultrigen Männern vorstellte. Ach, was für eine schöne Rasse, die Rasse der Neger von Haiti!

Dem Präsidenten wurde nachgesagt, daß er an einer ernsten

Harninkontinenz erkrankt sei, was auf Prostata zurückzuführen wäre, und es ihm deshalb fast unmöglich sei, sich auf den Beinen zu halten. Trotzdem stand er auf und hielt eine sehr lange Rede, in der er die Wohltaten seiner Herrschaft aufzählte. Er bekam viel Applaus. Kurze Zeit darauf nahm auf dem Podium ein Trio Platz, und man kündigte Ottavia an.

Die große Stimme von Ottavia hatte das Unglück des haitianischen Volkes auf allen Bühnen der Welt besungen, und einige wunderten sich, daß sie nun genau vor jenen sang, die daran schuld waren. Für Thécla, die ihre musikalische Bildung Gesner verdankte, blieb die Zeit stehen, während die Harmonie der Klänge bis ans Himmelstor wogte. Tränen liefen ihr die Wangen herunter, während sie noch einmal ihre Kindheit durchlebte, ihre erste Liebe, den Tod eines ihrer Männer und den Verlust ihres Kindes (ich möchte annehmen, daß sie auch an mich gedacht hat, die im Exil im Finistère aufwuchs!), so daß Hénock Magister sich fassungslos fragte, welcher Himmel ihm diese Frau geschickt hatte!

»Souflé van	*»Wind wehe*
Souflé van	*Wind wehe*
Pitit-mwen ka mo	*Mein Kind stirbt*
Mari-mwen ja mo	*Mein Mann ist schon tot*
Mwen mem an pa sav	*Ich selbst weiß nicht*
Si sé viv an ka viv . . .«	*Ob ich tot bin oder lebendig . . .«*

Thécla kehrte in jener Nacht spät vom Präsidentenpalast zurück, in Begleitung eines Freundes von Hénock Magister, der Minister für irgendwas war. Oder Staatssekretär.

Am nächsten Morgen erschienen die Damen Volder nicht zum Frühstück, das immer im alten Eßzimmer mit den ausgeblichenen, grünen Trennwänden und unter dem sanftmütigen Blick des blonden Lieblingsahnen Trygve Volder eingenommen wurde, der mit einigen zusammengefalteten Kronenscheinen in der Schuhsohle aus Norwegen gekommen war. Sie erschienen weder zum Mittag- noch zum Abendessen, zu dem Thécla, überrascht und das Drama schon ahnend, am Tisch Platz nahm. Zwischen der Suppe und der Tarte mit Lambimuscheln überreichte ihr ein Dienstmädchen zitternd eine Mitteilung von Madame Volder, der Mutter, mit der ihr gekündigt wurde: »Wir können unter unserem Dach niemanden dulden, der mit unseren Feinden gemeinsame Sache macht.«

Thécla dachte nicht einmal daran, sich zu rechtfertigen, und packte melancholisch ihren Koffer, um ins Hotel ›Ibo-Lélé‹ zu ziehen. Neben dem Zimmer, das man ihr zuwies, wohnte Ottavia.

6

Die Freundschaft zwischen Frauen kann der Liebe gleichen. Gemeinsam sind ihnen das Besitzergreifen, die Eifersucht, das Verlassensein. Aber ihre Verbundenheit ist dauerhafter, denn sie gründet sich nicht auf die Sprache der Körper.

Thécla und Ottavia waren gewissermaßen für das Zusammenspiel geschaffen. Wie die Bergflöte und die Ti-bwa-Trommel in jener Musik, zu der sich die Karussells mit Holzpferden drehen. Ottavias Vater war ein italienischer Maurer gewesen, der, gekommen, um Kacheln zu reparieren, in dem Bett von Méralda gelandet war, der jüngsten und hübschesten Tochter der adeligen Familie von Malden, Mulatten deutscher Abstammung. Der Maurer war ein Säufer. Nachdem er mit Méralda sieben Kinder gezeugt hatte, war er von einem Dach zu Tode gestürzt. Méralda, die niemals auch nur einen ihrer zehn Finger gerührt hatte, warf sich schluchzend dem Bäcker an die Brust, der ihr das Brot anschrieb, ein Ebenholzbaum von einem Mann, der sich bis zum Ende seiner Tage fragen sollte, ob er an jenem Morgen seinen Lieferwagen nicht doch besser in der Garage gelassen hätte. Ottavia war also in der Horde ihrer Brüder und Schwestern, Halbbrüder und Halbschwestern genauso aufgewachsen wie die Bauernjungen von Cayes, indem sie Steine nach den Mangos zum Frühstück warf, wobei sie jene aber verachtete und sich einer höheren Art zugehörig glaubte. Eine Überzeugung, die durch Méralda genährt wurde, die einige schöne Schmuckstücke und Tischwäsche aus Damast in ihrem karibischen Brautkorb hatte. Dann war sie von Carlotta adoptiert worden, der älteren Schwester ihrer Mutter, die nie geheiratet hatte. Carlotta hatte ihren unbändigen Körper in eine blauweiße Uniform gezwängt und sie in einem Pensionat in Lalue angemeldet, wo die Kinder aus der Bourgeoisie sich über ihren Akzent lustig machten und sich zuflüsterten, daß ihre Mutter in unehelicher Gemeinschaft lebe. So kam es, daß Ottavia ebenso wie Thécla ihre Kindheit verabscheute, ihre Familie und, wie sie meinte, ihr Land, das ihr als Symbol dafür galt. Doch die vom Glück mehr als Thécla begünstigte Ottavia hatte ihren Groll verarbeitet und sich, indem sie die Machthaber und die Bourgeoisie geißelte, von der Schwermut befreit. Ottavia, die nicht mehr daran dachte, ihr Flugzeug zurück nach New York zu nehmen, wo sie eigentlich vor haitianischen Flüchtlingen singen sollte, leerte mit Thécla mehrere Flaschen Barbancourt Rum. Die beiden legten sich Seite an Seite hin und redeten die ganze Nacht hindurch über die Welt, das Leben und seine grundlegende Schlechtigkeit, die Neger, die Mulatten, die Freude, die Religion, den Tod, die Politik. Der arme Hénock Magister, der keine Gelegenheit mehr fand, mit seiner Thécla zu schlafen, zog infolgedessen unablässig durch den Park, mit hängendem Kopf und Schwanz.

Ich verfüge über keine genauen Informationen darüber, wie die Sache geplant und durchgeführt wurde, und ich gestehe, daß ich diesmal die Lücken nicht füllen kann. War Ottavia tatsächlich von politischen Freunden mit einem Auftrag betraut worden? In welchem Umfang überschritt sie ihn? In welchem Umfang spielte sie den Zauberlehrling? Ist es wahr, daß sie sich auf einige Voodoopriester stützte, die sie gut kannte, weil sie die Musik ihrer Heiligtümer studiert hatte? Ist es wahr, daß diese, von ihr angestiftet, dem Volk befahlen, auf die Straße zu gehen und zum Palast zu marschieren? Ist es wahr, daß ihr gleichzeitig das geheime Einverständnis von Leuten in Duvaliers Umgebung zugute kam? Auf jeden Fall kam es zu jenem Ereignis, das all denen gut bekannt ist, die sich für die Geschichte der Antillen interessieren: die blutige Niederschlagung des Aufstandes von 1967.

Es begann alles mit dem Brand im Haus des Innenministers, Luckner Damidas, der ein guter Tänzer war und den die Frauen mochten. Um Mitternacht züngelten die orangefarbenen Flammen am schwarzen Himmel. (Manche Leute sagen, das sei ein Zeichen gewesen.) Luckner hatte gerade noch Zeit genug, um sich aus dem Fenster des Dachbodens zu stürzen, wo er allein schlief. Seine Frau und seine fünf Kinder, die im ersten Stock schliefen, verbrannten bei lebendigem Leibe. Indem sie das Durcheinander nutzten, welches das Feuer in unseren Ländern verursacht, traten unzählige Gruppen aus dem Schatten hervor, versammelten sich und ergossen sich in einen wütenden Strom von Leuten, die skandierten: »Weg mit dem Regime!«

Die Tontons Macoutes unterbrachen augenblicklich ihre Nachtruhe und brachten alle um. Fünf Tage später, denn fünf Tage, fünf Tage lang dauerte der Aufstand, da leckten die Hunde die Blutlachen auf und nagten die Knochen ab. Aus den Gossen zog man zerstückelte Körper, die man zum Verbrennen an die Tore der Stadt brachte. So endete mit Feuer, was mit Feuer angefangen hatte.

Ottavia wurde verhaftet. Aber ihre große Bekanntheit und der starke Druck von Amnesty International sorgten dafür, daß sie bald wieder freigelassen wurde. Meine Mutter, eine Fremde, wurde schleunigst nach Frankreich abgeschoben und wäre alles in allem noch ganz gut davongekommen, wenn nicht Hénock Magister bei dieser Geschichte den Tod gefunden hätte.

Oh, Rausch der Liebe!

Hénock Magister, ein junger, mittelmäßig gebildeter Mann, der sich über die Ausbeutung des Menschen durch den Menschen nie Gedanken gemacht hatte, wollte im Spiegel der Augen seiner Geliebten so schön erscheinen! Er hatte also in einem Viertel die Leitung der Operationen übernommen und befand sich in vorderster Reihe, als die Tontons Macoutes und die Soldaten durchluden.

Ich glaube, wir können ihn zu unseren Märtyrern zählen, es sei denn, wir erwarteten von unseren Märtyrern, daß sie Abitur haben.

Meine Mutter machte also zu Beginn des Jahres 1968 erneut Bekanntschaft mit Paris. Wenngleich sich ihre Sichtweise auf die Stadt nicht geändert hatte und in bestimmten Cafés, in bestimmten Kinos, in bestimmten Parks wieder und wieder die verkratzte Platte ihrer Erinnerungen ablief, so sah die Stadt sie doch anders an. Sie war direkt in wichtige politische Ereignisse verwickelt gewesen. Konnte sie die etwas erklären?

»Thécla Louis, was halten Sie von der amerikanischen Einmischungspolitik in Haiti?«

»Sie waren auch während der Ermordung von Malcolm X in den USA. Wie hat die schwarze Bevölkerung Amerikas reagiert?«

Anstatt zu schreien, daß man sie nur in Ruhe lassen möge, setzte sich Thécla aufrecht vor das Mikrofon, ging mit dem Mund näher heran und sprach über die Monroe-Doktrin, Voodoo, den Islam der Schwarzen, die Macht der Schwarzen ...

In diesem Moment begann meine Mutter unmerklich, ihrem Vater ähnlich zu werden. Man sagte, daß sie schön sei, weil man ihr nicht auf den Grund ihrer beiden schwarzen Augenlöcher sehen konnte, dort, wo die Furcht, die Angst, die Verzweiflung sich mischten, und weil man in ihren stokkenden und sehr verhaltenen Äußerungen die Zusammenhanglosigkeit und die Verwirrung nicht bemerkte.

Da ihr Bild in mehreren Zeitungen prangte, erhielt meine Mutter eines Tages einen Brief.

»Albert LOUIS
Hotel du Nord
2, place des Abbesses
Paris XVIII. Arrondissement

Mademoiselle,

ich nehme mir die Freiheit, Ihnen zu schreiben, weil ich hoffe, daß Sie mir helfen können, ein sehr schwerwiegendes Problem zu lösen. Sehr schwerwiegend für mich natürlich.

Ich stamme von Guadeloupe und trage denselben Familiennamen wie Sie, und ich nehme an, daß Sie die Genealogien vor Ort besser kennen, als ich es jemals in Erfahrung bringen könnte. Mein Vater hieß ebenfalls Albert Louis, geboren im Jahre 1904. Er hat an der Industriefachschule von Angers studiert. Infolge seiner Heirat mit meiner Mutter brach seine Familie jeden Kontakt mit ihm ab, und aus Verzweiflung nahm er sich das Leben. Ich versuche, die Spuren seiner Familie, die auch meine ist, aufzufinden, nicht, um Vergeltung zu fordern, seien Sie dessen gewiß. Einfach um herauszufinden, wo meine Wurzeln sind. Man kann nicht leben, wenn man nicht weiß, woher man kommt. Ich weiß nicht recht, wo ich anfangen soll. Kennen Sie vielleicht die Nachkommenschaft eines gewissen Albert Louis, Kaufmann, er selbst vermutlich seit langen Jahren gestorben, und dessen Frau Elaïse hieß? [. . .]*

Falls Sie mich treffen möchten, ich bin Musiker und spiele jeden Abend im ›La Cabane cubaine‹. Sie können mich auch in meinem Hotel erreichen. Entschuldigen Sie bitte noch einmal . . .«

Meine Mutter hat nie auf den Brief geantwortet.

* Tatsächlich irrt er sich hier. Bert war 1905 geboren

7

Der Mai 1968 erschütterte Paris, und ich werde nicht über diese altbekannte Geschichte reden.

Thécla, die wie eine Nachtwandlerin durch die Straßen irrte, wobei sie sich die Füße an den Barrikaden stieß und sich an den Feuern verbrannte, bekam eines Tages einen Stein an die Stirn und wurde daraufhin mit anderen Verwundeten zusammen in einen Krankenwagen gesetzt, der zum Krankenhaus Val-de-Grace raste. Der Assistenzarzt, der ihr die Wunde mit drei Stichen wieder zusammennähte, war zweiunddreißig Jahre alt und hieß Pierre Levasseur.

Théclas ganze Erziehung hatte sie zu dem Glauben geführt, daß die Weißen einer gesonderten Art angehörten, wie die Katzen oder die Stiere, und daß es unmöglich sei, sich mit ihnen zu verständigen. Am 23. Juni 1968 heiratete sie jedoch Pierre Levasseur in der Kirche Saint-Louis-des- Invalides. Eine Woche später, nach den Flitterwochen auf einem Familienbesitz, fuhr das junge Paar in Richtung Finistère, an dessen Ende ich aufwuchs, ein dürres Mädchen von bald zehn Jahren.

Bevor ich mich jedoch über die Veränderung auslasse, die diese Heirat in meinem Leben verursachte, reden wir lieber von ihren Auswirkungen auf unsere Familie in Guadeloupe.

Seit fast zehn Jahren hatte mein Großvater Jacob keinen einzigen Brief aus der Hand seiner Tochter erhalten, und er begann nun so zu weinen, daß ihm bald keine Träne mehr übrigblieb. Als dann das Glück nach und nach in ihm erstrahlte, las er ihn noch einmal, wobei er sich darüber wunderte, daß er ihm so traurig wie eine Todesanzeige vorkam. Was soll's! Er lief die Treppe, mehrere Stufen auf einmal nehmend, hinauf zu Tima, die sich leidend in ihrem Schaukelstuhl wiegte, ihr *Über die Nachfolge Christi* weit aufgeschlagen auf den Knien.

»Liebe Mama, lieber Papa,

trotz meines schrecklichen Schweigens, das müßt Ihr mir glauben, habe ich nicht einen Moment lang aufgehört, an Euch zu denken und Euch zu lieben ...«

Nun weinte auch Tima heiße Tränen und, vorübergehend gesundet, begann sie hinauszuposaunen, daß ihre Tochter in Paris einen Weißen heiraten werde, der Arzt sei. Einen Weißen? Die Familie regte sich auf. Das bedeutete, daß man Thécla für immer verlöre, so wie man Serge von Basse-Terre verloren hatte. Jacob hielt dem vergeblich entgegen, daß es gerade diese Heirat war, die ihnen Nachrichten von Thécla brachte, doch die Stirnen blieben besorgt. »Das bedeutet, daß sie endgültig in Frankreich bleiben wird.«

»Du willst mir doch nicht erzählen, daß ihr Mann hierherkommt? Schluß mit Guadeloupe!«

Die am meisten Betroffenen waren Jean und Gesner. Sie hatten entgegen allen Erwartungen gehofft, daß, wenn die unvermeidlichen Torheiten der Jugend einmal vollbracht seien, Thécla auf den rechten Weg der Heimat zurückkehren würde, entdecken würde, welch Kimberley-Diamant ihre erste Liebe in Wirklichkeit war, ihn zum Altar begleiten würde, um ihm dann kräftige Kinder zu gebären. Denkste! Dieses schöne Traumgebilde brach in sich zusammen. Zum ersten Mal war Jean auf seinen Bruder wütend und warf ihm vor, durch eine ›idiotische‹ Erziehung diesem Weißen das Bett bereitet zu haben. Im Beisein des verblüfften Jacob schalt er Tima eine neurotische und engstirnige Kleinbürgerin, die ihre Entfremdung auf ihre Tochter übertragen habe. Der unglückliche Jacob weinte erneut und hatte nichts zu ihrer Verteidigung zu sagen.

Mein Großonkel Jean war ziemlich wichtig geworden. Die Patrioten, die man im Untergrund vermutete, die sich aber in Wirklichkeit zu Wort meldeten und die Bauern in wunderbarer Weise einten, hatten ihn zu ihrer Symbolfigur gemacht. Ein

Kleinbürger im Bruch mit seiner Klasse. Schlecht behandelt durch die französische Verwaltung. Der Autor von *Das unbekannte Guadeloupe*, jenes im Hinblick auf die Kenntnis der Volkstraditionen in seiner Art einzigartigen Werkes. Geistiger Ziehvater eines der größten Musiker des Landes, er selbst Schüler eines Meistertrommlers.

Dem Charakter meines Großonkels Jean war dies alles nicht zuträglich, so daß sich Marietta bei jedem beklagte, der es hören wollte. Der früher sanfte, träumerische Mensch, der von Schuldgefühlen geplagt wurde, die ihm der Selbstmord seiner ersten Gefährtin verursachte, war ein eingebildeter Furz geworden, der sich für einen heiligen Johannes Gold-im-Mund hielt. Er diskutierte über alles: über Kuba und Castro. Über Guinea und Sékou Touré. Über Amerika und Martin Luther King. Er, der über Marie-Galante – wie Marietta höhnisch unterstrich – nicht hinausgekommen war.

Von der ganzen Höhe seiner Symbolfigur herab richtete Jean eine Epistel an seine Nichte, in der er sie an den Sklavenhandel erinnerte, die Grauen der Sklaverei, die Ermordung von Malcolm X und Martin Luther King (unter anderen), die Übel der Kolonialherrschaft, die Schrecken der Entkolonialisierung, und schloß mit den Worten: »Ich kann nicht glauben, daß Du mit den Henkern unserer Rasse gemeinsame Sache machst.«

Arme Thécla! Wirft man einem Segler, dessen Katamaran auf dem gespannten Rücken des Meeres umgekippt ist, vor, daß er sich an einem Rettungsboot festhält? Alles um sie herum bestand nur noch aus Ruinen und Verwüstung, Scheitern auf Scheitern. Oft hatte sie den Eindruck, als wandele sie allein über die schwarzen Alleen eines Friedhofes. Pierre Levasseur hatte die Brille und die kräftigen und gutmütigen Gesichtszüge eines Hausarztes. Zu ihm hatte sie soviel Vertrauen, daß sie mit ihm über alles sprach. Sogar über mich. Und er hörte ihr zu, ohne über sie zu richten, geschweige denn, sie zu verurteilen, sondern indem er versuchte, sie zu verstehen.

Mein wirkliches Leben beginnt also nicht in jener Klinik im XV. Arrondissement von Paris, wo ich den ersten Schrei ausgestoßen habe, sondern in jenem kleinen Eßzimmer von Maman Bonoeil. An den Wänden eine Reproduktion des *Angelus* von Millet, ein großes Hochzeitsfoto, ein weiteres vom Ehemann, der auf See geblieben war, wie es sich für einen guten Matrosen gehört. Dort verlor meine Mutter das Fruchtwasser, bevor sie mich für immer ausstieß. Jetzt, als ich diese Unbekannte ansah, durchströmte rasendes Blut mein Herz, und die Luft ließ meine Lungen hecheln. Maman Bonoeil war in Tränen aufgelöst! »Umarm deine Mutter, Coco!«

(Liebevoll hatte sie meinen Vornamen Claude zu diesem Wort abgewandelt, das wie zufällig auch eine exotische Frucht bezeichnete.)

Ich rührte mich nicht. Da kam der Eisbärmensch mit dem pelzbesetzten Kragen auf mich zu, hob mich hoch und bedeckte mich mit Küssen. »Wie hübsch du bist!«

Wir zogen in Paris in eine unaufgeräumte Wohnung, deren Fenster sich zur Schar der Gräber auf dem Friedhof von Montparnasse hin öffneten. Ich sah meine Mutter fast nie, außerhalb meiner Reichweite schlief sie, ruhte sich aus, aß, las, schrieb, telefonierte. Pierre wusch mich, kleidete mich an, nahm mich mit zur Schule, ins Kino, in den Teesalon, zur Fête des Loges und zur Fête de l'Humanité. Dabei erklärte er mir: »Du darfst deswegen nicht böse auf sie sein. In Wirklichkeit ist sie nicht sehr belastbar. Ganz und gar nicht. Es gibt Leute, die sehr stark sind, das ist bei ihr nicht der Fall. Das verstehst du, nicht wahr?«

Aus Rücksicht auf seine Besorgnis nickte ich mit dem Kopf.

Ich weiß nicht genau, wie lange dieser Zustand anhielt. Wochen? Monate? Die Zeit war grauer Beton, wie die Zelle eines Verurteilten. Eines Morgens öffnete ich einem kleinen Telegrammboten die Tür. Ultima Victoire Apolline Louis, geborene Lemercier, war im fünfzigsten Lebensjahr verstorben.

Théclas Schmerz war furchtbar. Sie, die in zehn Jahren keine drei Zeilen an ihre Mutter gerichtet hatte, schluckte röhrchenweise Chinin, was dazu führte, daß man sie, weil sie in ein Koma gefallen war, mitten in der Nacht zu einer Ambulanz fahren mußte. Über Monate hinweg sahen wir sie nur in einem Krankenzimmer mit über den Knien gefalteten Händen. Dann erholte sie sich schließlich, denn Schmerz tötet nicht. Das ist traurig! Aber so ist es! Der Tod meiner Großmutter Tima, der eingetreten war, ohne daß sie mich hätte an sich drücken können, um mich meine Lektionen aufsagen zu lassen, um mir die Haare zu flechten oder mich mit Bay Rum einzureiben, dies ist das erste große Verbrechen, das ich meiner Mutter zur Last lege. Selbst von Gewissensbissen gequält, beschloß sie, nach Guadeloupe zu fahren, um wenigstens am Grab zu knien. Ich weiß nicht, warum Pierre sie nicht begleitete. Nur ich reiste mit.

8

Ein Mann erwartete uns auf dem Flughafen von Raizet. Ein Unbekannter, dessen Gesicht mir nicht unbekannt war, denn es trug in größter Unordnung einige Züge meiner Mutter, deren Originale ich gewissermaßen sah, wobei ich zugleich in die Lage versetzt wurde, ihr Altern vorwegzunehmen. Nicht, daß der Mann alt gewesen wäre, denn er machte einen beständigen Eindruck, den Eindruck, daß er schon immer da war und immer noch da sein müsse, wenn alle anderen nicht mehr wären, wenn die Welt nur noch ein Spiel von Licht und Schatten wäre. Thécla hielt ihm die Wange entgegen und sagte, so als ob sie ihn am Vorabend verlassen hätte: »Guten Tag, Papa!«

Er umarmte sie, wobei er sich sichtbar zurückhielt, um sie nicht mit seinem Gefühlsausbruch zu überwältigen, während sein Blick nicht von mir ließ. Dann trocknete er sich die Augen und fragte: »Wem gehört denn das Kind?«

Sie hob das Kinn und sagte trotzig, wobei ich aber die Beschämung in ihren Augen ablas: »Das ist meins!«

9

Seitdem mein Großonkel in den Rang einer Symbolfigur aufgestiegen war, hatte sich die Lage von Anse Laborde, dem zuvor nur die Aufmerksamkeit der Natur zuteil geworden war, verändert. Während der Woche, aber vor allem am Wochenende, samstags und sonntags, kamen Junge und nicht mehr so Junge, um vielleicht ein Gespräch mit dem Meister zu führen oder einfach nur, um jenes bescheidene, von Mario erbaute Haus zu bewundern (Mario ist heute tot und liegt mit seiner Adélia auf dem Friedhof von Anse Bertrand begraben), in dem Jean nach seinem Streit mit der Kolonialverwaltung Zuflucht gefunden hatte. Ebenso bewunderten sie die Erweiterungsbauten in Form von Strohhäusern, die er eigenhändig errichtet hatte, und den Getränkestand, wo Marietta mit lautem Mundwerk immer noch ausschenkte. Als Gesner 1965 Grands-Fonds-les-Mangles verließ, um sich in der Nähe seines geistigen Ziehvaters niederzulassen, wurde Anse Laborde ein Pilgerort wie Mekka für die Moslems und Lourdes für die Christen. (Natürlich für die Nationalisten, während die anderen einen Haken schlugen, um dieses Kommunistennest zu meiden *[sic].*) Schließlich eröffnete ein gewitzter Bursche mit Geschäftssinn eine Bar mit Restaurant, ›La Corne d'abondance‹, das die traditionellen, von der Bourgeoisie verschmähten Gerichte zu seinen Spezialitäten machte, wie den Migan aus Brotfrucht, den Bébélé, die Soupe à Kongo, und Anse Laborde wurden in den Touristenprospekten zwei Sterne aufgeklebt. »Ein Muß ist die Einkehr in ›La Corne d'abondance‹, wo Sie die neuesten kulinarischen Kreationen von Man Tine genießen können. Wenn Sie Glück haben, können Sie in dem kleinen, dem Restaurant angeschlossenen Festsaal dem Ensemble des großen Musikers Gesner Ambroise, der aus dieser Gegend stammt, beim Üben zuhören.«

Während Gesner zunehmend bekannter wurde, ohne etwas an seinem Wesen und seiner Bescheidenheit zu ändern, so war es, wie ich schon sagte, bei meinem Großonkel Jean anders. Als er *Das unbekannte Guadeloupe* fertig hatte, von dem er doch immerhin zweihundertfünfzig Exemplare verkaufte, hatte er sich an die Niederschrift eines Werkes begeben, das er für verdienstvoller hielt: *Die revolutionären Bewegungen in der schwarzen Welt*. Da er fürchterlich wenig Ahnung davon hatte und ihm das auch bewußt war, wandte er sich an Thécla, die, anstatt aufrichtig zu sein, wichtigtuerisch vor einem Uher-Tonband Platz nahm und ihm erzählte, was er hören wollte. Um dieser Aufgabe besser nachkommen zu können, ließ sie sich in seiner Nähe, das heißt bei Gesner, nieder. Ebenso wahr war aber, daß sie ihrem Vater nicht verzieh, daß er weniger als ein Jahr nach Timas Tod Flora Lacour mit ihren unehelichen Kindern im Haus aufgenommen hatte! In ihrer Entrüstung hatte sie versucht, in Juston zu wohnen. Bevor Tima starb, hatte Jacob, um sie von ihrer Deprimiertheit und Langeweile abzulenken, die Holzbude des Soubarou tatsächlich in ein Wochenendhaus verwandelt, das einen Vergleich mit denen der Béké von Saint-Claude nicht zu scheuen brauchte. Ein elektrischer Wasserboiler sorgte für warmes Wasser und, absoluter Luxus, die Küche war mit einem Kühlschrank ausgestattet. Aber die Gegenwart der Unsichtbaren störte Théclas Schlaf, der ohnehin schon unruhig war. Der Soubarou und Elaïse, überglücklich, daß sie ihr Enkelkind wiederhatten, wickelten sich in die Falten ihres Moskitonetzes, nachdem sie um sie herumgewirbelt waren, während Tima, die endlich wieder bei ihrem Kind war, sich keinen Fingerbreit von ihr entfernte und sich ihr um den Hals wand, so daß sie fast erstickt wäre. Manchmal sang sie ihr wie einem Kleinkind Wiegenlieder vor, und diese geheimnisvollen Klänge, die aus den sie umgebenden

Trennwänden und dem Dach über ihrem Kopf kamen, machten Thécla Angst, so daß sie ihre Nachttischlampe anknipste, um die Dunkelheit zu erkunden. War es das Holz, das arbeitete? Das Blech, das sich von der großen Tageshitze abkühlte?

Obwohl die Leute von Anse Laborde tolerant waren, mochten sie Thécla nicht mehr, als ich sie mochte. Zum einen rauchte sie wie ein Schlot. Wenn es ihr in den Sinn kam, durch die Zuckerrohrfelder zu spazieren, konnte man ihren Weg wie den eines Zuckerrohrzuges an seiner weißen Rauchfahne verfolgen. Und dann kippte sie ein Glas nach dem anderen herunter. Marietta, deren Vorräte sie leerte, verbreitete die Nachricht bei all jenen, die es nicht schon wußten. Dann glaubte man, daß sie sich im Kreolischen fast die Zunge abbrechen würde. Unbeirrbar stets auf dem Weg des richtigen Französisch! Und schließlich schätzten die Leute die Art nicht, wie sie Gerty aus Gesners Bett vertrieb, wo sich jene seit fast drei Jahren ganz wohl fühlte. Ach, du lieber Gott! Manchmal sind die Männer zu verblendet! Sie lassen sich von Herzlosen zum Narren halten und quälen ihretwegen liebende Herzen. Und schließlich schätzten die Leute von Anse Laborde die Art und Weise nicht, wie meine Mutter mich behandelte. Ich lief mit verfilzten Haaren herum, Arme und Beine mit Mückenstichen übersät, die sich schnell zu eiternden Wunden entzündeten. Nie wurde ich gebadet, und selten wurde meine Wäsche gewechselt. Woran denkt der liebe Gott manchmal? Manche machen auf Knien eine Wallfahrt nach Lourdes, um ein Kind zu bekommen, wobei er dann die eine oder andere Gebärmutter befruchtet! Einen Stein hätte er da hineinlegen sollen und nicht das wertvolle Geschenk eines Fötus! Mitleidsvoll holten mich die Frauen des Dorfes zu sich hinein, um mir ›Vanilleschoten‹ zu flechten, um die sie Bändchen wie Segel um einem Fockmast wickelten. So herausgeputzt trat ich vor meine Mutter hin, die wie gewohnt über Revolution und Zukunft der Welt der Schwarzen diskutierte und mich keines Blickes würdigte.

Ich sah trotz meines geringen Alters, daß mein Großonkel

Jean Thécla wieder an die Hand nahm. Die Heirat mit einem Weißen? Niemand will den Tod des Sünders. Es reicht, daß er bereut und nicht mehr sündigt. Sie möge jenen Weißen dort lassen, wo er war, und die Fackel dort wieder aufnehmen, wo sie sie in einem Moment der Entmutigung niederlegt hatte. Sie möge sich wieder für die Revolution und die Sache des Volkes einsetzen.

Angesichts der zurückliegenden Jahre wird man bemerken, daß sich die Redeweise ein bißchen geändert hatte. Da, wo der Soubarou und Jacob ›die Neger‹, ›die Rasse‹ gesagt hätten, sagte Jean ›das Volk‹. (In diesem Punkt, wie in vielen anderen auch, war das Denken meines Großonkels nicht ganz eindeutig. Er zögerte ständig zwischen dem Negertum, dem Schwarzentum und einer Art Populismus mit marxistischem Beiklang.)

Trotzdem blieb die Grundauffassung die gleiche: »Unsere Väter haben den Erfolg des einzelnen, der nur Verrat ist, verurteilt. Allein kommt man nicht zum Erfolg.«

Jean bemerkte nicht das Flehen auf dem Grund von Théclas Augen: »Ich halte es nicht mehr aus. Ich will mein Leben leben, meins! Nicht jeder unter uns ist wie ein königlicher Mapoubaum, der anderen Schatten spendet!«

Jean, taub und blind, fuhr mit seiner weitschweifigen Rede fort! Wenn es jedoch Leute gäbe, die sich über Thécla Klarheit verschaffen könnten, dann wären es die ›Patrioten‹.

Ich wüßte nicht, für wen ich in diesem Streit Partei ergreifen sollte, der zwischen den sogenannten Patrioten und ihren Feinden wütete und noch immer wütet. Für mich waren es, Patrioten oder nicht, vor allem Erwachsene, das heißt Fremde in meiner Welt! Ich sah, wie Männer aufeinanderfolgten, die es eilig hatten, mir flüchtig die Wange tätschelten, bevor sie mich an der Schulter faßten: »Geh spielen, Coco!«

Bei jeder Versammlung, die in einer der Häuser stattfand und sich bis spät in die Nacht hinzog, hörte ich Marietta, wie sie wütend wurde und wetterte, daß die Männer niemals an ihre

Gefährtinnen dächten, die mit ihren Kindern allein zu Hause säßen, und zu dem Schluß kam: »Bevor man das Land verändert, muß man sich selbst ändern! Solange sie die Frauen nicht respektieren, . . .!«

Hatte sie recht? Ich weiß es nicht.

Alles, was ich weiß, ist, daß meinem Großonkel Jean zuliebe die Patrioten einverstanden waren, sich mit Thécla an einem Nachmittag zu treffen. Mit der einfachen, freundlichen Kontaktaufnahme, die man im Sinn hatte, war es schon bald Essig. Warum? Alles deutet darauf hin, daß Théclas Unfähigkeit, sich auf Kreolisch auszudrücken, irritierte. Und mehr noch die Manie, die ihr eigen war, das Französische mit kleinen, englischen Bruchstücken zu garnieren: *»Well«, »I mean«, »Let's see«* . . .

Das Gespräch kam schnell auf die Mischehe, Verrat des Verrats. Auf Afrika, das die Patrioten blind verehrten, ohne jemals den Fuß dorthin gesetzt zu haben, und das Thécla, von Manuel beeinflußt, kritisierte, obwohl sie es auch nicht besser kannte. Es ging alles unrettbar schief, als die Patrioten verächtlich von Amerika sprachen und Thécla sie an die Größe des Kampfes erinnerte, den die Schwarzen dort führten, wobei sie sich darüber wunderte, daß sie von Malcolm X und von Martin Luther King praktisch nichts wußten. Als sie auf der Straße stand und gerade in den Wagen einsteigen wollte, fragte einer der Patrioten, ob meine Mutter nicht eine Agentin des C.I.A. sei, und diese Wolke des Verdachts schwebte lange über ihrem Kopf. Selbst jene, die angesichts der Schwere des Vorwurfs mit den Schultern zuckten, konnten nicht vergessen, welch traurige Berühmtheit der Soubarou gewesen war und wie wenig vertrauenswürdig die ganze Nachkommenschaft außer Jean war. Der Apfel fällt nicht weit vom Stamm! Gutes Ausbeuterblut bleibt sich eben treu!

Armer Jacob! Das lange erwartete Beisammensein mit seiner Tochter brachte ihm nicht die ersehnte Freude, denn er wußte nicht, was ihre Halsstarrigkeit, ihre Kehrtwendungen und ihre Ausflüchte bedeuteten, so daß er Mama Elaïse in der Dämmerung die Ohren vollweinte.

Nur Gesner wußte, was in Thécla vorging, so wie ein Messer weiß, was sich im Inneren einer Frucht verbirgt, in die es eindringt und die es durchschneidet, und er hätte ihn darüber aufklären können, wie sehr sie ihrerseits litt. Denn nachts, nach der Liebe, lösten sich ihre den ganzen Tag über aus Hochmut und Dünkel gegenüber der Wahrheit verschlossenen Lippen, und sie redete und redete. Unaufhörlich.

Von ihrer Mutter. »Ich dachte, daß ich sie hasse, und nun stelle ich fest, daß ohne sie mein Leben keine Bedeutung mehr hat. Nur noch ausgedroschenes Zuckerrohrstroh. Mit allem, was ich tat, wollte ich sie treffen. Sie wollte ich bestrafen, schockieren oder im Gegenteil ihre Bewunderung erregen. Weil sie außer Delly oder Max du Veuzit nichts gelesen hatte, wollte ich mir alles ins Gedächtnis einprägen. Weil sie in der Malerei nur den *Angelus* oder *Die Ährensammlerinnen* kannte, habe ich einen Kurs über Kunstgeschichte an der Sorbonne besucht. Weil ihr Horizont so begrenzt war, wäre ich am liebsten wie ein Drachen zum Himmel hinaufgestiegen.«

Von ihrem Vater. »Er hat an allem gespart. Am Schmalz. Am Reis. An den grünen Brucherbsen. Damit ich ihm überreiche, was er nicht hatte: einen Lorbeerkranz von Abschlußzeugnissen. Der arme Kerl, er glaubte, daß Bildung einem Neger alle Türen öffnet! Schön wär's!«

Von ihrem Mann. »Es ist das erste Mal, daß mich jemand ohne Forderungen annimmt, von mir nicht verlangt, etwas anderes zu sein als das, was ich bin, eine andere Rolle zu spielen als die, die ich spielen kann. Und wegen euch, die ihr von mir das Unmögliche erwartet, soll ich ihn verlassen!«

In jenem Januar regnete es in Strömen. Die Bauern von Anse Laborde zogen sich Kapuzen aus Jutesäcken über, und ihre Füße hinterließen Schlammlöcher auf den Feldern. Die Stimmung des Wetters entsprach der Stimmung des Landes, nämlich dem Ringen mit dem Tode. Die großen Fabriken schlossen eine nach der anderen. Das Zuckerrohr ging ein. Studenten, die sich um ihre Zukunft sorgten, legten sich zum Hungerstreik nieder.

Eines Morgens rumpelte ein Mietwagen unter dem klatschenden Regen heran und hielt vor dem Häuschen Gesners, der durch das viele Wasser melancholisch geworden war und spürte, wie sich eine Melodie in ihm regte, traurig wie ein Liebeslied. Ein Mann von kleiner Statur mit einer enormen Afrofrisur stieg aus. Manuel Pastor. Derjenige, der dort aus dem Taxi stieg, war nicht im entferntesten mehr der gleiche, den Thécla in New York sitzengelassen hatte. Nachdem Manuel gesehen hatte, wie alle, die in Amerika von Gerechtigkeit sprachen, weiß oder schwarz, einer nach dem anderen erledigt wurden, war er zu der Überzeugung gelangt, daß an dem verfluchten Feigenbaum jenes Landes keine genießbare Frucht mehr wachsen könne. Indem er Afrika ausklammerte, wo die Diktatoren auf dem Vormarsch waren, hatte er einige Kabellängen von Miami entfernt eine kleine Insel in der Sonne entdeckt, wo das Kommen eines schwarzen Gottes gefeiert wurde. Jamaika! In Wirklichkeit hatte der Allmächtige den Namen Jahwe, und Marcus Garvey war sein Prophet! Durch diese Gewißheit bestärkt, hatte er Himmel und Erde in Bewegung gesetzt und seine Thécla schließlich wiedergefunden.

Verglichen mit Manuel Pastor schnitt Gesner schlechter ab. Ersterer war zu sicher, hatte den Vorteil, drei Sprachen zu sprechen, andere Länder gesehen zu haben und aus einem Land zu stammen, in dem die Revolution schon stattgefunden hatte. Was jedoch seine Heimat betraf, so machte Manuel keine langen Worte: »Auf Kuba gibt es keinen Platz für Neger. Auf Kuba wird der Neger wie ein Hund behandelt. Dort wie anderswo gibt es nur Platz für die Weißen und die Mulatten! Kommunistisch oder nicht, Kuba ist genauso rassistisch wie die Vereinigten Staaten von Amerika!«

Auf jeden Einwand von Thécla zuckte er mit den Schultern, während mein Großonkel Jean hastig mitnotierte. Von allen vergessen, marschierte Gesner mit großen Schritten durch den Regen. Bei dieser Gelegenheit komponierte er sein berühmtes Lied *Dey o.** Mein Großvater Jacob, der Thécla mehr als alles auf der Welt mochte, sah sich doch gezwungen, sie zurechtzuweisen, als er erfuhr, daß sie aus Gesners Armen in die von Manuel in eines von Jeans sehr einladenden Häusern hinüberwechselte. Es ging noch an mit der Liaison mit Gesner, ein fast rührender Rückfall in jene Kinderliebe, von der man nicht loskommt! Aber woher kam der zweite Mann? Wenngleich Jacob sich nicht an dem üblen Klatsch beteiligte, den Flora Lacour, im Haus der Rue du Faubourg-d'Ennery verschanzt und von allen Frauen der Familie unterstützt, in Umlauf brachte, so dachte er doch nicht anders darüber. Er erschien also in Anse Laborde, das dunkel und gequält dalag, mit einem Fleckchen blauen Himmels. Indem er die Wut beherrschte, die seine über alles gehende Liebe in ihm verursachte, faßte er den Mut, Thécla in die Augen zu sehen und ihr vorzuwerfen: »Man darf keinen Anlaß zu übler Nachrede geben. Was würde deine arme Mutter sagen, wenn sie noch am Leben wäre und sähe, was ich sehe? Wir sind hier in einem kleinen Land, wo man auf die Farbe der Bettlaken des Nachbarn mehr achtet als auf den Geruch seiner eigenen. Du bist eine verheiratete Frau, denk daran. Auch wenn dein Mann weit weg ist . . .«

Thécla legte sich schon Worte für eine rüde Antwort zurecht, als Manuel aus dem Badezimmer hervorsprang, eine Hälfte des Gesichtes rasiert, die andere mit weißem Schaum bedeckt, und sich mit dem ihm eigenen Ungestüm Jacob an den Hals warf. Im Handumdrehen hatte Manuel Jacobs Herz um-

* Oh Trauer

gestimmt, ebenso wie es Jean ergangen war, der seitdem auf ihn schwor. Welch höllisches Mundwerk! »Man sagt, daß der Großvater meines Vaters – Joaquim Pastor, ein Neger aus dem Volk der Ibo, der für einen *Santero** gehalten wurde – mit einem Dutzend Sklaven in die Berge flüchtete. Ganz oben angekommen, steckte er eine viereckige Fläche ab, die er mit einem zwei Fuß breiten Graben umgab, gespickt mit vergifteten Pfählen. So entstand der *Quilombo von Camaguey***, der, dank der Gunst der afrikanischen Götter, den Weißen zwölf Jahre lang Widerstand leistete. Sie ließen ihre Hunde umsonst von der Kette. Jene, die sich zu dicht näherten, fielen mit Schaum vor der Nase um, von einem großen Unheil getroffen! Papa, wir müssen wieder Quilombos errichten!«

Jacob erwiderte fassungslos: »Wie bitte? Wie bitte?«

Manuel wartete nur darauf, daß er zu weiteren Ausführungen Gelegenheit hätte: »Der Kampfgeist in uns ist nicht tot. Er schlummert lediglich! Also muß nur jeder den Willen zum Rebellieren haben, damit die anderen folgen ...«

Jacob lachte süßsauer auf, und er, der nie von sich selbst sprach, weil man ihm nie zuhörte, erzählte auf einmal die traurige Odyssee der Partei der Nègres Debout und den Schiffbruch seiner Illusionen. Oh ja, man war ihm wohl gefolgt! »Umgebracht hätten sie mich fast!«

Manuel hörte ihm ungewöhnlich aufmerksam zu und kam zu dem Schluß: »Du hättest dich vor den Kommunisten vorsehen sollen, von denen man mir sagt, daß sie hier Macht haben. Das sind die gefährlichsten. Mit ihrer Theorie, daß die Rasse nicht existiert und es nur auf die Klasse ankommt, sind sie die Totengräber unserer Völker. Sie haben Marcus Garvey zugrunde gerichtet. Sie sind noch dabei, andere zugrunde zu richten.«

Drei Tage und drei Nächte, ohne Unterbrechung, fesselte Manuel Jacob mit dem Feuer und dem Reiz seiner Worte, die

* Santéria-Priester, afrikanische Religion auf Kuba, ähnlich dem Voodoo
** von aufständischen Sklaven gegründetes Reich

jene grundlegende Einheit der in der Diaspora Lebenden beschwor, von der Jacob nur verschwommen etwas wahrgenommen hatte. In Manuels Augen waren der Soubarou und sein eigener Vater, die aus gleichen Beweggründen dem Zuckerrohr den Rücken gekehrt hatten – der eine, um in Kalifornien Gold zu finden, der andere wegen der Wolkenkratzer von Manhattan –, eigentlich Zwillinge. Aus ein und demselben Mutterleib von Elend und Ablehnung geboren. Aber der Soubarou habe mehr Glück gehabt ... Hier protestierte Jacob, der an die ganze Bitterkeit im Leben seines Vaters dachte: »Mehr Glück?!«

»Ja, denn er hat für sich und die Seinen den körperlichen Leiden ein Ende bereitet! Meine Brüder und ich, wir hatten einen Bruder, der uns nie verließ: der Hunger! Im Winter, wenn New York sich in kilometerlange Hermelinpelze einwickelte, dann schlotterten wir, mit Reif auf den Zähnen. Wir hatten nur ein Paar Schuhe für uns vier, Duke hatte darin Chaplin-Füße und Earl Stummelfüße wie eine Chinesin. Ich, der ich gerade mit dir rede, habe mit vier Jahren den Drogenabhängigen im Central Park Schnee verkauft. Ich bin davongekommen, aber mein älterer Bruder ist an einer Überdosis gestorben, als er aus dem Gefängnis kam. Meine beiden anderen Brüder, die haben die Cops erwischt. Ich sag dir, Papa, man muß die Quilombos wieder errichten. Ich habe gehört, daß es welche gibt, aus dem Wasser ragend, auf einer kleinen Insel ganz in der Nähe, auf Jamaika. Na, ich will mir das mal ansehen!«

11

Mein Großvater Jacob schloß seine Augenlider in der ungeschickten Weise, die ihm eigen war, wenn er versuchte, seine Gefühle zu verbergen, und sagte: »Ich hätte so gern gehabt, daß du hier bei uns bleibst. Aber deine Mutter will es nicht.«

Ich schluckte: »Warum? Jeder weiß, daß sie sich vor Zuneigung nicht gerade umbringt!«

Er stieß einen leisen Ton des Widerspruchs aus: »Na! Na! Na!«

Dann drückte er mir einen alten Pappkarton in die Hände. »Schau, ich habe die Fotos hier in der Dachkammer gefunden. Willst du sie einsortieren?«

Er wußte, daß dies meine Lieblingsbeschäftigung war.

Die Wahrheit, die nie besonders hübsch anzusehen ist, hat einen Körper, der ist mit Pfeilen und Spitzen versehen, welche die sie umgebenden Laken und Leichentücher schließlich doch zerreißen. Letztlich kann man sie doch nicht daran hindern, nackt wie der König im Märchen auf der Straße herumzulaufen. »Wem gehört denn das Kind?« Dieser erste Aufschrei meines Großvaters auf dem Flughafen stellte keine wirkliche Frage dar. Er stieß ihn vielmehr aufgrund einer schrecklichen Erkenntnis hervor. Eine Zeitlang war das hartnäckige Gerücht im Umlauf gewesen, die stolze Thécla habe sich wie die erstbeste Bäuerin schwängern lassen. Als dann aber niemand mit eigenen Augen weder den Bauch noch das Kind sah, da Thécla der Einfachheit halber aus Paris verschwunden war, wurde das Gerücht in den Wohnheimen, wo die Studenten von Guadeloupe sich versammeln, um sich über das Unglück der einen und das Glück der anderen auf dem laufenden zu halten, nicht weiter genährt und verbreitet. Trotzdem war es nicht ganz verlöscht und irrte, bei Gelegenheit zugeflüstert, umher. Was das gequälte Herz meines Großvaters gleich bluten ließ, als er mich auf dem Flughafen sah, war die Bestätigung für diesen ganzen, einsamen Schmerz seiner Tochter und ihre Ehrverletzung. Er hatte seine friedlichen Fäuste geballt und gedacht: »Oh, wenn ich nur da gewesen wäre, als der junge Mann sein Spiel mit meiner Tochter trieb, ich hätte ihm das Gesicht zu Brei geschlagen! Nach meinem energischen Eingreifen hätte seine eigene Mutter ihn nicht wiedererkannt!«

So vermied er es in den ersten Wochen, mich anzusehen, flatterte vorsichtig um mich herum, ließ sich nur selten nieder, bis zu dem Tag, als ich mich, ich weiß nicht mehr wie, plötzlich auf seinen Knien wiederfand, meine Wange am weißen Baumwolldrill seiner Jacke, und einer Geschichte lauschte:

»Eines Morgens, ein paar Tage nach dem Tod seiner Mutter, und die hatte eine schöne Beerdigung gehabt, verließ Ti Jean sein Haus und schloß die Tür mit einem Schlüssel ab. Die Leute wunderten sich: ›He, wohin geht er schon so früh des Morgens? Die Hähne im Hühnerstall haben ja noch nicht einmal geniest, und der Nebel liegt noch über den Pfaden.‹

Man Sonson, die seine Mutter zur Welt gebracht hatte, konnte nicht anders und rief über die Drachenbluthecke hinweg: ›Aber wo willst du denn hin, sicher ohne auch nur einen Schluck Kaffee im Bauch?‹

›Ich werde meinen Vater suchen.‹

›Deinen Vater?‹

›Ja, wenn ich ihn nicht finde, damit ich ihm sagen kann, was er meiner Mutter angetan hat, so will ich nicht mehr leben ...‹«

Mein Großvater wußte sehr wohl, daß, wenn er nicht eingreifen würde, ich eines Morgens wie Ti Jean zu einer unheilvollen Reise aufbräche. So versuchte er, mich zurückzuhalten, indem er mich vor ein gutes Dutzend dicker, kartonierter Alben setzte und das erste auf der ersten Seite aufschlug, so daß das Bild eines Mannes von ungefähr dreißig Jahren sichtbar wurde, schön mit seinem Kopf, der wie ein Ei geformt war, seinem Kinn mit einem Grübchen und seinem breiten Mund, der eine unendliche Zahl von Zähnen zeigte, bereit, die Welt zu verschlingen. »Mein Vater, dein Urgroßvater Albert Louis.«

Ja, damals versuchte mein Großvater, den schändlichen Eintrag ›Vater unbekannt‹ zu tilgen! Ja, er versuchte, mich zu verwurzeln!

Noch immer schluckend, öffnete ich die Pappschachtel. Ich hatte gelernt, sie wiederzuerkennen, die Gesichter all jener seit langer Zeit im Dunkeln der Familiengruft wieder zu Staub Verfallenen. Theodora. Maroussia. Nirva. Albert, der Soubarou.

Mama Elaïse. René. Camille Désir. Und ich liebte es, die immer bleicher werdenden Bilder zu ordnen und einzusortieren, die ihr Leben auf eine Abfolge ritueller Feierlichkeiten reduzierten: Taufen, Hochzeiten, Erstkommunionen, sowie auf kleine Vergnügungen: Badefreuden am Fluß, Picknicks am Meer. Ich ließ mich zerstreut gehen, als ich plötzlich zum ersten Mal den vor mir sah, der mich nicht mehr loslassen sollte. Ein Jüngling, ein Mulatte. Die Haare durch einen Scheitel auf der linken Seite geteilt und sorgfältig gekräuselt. Anzug mit Matrosenkragen. O-Beine. Stiefeletten. Den Blick ohne ein Lachen oder Lächeln in die Kamera gerichtet. Auf die Rückseite des Fotos hatte eine im Schreiben ungeübte Hand gemalt: Albert Louis. Angers. 1934. »Großvater wer ist das, der da?«

Das Gesicht meines Großvaters zog sich zusammen vor Scham und Schmerz, die er empfand: »Wir wissen nicht, was aus ihm geworden ist!«

Was! »Wir wissen nicht!« In dieser Familie, wo das kleinste Ereignis festgehalten wurde, wo sich jeder mit Sicherheit an den Tag erinnerte, als Maroussia, die vor zehn Jahren die Welt der Sichtbaren hatte verlassen müssen, infolge einer Zahnentzündung eine so geschwollene Wange hatte, daß sie dicker als ihr dickster Kürbis war, und wann die Geburtswehen der Söhne bei jener von allen Umtrauerten eingesetzt hatten, die noch immer im Herzen selbst derer lebte, die sie gar nicht gekannt hatten, bei Mama Elaïse! »Wir wissen nicht!!!«

Die Verzweiflung wütete in den Gesichtszügen meines Großvaters: »Jede Familie verbirgt ein Verbrechen, der da ist unsres. Mein Halbbruder Albert, den mein Vater mit einer englischen Negerin hatte, die er in Panama kannte ...«

Und so weiter!

In Wirklichkeit begannen Bert und Bébert nicht gleich an jenem Nachmittag mich zu beschäftigen, denn mir war das Herz wegen eines ganz eigenen Kummers schwer. Ich sollte abreisen, die schon liebgewonnene Insel verlassen, die verlassen, die mich in die Erde der Liebe gepflanzt hatten und mich mit zärtlichen Worten berieselten:

Ti chabine an mwen!
Coco doudou!
Choubouloute!
Douchérie!

Ich würde auf Théclas vergeblichen Irrwegen umherirren.

Ich weiß nicht genau, bei welcher Gelegenheit Bert und Bébert von meiner Vorstellungskraft Besitz ergriffen. Aber als sie sich einmal dazu entschlossen, ließen sie mich nicht mehr los.

12

»Mein lieber Pierre,

Alles ist so durcheinander! Versuche nicht, mir nachzureisen, ich melde mich wieder, sobald ich bei mir klar sehe. Entschuldige die Unordnung, die ich in Dein Leben bringe . . .

Deine arme Thécla.«

Arm? Schon wieder?

13

Die kleine Stadt Kingston besteht wie so viele andere Städte der Karibik aus einem Nebeneinander von Wohnvierteln, wobei die einen ihr Elend in Form von Reggae-Liedern herausschreien, während in den anderen das Grün der englischen Rasen gepflegt wird. Kricketplätze und Tennisplätze grenzen an Ödflächen, die mit Autowracks übersät sind. Müllberge halten an bestimmten Straßenkreuzungen Wache.

Als Thécla und Manuel mit ihrer Gefolgschaft dort ankamen, erholte sich Kingston gerade von einer hitzigen Hungerrevolte, denn die Geschäfte waren leer. Der Reis aus amerikanischen Hilfssendungen wurde zusammen mit dem Milchpulver vom Roten Kreuz auf dem Schwarzmarkt verkauft. Mit vereinter Wut waren die Bauern aus den Bergen heruntergekommen, und es hatte eines Blutbades durch zwei Regimenter bedurft, um sie wieder dorthin zurückzutreiben.

Das für Manuel freigehaltene Zimmer lag in einer Villa von Red Hill, die von einer Rastagemeinde besetzt war. Diese Gemeinde hatte die Besonderheit, daß viele amerikanische Schwarze zu ihr zählten. Eigentlich war es einer von ihnen gewesen, der bei einem vorübergehenden Aufenthalt in New York, um seine Wohnung zu verkaufen und sich von seiner Familie zu verabschieden, Manuel ›überzeugt‹ hatte.

Oh, Zärtlichkeit und Schönheit der Rastafrauen. Velma war Negerin und duftete nach Ganja, dem indischen Hanf. Unter dem großen dreifarbigen Kopftuch, mit dem sie ihr schweres Haar zusammenband, sah ich glänzende Perlen aus Schweiß in der Umgebung ihrer nachtschwarzen Augen, und ihr Mund hatte, wenn sie mich anstelle von Thécla mit Küssen bedeckte, den Geschmack von wilden Guavenfrüchten, die noch vor Mittag gepflückt waren.

Es war Rasta Roy, Velmas Lebensgefährte, der mir Englisch beibrachte, frohen Mutes angesichts des Dutzends lärmender Kinder, die die Gemeinde zählte. Sein wildes Haar reichte ihm wie eine Löwenmähne bis auf die Schultern, und seine helle Haut war mit Sommersprossen übersät, morgens ein bißchen grünlich, mehr und mehr orangefarben, je weiter der Tag voranschritt. Wenn seine Arbeit als Lehrer beendet war, nahm er seine Kohlestifte und zeichnete. Er ließ mich in das kleine Atelier hinein, das er sich in einem Nebengebäude der Villa eingerichtet hatte, und ich faßte alles an, wobei ich aber immer wieder zu dem Porträt eines großen, pausbäckigen Mannes zurückkehrte, in Uniform mit Knöpfen und mit einem Helm auf dem Kopf, über dem ein Strauß weißer Federn prangte. Sein Name war mir geläufig, als hätte ich ihn von meinem Großonkel Jean oder Manuel oder Thécla oder allen dreien schon einmal gehört. »Der da? Aber ich hab es dir doch schon mal gesagt, das ist unser Prophet Marcus Garvey!«

Wer die Rastakunst kennt, sollte wissen, daß ich für das Porträt des *Kleinen Mädchens* Modell stand, das auf unseren Inseln Verbreitung fand und dem ich dann in New York in einer haitianischen Buchhandlung der Amsterdam Avenue wiederbegegnete. Eine kleine Rebellin mit verschränkten Armen, die unter ihrem üppigen, verworrenen Haar etwas mißtrauisch geradeaus blickt. An den Tagen, die Rasta Roy uns frei gab, gingen wir mit Velma und anderen Frauen zum Markt hinunter, um Besen und Weidenkörbe, die sie flochten, zu verkaufen. Bevor wir den Rückweg unseren Berg hinauf antraten, nahmen sie uns zum Strand von Hellshire mit, wo der Sand die Farbe von geschmolzenem Gold hat. Die Bourgoisie und ihre Kinder schwammen im Kreis um uns herum, damit sie uns besser anglotzen und Kommentare über unser häßliches Aussehen abgeben konnten. Dann bewarf uns deren schon böswillige Nachkommenschaft, die wußte, daß sie straffrei ausgehen würde, hinterhältig mit Sand, daß uns die Augen tränten.

Warum haßte man uns?

Wir schritten voran, unseren Blick auf Jahwe gerichtet, unsere Hände in seiner großen, schützenden Hand. Wir rauchten das Gras der Felder gemäß seiner Anweisung. Wir nahmen keinerlei unreine Speise in unsere Münder. Wir versammelten uns, um lange Passagen der Bibel zu lesen und darüber zu sprechen. Während unserer sonntäglichen Messen sangen wir vor einem riesigen Bild von Haile Selassie, umgeben von einer rotweißgrünen Fahne, unsere Loblieder.

In babylonischer Gefangenschaft
Wo die Erde verdorrt ist wie die Herzen

Und alle Feigenbäume verflucht
Rufen wir dir zu ...

Ich sah Manuel und Thécla, die in Bob Marleys Gemeinde aufgenommen wurden, wenig, denn sie hatten angefangen, an einer Geschichte des schwarzen Nationalismus zu arbeiten. Was für ein Elend! Ich hätte gewünscht, daß man sie als die Ungläubigen angeklagt hätte, die sie eigentlich waren! Statt dessen behandelte man sie mit allergrößtem Respekt, wie Wesen einer höheren Art. Sie trugen in keiner Weise finanziell zur Gemeinschaft bei, denn sie beteiligten sich an keiner der Tätigkeiten der Gemeinschaft, und trotzdem wurden sie bedient, als ob sie Erscheinungen von Haile Selassie selbst gewesen wären. Eine junge Schwester mit weißem Kopftuch war sogar damit beauftragt, die spermabefleckten Bettlaken zu wechseln, in denen sie sich herumgewälzt hatten, ihre nach kaltem Rauch stinkenden Aschenbecher zu leeren und die schmutzigen Gläser zu spülen, aus denen sie ihre hochprozentigen Getränke getrunken hatten. Als ich eines Tages Velma sah, wie sie die Wäsche meiner Mutter bügelte, blieb mir vor Wut die Luft weg. Rasta Roy, der wie ein Vater wußte, was in mir vorging, nahm mich nach dem Unterricht beiseite: »Sieh! Auf dieser Erde, wo wir vorübergehend sind, muß jeder seine Begabung so gut wie möglich verwirklichen. Die beiden dort arbeiten auf andere Weise als ich oder Rasta Jim. Es gehört zu unserer Aufgabe, für sie da zu sein, so wie wir es tun, denn sie werden der sichtbaren Welt gegenüber zeigen, daß wir nicht das sind, wofür man uns hält. Sondern wirkliche Kinder Israels!«

Ich spottete: »Dies Buch, das sie schreiben sollen, wird niemals geschrieben! Genausowenig wie die anderen!«

Er nahm meine Hände und faltete sie mit Gewalt in Höhe seiner Brust: »Sag mir nach:

Der Vater des Gerechten empfindet große Freude
Und wer einem artigen Kind das Leben geschenkt hat
freut sich darüber

Mögen dein Vater und deine Mutter sich freuen
Und möge diejenige, die dich geboren hat, vor Freude jubeln.«

Dieser Vorwurf verbitterte mich endgültig, und wie jedesmal, wenn mir das Herz in der Brust so schwer wie ein Stein war, verfaßte ich einen Brief an meinen Großvater Jacob. Er hat sie, voller Rechtschreibfehler und hingeschmiert, alle in einer Biskuitdose aufgehoben. Als ich sie fünfzehn Jahre später wieder las, spürte ich, wie sich erneut der Schmerz in mir regte, der mich in jenen Tagen erfüllte.

Eines Mittags, als der Unterricht vorbei war und der Essensgeruch sich langsam aus den Küchen verzog, da hielten flaschengrüne Lastwagen vor unserer Villa. Dutzende von Männern in dunkelblauen Uniformen stiegen herab, schwangen Knüppel, Schlagstöcke und Schnellfeuergewehre. In kürzester Zeit kletterten sie über die Eisengitter und warfen sich auf uns, schlugen, wurden grob, stießen die Jüngsten oder Schwächsten zu Boden. Manuel und Thécla waren (zum Glück) an diesem Tag zu Hause. Intellektuell oder nicht, sie wurden niedergeschlagen wie die anderen und durch heftige Schläge mit den Gewehrkolben zu den Lastwagen getrieben, die mit aufgesperrten Mäulern ihre Beute an Männern, Frauen und Kindern erwarteten. Als Manuel sah, daß Thécla blutete, verlor er die Beherrschung und schrie, er werde die französische Botschaft, die amerikanische Botschaft alarmieren und für internationales Aufsehen sorgen, worauf er quer übers Gesicht einen gewaltigen Schlag versetzt bekam, der ihn ganz entstellte.

Danach setzten sich die Lastwagen in Richtung Hauptkommissariat in Bewegung.

14

Nach den Tagen, die wir zusammengedrängt in einer Zelle verbrachten, war nichts mehr wie früher. Thécla, Manuel ebenso wie alle anderen amerikanischen Schwarzen – die Haare gewaltsam abrasiert und die Kopfhaut heller als die des Gesichts – wurden mit Worten der Entschuldigung freigelassen. Rasta Roy, Rasta Jim und die übrigen aber, die wegen Einbruchsdiebstahl angeklagt waren, wurden ins Gefängnis eingeliefert, vor Gericht gestellt und verurteilt. Sie erhielten keine Aussetzung der Strafe zur Bewährung und sahen die Sonne erst wieder, als 1972 Michael Manley an die Macht kam. Tapfer kümmerten sich die Frauen weiter um die Kinder, aber die Trauer um ihre Männer schwärzte ihre Pupillen. Zwischen meinen Alpträumen hörte ich Thécla schluchzen. Eines Nachts setzte ich mich zu Manuel an den Stamm des Magnolienbaumes im Garten. In der Stadt hatte die Bourgoisie Fenster und Türen verrammelt, und ihre Hunde bellten den Mond und die Herumstreunenden an. Es gab wenig Zuneigung zwischen Manuel und mir. In dieser Nacht jedoch bahnten sich seine kaum vernehmbaren Worte ihren Weg bis zu meinem Ohr und von dort in mein Herz: »Welch bitterer Trank ist doch das Leben des Negers! Man weiß nicht, woher man den Zucker nehmen soll, um es zu versüßen. USA, Haiti, Jamaika ... überall das gleiche!«

Ich bemerkte mit einem Unterton der Hoffnung: »Wenn wir nach Guadeloupe zurückgingen? Da hätten wir wenigstens unsere Ruhe!«

Er strich mir übers Haar, das drahtig und strohblond wieder wuchs: »Das sagst du so! Täusche dich nicht! Eines Tages wird die Insel in Blut und Gewalt stürzen. Es wäre besser, dann nicht dort zu sein ... Hör zu, ich werde fortgehen ...«

»Fortgehen?«

»Ja, ich liebe dieses Land, und ich glaube, es gibt hier genug Ecken, wo man glücklich sein kann. Ich komme zurück, sobald ich eine gefunden habe. Gib in der Zwischenzeit auf deine Mutter acht . . .«

Zum Glück blieb mir diese Aufgabe erspart!

Drei Tage, nachdem Manuel mit dem Bus nach Negrill gefahren war, das man ihm in den schönsten Farben ausgemalt hatte, kreuzte ein amerikanischer Schwarzer mit Rucksack in der Villa auf. Ein Schwarzer, na ja! Es bedurfte schon des ganzen amerikanischen Scharfsinns, um in ihm den fatalen Tropfen aufzuspüren und ihn deswegen in ein Ghetto zu stecken! Terence Cliff-Brownson gehörte einer jener Familien in Washington D. C. an, die deshalb zu den ›Ersten‹ zählen, weil sie zu einer Zeit, als die Mehrzahl ihrer Artgenossen – trotz der ihnen in den Weg gestellten Hindernisse – versuchte, andere Berufe zu erlernen als jene, die einen krummen Rücken verursachen, schon einen Lehrer, einen Krankenpfleger oder einen Versicherungsangestellten hervorgebracht hatten. Terence' Vater war Psychiater. Seine Mutter, die Tochter eines Reverends, Gottes Liebste wegen ihrer salbungsvollen Gebete. Kein Wunder, daß er dies ab dem Alter von sechzehn Jahren nicht mehr ausgehalten hatte, es zunächst mit Drogen und Diebstahl versuchte, und als er erkannte, welche Wirkung er auf Männer und Frauen ausübte, sich ganz der Prostitution zugewandt hatte.

Aber das waren alles alte Geschichten. Im fahlen Grau eines Morgens, als er von einer traurigen Sexparty nach Hause kam, hatte er genug gehabt vom Gestank seines Lebens und sich entschlossen, seinen Augiasstall auszumisten. So war er zum Rastafari geworden.

Als Terence noch Papas Bester war, hatte er fünf Stunden täglich Tonleitern gespielt und Fingerübungen gemacht, denn seine Eltern träumten von einem Konzertpianisten im Anzug als Sohn. Natürlich hatte er diese schöne Karriere aufgegeben. Es war ihm aber nicht gelungen, das Reich der Töne in sich zu zerstören, und er versuchte, eine Sprache zu schaffen, die halb Musik, halb Poesie war und die von den Exegeten seither

›Roots poetry‹ genannt wird. Er kam nach Jamaika zwecks Forschungen.

Die Sonne war auf der Meerseite herabgestiegen, um dort ihr tägliches Bad zu nehmen, und endlich erholten wir uns im Halbschatten, in der Kühle, von ihren Exzessen, als Terence unseren Garten betrat. Plötzlich schien es, als hätte die Despotin es sich anders überlegt und beschlossen, wieder an den Ort hinaufzusteigen, den sie gerade verlassen hatte, strahlend, königlich, unwiderstehlich. Ich hing mit Willy an den Ästen des Magnolienbaumes. Bei jenem Anblick sanken mir die Arme herab, und ich fand mich auf dem Boden wieder, die Luft blieb mir weg. Er kam zu mir hergelaufen, hob mich auf und drückte mich an sich: »Hast du dir weh getan, *Honey*?«

Meine Mutter, die auf der Veranda herumhing, kam ebenfalls zu mir: »Wenn du dadurch wenigstens ruhiger würdest!«

Aber sie sah mich nicht an, und er hatte seinen Blick schon von mir abgewendet. Ich weiß nicht, ob Terence schon von dieser Nacht an in Théclas Bett schlief. Sicher ist jedenfalls, daß es nicht lange dauerte und bald jeder mitbekommen sollte, daß auf Manuel das Sprichwort ›Aus den Augen – aus dem Sinn!‹ zutraf.

In jeder Gemeinschaft herrschen Regeln, ohne die das Leben auf die ausgefahrene Bahn der Promiskuität geraten würde. Die Treue zu einem Lebensgefährten ist dabei eine wesentliche. Sicher, die Männer ließen es sich nicht nehmen, Freundinnen aufzunehmen, die von außerhalb kamen (eine Kanadierin aus Winnipeg lebte ein halbes Jahr bei uns! Ein andermal war es eine Amerikanerin aus Detroit!), aber niemals hätte ein Rasta ein Auge auf die Frau eines seiner Brüder geworfen. Niemand jedoch machte in Manuels Abwesenheit irgendeine mißbilligende Bemerkung oder verkündete ihren Ausschluß, so daß das Paar sich allen Unanständigkeiten der Leidenschaft hingeben konnte: bis nach Mittag lachend, seufzend und flüsternd im Bett liegen bleiben. Losgehen, um in irgendeiner abgelegenen Bucht nackt zu baden. Gedichte schreiben und zusammen vorlesen. Von einem Teller picken. Hinuntergehen, um sich in den Nachtklubs auszutoben. Berauscht von Musik und Alkohol am frühen Morgen heimkehren.

Velma, die mit einem weiteren Kind von Rasta Roy schwanger war, schön, oh, so schön in ihren immer weiter werdenden Kleidern, lief mit einer großen Sorgenfalte auf der Stirn, über ihren vor Angst schwarzen Augen, herum. Aber ihrer Stimme ließ sie nichts anmerken. »Schwester Thécla, ich gehe hinunter in die Stadt. Brauchst du irgendwas?«

»Ja! Doch! Bring mir zwei Blöcke Schreibmaschinenpapier mit!«

Ich erwartete Gewalt. Blut. Auf der ersten Seite des *Daily Gleaner**: »Grauenhafter Mord in einer Rastagemeinde in Red Hill. Seit Jahren reißen die Klagen der Bürger unserer Stadt über die Umtriebe der Rasta nicht ab. Heute morgen bei Sonnenaufgang haben sich zwei aus Amerika stammende Männer, die es in dieses Paradies der Droge und des Lasters hingezogen hatte, wegen einer Frau aus Guadeloupe umgebracht . . .«

Eines muß ich allerdings sagen. Von den Männern, die im Bett meiner Mutter aufeinander folgten, hat sich niemand mehr um mich gekümmert als Terence. Nicht aus Pflichtgefühl wie Pierre, mein rechtmäßiger Stiefvater. Sondern aus Zuneigung. Aus Liebe. Terence hatte mich gern. Jeden Tag schrieb er ein Gedicht für mich. (Hier eins in ziemlich unbefriedigender Übersetzung:)

Auf der grünen Savanne
Bei den rosa Guavenbäumen
Weiden schwarze Rinder.
Zwischen ihren Hörnern, ein weißer Fleck:
Der Rindervogel.

* Zeitung von Kingston

(Oder ein anderes:)

Komm mein schöne Lange
Mit den Sommersprossen auf den Wangen
Die Augen mit Sternen besetzt
Mit deinem weißen Lachen
In deinem goldenen Gesicht.

Ich sah ihm äußerlich ähnlich. Ich hätte ihm gehören können, und als er mir in Hellshire das Tauchen beibrachte, zweifelte niemand daran. »Sieh mal, der Rasta mit seiner Tochter! Wenn das keine Schande ist!«

Er fing die Fische mit der Harpune und legte sie auf die ausgebreitete Glut, nachdem er sie mit Piment bestrichen hatte. Das reizte den Mund. Ich kletterte auf seinem Rücken hoch zu den verbotenen Früchten am Straßenrand. Leider beging er zwei Verbrechen, die ich ihm nie verzeihen werde!

Manuels Abwesenheit, die unendlich schien, dauerte nur einen Monat und zwei Wochen. Hin und wieder rief er von ganz unterschiedlichen Stellen der Insel an. Seine Stimme ertönte unerwartet wie die eines Beerdigten, der ohne Vorankündigung aus seinem Grab steigt, schockierend wie die einer Witwe, die mitten auf dem Friedhof in Freudengeschrei ausbricht. *»Hi, Baby!* Negrill ist voll von Abgeschobenen aus San Francisco, ›Flower People‹, deren Blumenblätter inzwischen zu Austernschalen geworden sind. An diesem Ort der Erde werden wir unser Haus nicht errichten. Ich bin auf einer anderen Spur. Halte durch!«

Schließlich kam er eines Sonntagsmorgens zurück, mitten während einer Messe. Rasta Moses, Gott allein weiß, wie ihm das Gefängnis erspart geblieben war, las gerade aus der Schrift: »Alles hat seine Stunde. Für jedes Geschehen unter dem Himmel gibt es eine bestimmte Zeit: eine Zeit zum Gebären und eine Zeit zum Sterben, eine Zeit zum Pflanzen und eine Zeit zum Abernten der Pflanzen, eine Zeit zum Töten und eine Zeit zum Heilen, eine Zeit zum Niederreißen und eine Zeit zum Bauen, eine Zeit zum Weinen, eine Zeit für die Klage und eine Zeit für den Tanz.«

15

Die einzige Gewalt, die Manuels Rückkehr begleitete, war die der Elemente.

An jenem Sonntag hatte sich die Sonne geweigert aufzugehen, und seit dem Morgen hatte der Himmel die Farbe von Blei. Plötzlich, kurz vor Mittag (in dem Moment, als Manuel den Gebetsraum betrat?), wurde er schwarz wie Tinte. Zugleich stürmten die Winde aus allen Himmelsrichtungen herbei, während die See wie eine Verrückte im Rausch der Wellen und der Gischtfontänen aufheulte, um sich dann auf die Felsen zu stürzen. In den Gehegen brüllte das Vieh. Das Federvieh gackerte, die Hühner rannten mit aufgeplusterten Federn im Kreis herum. Die Hunde bettelten wimmernd und mit eingezogenem Schwanz, daß man sie in die Häuser hineinlasse, deren Bewohner hastig Türen und Fenster verbarrikadierten.

In dem Durcheinander der weinenden Kinder (und der weinenden Herzen?) erhob Rasta Moses eine bewußt beruhigende Stimme:

»Ich spreche zu dem Herrn: Du bist meine Zuflucht, meine Burg ...«

Der Wind hatte sich in der Bucht von Kingston verfangen, ließ die Stadt hinter sich und machte sich im Galopp auf den Weg nach Savannah-la-Mar, wobei er Bäume und Autobusse umwarf. Darüber nahte das Pferd des Regens, zunächst gefällig, als ob es keiner Fliege etwas zuleide tun könne. Dann immer wütender, indem es unter seinen Hufen alles erdrückte, zerschmetterte, verbog, zerfetzte.

Das Wüten der Elemente dauerte drei Tage an. Am vierten Morgen legte es sich. Dies war der Wirbelsturm Beverley, einer der verheerendsten, die Jamaika je erlebt hat. Man zählte zweihundert Vermißte, dreitausend Obdachlose, fortgerissene Brücken über Hochwasser führenden Flüssen, unbefahrbare Straßen, Hektar um Hektar fortgespültes Ackerland. Als wir unseren Garten endlich aufgeräumt hatten, verkündete mir Terence, daß wir uns am nächsten Morgen nach Black River auf den Weg machen würden.

Dieser Wirbelsturm machte sich auf Guadeloupe nicht bemerkbar, wo es für den April einfach nur ungewöhnlich stark regnete. Flora Lacour jedoch, die Lebensgefährtin meines Großvaters Jacob, die seit einigen Jahren im Schlaf Erscheinungen hatte, wachte um Punkt Mitternacht auf und sagte, Thécla sei in großer Gefahr. Welcher Art, könne sie nicht genau benennen. Auf jeden Fall müsse man viel für sie beten. Diese Fürsorge war um so überraschender, als Flora Thécla wie die Pest haßte und die Vertraulichkeit, die das Schlafen unter einer Decke bewirkt, dazu genutzt hatte, Jacob so weit zu bringen, daß er seiner Tochter ins Gewissen redete. »Wahrlich, Bildung kann man kaufen, Erziehung kann man nicht kaufen. Erst macht sie deinem Namen Schande mit ihrem unehelichen Kind. Und dann läßt sie den, der sie aufgelesen hat, ihren Mann, in der Metropole sitzen, um mit einem nichtsnutzigen Neger wie Gesner zusammenzuziehen. Umsonst unser Tun, umsonst unser Reden, für einen Gwo-ka-Spieler hattest du sie doch wohl nicht großgezogen! Und obendrein setzt sie ihm Hörner auf und macht sich mit einem englischen oder spanischen [??] Neger aus dem Staub. Manchmal, wenn ich nachdenke, frage ich mich, ob nicht dein Bruder Jean hinter allem steckt, um dich zu verletzen!«

Jacob zuckte mit den Schultern. »Du fängst an zu spinnen! Du verlierst den Verstand! Jean und ich, wir sind ein Herz und eine Seele.«

Dennoch, die Eingebung von Flora, die im übrigen eine gute Frau und trotz ihrer fünfundvierzig Jahre im Bett ungleich talentierter war als Tima, verdiente Beachtung. Nachdem Jacob das Wasser in den Vasen erneuert und die Kerzen wieder angezündet hatte, die spiralenförmig qualmten, setzte er sich auf das Grab von Mama Elaïse: »Was hat sie denn nur, meine Tochter? Warum findet sie nicht, was sie sucht? Mein Vater wollte Geld. Ich Bildung. Sie, sie hat das eine und das andere. Was sucht sie jetzt, und warum bekommt sie es nicht?«

Mama Elaïse wischte sich mit ihren Schattenfingern den Schweiß ab und antwortete: »Laß nur, laß, Ti-Kongo! Ich sage dir, du warst der beste aller Väter.«

Für alle Fälle ließ Jacob eine Messe lesen und bat eine der Frauen aus der Familie, sich bei einer spiritistischen Sitzung Rat zu holen. Dann machte er sich nach Anse Laborde auf den Weg, wohin er seit Monaten keinen Fuß mehr gesetzt hatte.

Denn trotz seiner Proteste stießen Floras Worte bei ihm auf Widerhall, und er fragte sich, ob sein Bruder nicht darauf hingearbeitet hatte, ihm seine Tochter wegzunehmen. Sicher, er stellte keine besonders interessante Persönlichkeit vor. Ein Ladenbesitzer, ein Schmalzverkäufer! Dennoch, dank seiner regelmäßigen und großzügigen Geldanweisungen konnten außer Dieudonné noch drei weitere Kinder von Jean in der Metropole studieren. Geld ist wie Mist. Es ist schmutzig, es stinkt. Also überläßt man dem Gärtner diese Arbeit, damit Blumen wachsen!

Jacob regte sich so sehr auf, daß er ganz wütend bei Jean ankam, entschlossen, ihn hart anzufahren. So ein Pech! Das Haus des großen Mannes war leer! Marietta bedeutete ihm jammernd und mit geröteten Augen, er solle doch einmal in Saint-François nachsehen, ob er bei einer gewissen Fabienne sei. »Ach, ich sage euch, das ist nicht mehr derselbe Mann! Neuerdings läuft er einer Jugendlichen hinterher!«

Jacob stieg traurig in seinen Wagen. Die Straße verlief schwarz in der Schwärze der Zuckerrohrfelder. Unersättlich schrien sich die Kröten nach Wasser heiser, von dem sie doch gerade mehr als genug bekommen hatten, und die an Pflöcken angebundenen Kühe brüllten jämmerlich.

Plötzlich wünschte sich Jacob, daß sein Leben enden möge, dort auf diesem Stück Asphalt, der durch die jüngsten Regengüsse von Löchern übersät war.

Mariettas Eifersucht war begründet. Jean lag tatsächlich mit Fabienne in einem Doppelbett unter einem zerknüllten Laken.

Im Gegensatz zu Jacob, dem sein Geschlecht immer hart zugesetzt hatte, war Jean in dieser Hinsicht gelassen wie der Moustique-Fluß. Plötzlich, in einer Versammlung, in der die zukünftigen Aktionen der Union der Zuckerrohrarbeiter debattiert wurden, geriet alles ins Wanken. Eine junge Mulattin mit glühenden Augen beschimpfte die verblüfften Genossen: »Wenn wir mit euch im alten Trott weitermachen, uns weiter vor einer revolutionären Entscheidung drücken, wir nicht offen für unsere Ziele eintreten, dann wird Guadeloupe im Jahr 2000 immer noch nicht unabhängig sein. Wir brauchen den bewaffneten Kampf.«

»Den bewaffneten Kampf, sagst du?«

»Ja, den Guerillakrieg! Ihr Strohköpfe, lest ihr denn keine Zeitungen, um zu wissen, was in der Welt gespielt wird? Nein! Ihr sitzt da und mault gemächlich euer Motto: *Palé kréyol! Dansé gwo-ka!*«*

Man ertrug es nicht, daß eine Frau so zu Männern sprach, und Fabienne wurde ausgeschlossen. Aber man konnte nicht umhin, zur Kenntnis zu nehmen, daß ihre Worte nicht in den Wind gesprochen waren und daß die Jugendlichen sie auflasen wie die Goldkörner in den Flüssen. Bald schon gingen sie daran, eine Bewegung für die sofortige Befreiung Guadeloupes zu gründen, und dies war die erste große Spaltung im La-

* »Sprecht Kreolisch! Tanzt Gwo-ka!«

ger der Anhänger der Unabhängigkeitsbewegung, von der unsere Historiker sprechen.

Jean folgte Fabienne wie ein Hund ohne Halsband, der sich willfährig unterwirft. Da sie fast zwanzig Jahre jünger war als er, bildete er sich ein, er sei der Urheber ihres Aufbegehrens. Fabienne war, was Thécla hätte sein können!

Es ist niemandem zu wünschen, daß ein Mann von achtundvierzig Jahren sich in ein junges Mädchen verliebt, das noch nicht einmal um die dreißig ist. Denn indem er an sich selbst zweifelt, fragt er sich Tag und Nacht, wie er sie beglücken kann. Im Bett hatte Jean solche Angst, daß er Fabienne nicht befriedigen könnte, daß er ihr damit auf die Nerven ging! Wenn sie das Bett verließen, so war es der Horror, sie intellektuell zu enttäuschen. Also stürzte er sich in lange Reden über die Revolution, den Marxismus, die Rückkehr zum Volk, die Entwicklung des Bewußtseins, die sie sich belustigt anhörte, um dann ihre spitzen Kommentare abzugeben: »Mein armer, kleiner Jean, du weißt wirklich nicht, wovon du redest! Hast du Gramsci gelesen?«

Der arme, kleine Jean mußte gestehen, daß ihm dieser Name neu war! Hinzu kam noch, daß die verärgerten früheren Freunde ihn regelmäßig in den Spalten ihrer Wochenzeitung schlechtmachten, so daß jedem verständlich sein wird, weshalb Jean mit herabhängendem Kopf herumstrich wie ein altes Wrack und aufschreckte, wenn er aus schmerzhaften inneren Grübeleien gerissen wurde, sobald man ihn ansprach. Marietta beobachtete ihn und murmelte in sich hinein: »Es ist komisch! Ich habe nie bemerkt, wie sehr er letztlich seinem Bruder Jacob gleicht! Nicht ganz so schwarz, aber fast ebenso häßlich! Was gewesen ist, ist vorbei! Zum Glück bleiben uns noch die Kinder!«

Sie wandte sich Manuela zu, ihrer Lieblingstochter, die mürrisch Angola-Erbsen enthülste!

Die Leute sagen, daß jene Zeit, Anfang der 70er Jahre, in unserem Land schrecklich war. Die Männer, die es leid waren, dem Zuckerrohr nachzutrauern, gingen fort, um woanders eine Lebensperspektive zu suchen. Ebenso wie mein Urgroßvater gingen andere Alberts fort, um ihren Schweiß in Frankreich zu verkaufen, indem sie die Schraubenmuttern an Autos festzogen und losschraubten.

Eine Geschichte brachte die Leute von Basse-Terre bis Grande-Terre zum Weinen. Roselaine, eine kleine Frau aus Saint-Sauveur, deren fünf Söhne in der Metropole waren und die folglich in ihrem zu großen Haus allein zurückblieb, verlor darüber den Verstand. Eines Abends nach der Mitternachtsmesse, als sie schon ohne eine Mahlzeit aus Blutwurst, Schweinefleisch und Angola-Erbsen zu Bett gehen wollte, betrat sie die Schwelle ihrer Tür und schrie: »Nein, das ist doch kein Leben, das wir hier führen! Keine Männer mehr, um unsere Gärten umzugraben und unsere Herzen zu wärmen! Das Ungeheuer vom Migrationsbüro verschlingt sie, und uns bleiben nur unsere beiden Augen zum Weinen! Wann? Wann wird das Zuckerrohr wieder blühen?«

Dann fiel sie, wie vom Schlag getroffen, tot um, noch bevor die Nachbarn herbeieilen konnten.

VIERTER TEIL

I

Die Familienpension Waterloo, deren Verwaltung Manuel soeben in Black River übernommen hatte, war ein georgianisches Haus, das 1799 auf Kosten der Barretts, einer reichen englischen Pflanzerfamilie, erbaut worden war. Seine Pracht war erhalten geblieben, trotz seiner Baufälligkeit und den Schmähungen, die ihm die verschiedenen, vandalisierenden Inhaber zugefügt hatten. Die Dachschindeln waren durch Wellblech ersetzt worden. Die Balkone mit Brettern geflickt und ihre schmiedeeisernen Geländer herausgebrochen. Der Gipfel der Taktlosigkeit: Jemand hatte die Vorderseite durchbrochen, um eine Westinghouse-Klimaanlage anzubringen. Um das Geschäft hatte es unter den Vorbesitzern, Amerikanern aus Boston, schlecht gestanden, aber Manuel war fest entschlossen, es rentabel zu machen.

Als wir die Tür aufstießen, stob eine Prozession Ratten auseinander, während haarige Spinnen eilig in ihre Netze hinaufkletterten, um uns mit ihren kalten Augen zu belauern. Immer noch redselig, aber mit einer vor verhaltener Trauer rauhen Stimme, ließ Manuel uns die beiden Stockwerke erkunden, wobei er die notwendigen Reparaturen beziehungsweise Restaurationen erklärte. »Da müssen die Trennwände ersetzt werden, denn die sind von Holzwürmern zerfressen! Da müssen zwei Balken eingezogen werden. Da undichte Stellen abgedichtet werden. Da . . .«

Während wir uns fragten, woher das Geld für all das kommen sollte, zählten wir fünf bewohnbare Zimmer im ersten Stock. Der Speisesaal im Parterre, der angrenzende Salon und die Küche waren in halbwegs gutem Zustand. Der Garten aber war ein Paradies schöner Obstbäume: Quenetten, Kirschen, Litschis, Avocados, Orangen, Mangos, Zitronen, Aprikosen, Pampelmusen ... alles wuchs dort!

Am Nachmittag nach unserer Ankunft ging Thécla, die von dem Haus begeistert war, ohne eine Minute zu verlieren, ins Dorf zurück, um sich Personal zu besorgen, aber dort wurden alle Türen vor ihr verschlossen. Denn die Bewohner von Black River, einer kleinen friedlichen Gemeinde, in der es überhaupt keine exzentrischen Leute gab, waren Fischer, einige wenige Bauern, zwei oder drei Ladenbesitzer, ein Arzt, ein Pfarrer, den man infolge einer Todsünde dorthin versetzt hatte, und einige weiße Familien, die sich seit der Unabhängigkeit und den jüngsten Gewalttätigkeiten hinter ihren Fensterläden vergraben hatten. Diese Leute fanden keinen Gefallen an uns und verstanden es, uns das auch zu zeigen. Unmißverständlich.

Am nächsten Morgen hingen drei Kröten, die Beine mit roter Schnur zusammengebunden und mit offenem Maul, angenagelt an der Veranda. Zwei Tage später zeigte uns in der Zisterne ein verendeter Hund die Zähne. Tagsüber und während der Nacht ausgesetzte Mangusten töteten unsere Hühner, und Thécla wäre fast gestorben, als sie eine Schale voller Blutegel vor ihrer Tür fand. Terence nahm die Dinge in die Hand und ging diesmal selbst ins Dorf hinunter. Gott allein weiß, was er dort sechs Stunden lang tat! Jedenfalls brachte er zwei (hübsche) Mädchen (?) mit, eins für den Haushalt, eins um in der Küche zu helfen. Aber es stellte sich schnell heraus, daß sie entgegen ihres friedfertigen Anscheins freche Weibsbilder waren. Sie antworteten Thécla dreist, sie solle gefälligst die Arbeit selbst machen, denn, Gott sei Dank, sei die Versklavung der Neger seit langer Zeit vorbei, und ließen ihren Beschwerden einen Schwall von Flüchen in Pidgin folgen. Daraufhin mußte

Terence sich stundenlang mit ihnen einschließen, um sie zu besänftigen und ihnen ihre Schürzen wieder umzubinden. Im Anschluß an eine vierstimmige Streiterei, wobei die Stimme von Thécla diesmal alle anderen übertönte, während Manuel ruhig blieb, verschwanden sie, und Terence zog allein in ein Zimmer im zweiten Stock, dessen Wände von Schimmel bedeckt waren. Dort schlief er eine Woche lang und stellte sich taub gegenüber Manuels Aufforderungen: »Hör zu, spiel nicht den Beleidigten! Wir reden nicht mehr davon!«

Es ist schon oft über die Dreierbeziehung gesprochen worden, um sich darüber zu ärgern oder um sie wunderbar zu finden, je nach Überzeugung und Temperament. Man hat jedoch selten die Ansicht einer vierten Person berücksichtigt, die gegen ihren Willen davon betroffen sein kann: nämlich das Kind!

Die Hausmädchen, die Thécla entlassen hatte, verbreiteten eilig diese Neuigkeit, und in der Schule, die ganz anders war als die von Rasta Roy, bogen sich die Kinder vor Lachen, sobald ich auftauchte, fragten mich: »Wie viele Papas hast du?«, nannten mich »Double-Daddy« oder stimmten mit zugehaltener Nase an: *»Pass the dutchie by the left hand side . . .«* *

Dennoch blühte die Freundschaft in dieser Hölle auf. Ich gewann eine Freundin, eine Entrechtete, Ausgestoßene, ein Sündenbock wie ich, aber aus anderen Gründen: Melissa war eine kleine, weiße Jamaikanerin, deren Eltern es vorzogen, hinter ihren Fensterläden zu verkümmern, anstatt sich in Miami in Florida niederzulassen wie ihre Landsleute gleicher Hautfarbe. In den Geschichtsstunden ließ die Lehrerin sie aufstehen, durchscheinend weiß neben der schwarzen Tafel, und beschuldigte sie wahllos der Schandtaten des Sklavenhandels, des Sadismus der Pflanzer, der Erschießung von William Gordon und vieler anderer Verbrechen, die ich vergessen habe. Sie wurde auch wegen des Abbruchs der amerikanischen Bezie-

* altes jamaikanisches Lied

hungen zu Kuba angeklagt und wegen der Einmischungen in Haiti!

Kein Wunder, daß Melissa und ich ausrissen, denn wir zogen das Dickicht, das Meer, die Berge diesem Kerker vor, in dem man uns marterte. Wieviel Liebe findet ein Kind, das keine Liebe erfährt, in der Natur! Mangos und fleischige Guaven für seinen Hunger, Zuckerrohrsaft für seinen Durst, ein Kopfkissen aus Guineagras für seinen Schlaf und den warmen Schoß der mütterlichen See, um sich hineinzuschmiegen! Manchmal liefen wir auf der Straße nach Savanna-la-Mar bis zum Haus von Patience, die früher bei Melissas Eltern gearbeitet hatte. Sie zeigte uns Fotos von ihrem Sohn, der in die verschneiten Gefilde von Toronto ausgewandert war, und trotz des Transistorradios und des elektrischen Toasters, die er ihr geschickt hatte, begann sie schließlich immer zu weinen. »Das ist unmenschlich, die Kälte! Das ist unmenschlich, der Schnee! Diese Länder sind nichts für den Körper und für das Herz eines Menschen von hier! Manchmal möchte ich zu den Politikern gehen und sie bitten, daß sie ihn mir zurückgeben, meinen Jungen!«

Wenn sie dann wieder fröhlich wurde, seifte sie mich ein und rieb meinen ganzen Körper trocken, um dann zum Kamm zu greifen, dabei vor sich hin schimpfend: »So schönes Haar! Sie sollte es dir abschneiden, deine Mama, wenn sie es nicht in Ordnung halten kann! Ich hatte eine *Coco-sec*-Frisur*, bis ich zwanzig Jahre alt war. Und als dann mein Junge geboren ist, oh je, da sind meine Haare gewachsen! Sie sind so lang geworden, daß ich mich draufsetzen konnte! Eine Frau ohne Haar, das ist wie Suppenkräuter ohne Suppe!«

Als ich kurz vor dem Bad der Sonne im Meer wieder auftauchte, traf ich Manuel, der gerade im Hof Holz hackte. Er wischte sich den Schweiß ab: »Wo hast du dich nur schon wieder herumgetrieben?«

Ich ging an ihm vorbei, ohne ihn auch nur anzublicken, und

* ganz kurzes Kraushaar

setzte mich zu Terence' Füßen nieder, der im zweiten Stock mit einem Finger auf einer alten Olympia tippte. Terence, der tippte von morgens bis abends und manchmal bis spät in die Nacht, um danach, Gott weiß wo, spazierenzugehen und heimzukommen, wann er wollte. Dies machte Manuel sehr wütend, der, außer daß er für das Holzhacken zuständig war, sich um das Feuermachen kümmerte, um das Einkaufen, darum, den Hühnern den Hals umzudrehen, den Fisch auszunehmen, Wurzelgemüse zu schälen und den Rasen zu mähen. Thécla, mit Kopftuch und grober, blauer Schürze, kümmerte sich um das Essen, und ich kann ihr Einfallsreichtum und Talent als Köchin nicht absprechen.

Wir bekamen nämlich Gäste in der Familienpension Waterloo! Junge Leute, Europäer und Amerikaner, die mit Rucksack zum Paradies von Negrill unterwegs waren! Beauftragte für Fremdenverkehr und Umwelt im Mercedes! Manchmal Verliebte auf heimlichen Wochenendausflügen! Zwei nette und adrette Französinnen, Elyane und Frédérique, blieben fast ein halbes Jahr bei uns hängen, wobei die erste unserem Speiseplan Neues hinzufügte, wie Ente mit weißen Rüben, während die zweite mit Terence schlief und seine Gedichte ins Französische übersetzte. Weil sie Thécla weh tat, wurden wir gleich die besten Freundinnen der Welt und schlenderten über andere herziehend im Garten umher: »Mein armes Herzchen, ich habe immer gehört, daß schwarze Frauen besonders viel Mutterliebe hätten. Die dort hat davon soviel wie eine Fischgräte.«

Ich setzte noch eins drauf: »Man fragt sich, was sie alle beide an ihr finden. Sie sieht doch abscheulich aus, oder?« Frédérique verzog das Gesicht: »Da übertreibst du, mein Schatz! Man kann alles von ihr sagen, aber das nicht. Sie hat noch nicht einmal negroide Züge!«

Arme Thécla! Die Untreue einer ihrer beiden Männer bereitete ihr Sorgen und ließ sie dünn wie ein Strich werden, so daß sie die Bänder ihrer stets zu weiten Schürze um ihre schmale Taille zurrte. Man hörte den Klang ihrer Stimme kaum noch, und da sie sich regelmäßig verrechnete, konnte Manuel ihr das Ausstellen der Rechnungen nicht mehr überlassen. Zusätzliche Arbeit für ihn! Kein Wunder, daß er herumschrie, während er den Fisch ausnahm, den Hühnern den Hals umdrehte, aufwischte, Mülleimer schleppte: »Scheiße! Scheiße! Hundeleben! Was hab ich hier, verdammt nochmal, zu suchen? Sagt mir das! Sagt mir das doch!«

Nach langen Wochen, in denen wir im Speisesaal nur zwei oder drei ›Rucksäcke‹ – so nannten wir sie geringschätzig – bewirteten, schloß sich Manuel in den Salon ein, der neben dem Speisesaal lag, kam dann wieder heraus und verkündete: »Es muß was passieren. Wir haben nur noch hundertzweiundachtzig Dollar in der Kasse. Jamaikanische.«

2

Die Sonne spielt mit der Erde Verstecken, und unsere Schatten legen sich wie friedliche Hunde um unsere Füße. Da es bei mir nichts zu essen gibt, nimmt mich Melissa von nebenan mit zu sich nach Hause. Sie legt den Finger auf ihre so blassen, rosa Lippen. Zum ersten Mal betrete ich ihr Haus. Es ist schön, ihr Haus, obwohl es einen gründlichen Anstrich verdient hätte. Der erste Stock, majestätisch unter seinem schweren Dach von ausgeblichenem Rot, ragt etwas über das Parterre hinaus und ist um einen rechteckigen Balkon verlängert, der mit Schaukelstühlen, runden Tischchen und Topfpflanzen überladen ist. Wir gehen um ihn herum und betreten die veraltete Küche mit ihrer gemauerten Spüle und dem petroleumbetriebenen Kühlschrank. »Wegen der Stromausfälle«, erklärt Melissa einleuchtend. Sie öffnet die Backröhre. Eine Keule und ein Christophinen-Gratin. Was für ein Leckerbissen! Ich will schon zulangen, aber die wohlerzogene Melissa besteht darauf, daß ich mir die Hände wasche und das Tischgebet spreche. »Willst du Wein?«

»Wein?«

Melissa öffnet schelmisch den Kühlschrank, der mörderisch knarrt, und holt eine angebrochene Flasche hervor. Ich entziffere auf dem Etikett mehr schlecht als recht: Gewürztraminer! Melissa sagt belehrend: »Man trinkt zur Keule keinen Weißwein.«

»Warum?«

Melissa zuckt mit den Schultern, sie hat keine Ahnung. Das war ein Punkt für mich. Ich esse, sie schaut mir beim Essen zu, das Glück auf dem Grund ihrer traurigfeuchten Augen. Ich schiebe mein Glas hin. Sie gießt sich auch eins ein, und wir stoßen an. Gott, ist dieser Wein gut! Ich habe noch nie so etwas Gutes getrunken! Sie legt mir nochmal auf. Von der Keule noch und vom Rest! Wir lachen. Unschuldig fragt mich Melissa: »Warum nennen dich die Kinder Double-Daddy?«

Komisch, die Frage stört mich nicht! Ich antworte fröhlich: »Weil meine Mutter mit zwei Männern schläft!«

Verblüffung, dann ein Lachkrampf von Melissa! »Wie macht sie das?«

Ich zucke mit den Schultern. »Ich weiß nicht, ich habe noch nie zugesehen.«

Melissa lacht immer mehr. Sie windet sich förmlich: »Ich würde zu gern meine Mutter sehen . . .«

Sie schnappt nach Luft: »Die badet im Hemd und trägt ein Haarnetz beim Schlafen!«

Wir lachen uns kaputt. Der Wein fließt, klebrig und frisch. »Ich habe mich schon immer gefragt, schon immer gefragt . . .«

»Was?«

Sie lacht zuviel, um ihre Worte zu finden. Plötzlich öffnet sich die Tür, und eine Frau kommt herein. Genau: die Mutter. Weiß! Ich habe noch nie eine so weiße Frau gesehen, wo doch die Sonne die Körper draußen brät. Ihr Haar ist zu glatten, schwarzen Bändern frisiert, hier und da mit grauen Stellen, wie ich es später bei George Sand gesehen habe. Sie hat zwei grüne Löcher anstelle der Augen. Als sie uns ansieht, gerät ihr Zombiegesicht in Bewegung, als hätte sie Salz gegessen. Ihre Lippen aus Pappmaché öffnen sich, und sie schreit: »Melissa! Melissa! Wer ist das? Sofort raus hier, kleine, dreckige Negerin! Raus!«

Habe ich diese Szene geträumt?

3

Es war Théclas Idee.

Da die Musik nun einmal Jamaika zu ihrem Reich erwählt hat und die Massen die Komponisten wie Götter verehren, warum nicht Konzerte veranstalten? Diesmal kein Reggae, sondern andere populäre Musik, zum Beispiel Gwo-ka, die Chouval-bwa-Musik? Der Park der Pension war groß genug, um tausend Menschen Platz zu bieten. Bei fünf Dollar pro Kopf würde das einiges einbringen. Gleichzeitig trüge es dazu bei, die Beziehungen zwischen der englischsprachigen Karibik und der französischsprachigen Karibik zu stärken. Und so weiter und so fort ... Thécla stürzte zur Feder und richtete einen endlos langen Brief an Gesner.

Der erhielt ihn, als er sich, besänftigt durch seine Vaterschaft, gerade über die Wiege des kräftigen Jungen beugte, den Gerty ihm geboren hatte, und das ganze Leid, das er so mühsam überwunden hatte, wurde wieder aufgerührt! Ach, sie hatten ihm kein Glück gebracht, die Louis! Thécla konnte er noch verwinden, weil die Frau schon unbeständig und grausam geboren wird! Aber Jean, sein Adoptivvater! Wenn er daran dachte, daß er Manuel mit offenen Armen empfangen hatte, genau denjenigen, der ihm seine Thécla entführte! Auf einmal übernahm Gesner blind die Angriffe der Zeitung *Libètè* als Wahrheiten, die von Jean das Bild eines mickrigen Kleinbürgers zeichneten, des Gefangenen seiner Klasse, knickerig, streberhaft und unbarmherzig. Hinzufügen muß man noch, daß ihn seine Beziehung zu Fabienne angewidert hatte, denn Gesner war den Frauen nie nachgelaufen. Die Revolution beginnt mit jener Selbstbeherrschung. In der Tat, Jean erwies sich den Möchte-gern- Politikern der traditionellen Parteien ebenbürtig, die ihre Stellung ausnutzten, um wahrhaftige Harems anzulegen!

Gesner antwortete also kurz und bündig, indem er eine Unmenge von Engagements erfand. Aber tage- und nächtelang war er ganz verdrießlich, lief wie eine büßende Seele auf seiner Veranda herum, ohne seinem Sohn Aufmerksamkeit zu schenken. Gerty traten die Tränen in die Augen. Oh, diese Thécla! Hatte sie ihr nicht schon genug Leid angetan? Wer? Wer schafft uns die Intellektuellen vom Halse? Sie haben kein Herz, die Intellektuellen! Sie haben nur Stroh im Kopf und experimentieren mit der Liebe der Männer herum. Sie haben kein warmes Blut, die Intellektuellen! Kalt wie Schlangen ziehen sie ihre Beute in den Bann. Schließlich fing Gesner sich wieder und komponierte, an seinen wieder auflebenden Schmerz erinnert, eines seiner schönsten Lieder: *Déviré*.

Thécla dagegen war wegen Gesners Ablehnung völlig niedergeschlagen. Sie durchlebte die so strahlende Jugendliebe in Grands-Fonds-les-Mangles erneut und fragte sich, ob sie nicht doch ihren Schöpfeimer einfach in dieses Glück hätte werfen sollen, anstatt im Trüben zu fischen. Dennoch rappelte sie sich wieder auf, gab sich nicht geschlagen und wandte sich an Ottavia. Ottavia, die Gefährtin beim letzten Schiffbruch! Genau die befand sich einen Steinwurf entfernt, in Montreal, wo die haitianische Gemeinde sie wie eine Königin behandelte, und sie nahm die Einladung ohne Umschweife an.

Ottavia traf in Black River an einem Tag ein, als ein Wirbelsturm angekündigt war. Der Wirbelsturm prallte auf die Küste von Florida, wobei fünf Menschen umkamen und ein Dutzend verletzt wurde. Dennoch sorgte Ottavia für Aufsehen. Die Leute, die sich gewöhnlich hinter ihren Fensterläden versteckten, kamen lästernd und spottend ans Tageslicht hervor, um sich ihre zwei Gitarren anzusehen, ihren indianischen Poncho, ihren schwarzen Zopf, der dick und steif wie ein Stock war, die hohe Taille einer Kriegsgöttin!

Ich hielt meinen Atem an, während ich die Begegnung zwischen Terence und Ottavia erwartete, und ich freute mich schon auf das, was zu Théclas großem Leidwesen dann auch prompt eintrat. Was führte sie im Schilde? Offenbar hatte sie aufgrund ihres Altersvorsprungs mehr Menschenkenntnis als ich. Denn jene beiden blickten sich noch nicht einmal an und wechselten nur zwei, drei Grußworte. »Ich bewundere Ihre Arbeit sehr!«

»Ich ebenfalls, ich habe Sie in New York gehört!«

Terence, der über die Frauen Zugang zu vielen Häusern hatte, wurde mit der Werbung für das Konzert beauftragt. Keiner weiß, wie ihm die Übereinkunft mit dem Pfarrer gelang, der eines Sonntags in seiner Kanzel an die Leiden des haitianischen Brudervolkes erinnerte und die außergewöhnliche Begabung jener lobte, die sich zu ihrem Wortführer machte. Folglich flatterte an der Giebelseite der Kirche eine Ankündigung:

›Ottavia di Maggio besingt Haiti‹.

Dann verbreitete Terence die gute Nachricht im Umkreis von einigen Kilometern, in den kosmopolitischen Kolonien der Rasta von Negrill, bei den kleinen Ladenbesitzern von Savannah-la-Mar, den Beamten von Mandeville, und fand Mittel und Wege, eine Kurzmitteilung in die Zeitung von Kingston zu setzen. Manuel ganz allein fällte mit einer elektrischen Motorsäge, die er in Savannah-la-Mar ausgeliehen hatte, zwei Mahagonibäume im Park, sägte sie der Länge nach durch und errichtete eine Bühne. Dann brachte er Lautsprecher an, schmückte die Bäume mit bunten Lichterketten und holte sich schließlich einen Hexenschuß, der ihn zwang, eine Woche vor Schmerzen stöhnend das Bett zu hüten.

Inzwischen nahmen Ottavia und Thécla ihre Plauderei dort wieder auf, wo sie aufgehört hatten, bäuchlings auf der Luftmatratze liegend – Ottavia mit Kokosöl eingerieben in der prallen Sonne, Thécla im Schatten – beide gleich weit von einer Flasche Rum, Marke Barbancourt, entfernt, die Ottavia vorsichtshalber mitgebracht hatte. Ottavia entrüstete sich darüber, wie Thécla nur einen Weißen (einen Weißen!) hatte heiraten können, und bedrängte sie mit Fragen. Thécla – die so gewandt über ›Rasse und Klasse in der Karibik‹ sprechen konnte oder über ›Musik und Macht des Volkes‹, um nicht ›Revolutionäre Bewegungen der schwarzen Welt‹ zu vergessen – verlor sich in den Windungen ihres eigenen Herzens und versuchte sich in der Selbstanalyse: »Für mich ist Pierre kein Weißer. Er ist ... Pierre! Kein Mensch stand mir jemals so nahe, abgesehen von Gesner vielleicht, aber Gesner und ich, wir waren beide Kinder. Ich verstehe nicht, warum wir so von der Rasse, der Hautfarbe geblendet sind ... Was bedeuten sie schon?«

»Du wirst dich hoffentlich scheiden lassen?«

»Ich weiß nicht, ich weiß nicht.«

Ich, wenn ich nicht, mir selbst überlassen, mit Melissa herumlief oder wenn ich nicht, von den Streifzügen des Vortages müde, an ihrer Seite in der hintersten Bank der Klasse schlief, so schlug ich die Zeit damit tot, daß ich mich fragte, welche ich mehr haßte, Ottavia oder Thécla, um dann ersterer den Vorrang einzuräumen. Ich las ›falsch‹ in ihrem italienischen Samtblick. Ich hörte ›falsch‹ in ihrer Stimme, die so mitreißend war wie der Artibonite, der große Fluß ihres Landes! ›Falsch‹, ›falsch‹, ›falsch‹, alles falsch. Für mich, ein anspruchsvolles und zugegebenermaßen ungerechtes Kind, war das falsch, diese große Sorge um das Volk, diese Liebe der Neger, wie mein Großvater Jacob gesagt hätte, dieser Haß auf die Ausbeutung des Menschen durch den Menschen, wie mein Großonkel Jean gesagt hätte. Einzig und allein der Wunsch aufzufallen und die Wut aus persönlichen Abrechnungen.

Als es Mittag wurde und Manuel das ganze Geschwätz leid war, schrie er von seinem Leidensbett: *»Fuck you, women!* Macht was zu Essen!«

Ottavia und Thécla gingen daraufhin in die Küche hinunter und würzten unter schülerinnenhaftem Gekichere eins wie's andere, Fisch und Fleisch.

Ottavias Anwesenheit führte der Pension einige Gäste zu, Franzosen oder Amerikaner, die sie in Paris oder in New York gehört hatten und sie mit der schleimigen Bewunderung von Wichtigtuern umgaben. »Ich habe Sie im Olympia gehört. Sie waren traumhaft!«

Folglich multiplizierte Manuel, der an der Kasse saß, die Rechnungen mit drei und berechnete den Preis eines norwegischen Lachses für eine angekohlte Scheibe Schwertfisch.

4

Der Tag des Konzerts erstrahlte blau über dem Meer, das unbewegt wie eine Öllache war. Ottavia, die hinten im Garten stundenlang geprobt hatte, wobei das kräftige Echo ihrer Stimme,

»Mwen kouché malad	*»Ich bin krank*
Pa sa lévé . . .«	*Kann nicht aufstehen . . .«*,

zu uns herüberdrang, hatte ihrem Repertoire zwei Gedichte von Terence hinzugefügt. (Das hätte mein Mißtrauen wecken müssen, aber ich war zu sehr damit beschäftigt, Melissa in unserer Pension zu empfangen, die sich vorher noch nie zu uns verirrt hatte.)

Das Konzert war für sechs Uhr vorgesehen, wenn die ersten Sterne leuchten. Um Viertel vor sechs luden zwei bunt bemalte Kleinbusse die vierzig angeberhaften Amerikaner und Franzosen ab, die schon von den Köstlichkeiten unserer Speisekarte gekostet hatten. Um Viertel nach sechs eroberten die Jungen von Black River im Sturm die unseren Park umgebenden

Bäume, von denen sie eine hervorragende Aussicht auf die Bühne hatten. Um sechs Uhr dreißig versammelte sich eine Handvoll Jugendlicher vor dem weit geöffneten Gittertor, als ob sie befürchteten, in einer Falle eingeschlossen zu werden, und richteten einen Notausgang ein. Um sieben Uhr, als sich abzeichnete, daß kein einziger weiterer Zuschauer kommen würde und die von Manuel sorgfältig numerierten Eintrittskarten allem Anschein nach unverkauft blieben, entschloß sich Ottavia zu singen.

Melissa und ich, wir nahmen uns an die Hand, und wie sie so sang, da mischten sich Salz und Wasser in der Tiefe unserer erstaunten Augen, rannen über unsere Wangen und zeichneten leuchtende Bahnen. Weder sie noch ich wußten, worüber wir weinten. (Nicht über unser Land, dessen Trauer und Elend uns noch nicht bewußt war.) Über unser beider zerstörte Kindheit. Über das verfluchte Leben, das uns auflauerte und uns keine Chance lassen würde, so schlecht, wie wir angefangen hatten. Hinter einem Katappenbaum weinte Terence bitterlich wie ein Kind und drückte uns an sich. Um uns herum brach die Nacht an.

Von den vieren litt Ottavia am wenigsten unter dem Mißerfolg des Konzertes. Sie erläuterte der am Boden zerstörten Thécla, dem sorgenvollen Manuel und dem fatalistischen Terence, daß es absurd sei, mit Jamaikanern kreolisch zu sprechen, und zu simpel, wenn man Musik für eine Art Esperanto halte, das alle verstünden. »Jede Musik birgt eine Kultur in sich, und jede Kultur ist eine Insel.«

Sicher war das der Grund dafür, daß sie es nicht eilig hatte, das Meer zwischen sich und das Erlebte zu bringen, ihre Bewunderer in Amerika wieder anzutreffen, die allerdings ihre Säle füllten. Sie blieb im Gegenteil eine Ewigkeit, war aber wie ausgewechselt. Schluß mit dem Aufstehen weit nach Sonnenaufgang! Schluß mit dem abschweifenden, geschwätzigen Nichtstun bei Barbancourt Rum! Schluß mit den schülerinnenhaften Lachkrämpfen, wenn sie ihre Küchenschürze anhatte, die so eng geknotet war, daß ihr Busen dadurch plattgedrückt wurde! Schluß mit den Spaziergängen, den Arm um Théclas Schulter gelegt, zwischen den Birnbäumen und Tulpenbäumen des Parks hindurch! Nachdem sie um sechs Uhr, wenn der Tag sich zögernd hinter den Fensterläden hervorwagte, aufgestanden war, sich mit dem kalten Wasser der Zisterne gewaschen hatte, ging sie in das Zimmer im obersten Stock hinauf, wo sie arbeitete, und ihre Stimme, crescendo decrescendo, ließ die Zwischenwände erzittern, das Dach knirschen, schlug die Insekten in die Flucht und wies mich darauf hin, daß es an der Zeit war, mich zwischen Ausreißen oder Schule zu entscheiden. Terence, der ebenfalls wie ausgewechselt war, stieg mit einem Becher Kaffee zu ihr hinauf, denn sie hatte beschlossen, seine Gedichte zu vertonen, nachdem sie sie ins Französische, dann ins Kreolische übersetzt hatte. Das war kein einfaches Unterfangen! Manchmal beugte sie sich über das Geländer und rief Thécla zu Hilfe: »Sag mal! Wie würdest du ins Kreolische übersetzen: ›Der friedliche Mond sitzt auf der Himmelstreppe . . .?‹«

Jedenfalls bekam sie aus dem Zimmer, wo jene eifrig herumkritzelte, keine Antwort. Denn eine Stille hatte sich im Hause verbreitet, die ich nicht wahrnehmen wollte. Vielleicht, um mich zu schützen, wünschte ich mir, taub, blind und stumm zu sein. Irgendwo war etwas faul, wobei ich mich weigerte, den ekelhaften Gestank wahrzunehmen. Eines Abends im Speisesaal, der nach Meer und Schimmel roch und in dem seit Wochen kein Gast mehr Platz genommen hatte, drängte Terence mich, meine Augen vom Fernseher abzuwenden, und las mir sein Gedicht vor, das er gleich auf Französisch gedichtet hatte: »Hör mal, *Sweetie pie!*

In die bodenlose Kalebasse des Wassers
Tat ich reichlich Blau des Indigo
Ganz viel, ganz viel
Ich gab weißes Kochsalz hinzu

Und ich schuf
Das Meer . . .«

Ich wollte schon entzückt in die Hände klatschen, als Thécla durch eine Ohrfeige dafür sorgte, daß mir nicht mehr nach Lobreden, sondern nach Heulen zumute war. Terence und Ottavia erhoben sich im gleichen Moment, und es entstand das Chaos einer Hahnenkampfarena, wenn Hähne und Männer, besoffen vom Montebello Rum, sich übereinanderwerfen, in einem Durcheinander von Flügeln und Stimmen, dem Knirschen eiserner Klingen und dem warmen Blut, das Tropfen für Tropfen auf den betonierten Boden fällt! Manuel schnellte wie eine Sprungfeder hoch, noch im Stehen von der langen Ottavia überragt, und schlug mit aller Kraft auf den Tisch. Plötzlich verschwand Thécla im hinteren Teil des Gartens, und alle liefen ihr hinterher. Ich mußte mir also eingestehen, daß irgend etwas nicht stimmte!

Aber was? Die Wahrheit ist wie ein Säugling in der Wiege, dessen Mutter nicht will, daß er wächst. Oder wie die straffen Füße einer Chinesin, die mit Bändern umwickelt werden, um sie für alle Zeit zu verstümmeln.

Was stimmte nicht in der Pension Waterloo?

Drei Konzerte von Peter Tosh in Kingston führten eine gewisse Zahl junger Rucksäcke zu uns, die in ihren verdreckten Turnschuhen die Insel durchstreiften. Unvermeidlich von einer Leidenschaft für Black River ergriffen, mieteten sie sich bei uns ein. Thécla und Ottavia standen Seite an Seite, ohne daß sie auch nur einen Ton von sich gegeben oder ihre Blicke sich gestreift hätten, während sie auf dem Grill Fische verkohlten, um sie dann mit Pimentwürze zu überziehen. Manuel hatte zusätzlich zu seinen Aufgaben noch die eines Kellners übernommen, die er übrigens schon in einem Restaurant der Fifth Avenue ausgeübt hatte, und ging mit verschlossenem Gesicht von einem Tisch zum nächsten. Wo war Terence?

Ich erinnere mich nur noch an Terence' Abwesenheit; an

blendend hellen Tagen war seine Abwesenheit ebenso überwältigend, erdrückend, beängstigend wie manchmal seine Anwesenheit. Er war nicht in Fleisch und Blut gegenwärtig, aber es war spürbar, daß er den ganzen Raum erfüllte wie jene Toten, die auf die andere Seite der sichtbaren Welt hinübergewechselt sind und trotzdem weiterhin die Orte und die Lebenden, die sie liebten, umgeben. Melissa versuchte, mir zu helfen, diese unlösbare Gleichung aufzulösen, aber wir kamen immer wieder auf die ewige Frage zurück: »Wenn sie sich nicht mehr lieben, wieso bleiben sie dann zusammen?«

Wie soll man auch mit zwölf Jahren wissen, daß es schwerer ist, sich zu trennen, als sich in die Arme zu fallen?

Eines Nachmittags, Melissa hatte in der Geschichtsstunde viel geweint, suchten wir den schützenden Park auf, um uns über die unergründliche Bösartigkeit der Herzen der Erwachsenen zu unterhalten, als unsere Füße über die ineinander verschlungenen und verknoteten Wurzeln eines Kautschukbaumes stolperten.

Die Wurzeln eines Kautschukbaumes?

Im selben Moment, als eine jener Carabosse-Feen – die immer gern dort herumirren, wo sie nichts zu suchen haben und ihren bösen Fluch verbreiten – die Wurzeln mit ihrem Stab berührte, nahmen sie die Gestalt eines Mannes und einer Frau an, die letzten, die wir uns in unserer Einfalt in dieser Situation hätten vorstellen können, einer Situation, die keinen Zweifel an dem Tun aufkommen ließ, mit dem sie gerade beschäftigt waren und das ihnen das Gesicht rot werden ließ und es mit Schweiß bedeckte, umso beängstigend häßlicher, als sie schön waren, dieser Mann und diese Frau, wenn das von Carabosse in sie gepflanzte Verlangen sie nicht zu Säuen vor unseren Füßen verwandelt hätte.

Jemand stieß einen Schrei aus (ich glaube, ich war es!), dessen Spitze vibrierte, sich in die Lüfte hob und dahinflog, über die Dächer des Dorfes, die Boote der Fischer und die Wogen des Meeres, bis ins blutende Herz der Sonne!

Dann wuchsen mir Flügel an den Fersen, und ich flog geradewegs davon, getragen von Entsetzen, Aufruhr, Schmerz!

5

Patience zog einen Mittelscheitel durch mein Haar, über den sie ihren mit Palmöl getränkten Zeigefinger fahren ließ, dann sagte sie: »Du solltest aber doch nach Hause gehen, Coco. Deine Eltern werden sich Sorgen machen.«

Ich brach in Tränen aus. Sie bestand nicht weiter darauf und seufzte nur laut. »Weiß der gute Gott nur, was er tut? Wo ich doch so gern ein kleines Mädchen gehabt hätte!«

Als sie mir zwei Zöpfe geflochten hatte, an deren Enden sie zwei Schleifen festband, hielt ich ihr meine Wange zum Küssen hin und sagte: »Danke, Tantchen!«

Dies war eine jener kleinen Feinheiten des Umgangs, die sie mir angewöhnt hatte. Es gab noch viele andere, denn ich kannte mich darin nicht gut aus. Zum Beispiel morgens: Man durfte auf keinen Fall mit ihr sprechen, bevor man sich nicht mit viel Wasser den Mund ausgespült hatte. Man durfte niemals das Essen herunterschlucken, bevor man nicht einige Krümel auf den Boden hatte fallen lassen. Man durfte keine Bananen essen, wenn einem heiß war, keine Quenetten, wenn einem kalt war, keine Avocado ohne Stockfisch, keine Feigen ohne Innereien. Man mußte sich den ganzen Körper mit Bay Rum einreiben, um den Insektenstichen vorzubeugen, und die Beine mit Karapatöl, damit sie glänzen, usw. Da Thécla mir nichts beibrachte, wollte ich alles lernen, und ich war eine ausgezeichnete Schülerin.

Das Haus von Patience bestand aus zwei Räumen, einem Schlafzimmer mit einem großen Mahagonibett unter dem Moskitonetz, einem spärlich eingerichteten Eßzimmer, einer Küche mit einem schönen Kühlschrank von Norge und einer

Veranda, auf der ihr Mann Ben, ein Bootszimmermann, einen Teil seiner Bretter und Werkzeuge lagerte. Ben kam kurz vor Sonnenuntergang den Weg dahergestiefelt, einen Flechtkorb voller rosa-, blau- und gelbfarbener Fische in der Hand, und rief mir ohne jede Böswilligkeit zu: »Immer noch da!«

Dann seifte er sich den ganzen Körper mit Lifebuoy-Seife ab und steckte sich eine Pfeife zwischen die Zähne, während Patience in aller Eile den Courtbouillon zum Kochen brachte. Zwischendurch erzählten sie sich die Neuigkeiten des Tages: »Die Tomaten kosten auf dem Markt fast ein Dollar das Pfund. Wenn du auf mich gehört hättest ...«

»Joe mußte den Motor an seinem Boot ersetzen.«

»Laureen hat Zwillinge bekommen!«

Nach dem Essen hörten wir durch das Krächzen des Radios die Nachricht von einem endlich beendeten Krieg in Vietnam, nachdem die Zahl der Toten die der Lebenden überstiegen hatte. Schließlich feuchtete Patience ihren Zeigefinger an und schlug ihre Bibel auf:

Bist du es, der der Löwin jagt die Beute?
Kannst du die Gier der jungen Löwen stillen,
Wenn sie in den Lagern niederducken,
Und im Gebüsche auf der Lauer liegen?

Ich schlief auf einem Feldbett unter einem Laken, das steif und kratzig wie ein Stück Wellblech war.

Oh, Inbild des Glücks!

Leider dauerte es nur eine knappe Woche! Eines Morgens vernahm ich die Stimme dessen, den ich von der Liste der Lebenden streichen wollte! Von jenem, den ich jede Nacht im Traum mit einem jener tückischen und kraftvollen Schläge umbrachte, die Manuel den *Boniten** versetzte. Er stand ohne Kopfbedeckung im Strahlenkranz der aufgehenden Sonne, die

* eine Art Thunfisch

Rastalocken auf seinen Schultern und die Augen von einer Liebe überfließend, von der ich nichts mehr wissen wollte, die Verräterin Melissa an seiner Seite: »Coco, Coco! Du mußt nach Hause zurückkommen, ein großes Unglück ist passiert! Du mußt zu ihr zurückkommen!«

6

Die Leute sagen, daß der Tod meines Großonkels Jean Louis, der ihn in den frühen Morgenstunden des 24. März 1971 ereilte, ein angekündigter Tod gewesen sei. Die Leute sagen, daß eines Abends ein Komet wie ein Flugzeug mit eingeschalteten Scheinwerfern den Himmel von Anse Laborde überquerte und bei der Insel Antigua niederging. Eines Mittags wurde eine Hälfte der Sonne schwarz wie Tinte, während ein Sturmregen hinter einer Linie nördlich von Grands-Fonds-les-Mangles niederging. Als der letzte Tropfen schließlich gefallen war, fand man verschmorte Kröten und andere Wassertiere mit verkohltem Maul im Morast. Delices aus Anse Bertrand, eine Negerin im Alter von vierzig Jahren und noch Jungfrau, begann auf dem Heimweg von der Frühmesse, wo sie wie jeden Morgen die Kommunion empfangen hatte, wirres Zeug zu reden und kündigte den gewaltsamen Tod eines Gerechten an. Da es auf die Osterzeit zuging, glaubte man, es handele sich um den immer wieder durchlebten Leidensweg unseres Herrn Jesu Christus, so daß ihre Weissagung nicht die ihr gebührende Aufmerksamkeit erhielt.

Im nachhinein beschwor Fabienne, daß Pablo, der Sohn, mit dem sie schwanger war und der vier Monate später mit Tränen in den Augen als Waise das Licht der Welt der Lebenden erblickte, sich dreimal brutal gegen die Innenwand ihres Bauches geworfen habe, wie um das Eintreten der Tragödie anzukündigen.

Die Leute erzählen auch, daß die Hähne in der Dunkelheit um Mitternacht ihr Kikeriki krähten, daß trotz Fußtritten und Flüchen die Hunde stundenlang heulten und daß oben auf dem Zandoli-Berg ein Fromager, der Baum des *Soukougnan**, ohne ersichtlichen Grund seine Blätter verlor und kahl wie ein Filao dastand.

Nach Ansicht aller verlebte Jean seine letzten Tage wie ein Mensch, der sich auf eine schwierige Überfahrt vorbereitet. Er besuchte Gesner und Marietta, bei denen er sich seit vielen Monaten nicht mehr hatte blicken lassen. Ersterer sollte nie vergessen, wie er zu früher Stunde, als er gerade seinem pausbäckigen Jungen die Flasche gab, Jean das Gatter öffnen sah, das Gesicht verwirrt und die Kleidung zerknittert, als hätte er darin die Nacht verbracht. Da all seine Zuneigung sich gegen seinen Willen wieder in ihm regte und er eine Katastrophe vorausahnte, fragte er: »Freund Jean, stimmt irgend etwas nicht? Du siehst aus, als machtest du dir große Sorgen. Warum?«

Jean schwieg eine ganze Zeit lang und fuhr über den steinrunden Kopf des Kindes, das sein Weinen unterdrückte. Dann sagte er schließlich: »Es stimmt! Erstens mache ich mir Sorgen wegen unserer Thécla. Und ich bin nicht der einzige. Ihr weißer Ehemann hat Jacob geschrieben, um mitzuteilen, daß es ihr schlecht gehe, und zu fragen, was wir tun könnten. Aber was können wir tun?«

Gesner schwieg, denn es schmerzte ihn zu sehr, wenn jemand von Thécla sprach, und Jean seufzte: »Komisch, dieser Weiße! Er scheint sein ganzes Augenmerk auf Thécla zu richten! Merkwürdig! Demnach könnte ein Weißer eine Negerin in sein Herz schließen? Ich dachte, es sei der Sex, die Exotik . . .«

Gesner, den diese Unterhaltung ungemein quälte, sagte nichts, und Jean zündete sich eine Zigarette an: »Unsere Thécla macht nichts als Dummheiten! Und dann mache ich mir Sor-

* nächtlicher Geist

gen um unser Land. Fabienne sagt nur die traurige Wahrheit. Wenn sich die Patrioten keine andere Strategie einfallen lassen, dann werden wir im Jahr 2000 immer noch Konferenzen über die letzten Kolonien einberufen müssen.«

Gesner brach endlich sein Schweigen, um spöttisch zu fragen: »Was empfiehlst du denn? Du auch: Gewalt? Bomben?«

Jean blickte auf, dorthin, wo die Sterne ihre Kreise zogen: »Ja, mein Lieber! Wir brauchen Märtyrer!«

Gesner traute seinen Ohren nicht. Wovon sprach dieser schon dickbäuchige Mann? Der Vater von Söhnen? Er fragte zurück: »Märtyrer?«

»Ja, Menschen müssen ihr fruchtbares Blut vergießen, damit sich andere erheben.«

Jean überließ Gesner seiner Sprachlosigkeit und ging weiter zu Marietta.

Seit er sie mit ihren fünf kleinen Kindern verlassen hatte, von denen das jüngste keine sieben Jahre alt war, hatte Marietta ihren Exgefährten nicht gerade in ihr Herz geschlossen. Im ›Trink noch einen‹ vertraute sie den Gästen an: »Was ist ein Mann? Ach, nein, auf dieser Welt darf man nicht lieben! Im blühenden Alter von achtzehn Jahren nahm ich mein Herz und schenkte es diesem undankbaren Menschen. Mein Vater Mario, ein Weißfranzose, wollte nicht, daß ich mein Bettlaken mit diesem schwarzen Neger besudele. Aber ich habe zu ihm gesagt: ›Jetzt aber halt! Hör auf mit dem Unsinn. Genau den will ich. Keinen anderen.‹ Jetzt schaut mich an! Das ist der Dank dafür! In zwei Monaten werde ich vierzig, und mein Bett ist kalt wie das einer alten Jungfer. Mein Herz ist sich selbst überlassen, wie ein unfruchtbarer Acker!«

Und immer drauf auf diese Fabienne, die dafür sorgen werde, daß er nicht ins Paradies käme! Die Gäste waren die ewige alte Leier leid und blickten mit gesenkten Köpfen auf ihre Gläser herab.

Als Marietta jedoch den Vater ihrer Kinder mit seiner Grabesmiene hereinkommen sah, strömte alle Liebe in ihr Herz zurück. Sie sah vor ihren Augen, wie sie sich kennengelernt hatten, als er auf dem Rücken seines Maultieres dahergeritten kam und sie ihn so frech abgekanzelt hatte, um sich dann auf einem Heugelage in seine Arme zu schmiegen. Sie fragte: »Na, mein Jean, stimmt irgendwas nicht?«

Mein Jean sagte kein Wort. Da sie wußte, wie man einem Mann die Zunge löst, schob sie ihm die Flasche mit Landrum herüber, und er kippte sich nacheinander drei Gläser hinein, was sie in zwanzig gemeinsamen Lebensjahren nicht erlebt hatte, und meinte: »Ich will dir was sagen, ich war verrückt und hochmütig. Wenn mir etwas zustößt, dann laß die Kinder aus Frankreich zurückkehren. Bitte Jacob um meinen Erbteil und kauf ihnen hektarweise Land, damit sie es bebauen mit grünem Reis, Süßkartoffeln, roten, saftigen Tomaten ...«

Marietta erkannte daran, daß Jean noch immer völlig verrückt war, und entgegnete gereizt: »Glaubst du etwa, daß sie ihr Medizin-, Jura- oder Pharmaziestudium aufgeben, um sich mit der Hacke Blasen an den Händen zu holen?«

»Es muß sein! Es muß sein!«

Marietta betete zum lieben Gott, er möge ihr Ruhe und Geduld geben. Jean leerte ein weiteres Glas und wiederholte: »Es muß sein! Allein darin liegt das Heil! Unsere Väter haben nichts kapiert. Man darf sich nicht zum Knecht der Erde machen. Man braucht sie nur für den Hunger und den Durst!«

Auf einmal fand Marietta zu ihrer schlechten Laune zurück und schnauzte ihn an: »Du hältst dich wohl für einen Pfarrer in der Kirche, daß du mir hier eine Predigt hältst?«

Was dazu führte, daß die beiden Eheleute einmal mehr zerstritten auseinandergingen und die vielen Jahre, die Marietta noch zu leben hatte, kaum ausreichten, um diesen Streit zu bedauern.

Dann traf Jean seine Komplizen.

Hier liegt die Ungerechtigkeit. Der Tod meines Großonkels ist auf den Titelseiten aller großen internationalen Zeitungen verbreitet worden. Sogar die *New York Times* hat ihm einige Zeilen gewidmet: »Widerliches politisches Attentat auf einer kleinen Antilleninsel«.

Denn dieser Kleinbürger, der an der Schreibwut litt und dabei war, mit seiner Klasse zu brechen, war ein Glücksfall für die Artikel der Journalisten. Aber man hat zwei anderen kaum Beachtung geschenkt, ebenfalls Familienväter, umhegte Geliebte und liebende Söhne, die mit ihm zusammen ihr Leben ließen. Felix Thalassa und Ronny Kandassamy.

Der erste unterrichtete Physik und Chemie in Anse Bertrand. Ein Verwaltersohn, eine zwielichtige Gestalt von Kindheit an, der sich aufregte, wenn er sah, wie sein strenger alter Herr, wieder in einen kleinen Jungen verwandelt, unterwürfig seinen *bakoua** mit den Fingern drehte und dem Weißen ›Ja, Chef‹ vorsummte. Ganz allein hatte er gelernt, kleine Molotow-Cocktails zu fabrizieren, die er bei Demonstrationen hochgehen ließ. Bei dem großen Streik der Bauarbeiter war er ganz bei der Sache gewesen und hatte seine teuflischen Geräte in Sandhaufen versteckt, damit sie zwischen den Beinen der C.R.S.** explodierten. Ronny Kandassamy war Inder. In Port-Louis geboren, aufgewachsen auf den Ländereien der Fabrik Darnel, als vorbildlicher Landarbeiter. Dann war er seine Tadellosigkeit leid gewesen und nach Paris gegangen, gerade rechtzeitig, um vom Mai '68 noch etwas mitzubekommen. In seine Heimat zurückgekehrt, war er nun seit fast vier Jahren arbeitslos, denn er wollte seinem Vater nicht glauben, der immer wieder sagte: »Der Kuli ist für das Zuckerrohr gemacht. Das Zuckerrohr ist für den Kuli gemacht.«

Trotz meiner Nachforschungen habe ich nicht herausfinden können, wie diese drei Männer, so verschieden in bezug auf ihr Alter, den Lebensweg und das gesellschaftliche Milieu, sich getroffen und den Bund der Freundschaft geschlossen haben.

* Strohhut
** Compagnie Républicaine de Sécurité, frz. Staatspolizei für Sicherheit und Ordnung (Anm. d. Ü.)

Alles, was ich weiß, ist, daß sie alle drei zusammen ihr Vorhaben austüftelten.

An jenem Samstag ging es darum, eine von Felix fabrizierte Bombe im Wagen des Präfekten Lebreton in Matouba, der ehemaligen Hochburg der mächtigen Weißen, unterzubringen. Lebreton verheiratete seine Tochter. Die geladenen Gäste waren von Martinique, Saint-Martin und sogar aus Frankreich angereist. Genau in dem Moment, wenn das mit Blumen wie ein Karnevalswagen geschmückte Hochzeitsgefährt, mit dem strahlenden Vater Lebreton und seiner Tochter darin, in die Palmenallee einbiegen würde, sollte sie explodieren. Was für ein schönes Symbol, dieses blutende Frankreich! Was genau passierte? Darüber wird in der ganzen Karibik noch immer gerätselt ... Auf jeden Fall wurden Lebreton, seine Familie und seine Gäste um vier Uhr morgens durch eine Explosion in der Garage geweckt, so daß sie mit dem verwirrten Ausdruck von Männern und Frauen, die man brutal aus dem Schlaf gerissen hatte, auf dem Balkon standen, um zu sehen, wie die wütenden Flammen gen Himmel schlugen. Es dauerte Tage, bis man die verkohlten Überreste der Körper identifiziert hatte.

Die Patrioten beeilten sich, aus meinem Großonkel Jean einen Märtyrer zu machen. Sie beeilten sich, ihn in eine Nische zu stellen neben andere Neger, die zu ihrer Zeit in Armut, Sorgen und allgemeiner Gleichgültigkeit gestorben waren, wenn man ihnen nicht bewußt das Leben genommen hatte. Toussaint Louverture, Dessalines, Marcus Garvey, Amilcar Cabral, Martin Luther King, Malcolm X; die Liste wäre lang. Diejenigen, die ihn am Tag zuvor noch schlechtgemacht hatten, beweihräucherten ihn nun, so daß man sich an *Das unbekannte Guadeloupe* erinnerte, das im Staub der Buchhandlungen vor sich hinschlummerte und nun in ein oder zwei Monaten in eintausendsiebenhundert Exemplaren verkauft wurde. Noch schlimmer: Als die Kommunisten, die meinen Großonkel immer als einen komischen, aber ungefährlichen Spinner angesehen hatten, die Wirkung seines Todes auf unser Volk erkannten, das wirklich Märtyrer braucht, nahmen sie ihn für sich in Anspruch. So kam es, daß die Stadtverwaltung von La Pointe unsere gute alte Place de la Victoire umbenannte, um daraus die Place Jean Louis zu machen. Aber die Leute kümmerten sich wenig um diese politisch motivierten Änderungen und gaben ihr weiterhin den durch die Gewohnheit gefestigten Namen! Einige Stadtverordnete gingen sogar so weit, den Ankauf des schönsten Hauses der Stadt vorzuschlagen, eines von ehemaligen Sklavenhändlern, das Haus Fouquier-Barrat – ein am Ende des 18. Jahrhunderts aus Eisen und rosafarbenen Ziegeln errichtetes Gebäude –, um daraus ein Museum für den Verblichenen zu machen. Was aber sollte man auf zwei Etagen ausstellen? Einige Exemplare von *Das unbekannte Guadeloupe*? Den Strohhut, den er gerne zu seinem Schutz aufsetzte? Den Stock, auf den er sich stützte, wenn er im Unterholz herumspazierte? Das erschien doch recht spärlich, so daß man die Idee schließlich fallen ließ. Was meinen Großvater Jacob betraf, so hatte er seine eigene Meinung über Jeans Tod. Er hatte das Gerede seines Bruders nie ernst genommen und glaubte aufgrund wiederholter Treffen in den vorausgegangenen Monaten zu wissen, warum Jean auf seinen Tod zugegangen war. In Wirklichkeit war es Anaïse gewesen, jene im blühenden Alter der Lächerlichkeit preisgegebene Frau, die ihn mit sich gerissen hatte. Die Jugendsünden sind wie unsere Vulkane, Soufrière oder Pelée. Man hält sie für erloschen. Eines Morgens erwachen sie dann ohne Vorwarnung und bedecken die Bananenplantagen mit einem Leichentuch aus Asche, die das Leben erstickt.

Der Gedanke an Anaïse hatte ihn nie verlassen. Wie hätte er auch ihre Schönheit von sechzehn Jahren vergessen können, ihren wie Kongo-Zuckerrohr aufragenden Körper, überragt von der schmückenden Zierde ihres makellosen Gesichts. Ihre Lippen, fruchtig und dunkelrot wie Kaffeekirschen! Im Alter von vierzig Jahren war sie mit Macht zurückgekehrt, und er hatte nur noch mit ihr gelebt. Bei Tagesanbruch, wenn er seinen Kaffee süßte, war sie da. Sie war da, wenn er seinen Federhalter aufschraubte, um die Einfälle seiner schlaflosen Nächte niederzuschreiben. Sie war da, wenn er sich mit Bauern unterhielt, die, scharfsinnig und aufmerksam, die Leere in seinem Blick bemerkten und sich zuflüsterten, daß ihnen ihr Freund verändert vorkam. Sie war vor allem da, wenn er mit Fabienne schlafen wollte, und wenn er sie sah, weder wütend noch rachsüchtig, nur aufmerksam, in das Moskitonetz gehüllt, dann erlosch seine Lust wie ein Feuer im Regen. Im Schlaf sah er sie wieder, wenn sie ihm den Schweiß seiner schlechten Träume von der Stirn wischte. Jacob, dem er sich anvertraute, wiederholte unermüdlich, daß daran nichts Merkwürdiges und Unnormales sei: »Es ist wie mit Mama Elaïse! Sie verläßt mich niemals. Sie berät mich in allem, was ich tun soll. Wäre sie nicht da, so wäre ich wie eine notleidende Seele! Und die anderen sind auch da ...«

Aber Jean hatte ihn nicht anhören wollen. Er hatte diese Gegenwart auf seine Weise interpretiert, sie als Aufforderung aufgefaßt und ihr gehorcht. Oh ja, er hatte seinen Entschluß wohl überlegt! Er hatte sich nicht heimlich in einen Fluß gleiten lassen, der Hochwasser führt und auf seinem Weg Rinder, Kühe und Gelege mit sich reißt. Er hatte nicht verstohlen giftige Maniokknollen gekaut und auch keine Mancinellen-Beeren, um steif und kalt in den ewigen Schlaf zu sinken. Nein! Er hatte sich für das Spektakuläre entschieden und mit einem Pinsel hellroter Farbe die aufsteigenden Zeichen seines Todes in den erleuchteten Himmel der Insel gemalt! Jacob erkannte ihn an dieser letzten Tollheit genau wieder! Er hätte nie wie jedermann leben können, der kleine Bruder, der im Jahr eines Wirbelsturms geboren war! Alles in allem zu stolz, zu hochmütig bei seiner nur scheinbaren Entsagung! Der Tod konnte ihn nicht auf einem Krankenlager heimsuchen, um ihn an seiner Seite, vor einer trauernden Witwe und Kindern, zu einem einfachen Grab zu führen. Nein! Er brauchte zwei- bis dreitausend Menschen hinter seinem Sarg und ein bestürztes Guadeloupe, das sich unaufhörlich fragte: »Wahrhaftig, kann man für die *Lendependans** sterben?«

7

Thécla stand neben der geöffneten Gruft, als wollte sie sich in deren Inneres schmiegen, um ebenfalls zu sterben. Ihre blinden Augen hatten die Zeitungen nicht gelesen, die dieses eine Mal in Rührung und Bedauern übereinstimmten. Ihre tauben Ohren hatten die verlegene Predigt des Pfarrers nicht gehört, der zwischen seiner Sympathie und seiner Angst vor dem Bischof schwankte. Ihr Mund, von Tränen salzig, hatte die beiden Witwen (um es so zu sagen!) nicht küssen können, die jeweils den ganzen Respekt und das gesamte Beileid für sich beanspruchten. Mir war nie aufgefallen, wie meine Mutter gealtert war. Nun war sie eine alte Frau, wie sie dort in der Sonne stand: mit ihrem Haarschopf zwischen den mit Hüten oder Kappen bedeckten Köpfen, dafür aber in volle Trauerkleidung gezwängt, die Cousine Nirva ungeschickt zusammengeschneidert hatte. Zwei senkrecht verlaufende Furchen bildeten sich von ihren Nasenflügeln bis zu ihrem Kinn heraus, das durch ein Grübchen in zwei Hälften geteilt war. Ihre Wangen waren schlaff und eingefallen. Ihre matten Augen lagen zwischen den mit Mascara verschmierten Wimpern, denn um das Irreparable zu reparieren, hatte sie sich mit Schminke, Marke ›Jungle Line‹ (speziell für die schwarze Frau) eingepinselt. In dieser Aufmachung, ein Teerhaufen in Karnevalsbemalung, durchlitt Thécla ein Martyrium. Wie gehabt: Wie liebte sie ihren Onkel, wie undankbar war sie ihm gegenüber und wie sehr hatte sie ihn enttäuscht. Ach ja, ihr Leben war ein Schmierpapier, voller unzähliger Kleckser, Streichungen und hingekritzelter Wörter! Was

* Kreolisch »Unabhängigkeit« (Anm. d. Ü.)

tat sie auf Jamaika? Was suchte sie dort? Tja, sie wußte es selbst nicht mehr. In ihrer Verwirrung lehnte sie sich mit ihrem ganzen Gewicht gegen ihren Vater, der, durch diese Berührung überrascht, in Zärtlichkeit dahinschmolz und davon träumte, sie in die Arme zu nehmen wie früher, in jenen kurzen Jahren, als Tima und er alles für sie waren. Welch hartes Brot war doch die Vaterschaft! Ach, wenn die Gwo-ka-Trommel des Todes erst einmal zu schlagen aufgehört hätte, dann würden sie einen Plausch halten! Er würde sich in den Schaukelstuhl setzen, sie säße zu seinen Füßen, Tima unsichtbar zwischen ihnen, und er würde sie dazu bewegen aufzugeben, ihr Herumirren zu beenden, zu ihrem Mann zurückzukehren, so weiß er nun auch sein mochte, und sich um ihr Kind zu kümmern. Zu verzichten also! Auf die Träume, den Ehrgeiz, die Sorge um den Neger, das Volk (man nenne es, wie man will!), denn sie würden sowieso in dieser länglichen Kiste mit den schweren Beschlägen landen.

Da der Tod die Macht hat, die Breschen in den Familienfronten vorübergehend zu schließen, war mein Großonkel Serge mit Nadège und einigen Kindern, den jüngsten, von Gourbeyre heruntergekommen. Das Zeichen der Ehrenlegion im Knopfloch, schlank durch Bahnen im Schmetterlingsstil in seinem Swimmingpool, durch Dauerläufe an den Hängen des Soufrière und durch Saunabesuche in der Rue du Sable von Basse-Terre, so hob er sich ab, platzte in die Familie hinein, so daß die Leute sich fragten, woher dieser Louis kam, der so gar nicht nach einem aussah. Unter dem Erscheinungsbild eines Fremden litt jedoch auch Serge unter dem in seinen Augen absurden Tod des kleinen Bruders, geboren im Jahr des Wirbelsturms, und machte sich Vorwürfe, daß er ihn so hart als Demagogen und Heuchler angefahren hatte. Letztlich verlangte es Mut, um die ganze Zeit in einem strohgedeckten Haus ohne fließendes Wasser und Strom und mit Bauern zusammenzuleben, die in derbem Kreolisch über das Abschlagen des Zuckerrohrs, den Transport mit Ochsenkarren zur Fabrik und das

Unkrautjäten in ihren Gemüsegärten redeten! Vielleicht war Jean doch ein Heiliger, den er verkannt hatte?

Ich war die einzige, die sich strahlend in dem warmen Bad der Trauer, in das wir getaucht waren, treiben ließ. Zunächst einmal hatte ich meinen Großonkel wenig gemocht, einen eingebildeten Herumkommandierer, der mir immer nur gesagt hatte: ›Geh spielen!‹

Oder: ›Bleib still sitzen!‹

Vor allem hatte ich mich selbst wiedergefunden. Ich ließ meine Wunden heilen.

Flora Lacour, die ich willig und aus Haß auf meine Mutter ›Freundin Flora‹ nannte, hatte mich ins Herz geschlossen, und ich schlief, gewaschen, mit einem Baumwollschlafanzug ausstaffiert, der einem ihrer Jungen gehört hatte – meinen Onkeln, die aber offenbar nicht zur Nachkommenschaft meines Großvaters zählten und ehrfürchtig die Augen niederschlugen, wenn sie sich an meine Mutter, ihre Schwester, wandten –, zwischen Bettlaken, die nach Ylang-Ylang-Blättern dufteten! Meinetwegen hätte ein Louis pro Tag eines gewaltsamen Todes sterben können, wenn sein Tod solche Folgen gehabt hätte!

Schon als ich mich von der Totenwache davongestohlen hatte, während die Frauen mit Rosenkränzen zwischen den Fingern die ›Vaterunser‹ und die ›Gegrüßet seiest du, Maria‹ herunterbeteten und die Männer weißen Rum tranken und sich Witze erzählten, war ich in das Büro meines Großvaters geschlichen und hatte wieder die Familienalben aufgeschlagen. Sie standen noch am selben Ort. Sie waren alle da und warteten auf mich. Angefangen bei dem schönen Neger im Alter von ungefähr zweiunddreißig Jahren, schön mit seinem Kopf in Form eines Eies, seinem Kinn mit einem Grübchen (das meiner Mutter!) und seinem großen Mund, der eine unendliche Zahl von Zähnen zeigte, um die Welt zu verschlingen . . . bis zu ihm. Bis zu Dir. Albert als kleiner Junge, dessen Haar auf der linken Seite durch einen Scheitel geteilt und sorgfältig gekräuselt war. Matrosenanzug. O-Beine. Stiefelchen. Der ohne zu lachen oder zu lächeln in die Kamera blickte und von dem keiner mehr etwas wußte. »Das war der Sohn eines Jungen, den dein Urgroßvater Albert mit einer englischen Negerin hatte, die er in Panama kannte ...«

Ich begab mich unverzüglich wie eine Ameise an die Arbeit, las alle Krümel an Informationen auf, trug sie zusammen, um sie an einem sicheren Ort, in meinem Kopf, aufzubewahren.

Bald schon sollte man sich wundern: »Was für eine kleine Neugierige!«

Protestieren: »Was geht denn dich das an? Selbst deine Mutter war damals noch nicht geboren!«

Die Stirn falten: »Warte, warte! Ich selbst war noch klein. Es war mehr etwas, was man mir erzählt hat. Meines Erachtens war das vor dem Krieg. Oder war es in der Zeit von Sorin? Auf jeden Fall standen auf dem Hügel vom Krankenhaus noch die Tamarindenbäume. Donnerstags war keine Schule, und wir spielten ›Heiß und kalt‹ oder ›Bockspringen‹ ...«

8

Noch bevor man meinen Großonkel Jean für die Ewigkeit in sein Grab bettete, wurde er für ein weiteres Leben in der Welt der Lebenden wiedergeboren. Elaïse hatte ihn genau am Tag des Wirbelsturms von 1928 zur Welt gebracht. Während der Regen auf dem durcheinandergeratenen Wellblech tobte, hatte die Hebamme, Madame Fidelius, in hohen geputzten, ganz durchweichten Stiefeln, das schreiende Neugeborene, dessen Gesicht bis zum Kinn von einer undurchsichtigen Haut überzogen war, vor den Fluten gerettet. Dann hatte es zum ersten Mal gierig an der Brust gesaugt, und zwar unter dem Schutz eines Regenschirms, den die Hausangestellte am Kopfende des Bettes zitternd in der Hand hielt. Aus diesem Grunde war das Wasser wohl immer sein bevorzugtes Element gewesen. Mit vier Jahren, wenn Kinder eben ihre Beine richtig im Gleichgewicht halten, schwamm er geradewegs zum Inselchen von Gosier. Später würde er die Boote von Anse Laborde beim Wettschwimmen schlagen. Und zudem war er stur! Mit sechs Jahren, als er die berühmte, sterbenslangweilige Geschichte ›Unsere Vorfahren, die Gallier . . .‹ wiederholen sollte, hatte er laut losgelacht und, wie überheblich, den Mund nicht aufmachen wollen. Ebenso mit sechzehn, als er kein Knecht wie die anderen werden wollte und den mühseligen Weg des Volkes auf sich nahm. Und so weiter und so weiter . . . Es entwickelte sich eine Rivalität zwischen Grands-Fonds-les-Mangles und Anse Laborde, wobei sich beide Ortschaften die Episoden seines Lebens gegenseitig an die Köpfe warfen. In Grands-Fonds-les-Mangles hatte er der Kolonialverwaltung den Rücken gekehrt. Ja, aber, aber in Anse Laborde hatte er *Das unbekannte Guadeloupe* verfaßt! Seine erste noch ganz junge Frau, Anaïse, kam aus Grands-Fonds-les-Mangles. Ja, aber seine Ehefrau war gebürtig aus Anse Laborde! Und so weiter und so weiter . . . Ach ja, seufzten die Alten und zogen an ihren Pfeifen, er war ein großer Neger, im Grunde ein Neger wie die, die sich der Sklaverei widersetzt hatten! Einen Neger wie ihn, den hatte man nicht mehr gesehen seit . . . seitdem der Verwalter Simidor, der das ›Ja, Chef‹ leid gewesen war, die Landarbeiter beim Sturm auf das Anwesen Bertin Desmarais angeführt hatte. Das war 1914, im selben Jahr, als die Weißfranzosen begannen, ihr kleines Lieblingsspiel zu spielen. Und so weiter und so weiter . . . Sogar Marietta, die besser als jeder andere um die wirkliche Größe ihres Mannes wußte, gab der Versuchung nach: »Er konnte tagelang ausharren, ohne zu essen und zu trinken. Ohne auch nur einen Tropfen Kaffee im Magen. Um zu schreiben, zu schreiben. Wenn ich ihm in einem unpassenden Moment eine Kleinigkeit brachte, eine Scheibe Avocado, Maniokmehl, ein Chiktay vom sauren Hering, dann sprühten seine Augen Blitze: ›Himmeldonnerwetter, Frau! Glaubst du etwa, daß ich nichts anderes im Kopf habe als das Essen!«

Den krönenden Schluß bot Gesner, der vergaß, wie freudig Jean seinen Rivalen aufgenommen hatte, und ihm zu Ehren ein Konzert für zwei Flöten, eine Ti-bwa und zwei Gwo-ka komponierte, das an einem Sonntag in der Kirche von Anse Bertrand gegeben wurde! Die Zuhörerschaft vergoß heiße Tränen und strömte dann in einer Sturmflut zum Altar. Beim ›Ite Missa est‹ flog eine versehentlich hereingeratene Elster unter dem Gewölbe her, und jeder schwor, daß es der Verstorbene sei, um mit jenen, die ihm ihre Ehre erwiesen, das Abendmahl zu feiern.

Sobald der Familie nicht mehr nur danach zumute war, den Dahingeschiedenen zu beweinen, wurde deutlich, daß Flora und Thécla unmöglich unter einem Dach im Haus in der Rue du Faubourg-d'Ennery zusammenwohnen konnten. Die erste verstand nicht, daß jemand, der Achtung erwartet, den Lebenswandel der zweiten haben konnte. »Meine Liebe, das ist keine Frau! Das ist ein Feuerwehrmann: den ganzen Tag im Qualm! Wenn sie sich dazu durchringt, ihr Bett zu verlassen, dann gehe ich ins Zimmer und reiße die Fenster ganz weit auf. Luft, Sonne! Und was für ein Schluckspecht!«

Mein Großvater Jacob, der zu seiner Tochter hielt, wollte Flora schon befehlen, ruhig zu sein oder sein Haus zu verlassen, als Thécla die Initiative ergriff und nach Juston zog.

Heute verstehe ich, daß sie sich in Wirklichkeit vergrub, um Luft zu holen zwischen zwei Schmerzen, zwei Wogen des Leidens, wie ein erschöpfter Schwimmer, der auf der See hin- und hergeworfen wird. Damals sah ich nur, daß ich von ihrer Gegenwart befreit war!

Da ich mit über zwölf Jahren kaum lesen und schreiben konnte, drei Sprachen gleichermaßen radebrach, um ihnen dann noch eine vierte, das Kreolische, hinzuzufügen, das meine Cousins und Cousinen ausschließlich sprachen, sobald sie außer Hörweite der Erwachsenen waren, vertraute man mich Madame Lacour an, einer Sonderschullehrerin im Ruhestand, die an zurückgebliebenen Kindern schon wahre Wunder vollbracht hatte.

Danke, Tante Antonine, wie ich sie nach den erhaltenen Anweisungen nennen sollte! Danke für die viele Mühe und Geduld!

1 Sonnenblume + 2 Geranien
3 Disteln + 4 Margeriten
5 Kornblumen + 6 Narzissen
7 Tulpen + 8 Vergißmeinnicht
9 Mohnblumen + 10 Zwergdahlien ...

Leider verirrte ich mich in diesem Beet voller Blumen, die ich nie gesehen und an denen ich nie gerochen hatte, so oft und so gründlich, daß Tante Antonine all ihren Mut zusammennahm und in der schön geschwungenen Schrift einer Sonderschullehrerin im Ruhestand an meinen Großvater Jacob schrieb, daß ich einen besonders ausgebildeten Erzieher bräuchte. Vielleicht in der Metropole? Während ich darauf wartete, daß mein Großvater voller Kummer Floras Druck nachgeben und ein ernstes Wort mit seiner Tochter sprechen würde, konnte ich die Zeit meiner Leidenschaft widmen: der Suche nach Bébert.

Ich folgte ohne größere Schwierigkeiten den Fußspuren seines Vaters. Das Gymnasium. Die Freundschaft mit Gilbert de Saint-Symphorien. Die Abreise nach Angers. Dort angekommen jedoch, stolperte ich und verstand nichts mehr. Was war passiert, daß er und sein künftiger Sohn aus dem Verzeichnis der Louis gestrichen wurden? Seinem Vater getreu sagte mein Großvater Jacob in seiner verwirrten Art: »Ein Unfall ist passiert!«

Unfall? Ein Unfall?

Während ich tagsüber Zeit hatte, um mir über dieses Rätsel den Kopf zu zerbrechen, war es abends damit aus. Wenn es Viertel nach sechs schlug, rief mich mein Großvater aus dem Erdgeschoß, und wir brachen zum Friedhof auf. Die kurze Strecke bis zum Viertel von Saint-Jules war von drei unumgänglichen Stopps unterbrochen: im Schusterladen eines Cousins namens Séraphin Chèradieu, der seine Nägel ausspuckte, um zu fragen, ob ich in der Schule auch schön fleißig wäre. Im nach Nelken duftenden Lolo einer Cousine, Mérita Blanchedent, die die gleiche Frage stellte. Im Wohnzimmer einer verwitweten, blinden Großtante, Altagras Sophocle, die die gleiche Frage stellte, aber als Zugabe ihre knochigen Finger über mein Gesicht fahren ließ. Nach diesen drei Stationen betraten wir die Stadt der Toten. Mit verklärtem Gesicht, gewandt und flink wie ein kleiner Junge, erneuerte mein Großvater das Wasser in den Vasen, schnitt mit einem sehr feinen Taschenmesser die Stiele der Blumen ab, die sich noch gut hielten, ersetzte jene, die verblüht waren, zündete die erloschenen Grablichter wieder an und fegte das Grabmal mit einem kleinen Besen aus Blättern ab, wobei er unaufhörlich halblaut plauderte und die Unterhaltung mit seinen Unsichtbaren durch Seufzer und Kopfschütteln unterstrich. Während ich auf den Steinen saß, die von der Sonne des Tages ganz heiß waren, schaute ich ihm zu, glücklich über sein Glück, um dann an meines zu denken und zu beten: »Du dort oben, lieber Gott oder Jahwe, Weißer oder Schwarzer, mach, daß sie mich hier läßt!«

Guadeloupe, das war mein Land!

Die Menschen wählen ihr Land nicht aus. Es wird ihnen mit einer Mutter, einem Vater, Brüdern, Schwestern ... am Morgen nach der Nacht in der Gebärmutter mit in die Wiege gelegt.

Ich jedoch hatte meins aus einer Vorliebe heraus gewählt, statt der grauen und feuchten Bretagne, wo ich doch eine friedliche Zeit mit Mama Bonoeil verlebt hatte, und statt Jamaika, jenem Quilombo, der von den Hunden des Meeres in Aufruhr gehalten wurde!

Aber wozu den lieben Gott oder Jahwe bitten? Die beiden haben anderes zu tun, als sich die Flennereien der Menschen anzuhören! Vergeblich wiederholte ich jeden Tag mein Gebet. Eines Abends bei der Rückkehr vom Friedhof, wenn Flora gewöhnlich im Schatten des Balkons auf uns wartete und dann herunterkam, um das Essen warm zu machen und aufzutragen, erblickten wir das Haus, wie es wie ein Frachter in der Nacht auf allen Stockwerken erleuchtet war. Mein Großvater schreckte auf und ging schneller: »Thécla! Thécla!«

Oh ja, da stand sie mit ihrer verklebten Wimperntusche und ihrem struppigen Haar, den unterwürfigen Gesner an der Leine. Ohne nach rechts oder links zu blicken, sagte sie: »Wir fahren morgen wieder ab, Coco und ich!«

Ich habe mich lange gefragt, ob Thécla wußte, was in Black River auf sie wartete. Ich weiß heute, daß sie nichts davon ahnte und offenen Auges den Wirrungen ihres Leids entgegenging wie der Bestrafung für eine Schuld, die sie nicht auf sich geladen hatte, die aber seit ewigen Zeiten im Blut unserer Familie umtrieb, welche nie zufrieden war, unfähig, das, was sie suchte, zu bekommen und sich darüber zu freuen: Geld, Ehre, Glück!

Ich verbrachte die Nacht mit Weinen und Zähneknirschen und damit, tausend Pläne zu schmieden. Und wenn ich mich in Juston versteckte? Die Bauern würden mir doch wohl etwas von ihrem Wurzelgemüse abgeben und die von Viard zurückkehrenden Fischer einige von ihren Balaroufischen? Und wenn ich die sechzig oder siebzig Kilometer, die mich von Gourbeyre trennten, liefe, um meinem Großonkel Serge meinen Fall zu unterbreiten, der, Ausnahmen sind nicht die Regel, sein Glück dort, wo er war, gemacht hatte und sich damit wohl fühlte? Die Wesen der Nacht machten mir keine Angst. Die Späße von Ti-Sapoti wüßte ich schon zu vereiteln. Was das dreifüßige Pferd des Ungeheuers Man Hibè betraf, so würde ich es von weitem kommen hören und mich in einen Graben, in den Schutz des Guineagrases werfen. Und wenn ich geradewegs zur Porte d'Enfer liefe, dorthin, wo der Bandit Thesmée drei Monate lang den Gendarmen, die ihn verhaften wollten, Widerstand geleistet hatte?

Doch das Auge des Morgens öffnete sich, graublau, und erblickte mich zusammengerollt in meinem Bett.

Als mein Großvater Jacob in mein Zimmer kam, war es schon acht Uhr, denn seit seine beiden unehelichen Söhne

Rodrigue und Carmélien um den Platz als seine rechte Hand im Geschäft wetteiferten, gönnte er sich Freuden, die er vorher nie ausgekostet hatte: ausschlafen bis sieben Uhr, heißen Kaffee im Bett, von Flora mit einem Zopfbrötchen und einem Stückchen Corossol serviert. Seine Trauermiene war trauriger als je zuvor. Er wischte mir die Tränen ab. »Ich habe versucht, mit ihr zu reden. Sie will nicht.«

»Warum? Warum?«

Er zuckte mit den Schultern, so als verstände er überhaupt nichts von all dem, was im Kopf und im Herzen seiner Tochter vorging. Dann krächzte er: »Du wirst wiederkommen! Du wirst wiederkommen! Wir bleiben hier und warten auf dich! Die Toten ebenso wie die Lebenden sind da!«

9

Im Flugzeug passierte es zum ersten Mal seit jenen drei Jahren, die wir Seite an Seite lebten, jede hinter ihrer Mauer, daß meine Mutter zu sprechen begann, mit jener etwas rauhen und dennoch melodischen Stimme, die ihr eigen ist, flüssig und dennoch stockend, hell und dennoch voller Schatten: »Es stimmt, du bist das Kind meiner Schande und meines Kummers. Ich kann das nicht vergessen. Wenn du vor mir stehst, dann sehe ich nicht dich, Coco. Sondern deinen Vater mit dem schönen Lächeln eines wohlerzogenen Jungen, während der letzte Zuckerrohrschneider aufrichtiger war als er. Und seine Mutter sehe ich auch, wie sie aufbraust und mich fragt, aus welcher Familie ich denn stamme, und angewidert den Stockfischgeruch unseres Namens beschnüffelt. Denn niemand hat je über meine Hautfarbe gesprochen, die in Wahrheit das eigentliche Problem darstellte. Man spricht nicht von der Hautfarbe, auch wenn sie da ist und ins Auge springt, das tut man einfach nicht! Diese Hautfarbe ist schmutziger als der grüne Durchfall der

Amöbenruhr oder die schwefelgelbe Pisse der Blasenentzündung! Wenn ich dich sehe – ja, ich kann nichts dafür –, dann sehe ich das alles! Sie, ihn! Unsägliche Dummheit, bornierte Überheblichkeit, Schäbigkeit, oh Schäbigkeit! Dahinter liegen dann vielleicht noch viele andere Dinge, die im Lichte unserer beiden Herzen schön erscheinen würden, die ich aber nicht sehen kann. Leider ist es nun einmal so, und weder du noch ich können daran etwas ändern. Wir sind dazu verdammt, bis an unser Lebensende zu gehen, ohne uns jemals die Hand reichen zu können! Hoffen wir, daß es in jener unsichtbaren Welt, von der mein Vater, dein Großvater, soviel spricht, anders ist!«

Dann wandte sie ihren müden Kopf dem blauen Oval des Fensters zu.

Als wir in Kingston ankamen, war ich noch völlig in Tränen aufgelöst, und der Sinn stand mir nach allem anderen, als mich darüber zu wundern, daß Manuel allein gekommen war, um Thécla abzuholen, und sie wie eine entkräftete Kranke zu einem geliehenen Mercedes führte!

Am 12. Oktober 1971 heirateten Terence Cliff-Brownson und Ottavia di Maggio in der Baptistenkirche der N. Shepard Street in Washington D.C. Achthundertfünfzig Personen wohnten der Zeremonie bei. Die ganze haitianische Gemeinde der Umgebung war anwesend, einschließlich zweier Ex-Tontons Macoutes, die in einer New Yorker Wäscherei wieder zu Ansehen gelangt waren. Vor dem Abendmahl sang Ottavia ein von ihrem Ehemann komponiertes Lied, das sie ins Kreolische übersetzt und vertont hatte und das ich hier auf Französisch wiedergebe:

». . . der Himmel baut sein Nest und die
Sonne labt ihre Zunge gleich einem Rind daran
*Die Spinnen schlafen in seinen Windungen . . .«**

* Jean Ristat möge mir die kleine Entlehnung aus dem *Grab des Herrn Aragon* verzeihen!

Von jenem Tage an betrat sie keine Bühne mehr und trat nicht mehr vor Publikum auf, sondern sie widmete sich der Erziehung ihrer Söhne. Vier sind es, von denen der erste fünf Monate nach der umwerfenden Vermählungsfeier geboren wurde.

Jahrelang habe ich mich geweigert, auf die liebevollen und pathetischen Briefe zu antworten, die Terence mir schickte. Dazu habe ich mich erst vor drei Jahren entschlossen, was zeigt, daß ich später als die meisten Leute das Erwachsenenalter erreichte. Das Paar wohnt in einem Wohngebiet außerhalb von Philadelphia, denn Terence, der drei oder vier von Kritikern hoch gelobte Gedichtbände veröffentlicht hat, unterrichtet an der Temple University. Die Vorlesung über ›Musik und Macht des Volkes in der Karibik. Das Beispiel Jamaika und Haiti‹ zieht eine Unzahl von Studenten an und bringt ihm eine unbeschreibliche Beliebtheit auf dem Campus ein. Er ist mehrmals nach Jamaika sowie nach Haiti gereist, während Ottavia erst '86, als Duvalier Fils gestürzt wurde, wieder den Fuß dorthingesetzt hat. Sie brach mit ihrem Vorsatz und gab ein Gratiskonzert vor zweitausend Menschen im Rausch der Freiheit. Terence, der immer noch schön ist, hat seine Rastalocken abrasiert (das sind alles nur noch Kindheitserinnerungen!). Im Jogginganzug nimmt er mich am Arm und zieht mich zu einem Park, dessen Schneedecke unter unseren Stiefeln knirscht. »Wie geht es ihr?«

»Gut, gut!«

Schweigen. Die harte Luft des Frostes schneidet uns die Lippen. Endlich ringt er sich durch: »Ich weiß, was du denkst. Ich wälze nicht alle Verantwortung von mir ab. Dennoch solltest du versuchen zu verstehen. Thécla war in der Überzeugung aufgewachsen, daß ihr alles zustand . . .«

Ich unterbreche ihn: »Das ist es nicht, was ich versuche zu verstehen. Ich frage mich die ganze Zeit, was ihr gespielt habt, ob ihr nicht einfach Schwindler wart, Heuchler!«

Er denkt lange nach: »Nein, weder Schwindler noch Heuchler. Naive Kleinbürger! Und sehr ehrgeizig!«

Erneutes Schweigen. Dann sieht er mir in die Augen: »Was ist das für ein Typ, ihr Mann?«

»Ein ganz netter Typ!«

Schweigen. Ich schätze, daß eine Menge Fragen immer wieder in seinem Kopf herumgehen. Trotzdem stellt er sie nicht und nimmt meine Hand: »Bleib bei uns, Coco! Bleib bei uns! Es würde mich so freuen!«

Ich hätte das Angebot vielleicht angenommen, wenn Ottavia nicht gewesen wäre. Wenn ich sie sehe, sind meine Kindheitsgefühle unbeschadet wieder da. Wie eine Glucke, aber elegant, so verhätschelt sie ihre Jungen. Als sie sie ins Bett geschickt hat, bis auf Julian, den ältesten, der, bis zu den Augen eingepackt, seinen Vater zu einem späten Basketballspiel begleitet, sitzen wir beide vor einer Fernsehserie. Auch sie versucht, sich zu rechtfertigen: »Ich weiß, was du denkst, aber du mußt versuchen zu verstehen ...« Und so weiter und so weiter ...

Etwas später, im nächtlichen Amerika, trockne ich meine Tränen, während mir Gedanken durch den Kopf gehen. Wenn ich eine Neufassung von *Der Gast* oder *Ein mörderischer Sommer* spielte? Wenn ich ihnen weh täte, wenn ich mich rächte, wenn ich sie rächte? Denn jene beiden, obwohl sie es nicht wahrhaben wollen, haben meine Mutter umgebracht.

10

Als Thécla sich die Finger bis auf die Knochen verbrannte, weil sie sie anstatt des Vivaneau-Fisches auf den Grill legte, als sie zum vierten Mal umfiel, so daß ihr der Rock bis zur Scham hinaufrutschte und sie sich nicht mehr aufrichten konnte, und als sie nichts mehr von dem zu sehen und zu hören schien, was um sie herum vorging, da beschloß Manuel, den Arzt in Black River aufzusuchen. Der erklärte, er sei in diesen Dingen nicht kompetent, und schlug vor, sie möge sich nach Miami in Florida begeben. Anderthalb Stunden Flug mit Air Jamaika. Manuel lehnte ab und setzte sich in den Kopf, Thécla auf seine Weise zu behandeln. Was brauchte sie? Viel, viel Liebe und die Behandlung durch einen Geisterbeschwörer, der Rasta war und sich mit Pflanzen auskannte.

Thécla begann, Tima ähnlich zu werden. Die Hände auf den Knien gefaltet, die Augen auf das Unsichtbare gerichtet, wiegte sie sich von morgens bis abends im Schaukelstuhl vor und zurück, zurück und vor. Manuel gab ihr zu trinken und zu essen wie einem Kind, wobei er zu ihren Füßen saß, ihr aus den Zeitungen vorlas oder ihr endlose Monologe hielt. »Du wirst wieder gesund, *querida*. Wie ein Feuer wird die Schönheit auf dem Grunde deiner Augen wieder aufleuchten. Du wirst dein Lächeln wiedererlangen, und jene, die dir weh getan haben, werden bestraft. Ich weiß, sie sind es nicht allein. Das ganze Leben müßte man neu schaffen. Wiedergeboren werden am Morgen einer Neuen Welt. Unsere Völker wären anders, zufrieden, glücklich, und wir hätten nicht mehr den Ehrgeiz, ihnen das Glück zu bringen.«

Da Thécla im Takt mit dem Kopf nickte, meinte er, sie stimme zu, und er küßte ihr stürmisch die Hände.

Der Beschwörer kam donnerstags, wenn die Geister günstig gestimmt waren, und hatte in seiner Tasche ein Sortiment kleiner Kalebassen und Fläschchen, die sorgfältig mit Stroh zugepfropft waren. Sie enthielten Puder, Salben, Lotionen, Lösungen, die man schlucken, einatmen, gurgeln mußte, mit denen man sich den Kopf, den Körper, die Gliedmaßen einzureiben hatte. Die einen dufteten wie Magnolien- und Orangenblüten. Die anderen stanken wie Krötenschleim und Ziegenköttel, wieder andere waren beißend wie das Gift der Twa-lang-Schlange, die sich in den Blättern des Meertraubenbaumes versteckt. Der Beschwörer brüllte nach rechts und links, wodurch er sich an seine Gegenüber wandte, die nur seine Augen sahen: »Zurück, zurück! Nimm deine Hände weg von ihr! Bloß weil ihr der Kopf schwer und düster ist, sollst du das nicht ausnutzen! Laß von ihr ab, laß von ihr ab, sag ich!«

Melissa und ich sahen der barbarischen Inszenierung aus den Ästen eines Guavenbaumes zu, ich belustigt, sie zitternd, wobei sie immer wieder zu mir sagte: »Du sitzt da, du lachst und machst Witze! Das hat jedenfalls meinen Papa gerettet, der schon im Sterben lag. Er war schon ganz blau. Der *Obeah-man* hat ihn wieder auf die Beine gebracht. Als er die Augen wieder aufschlug, erinnerte er sich an nichts mehr. Bis heute ist da eine große, schwarze Leere in seinem Kopf. Wenn du ihm bestimmte Dinge erzählst, steht er vor dir wie ein Zombie!«

Die Nachricht von Terence' und Ottavias Abreise wegen Liebe und Heirat sowie der darauffolgenden Krankheit meiner Mutter war wie eine schwarz umrandete Traueranzeige umgegangen. Mit einem Mal war kein Gast mehr im Speisesaal. Nicht einmal eine streunende Katze in den Alleen des Parks oder eine grüne Anoli-Eidechse auf den Dachrinnen! Man sollte meinen, daß weder die Tiere noch die Leute den üblen Geruch des Unglücks besonders mochten!

Aber der Niedergang der Pension Waterloo zog in gewisser Weise eine völlige Umkehr der Einstellungen nach sich. War ich zuvor ein geächtetes Kind gewesen, so wurde ich nun ein von allen gemochtes Kind! Durch einen Zauber gingen die Jalousien hoch, die bis dahin vor der unzugänglichen Abgeschlossenheit der Familien heruntergelassen waren. Die Türen öffneten sich, und tausend gütige Mamas ließen mich zu sich hereinkommen, um mir vom Ackee mit Reis und Stockfisch abzugeben. Man trug auf meine Wunden Pflästerchen aus Blättern auf. Man ließ mich mit Rum verlängerten Kräutertee gegen meinen Husten trinken. Bis hin zur Lehrerin, die mir die letzte Bank der Klasse zugewiesen hatte und die nun unbedingt wollte, daß ich die Liste der Nationalhelden von Jamaika aufsagte:

Nummer eins: Nanny of the Maroons.

Nummer zwei: Marcus Garvey.

Nummer drei: Paul Bogle.

Nummer vier ... Nummer vier ...

Nur die Kinder in der Schule weigerten sich, dieser Mode zu folgen, und lehnten mich wie gewohnt ab.

Da Melissa jeden Abend in ihre Uniform eines kleinen, vorbildlichen Mädchens schlüpfen mußte, um zur Mahlzeit im Kreis der Familie bei Tisch zu erscheinen, lief ich allein bis nach Negrill, wo ich meine geliebten Rasta traf, die sich wie Meerestang in die Vertiefungen der kleinen Buchten schmiegten.

Gesegnete Zeit.

Unendliche Weite des Meeres unter dem Himmel.

Ich habe es zu spät begriffen: In Ermangelung der Liebe, die sie mir nach eigenem Geständnis nicht entgegenbringen konnte, versuchte meine Mutter, mir doch etwas zu geben. Eine Kindheit, die der ihren entgegengesetzt war. Gewöhnt daran, in der trockenen Erde zu kratzen, um zu überleben, und mich mit Brosamen zufriedenzugeben, würde ich ein Herz so hart wie Eisenholz bekommen. So, wie es sein soll. Es sind die Träume im Innern der Köpfe, die töten, die ehrgeizigen Wahnvorstellungen, etwas zu verändern, zu erneuern, wichtig zu sein, die Geschichten von Helden, Vorbildern! »Also steckte Ti Jean eine Fischerharpune in seine Tasche, nahm sein großes Haumesser, schnürte seinen Hüftgurt fest und brach auf: ›Ich gehe fort, um das Ungeheuer, das die Sonne verschluckt hat, zu töten, dann wird das Land, mein Land, wieder im Licht erstrahlen.‹«

Leider war sie in diesem Punkt, ebenso wie in anderen, gescheitert! Ich bin von gleichem Blut! Nach einer gewissen Zeit in Negrill bekam ich dann doch große Gewissensbisse, daß ich ihr in ihrem traurigen Zustand den Rücken gekehrt hatte, so daß ich mich wieder nach Black River auf den Weg machte.

Der Schaukelstuhl stand verlassen und unbeweglich in einer Ecke, während Thécla auf der Veranda stand. Abgemagert, Arme und Beine glichen Guavenstöcken, die Augen versunken und rot wie Lava in der Tiefe eines Vulkankraters, aber sie war gesundet und durchaus kräftig genug, um zu brüllen: »Wo hast du dich nur schon wieder herumgetrieben? Weißt du, daß Manuel sogar zur Polizei gegangen ist?«

Wem war die spektakuläre Heilung Théclas zuzuschreiben? Melissa sagte sofort triumphierend, sie gehe auf das Konto des Beschwörers. Ich für meinen Teil habe eine andere Erklärung. In einem Lied heißt es ja: »Eine gefallene Frau soll niemals die Hoffnung aufgeben.«

Trotzdem waren wir am Ende eines Weges angelangt. Einige Monate oder einige Wochen lang, ich weiß es nicht mehr, spielten Thécla und Manuel sich noch etwas vor. Die Tage ohne Gäste ließen ihnen die Zeit, an ihrem großen Werk zu schreiben: *Revolutionäre Bewegungen der schwarzen Welt.* Gleichzeitig kramte Thécla ihre Erinnerungen zusammen und schrieb meinem Großvater Jacob – der überglücklich war, ebenfalls Briefkontakt zu seiner Tochter zu bekommen – hinsichtlich einer Biografie über ›Jean Louis, ein Patriot von Guadeloupe‹, während Manuel einigen fortschrittlichen Ländern in Afrika seine Dienste als internationaler *(sic)* Forscher anbot. Aber man spürte deutlich, daß es ein letztes Ehrengefecht war, ein letztes Aufbäumen, bevor ihnen die Arme herabsanken und sie das verfluchte Leben ungestört seine verfluchten Dinge tun ließen.

11

Als ich von Philadelphia zurückkehrte, habe ich Manuel in der schäbigen Universität von Los Angeles, wo er unterrichtet, besucht. Er lebt in einer Vierzimmerwohnung am Rande des Campus, die überfüllt ist von Katzen, schwarzen Studenten, die kommen, um sich über den Rassismus der Weißen auszuweinen, und von Briefmanuskripten Marcus Garveys, die er – jedenfalls nimmt er es sich immer wieder vor – mit Anmerkungen herausgeben will. Da er eine treue Seele ist, hat er nicht geheiratet. Ich mochte Manuel nicht besonders, und dennoch, wenn ich seine funkelnden Augen unter seiner altmodischen und ergrauten Afrofrisur sehe, dann taucht meine ganze lieblose Kindheit sanft im Herzen wieder auf. Er stottert: »Wie geht es ihr?«

»Gut, gut!«

Solange er leidet, reden wir von diesem und jenem, den Wandbildern von Los Angeles, von Alvin Ailey, der in Pasadena auftritt, den Kakteengärten der Huntington Library, dann kommt er zur Sache: »Bei einem Paar, das weiß jedes Kind, gibt es immer einen, der mehr liebt als der andere. Bei uns beiden war ich es. Thécla sah in meinen Augen eine genaues Abbild dessen, was sie sein wollte. Die superschlaue Kämpferin, während die Wirklichkeit ganz anders aussah. Ihre Eltern hatten sie im Glauben gewiegt, daß sie geboren sei, um eine Königin zu werden. Als sie merkte, daß dies nach Ansicht der meisten Leute gar nicht der Wahrheit entsprach, kam sie darüber nicht hinweg und wollte auf einmal alles umwerfen! Ich habe meine Mutter gesehen, wie sie ihre Knie bis auf die Knochen wundgescheuert hat, wenn sie das Parkett der Weißen wienerte. Wenn auf den Zuckerrohrfeldern Feierabend war, habe ich meinen Vater gesehen, wie er durch die Fußtritte in den Hintern und das ›Ja, mein Herr‹ zu einem kindischen Alten wurde. Meine Brüder: Überdosis + Gefängnis + Tod. Ich mache keine Witze, wenn ich sage, daß die Welt verdorben ist und man sie in die Luft jagen muß! Wenn ich nicht überzeugt wäre, daß sich dies eines Tages schließlich ändern wird, hätte ich mir schon längst eine Kugel durch den Kopf gejagt!«

Ich verkneife mir eine kleine, zynische Bemerkung, die er, den Blick in die Vergangenheit gerichtet, sowieso nicht hören würde. »Sie hat mir nur dann gehört, mir richtig gehört, wenn sie sich gerade von einem schweren Schlag des Lebens erholte. Das war zunächst, als sie deinen Vater verließ, dann nach der Ermordung meines Bruders. Dann nach dem Attentat deines

Onkels, das mit dem Fortgang von Terence zeitlich fast zusammenfiel. Und anderes mehr ... Ich war der Krankenpfleger, eine Art Amme ohne Milch, eine Art Krücke, bis ihr klar wurde, daß ihr großer, weißer Hexenmeister stärker war als ich! Wenn ich darüber nachdenke, so ist die Sache die Nerven nicht wert, die ich mir dabei aufgerieben habe, und auch nicht die grauen Haare, die mir überall auf dem Kopf gewachsen sind. Thécla ist wahrscheinlich nur ein Biest!«

Schweigen. Er fährt fort: »Der Beschwörer hatte es ja gesagt: ›Du willst, daß ich sie wieder auf die Beine bringe? Die wird sie im gleichen Augenblick benutzen, um dich zu verlassen.‹ Nach vielen Briefen hatte ich schließlich an der Universität von Dar-es-Salaam Arbeit gefunden. Ich war überglücklich. Ich stellte mir schon unser neues Leben vor. *Uhuru** und tutti quanti ... Ich erinnere mich daran, als wenn es gestern oder heute morgen gewesen wäre, denn von dem Moment an nahm mein Leben jenen Geschmack eines bitteren Tranks an, den es bis zum heutigen Tage behalten hat. Wir hatten Gäste, zwei Amerikaner aus Chicago mit einem Baby von einigen Monaten. Die Mutter war in die Küche gekommen, um ein Fläschchen aufzuwärmen. Als sie aufgehört hatte, es zu drehen und zu wenden, wobei sie herumblödelte, wie es die Kaukasier gern tun, bin ich auf die Veranda hinausgegangen. Den Brief, den ich versteckt hatte, um sie zu überraschen, in der Hand schwenkend, sagte ich zu ihr: ›Baby, ich glaube, wir haben es geschafft! Endlich werden wir den Anker in ruhigen Gewässern auswerfen! Es gibt zwei afrikanische Staatschefs, die keine Schweinehunde sind wie die anderen. Den ersten haben sie schon abgesägt. Das war Kwame Nkrumah. Der zweite ist Julius Nyerere ...‹ Sie hat mich loslegen lassen, und ich errichtete ihr aus Worten die Welt von morgen, dann hat sie mir gesagt: ›Ich komme nicht mit, Manuel. Ich kann nicht mehr! Ich gehe nach Frankreich zurück. Ich kehre zu meinem Mann zurück.‹ Ich bin tot umge-

* »Uhuru Na Umaka« (»Freiheit und Einheit«), Motto Julius Nyereres (Anm. d. Ü.)

fallen, ich habe sie beschimpft, ich habe geweint, gebettelt, und sie hat mich die ganze Zeit angesehen wie ein Pferd, das seinen Herrn abgeworfen hat! Dann ist sie aufgestanden und in eines der Zimmer im ersten Stock hinaufgegangen, wo sie sich eingeschlossen hat. Danach haben wir einige Tage sehr zärtlich miteinander verbracht. Es gab so viele Dinge, für die sie um Verzeihung bitten mußte, daß sie mir nichts mehr von dem verweigerte, was sie mir immer verweigert hatte. Sie schlief in meinen Armen wie ein Kind, und der Mond auf der siebten Stufe des Himmels war oval wie eine Bourbon-Orange. Und ich, ich bin nicht nach Dar-es-Salaam gegangen. Ich bin nicht weiter gekommen als bis ans Ende meiner Einsamkeit und meines Kummers. Du siehst, ich habe die Hände nicht in den Schoß gelegt. In der kleinen Universität hier tue ich, was ich kann, um die Wunden von vierzig schwarzen Studenten unter Mithilfe meines alten Gefährten Marcus zu heilen. Über Jahre hinweg habe ich nichts von ihr gehört. Ich stellte sie mir in den Armen ihres Weißen vor, nach all dem, wovon wir geträumt hatten, und ich mußte mich kneifen, bis Blut kam, um sicher zu sein, daß ich nicht träumte. Letztes Jahr bekomme ich plötzlich einen Brief von ihr. Willst du ihn sehen?«

Während er ihn sucht und in den Schubladen nicht findet, die von Fotokopien der unzähligen Briefe Marcus Garveys an seine Frau Amy, an Kojo Tovalou, an Gratien Candace, an Adolphe Mathurin ... überquellen, gehe auch ich noch einmal dieses Wegstück entlang.

Die Amerikaner aus Chicago vertrauten mir oft Debbie an, ihr bläßliches Baby mit farblosen Augen und reiskorngroßen Zähnchen, damit ich es im Park spazierenfuhr. Dabei probierte ich die Geschichten aus, die Tante Flora mir immer erzählte: »Als Mano in seiner ganzen Länge ausgestreckt lag, länger, als er jemals gewesen war, und als man ihn zu Grabe getragen hatte in seinem Totenanzug, der seit Jahren genäht war und in einem Mitgiftkorb bereitlag, die Wangen gut rasiert und die Lider sorgfältig über seinen braunen Augen geschlossen ...«

Aber ich war keine gute Geschichtenerzählerin, und Debbie hörte mir kaum zu! Sie lächelte statt dessen wie ein Engelchen, während sie den goldenen Skarabäus am Himmel ansah. Eines Nachmittags kehrte ich also mit Debbie auf dem Arm zur Pension zurück, als Thécla aus der Küche kam, noch nicht sehr sicher auf ihren hageren Beinen und in ihre zu große Schürze versunken, aber durchaus in der Lage, mir einen Befehl zu erteilen: »Hör auf, die Artige zu spielen, und leg dieses Kind hin!«

Natürlich tat ich das nicht und warf ihr einen fiesen Blick zu. Sie stotterte und fand wie immer, wenn sie wütend war, zu ihrem antillanischen Akzent zurück, der unter einer Schicht geduldiger Anstrengungen begraben war: »Schlägst du wohl gefälligst die Augen nieder!«

Natürlich tat ich das nicht, so daß sie, frustriert, daß es mit der Illusion, mir etwas befehlen zu wollen, vorbei war, zu einem anderen Thema überging: »Wir gehen fort. Wir gehen weg von Jamaika.«

Ich holte Luft, mir pochte das Herz: »Nach Guadeloupe?«

Sie drehte mir den Rücken zu, triumphierend und unbeugsam, denn sie wußte, daß sie auf diesem Terrain die Oberhand hatte, und ging zur Küche, wo, nach dem Geruch zu urteilen, die Vivaneau-Fische auf dem Grill verkohlten: »Nein. Nach Paris!«

12

Im Frühjahr 1972, als die Knospen an den Kastanienbäumen des Parc du Luxembourg gerade aufgingen, nahm Pierre Levasseur Thécla und ihre Tochter wieder in Empfang. Wenn er für die erste genügend Liebe bewahrt hatte, so hatte er für die zweite nicht soviel übrig. Und dann, was tun mit ihr, die kaum lesen und schreiben konnte, drei Sprachen gleichermaßen radebrach? Mit einiger Verzögerung setzte sich Tante Antonine mit ihrem Rat durch. Man suchte für mich einen besonders ausgebildeten Erzieher.

In der Zwischenzeit reiste Thécla am Arm ihres wiedergefundenen Ehemannes um die Welt, denn Reisen bildet nicht nur die Jugend, sondern heilt auch die Deprimierten. Beim Anblick der sich im Wasser spiegelnden Marmorfassade des Taj Mahals ist einem nicht mehr so chimärenhaft im Herzen zumute.

Das war nun für Jacob ein weiterer Anlaß, sich krank zu ärgern! Was hatte Thécla unter all den Himmeln zu suchen? War sie denn nicht genug umhergezogen? Während er in dem großen Bett aus Coubarilholz lag, in dem schon Albert und Mütterchen Elaïse geschlafen hatten und in dem er selbst gezeugt worden war, erhob sich seine Stimme, eintönig, als sagte er eine Litanei auf: »Wenn mir einer gesagt hätte, daß dieses Kind mich so leiden ließe, ich hätte ihm nicht geglaubt und ihn rausgeworfen!«

Flora, die es leid war, Abend für Abend die gleichen Jeremiaden zu hören, zuckte mit den Schultern: »Schlaf! Mich hinderst du auch noch am Schlafen!«

Außer der Sorge, die ihm seine Tochter bereitete, beschäftigten meinen Großvater Jacob noch andere Dinge. Dieudonné, Jeans ältester Sohn, war nämlich aus Clermont-Ferrand zurückgekehrt, wo er brav Jura studiert hatte. Nicht einfach, der Sohn eines Märtyrers zu sein! Weit vom Stamm konnte der Apfel also nicht fallen. Anstatt ruhig in seiner Kanzlei, die Jacob ihm gekauft hatte, sitzen zu bleiben, geschah es, daß Dieudonné, der früher so ruhige und sogar eitle Junge – ein begeisterter Leser Prousts, den er im Alter von vierzehn Jahren entdeckte, als er sich von einem Typhusfieber erholte –, sich in den Kopf setzte, die armen Bauern zu verteidigen, die gebeutelten Arbeiter, die Unglücklichen eben, von denen es hierzulande so viele gibt!

Diese Verwandlung geht mir nicht aus dem Sinn. Denn in seiner frühen Jugend hatte es bei Dieudonné keinerlei Anzeichen für diese spätere Berufung gegeben. Ich denke, daß sie durch die

Äußerungen der Leute von La Pointe in ihm geweckt wurde. Da sie ihn bei Jacob hatten aufwachsen sehen, hielten sie ihn ganz selbstverständlich für dessen Sohn. Die Stammbaum-Spezialisten schüttelten aber den Kopf: »Aber nein, er ist der Sohn von Jean und seiner ersten Frau . . .« An der Stelle sprachen sie leiser: »Die, die sich umgebracht hat . . .«

Die anderen wunderten sich: »Der Sohn von Jean dem Märtyrer?« (So wurde mein Großonkel allgemein genannt.) Und kommentierten überrascht: »Von dem hat er so gar nichts!«

Das machte Dieudonné schließlich wütend, so daß er zeigen wollte, was in ihm steckte, und beschloß, in Zukunft nicht mehr nur Viehdiebe oder Nachbarn, die sich im Suff gestritten hatten, als Klienten anzunehmen.

Die Affäre von Sorlin bot ihm die Gelegenheit, die er suchte.

Sorlin lag einige Kilometer von Sainte-Anne und seiner glitzernden, vom Tourismus damals noch unberührten Bucht entfernt, Ländereien von etwa hundert Hektar, die zur Fabrik gehört hatten, welche heute verrostet und verlassen wie ein gestrandetes Gespensterschiff im Buschwerk der trockenen Mangroven liegt. Die Bauern, die nicht Däumchen drehen und verhungern wollten, hatten beschlossen, die Herausforderung anzunehmen und dort Reis, Yams oder Melonen anzubauen. Ihre Genossenschaft florierte, und auf den Märkten von Sainte-Anne lagen dickbauchige Kürbisse neben Tomaten, als die Eigentümerin, die Aktiengesellschaft Sorlin, aus der Versenkung wieder auftauchte, um ihren Besitz zurückzufordern und einen Prozeß anzustrengen. Ja, er hatte ihn auf ganzer Linie gewonnen, der junge Rechtsanwalt Dieudonné Louis. Von nun an sprach man von Grande-Terre bis Basse-Terre nur noch von ihm, während die *Voix du Palais*, das Anwaltsblatt, lange Auszüge aus seinem Plädoyer abdruckte.

Da sein Name in aller Munde war, nutzte Dieudonné die Gelegenheit, um die Gründung einer neuen Partei anzukündigen, der P.N.G., der Partei des Neuen Guadeloupe.

Als Jacob von den Plänen seines Neffen Wind bekam, bat er

ihn, ihm gegenüber Platz zu nehmen, und krächzte: »Die Politik hat unserer Familie schon mehr als genug geschadet. Noch vor deinem Vater habe ich, der hier vor deinen Augen steht, als ich noch jung war ...«

Er wollte von den bitteren Enttäuschungen bei der geplanten Gründung der Partei der Nègres Debout erzählen. Aber Dieudonné hatte besseres zu tun, als sich sein Geschwätz anzuhören, und zuckte mit den Schultern: »Onkelchen Jacob, du warst so wenig für die Politik gemacht wie ich für den Handel mit Schmalz. Schuster, bleib bei deinem Leisten! Zu deiner Zeit habt ihr das Land in drei Teile geteilt. Die Weißen, vor denen ihr Angst hattet, ja, Angst. Die Mulatten, die ihr beneidet habt, ja, ja, ihr habt sie beneidet! Und ihr, die Neger, die ihr euch hinter den schönen Reden von dem Dienst, den ihr der Rasse schuldig wäret, gegenseitig gehaßt habt. Mit solchen Vorstellungen hättet ihr das Land nicht weitergebracht ...«

Jacob setzte bescheiden nach: »Wie sieht es denn mit deinen Vorstellungen aus?«

Aber Dieudonné war schon fort, auf der Schwelle der Tür, und Jacob machte ein betrübtes Gesicht.

Gleich nach der Gründung der P.N.G. setzte die Hetze ein, ein wütender und allgemeiner Ansturm auf Dieudonné. Verständlich noch von der Seite der traditionellen Parteien, die das Auftauchen eines jeden Neuankömmlings in ihrem abgesteckten Weidegrund irritiert. Aber seitens der Patrioten, die den Sohn ihrer Ex-Symbolfigur doch hätten verschonen können, ist es schon überraschender! Ich will versuchen, das zu erklären. Dieudonné muß wohl die früheren Freunde seines Vaters in Wut gebracht haben, weil er ihre Aktionen gegenüber den Bauern schlecht gemacht und ihren Wahlspruch ›*Palé kréyol, dansé gwoka*‹ vehement kritisiert hatte. (Er selbst drückte sich nur in blumigem Französisch aus, liebte, wie schon gesagt, Proust und hörte nur die Brandenburgischen.)

»Und dennoch bin ich genauso Guadeloupaner wie ihr!«

Er war Anhänger einer offeneren Unabhängigkeit, weniger sektiererisch, eben mit menschlichem Gesicht!

Was die Patrioten von der gegenüberliegenden Seite betraf, so lehnte er ihre Gewalt entschieden ab und geißelte die Bombenleger. »Man muß mit der Kolonialmacht reden! Reden!«

Ich meinerseits werde in diesen Auseinandersetzungen nicht Partei ergreifen. Alles, was ich weiß, ist, daß ich meinen Cousin Dieudonné gern mochte. Während seiner Aufenthalte in Paris versäumte er nie, mich in jenen Sondererziehungsheimen zu besuchen, in denen ich mein Lächeln verlor. Er brachte mir die langen, mit violetter Tinte geschriebenen Briefe meines Großvaters mit und die süßen Leckereien, die Flora liebevoll für mich zubereitet hatte: Chadèques, Douslets, Sukakoko grajé. Er sprach mit mir über bestimmte Verhältnisse, wie niemand sonst es getan hatte (vor allem nicht meine Mutter, deren Aufgabe das, angesichts ihrer ›kämpferischen‹ Vergangenheit, vielleicht gewesen wäre): »Unser Land hat den wunderbar jodhaltigen Geschmack einer veredelten Mango. Warum müssen so viele von uns ihr Leben in den düsteren Vorstädten fristen und können nicht davon kosten? Weißt du, wie viele Guadeloupaner in Paris und Umgebung vor sich hinvegetieren?«

Ja, ich liebte meinen Cousin Dieudonné!

Bald besuchte er mich mit einer gewissen Monique, einem jungen blonden Mädchen, zu dem er ›mein Schatz‹ sagte und das er mit hingebungsvollen Blicken überschüttete.

Ich erriet, daß unsere Familie ein weiteres Mal Blut einer anderen Hautfarbe bekommen würde.

Ich täuschte mich nicht. Drei Monate später heiratete Dieudonné Monique in der Kathedrale von La Pointe. Ich war bei den Hochzeitsfeierlichkeiten nicht dabei, aber durch einen ausführlichen Brief von Tante Flora erfuhr ich jede Einzelheit. Ich wußte, von welcher Schneiderin die Kleider der Brautjungfern stammten und daß man die Schuhe der Braut in Puerto Rico hatte bestellen müssen.

Was Tante Flora stillschweigend überging, das war die Verstimmung in der Familie. Die verschiedenen Louis hatten die Heirat von Serge und vor allem die von Thécla kaum verdaut und fragten noch nach dem Warum. Wohin würde das vermehrte Auftreten von Weißen in ihrem Kreise noch führen? So waren die einen eingeschnappt und lehnten es schlichtweg ab, zur Hochzeit zu kommen. Die anderen gingen hin, standen aber steif und störrisch herum, während sie vom Ayala-Champagner nippten, den Jacob günstig bekommen hatte. Andere schließlich empfingen Monique und ihre Eltern mit offenen Armen und flüsterten entzückt, daß sie keine Weißen wie die anderen seien. Das gab Anlaß zu endlosen Diskussionen: »Was soll das heißen?«

»Das soll heißen, daß die Weißen eben wie alle Menschen sind. Es gibt gute und schlechte. Diejenigen, die wir hier kennengelernt haben, waren die schlechtesten, die Béké!«

»Das kannst du wohl sagen! Meine Großmutter hat mir immer erzählt, daß, wenn sie eine schwangere Sklavin schlagen wollten, sie ein großes Loch in den Boden graben ließen, um ihren Bauch zu schützen, und sie mit der Peitsche auf den Rükken und den Hintern schlugen.«

Plötzlich stiegen die alten Geschichten der Sklaverei wieder aus der Tiefe der Gedächtnisse empor, verfinsterten die Gesichter und verdarben das Fest. Ach ja, sie war lange vorbei, die Zeit jener ausgelassenen Feste, als die Louis noch, geeint wie ein Berufsstand, zusammen tranken, aßen und zu den Biguinen von Stellio oder von Mavounzy tanzten!

Was Jacob betraf, so war dies ein erneuter Anlaß, heiße Tränen zu vergießen, als er sah, wie die Nachkommenschaft von Mama Elaïse neue Farbe bekam, während Flora ihm ins Gewissen redete: »Was willst du denn? Man muß mit seiner Zeit gehen. Eure Geschichten von Negern und nochmals Negern interessieren doch keinen Menschen mehr.«

»Hör auf, Unsinn zu reden!«

»Das ist kein Unsinn! Bald werden sich alle mit allen mischen. Es gibt doch jetzt schon kaum noch schwarze Neger auf Guadeloupe!«

Jacob verließ das Zimmer, um sich ihr Gerede nicht mehr anhören zu müssen.

Am Abend auf dem Friedhof versuchte er herauszubekommen, wie seine lieben Unsichtbaren über die Sache dachten, aber er merkte überrascht, daß sie farbenblind geworden waren. Mama Elaïse sah nur, daß Moniques Herz warm wie gutes, ofenfrisches Brot war. Jean, daß sie eine ergebene Ehefrau sei, die ihrem Ehemann auf jenem unebenen Weg der Politik, den er eingeschlagen hatte, nicht von der Seite weichen würde und die seine Heimat so sehr zur ihren gemacht hatte, daß manche ihr vorwarfen, sie »halte sich für guadeloupanischer als die Guadeloupaner«. (Die Leute sind nie zufrieden.) Was den Soubarou anging, der so unversöhnlich zu seinen Lebzeiten war, so zuckte er mit den Schultern und verschwand mit lautem Gelächter. Nein, ich war nicht anwesend bei der Hochzeit, aber ich träumte von ihr. So, wie ich von der Insel träumte.

Jede Nacht ging ich an der Pointe des Châteaux an Land. Oder an irgendeinem anderen Punkt. Die Insel stieg aus dem Wasser empor, um meiner Stimme zu gehorchen. Ich schwang mich auf ihren Rücken und flog über die geheimnisvollen Wälder ihres Schamhügels oder die gespreizten Schenkel ihrer Strände hinweg, um mich mit den violetten Spitzen des Zuckerrohrs bei lebendigem Leibe zu pfählen. Mein Blut tropfte auf die fette und faserige Erde. Ich strich in den Fabriken umher, die vom Geruch des Zuckerrohrsaftes erfüllt waren.

Ohne Vorwarnung änderte sich manchmal die Jahreszeit. Man befand sich in der Adventszeit und sang Kirchenlieder. Ich weiß noch, wie ich mich unter eine kleine Menschenmenge mischte, die auf einer Veranda ihre Lieder zur Triangel und zum Rhythmus der Gwo-ka-Trommel anstimmte. Ich glaube, das war in Saint-Sauveur.

Nachbar, welcher große Krach
hat mich geweckt in dieser Nacht
und alle in der Nach-bar-schaft
Wirklich, sehr ergrimmt war ich ...

Morgens, wenn ich wie ein *Jan gajé**, der seine Tagesgestalt wiederfindet, wieder meinen Kittel überzog, mitten unter den sprachgestörten, verwirrten, zurückgebliebenen, bettnässenden Kindern, erfüllt von all den Schrecken der Dunkelheit und der Nacht und allein, dann half mir die Erinnerung an meine Träume dabei durchzuhalten.

Aus wie vielen solchen Sondererziehungsheimen wurde ich wieder nach Hause geschickt? Man kam nicht weiter. Mein Mund war ein Schließfach, zu dem der Schlüssel abhanden gekommen war. Kein Ton war daraus hervorzubringen. Es passierte mir mehr als einmal, daß ich mich vergaß und in die Hose machte.

Pierre Levasseur, mein tadelloser Stiefvater, der die Dinge in die Hand genommen hatte, gab nicht auf. Jede Woche schrieb er an meinen Großvater Jacob, der sich mit den beruhigenden Briefen herumquälte.

Thécla sah ich kaum, die übrigens auch klein beigeben mußte. Denn nachdem sie ganze Berge hatte versetzen wollen und ihren Namen gern auf den Buchdeckel eines ebenso glänzenden Werkes wie *Zurück ins Land der Geburt* oder *Die Verdammten dieser Erde* geschrieben hätte, mußte sie sich nun damit begnügen, die martiniquanische Frau des Doktors Levasseur zu sein! (Was für ein ausgezeichneter Arzt und vor allem, welch wunderbarer Kontakt zu seinen Patienten!) Man erzählte mir, daß Thécla der Familie von Pierre Levasseur nicht zusagte, einer Familie ohne Rassismus, die an Faidherbe schon einen Mitstreiter und an die Jünger des Franz von Assisi in einer Abtei der Provence einen barfüßigen Mönch abgetreten

* Figur einer Volkslegende

hatte. Keine Unterhaltungen. Zum Einschlafen langweilig. Wach wurden sie erst, wenn man jene Themen anschnitt, für die das Bürgertum eine Vorliebe hat: die Staatsstreiche in Afrika, der Hunger in der Welt, die Apartheid. Bei Geburtstagen und anderen Feierlichkeiten flüsterte man sich zu: »Was er bloß an ihr findet? Aber was findet er bloß an ihr? Man heiratet doch keine Frau, nur weil sie schön ist!«

13

In den Träumen kündigen sich die großen Ereignisse des Lebens an. In der Verschwiegenheit der Nacht erfährt man eiskalt und zitternd vom Abschiedsbrief der Mutter, dem Pech des Vaters oder der freudigen Geburt eines kleinen Jungen! Jeden Morgen, den Gott werden läßt, runzeln die Frauen in der Familie die Stirn, um die im Schlaf empfangenen Botschaften zu entschlüsseln und die möglichen Deutungen zu erörtern. »Ich habe geträumt, ich hätte einen Zahn verloren!«

»Einen Zahn! Etwa einen Schneidezahn? Einen Seitenzahn? Einen Backenzahn?«

Mein Großvater Jacob versichert, daß er in den Wochen vor Jeans Tod nur seinen Kopf auf den bestickten Kissenbezug zu legen und die Augen zu schließen brauchte, um immer die gleiche Szene zu erleben. Er ging auf einem von Schlingpflanzen überwucherten Waldpfad, das Himmelsdach vom Blätterdach verdeckt, als er die unnachahmlichen Schreie eines Schweines beim Abstechen hörte. Überrascht, weil er sich fern jeder Ansiedlung glaubte, bog er auf einen Weg ab, der sich plötzlich öffnete, und kam zu einer Lichtung. Dort erblickte er Jean, gefesselt, an den Füßen aufgehängt, den Kopf im Gras . . . »Ja, ich wußte, daß ein Unglück über ihm schwebte. Aber von welcher Seite würde es zuschlagen? Wie den Schlag abwehren?«

Dagegen schlief ich in jener Nacht ohne Vorahnung! Nichts

weiter als der rituelle nächtliche Ausflug, an dessen Ende ich morgens die Haut einer problembeladenen Heranwachsenden wieder überstreifte, die ich in meinem Bett zurückgelassen hatte. Und dennoch!

Wir bekamen eine neue Französischlehrerin, noch ganz jung, den Blick erfüllt vom Sendungsbewußtsein, ein bißchen braun, ein bißchen arabisch, sicher ausländischer Herkunft! Ich hörte ihr kaum zu und wollte sie schon in die langweilige Schar unserer Sonderschulerzieher einreihen, als sie mich am Ende der Stunde anhielt: »Wie ich sehe, heißt du Louis, und du kommst aus Guadeloupe? Ich auch! Na ja, nicht direkt! Das ist eine sehr lange und schmerzliche Geschichte, die ich dir erzählen werde, wenn wir Freundinnen geworden sind, nicht wahr? Das Gefühl habe ich wohl.«

Ohne zu reagieren, schaute ich mir den Dreikäsehoch von einem Mädchen an, das sich vorgenommen hatte, mein Herz durch seinen Charme und sein Zartgefühl aufzuschließen. Denn man hatte mir den Streich schon einmal gespielt! In ihren ungewohnt hellbraunen Augen, in der Gestalt ihrer Wangen lag aber etwas, das mich vertraut anlächelte. Also räusperte ich mich: »Du sagst, daß du Louis heißt und daß du aus Guadeloupe kommst? Wie das?«

Man möge mir meine stumpfsinnige Nachfrage verzeihen! Nein, ich hatte nicht gleich kapiert. Bei den Sorgen, die mir mein Leben bereitete, hatte ich sie etwas vernachlässigt, Bert und Bébert. Wenn nicht sogar vergessen. Mein Großvater war nicht da, um mir die Fotoalben der Familie in die Hände zu drücken und mir anläßlich eines alten Fotos die wunderschöne Geschichte zu erzählen, die so begann: »Das war der Sohn einer englischen Negerin, die mein Vater, Albert, dein Urgroßvater, in Panama kannte . . .«

Es war diese nicht angekündigte, aber sicher irgendwo vorherbestimmte Begegnung mit Aurélia Louis in dem tristen Kerker einer Sonderschule, die mich heilte, die meine verstopften Ohren öffnete, meinen zusammengeschweißten Mund zum

Reden brachte und den Gesang meiner erloschenen Stimme laut und klar erklingen ließ. Denn wir brauchten viel Atem und Stimme dazu, unser Wissen zusammenzutragen, es zu ordnen, es zu vergleichen, Lücken zu ergänzen, zu folgern, zu schließen und zu begreifen, warum zwei Tote nach dem Aufruf unseres Namens fehlten. Zwei Tote. Zwei, die sich umgebracht hatten.

Hier nun der Bericht von Aurélia.

AURELIAS BERICHT

Als Albert, genannt Bébert, Sohn des Albert, genannt Bert, am Ende des Zweiten Weltkrieges mit nichts weiter als einer Geige in der Großstadt Paris ankam, da zeigte das Elend kein Mitleid. Gott! Es zeigte ihm die Zähne! Er schlug sich den Magen mit Hilfe von Viandox-Bouillon voll, wärmte sich mit billigem Roten und wusch sein einziges Hemd im kalten Wasser eines Hotelwaschbeckens. Woher hatte er seine Vorliebe für die Musik? Er wußte es selbst nicht. Sicher nicht von seiner Mutter Marie, die keine Mühe gescheut hatte, um ihn von seiner Berufung abzubringen und aus ihm einen Jungen zu machen, auf den der verstorbene Vater hätte stolz sein können! Sobald er genügend Geld für den Eintritt hatte, lief er zum ›La Gigale‹, einem Tanzschuppen der Boulevards, wo die Leute von den Antillen sich am Feuer ihrer Musik und ihres Rums wärmten. Einige erinnern sich an jenen wortlosen Hellhäutigen, dem man jede Silbe einzeln aus der Nase ziehen mußte. »Woher bist du denn?«

»Louis? Welcher Louis ist denn das? Denn von den Louis, mein Lieber, da gibt es eine ganze Menge!«

Es war Bobby Alfred, ein alter Musiker des Schuppens, der Gefallen an ihm gefunden hatte und ihm das Altsaxophonspielen beibrachte. Dadurch, daß Bobby, ein unverbesserlicher Schwatzkopf, ihm von seinen Verwandten erzählte, gab er, ohne es zu wissen, auch Bébert welche und legitimierte sein

Dasein. »Ich habe wie du mit der Geige angefangen. Meine erste Geige, die habe ich selbst gebaut, weil meine Eltern mich zu Monsieur Letellier, dem Geigenbauer von Capesterre, in die Lehre gegeben hatten. Du kannst dir nicht vorstellen, was das damals für ein Leben bei uns war. Meine Eltern konnten weder lesen noch schreiben. Alles, was sie konnten, war, Ochsenkarren lenken, um das Zuckerrohr zur Fabrik der Marquisats zu karren. Zwölf Fahrten jeden Tag. Sechs morgens, sechs abends. Wenn kein Zuckerrohr da war, kümmerten sich meine Eltern um ihre Tiere. Das war auf dem Anwesen von Boirin Desrosiers. Die Sonne ging über dem gleichen Elend auf und unter. Deshalb hat mein Vater mich eines Tages meinen Sonntagsanzug anziehen lassen, einen kleinen Anzug aus blauem Kammgarn, dazu hohe Schuhe und weiße Socken, und mit mir die Runde gemacht, überall dahin, wo man Lehrlinge brauchte. Er wollte nicht, daß ich wie er im Zuckerrohr sterben würde. Monsieur Letellier war ein sehr guter Mensch, obwohl er ein Weißer war! (Weißt du, es gibt gute und schlechte.) Als ich sechzehn Jahre alt war, hat er mir eine Stelle im Kinotheater ›L'Arc-en-Ciel‹ besorgt, wo ich zur Vorführung von Stummfilmen die Begleitung spielte. Wir waren zu dritt. Einer noch am Klavier. Ein anderer am Cello. So hat alles angefangen ... Ich bin zum ersten Mal zur Kolonialausstellung nach Frankreich gekommen, und dann bin ich hier geblieben ... Es war Duke, Duke Ellington, der mir das Saxophonspielen beibrachte, als er 1932 nach Paris kam. Einer seiner Musiker war krank. Also habe ich improvisiert. Einfach so! Paris, in jener Zeit: Da drehte sich alles nur um Politik! Fast alle Guadeloupaner waren Kommunisten! Es gab sogar welche, die nach Moskau, in Rußland, gefahren sind! Aber ich bin Musiker. Ich habe mich nie in solche Dinge eingemischt! Mach's wie ich!«

Bébert folgte seinem klugen Ratschlag nicht aufs Wort. Er schlenderte zur Nationalversammlung und verfolgte die erregten Debatten über Indochina. Er war im Vélodrome d'Hiver, um Lamine Guèye zu hören, der sich über die Massaker auf

Madagaskar entrüstete. Dennoch war seine einzige wirkliche Sorge sein kleines Guadeloupe. Zu jedem Neujahrstag schickte er, wie Marie es ihm beigebracht hatte, seine Glückwünsche für ›Gesundheit, Wohlergehen, Erfolg bei allen Ihren Vorhaben‹ an Monsieur Albert Louis und Familie, Kaufmann, La Pointe, und ließ sich durch das Schweigen nicht entmutigen. »Na, dann eben beim nächsten Mal!«

Je vertrauter er nach und nach mit dem Milieu der Musiker von den Antillen wurde, so daß man ihn nur noch *Chabin** nannte, zupfte er jeden am Ärmel: »Erzähl mir von ihr! Wie sieht sie aus, verankert inmitten des Meeres? Du kannst dir den Schmerz nicht vorstellen, den man empfindet, wenn man das Land nicht kennt, aus dem man stammt! Manchmal schlägt mir das Herz bis zum Hals, so daß ich fast ersticke. Ich renne im Galopp wie ein reiterloses Pferd in der Stadt umher!«

Nach Ansicht von Bobby, der ihn wie einen Sohn liebte, war es gegen Ende 1953, nach dem Fortgang von Gilbert de Saint-Symphorien, daß die Sache begann, sich ernsthaft zu verschlimmern, so als ob für Bébert der letzte Funken Hoffnung erloschen wäre! »Ich habe diesen vornehmen Herrn nie gemocht, der manchmal kam, um uns beim Spielen wie Tieren im Zoo zuzusehen und sich herablassend unter das niedere Volk mischte, um die Biguine zu tanzen! Damals hatte ich durch einen Landsmann ein Engagement bekommen, um im Kasino von Coutenville zu spielen. Ich hatte natürlich Bébert engagieren lassen, und er hatte seinen Paten eingeladen, der mit einigen seiner Freunde heraufgekommen war! Das hat man sehen müssen, wie sie herumgehopst sind. Elendig!«

(Warum brach Gilbert de Saint-Symphorien, einmal nach Hause zurückgekehrt, jeglichen Kontakt mit seinem Patenkind ab? Es bleibt ein Rätsel.)

Nachdem Gilbert de Saint-Symphorien aus seinem Leben verschwunden war, wie ein Traum, der keine weitere Spur hin-

* hellhäutiger Mulatte (Anm. d. Ü.)

terläßt, ging Bébert seinem Untergang entgegen. Er, dem einige Monate zuvor schon nach einem jämmerlichen Glas Rum die Augen tränten, wurde so gierig danach, daß Bobby ihn ausschimpfen mußte! »Du kennst den Rum nicht, mein Lieber! Du glaubst wohl, daß es belangloses Wasser ist, ein bißchen brennender als das andere, was? Aber laß dir von mir gesagt sein, wenn der Rum dich im Kopf erwischt, dann schnappt er dich. Er läßt dich nicht mehr los, und du bist erledigt.«

Bébert überhörte auch den weisen Rat, und niemand konnte seinen Niedergang aufhalten. Er begann, zu jeder Zeit des Tages und der Nacht zu schwanken und zu schlingern, wobei er zum Tanzschuppen zu spät oder überhaupt nicht kam, so daß man ihn schließlich hinauswarf. Als man ihn eines Morgens in einer Urinpfütze auf dem Boulevard Bonne-Nouvelle auflas, wurde Bobby wütend und verbot ihm den Zutritt zu seinem Haus in Aubervilliers.

»Zu Anfang haben wir ihm alles verziehen. Er war ein so wundervoller Musiker! Ich sage euch, am Altsaxophon war er tausend Charlie Parker wert! Hätte er auf die Angebote gehört, die ihm gemacht worden sind, und wäre nach Amerika gegangen, man hätte sich an seinen Namen bis zum Jüngsten Tag erinnert! Tja, aber er blieb hier, um sich den Bauch mit Rum volllaufen zu lassen und um über seine Familie zu jammern! Er hat schließlich schlappgemacht.«

Wo und wie hat Bébert, der Musiker auf dem Abstieg, Lucette Legendre getroffen, eine kleine Näherin bei einem großen Couturier, mit der er ein Kind zeugte? Es sieht nicht danach aus, als hätte die Begegnung viel in seinem Leben gezählt und als hätte er sich oft am Fußende der Wiege seines Kindes aufrecht halten können! Weniger als zwei Jahre nach der Geburt von Aurélia heiratete Lucette François Paoli, einen Korsen und angelernten Arbeiter bei Peugeot, der, wie man allgemein sagt, das Kind-wie-seine-eigene-Tochter behandelte! Aurélia ist die Erinnerung noch bis zum heutigen Tag schmerzlich: Wie? Wie überleben wir nur unsere Kindheit? Wenn ich Geburtstag hatte, zog mir meine Mutter meine besten Kleider an und nahm mich an die Hand. »Er soll dich sehen! Er soll sich schämen, daß ein anderer sich an seiner Statt um dich kümmert!« Von einem armseligen Hotel zum nächsten noch armseligeren Hotel folgten wir also dem verbrauchten Menschen, der stotterte: »Lernst du schön in der Schule?« und der meiner Mutter, die unbeugsam wie ein Richter auf ihrem Stuhl saß, manchmal Banknoten zusteckte. Tatsächlich habe ich meinen Vater nie allein gesehen und erst Jahre später erfahren, wie er sein Leben beendet hat. Ich habe zunächst mitbekommen, daß meine Mutter eines Tages einen Telefonanruf erhielt und daß sie sehr geweint hat, denn sie hatte meinen Vater sehr geliebt. (Nur war er ein Taugenichts!) Mein untadeliger Stiefvater sagte immer wieder: »Na komm, Lucette, es ist besser so!« Bis ich zehn Jahre alt wurde, bedeutete das alles nicht viel. In der Schule gingen die Kinder manchmal im Kreis um mich herum und sangen:

War eine Negerin, die trank Milch
Ach, sagte sie sich, wenn ich nur könnte!
Mein Gesicht tunken in diese Schale Milch
Weißer würde ich als alle Franzo-oh-sen!

Ich wußte also, daß ich anders war als die anderen, als meine blondlockigen Geschwister, aber nur sehr vage. Eines Tages bekam meine Mutter dann einen Brief von meiner Großmutter aus Angers, die wir ganz aus den Augen verloren hatten, worin sie bat, mich für einige Tage zu ihr zu schicken. Mein untadeliger Stiefvater war nicht einverstanden. Aber meine Mutter hat sich durchgesetzt. Damals begann die Insel, mich einzunehmen. Marie, die sie nie gesehen hatte, besaß einige vergilbte Fotos. Mich interessierten aber nicht die Fotos von ihrer Familie, ihrer Hochzeit, nicht einmal jene von meinem Vater in verschiedenen Altersstufen, bis zum letzten vor seinem völligen Verfall: schweigsam inmitten einer Gruppe breit lachender Musiker von den Antillen mit ihren Strohhüten und ihren geblümten Hemden. Nein, die ich am liebsten mochte, das waren die von der Insel. Zwei oder drei.

Ein dürrer junger Mann, ein Scheitel gewaltsam durch sein krauses Haar gezogen, ein Buch in der Hand, auf Treppenstufen: »Dein Großvater Albert, aber jeder nannte ihn Bert, vor dem Carnot-Gymnasium von La Pointe.«

Ein Haus mit einer sich ganz herumziehenden Veranda und in einem Schaukelstuhl auf der Veranda eine Frau, deren Gesicht man nicht erkennen konnte, mit einem Säugling auf dem Arm: »Die Stiefmutter deines Großvaters, Elaïse.«

Zwei ziemlich häßliche kleine Jungen im Schulkittel, von denen einer am Daumen lutscht: »Die Halbbrüder deines Großvaters, ich weiß nicht, wie sie heißen.«

Von da an war nichts mehr wie zuvor! Aber wo beginnen? Wie die Sache anfangen? Meine Mutter sagte immer wieder: »Diese Leute wollten von deinem Vater nichts wissen. In gewisser Hinsicht sind sie es, die ihn umgebracht haben. Aus Achtung vor ihm solltest du nicht versuchen, sie kennenzulernen.«

Und im übrigen, wie sollte ich das anstellen?

Also blieben mir die Träume! Und die lösten den mächtigen Drang aus, der elterlichen Sozialwohnung den Rücken zu kehren. Meine Mutter weinte: »Sie hat kein Herz. Sie hat nur ihren Dickkopf.« Denn um ihnen zu entfliehen, um sie nicht zu hören, nicht zu sehen, habe ich gearbeitet und gearbeitet. Erste überall. Die Lehrerinnen wunderten sich, zumal sie wußten, daß, abgesehen von *France-Dimanche,* nichts Gedrucktes in unsere Dreizimmerwohnung kam! Und als ich schließlich Ärztin, Anwältin . . . hätte werden können und den Paolis zu Ruhm verhelfen, da habe ich diesen undankbaren Beruf einer Erzieherin gewählt, weil ich meine Kindheit nicht vergessen konnte, meine problembeladene Jugend ohne Worte und ohne Gespräch, ohne Blicke und ohne Lächeln, eingeschlossen hinter der Mauer der Einsamkeit. Und nun, bei meiner ersten Stelle, läufst du mir über den Weg! Das läßt mich die ganzen Jahre beinahe vergessen!

Infolgedessen war ich, von einer Mission erfüllt, versucht, meinen Beschreibungen noch eins draufzusetzen, wohl wissend, daß die Wirklichkeit niemals die Fiktion übertrifft. Aurélia hörte mir entzückt zu, zu meiner Überraschung mehr am Land als an den Leuten interessiert, und unterbrach mich mit Fragen, die ich für naiv hielt: »Sag mal, stimmt es, daß der Teufel, wenn er seine Tochter verheiratet, mit einem Auge die Sonne scheinen und es mit dem anderen regnen läßt?«

»Sag mal, stimmt es, daß das Meer so warm ist wie das Wasser einer Fruchtblase?«

Eigentlich gab es in der ganzen Ahnengalerie, die ich ihr aufmalte, nur ein einziges Porträt, welches Aurélias Aufmerksamkeit erregte, während sie zum Beispiel bei der Erzählung des tragischen und angekündigten Todes meines Großonkels Jean nicht einmal mit den Augen zuckte; es war genau jenes, über das ich bissig rasch hinwegging: das von Thécla. »Was die gelitten hat!«

Ich höhnte: »Ihre Männer wußten sie zu trösten!«

Aurélia warf mir einen vorwurfsvollen Blick zu: »Ich glaube das Gegenteil! Nimmst du mich einmal mit zu ihr?«

Ich sagte kein Wort, und in der Hoffnung auf eine Zusage lud Aurélia mich zu einem Besuch bei den Paolis ein.

Es ist ungerecht! Man müßte sich Eltern aussuchen können! In der großen Verborgenheit, in der kleine Mädchen und Jungen gemacht werden, müßte man ein Wörtchen mitzureden haben: »Oh nein, die da will ich nicht!«

»Deren Gesicht gefällt mir nicht!«

Lucette Legendre, spätere Paoli, behielt um ihre schönen, minzfarbenen Augen herum noch immer eine Spur von dem Verlangen auszubrechen, welches sie in die Arme ihres mulattischen Musikers getrieben hatte. Am Tag nach ihrer Heirat hatte sie die Firma Jacques Fath verlassen und trat die Pedale ihrer in zwölf Monatsraten gekauften Singer nur noch in einer Ecke des Wohnzimmers. Sie nähte alles: Mäntel, Capes, Hosen, Unterkleidung . . ., wofür sie zum Dank nur süßsauere Bemerkungen erhielt: »Es ist ein bißchen eng unter den Armen!« »Es ist nicht lang genug!«

Auf der anderen Seite des Zimmers vergrub sich François Paoli hinter der *Paris-Presse l'Intransigeant* und kommentierte die Pferderennen.

Die beiden Kinder der Paoli, die noch immer Klassenletzte waren, hatten sich vor den Fernseher gelümmelt und schauten sich die Spiele von Jean Nohain an.

Ich stellte mir Aurélia die Sanfte vor, wie sie in diesem Pferch aufgewachsen war, und wäre am liebsten vor ihr auf die Knie gefallen, um sie für all das Leid, das unsere Familie ihr angetan hatte, um Verzeihung zu bitten!

Denn dies alles war auf uns zurückzuführen, auf unsere anfängliche Grausamkeit! Aurélia, betrogen um Sonne und Wärme, Geist und Herz zurechtgestutzt!

Um der Wahrheit willen muß ich sagen, daß die Paolis mir gegenüber zuvorkommend waren und ich fast bereute, sie danach beurteilt zu haben, daß sie wie ungebildete Proletarier aussahen. In jenen Milieus versteckt sich oft die Gutherzigkeit. Ich habe später gelernt, sie zu entdecken. François Paoli, der seine Ration Exotik erhalten hatte, als er seinen Militärdienst auf Madagaskar absolvierte, beschrieb ausführlich die Schönheit der Frauen, die Freundlichkeit der Bewohner und die Herrlichkeit der Landschaft. Lucette ließ mich vom selbstgemachten Flan probieren und fragte nebenbei: »Haben sie dich in der Schule wegen deiner Hautfarbe aufgezogen?«

Auf meine verneinende Antwort hin füllten sich ihre Augen mit den Tränen eines ganz frühen Schmerzes, der nie vergangen war: »Die Zeiten ändern sich! Wie oft sie meine Aurélia aufgezogen haben!«

Dann bildeten die Paolis einen Kreis um mich: »Erzähl uns von deinem Zuhause!«

Von meinem Zuhause? Und schon erstand die Insel vor mir!

Zum Dank ließ ich sie träumen. Wir kletterten die langen Steilhänge des Vulkans hinauf, dessen gähnender Schlund die

Wolken verschluckte. Wir badeten in einem viel zu blauen Meer, das seinen kalten Bauch verbarg, und fingen riesige *Ouassous** im Kristall der Flüsse.

Nach diesem Besuch nahm Aurélia mich zu Marie, der Großmutter in Angers, mit. Mir klopfte das Herz bis zum Hals, als ich mich auf den Weg machte. Wie würde diese Frau reagieren, die wegen uns so gelitten hatte? Aurélia bemühte sich, meine Befürchtungen zu zerstreuen: »Großmama ist die Güte selbst. Ihre Güte war das Licht in meiner Kindheit, und niemals fiel ein Wort gegen eure Familie. Sie beschrieb lieber ihren geliebten Bert: ›Als er in den Ballsaal trat, verwandelten sich alle anderen Männer in milchgesichtige Laffen mit ungepflegter Haut, und sein Blick fiel auf mich: ›Mademoiselle, würden Sie mir die Ehre zu diesem Tanz geben?‹ Mademoiselle, stell dir vor! Ich, die alle nur die Marie nannten!«

Dennoch war ich auf das Wesentliche dessen, was mich erwartete, nicht vorbereitet.

Man sollte nie alt werden, wenn dann der Rumpf des Schiffes überall brüchig wird. Der barmherzige Tod sollte es schon viel früher auf den Grund betten.

Tatsächlich kannte ich keine alten Leute. Mein Großvater Jacob – trotz aller Schläge, unter denen er sich krümmte, aber nicht zusammenbrach, ein robuster alter Bursche – bekam gerade erst graue Haare. Pierre Levasseurs Vater schlachtete Ringeltauben mit zuverlässigerer Hand als seine Söhne.

Am Ende einer Fahrt, die mir unendlich lang erschien, weil eine hartnäckige Angst die Kilometer vervielfachte, kamen wir in Angers an, an einem Markttag, die Straßen voller Leute. Die Straßenhändler boten ihr Zeug lauthals feil, und mehr und mehr Leute reihten sich in eine Schlange, um einen prickelnden Wein dieser Gegend zu probieren. Marie wohnte in einem Viertel, das seit Jahren dem Abriß geweiht war. Ich erblickte in einer Art Lehnsessel eine leichenblasse Puppe, die wie ein Kind

* Flußkrebse

oder eine Mumie gewickelt war und vor sich hin, in den geschlossenen Raum ihrer Erinnerungen, starrte. Ein Gummischlauch führte von einem Punkt ihrer Körpers zu einem Aborteimer, der Abscheuliches enthielt. Aurélia umarmte jenen Haufen verderbenden Fleisches und bedeutete mir, es ihr nachzutun, wozu ich mich nicht überwinden konnte. Dann packte sie ein Päckchen Bonbons aus, die der alte Mund mit einem fürchterlichen Sauggeräusch zu zerlutschen begann. Schließlich richteten sich ihre verbrauchten und durch die Tränen und das hohe Alter ausgewaschenen Augen auf mich, und eine vorsintflutliche Stimme erhob sich, die mir sehr bald bewies, daß der Geist den Niedergang des Körpers überlebt.

»Ich weiß nicht, was Aurélia einfällt, dich hierher mitzunehmen und vor mir erscheinen zu lassen. Dich, die Tochter jener, die meine Männer umgebracht haben. Meinen armen Bert zuerst. Meinen Jungen, meinen Bébert, danach. Ach, ich war wohl nicht gut genug für euch, was? Vergeßt ihr denn, was ihr seid? Neger, Neger! Ohne uns würdet ihr unten herum nackt umherlaufen. Ihr würdet euch untereinander roh fressen! Kannibalen! Wegen euch hat sich mein Bert von seinem Strommasten gestürzt. Er hatte mir gesagt: ›Mama, reg dich nicht auf. Wir werden ein neues Leben auf der gesegneten Insel Madagaskar beginnen. Sieh, ich habe einen Antrag gestellt . . .‹ Der Bescheid auf den Antrag ist drei Tage nach seinem Tod gekommen. Also ist mein Bébert ohne Vater großgeworden, wie eine Pflanze ohne Sonne. Ganz kümmerlich. Ganz kränklich. Vergeblich habe ich ihm Lebertran eingeflößt, der Doktor sagte mir immer wieder, daß er ein zu schwaches Herz habe. Als er klein war, mein Bébert, da war er ein Engel des lieben Gottes, und dann, je älter er wurde, da begann er sich zu verändern! Er wandte sich gegen mich. Er nahm sie in Schutz. Ich war eine Schande für ihn, so schien es, ich war eine Arbeiterin, ich, die sich aufgeopfert hatte, indem ich meine Hände in der Flaschenfabrik kaputt machte. Bis zu dem Tag, wo er fortging, ohne mir auch nur auf Wiedersehen zu sagen. Eines Morgens ging ich in sein Zimmer, um sein Bett zu machen, und es war leer. Leer. Nicht mal ein Abschiedsgruß wie im Film. Über Jahre hinweg habe ich mich allein vor Kummer zerfressen. Eines Tages brachte mir jemand ein Bild von ihm mit, das er in der Zeitung gesehen hatte. Und dann nichts mehr. Bis man mir seine Leiche zurückbrachte. Er hatte sich unter einen Vorortzug geworfen. In Massy-Palaiseau. Mein Bébert. Das alles wegen euch. Drekkige Neger! Mörder! Mörder!«

Ich stürzte unter ihren Schreien die Treppe hinunter und war wieder in der Sonne, im Gelächter der Straße.

14

»Warum erzählst du mir diese Geschichte? Was geht sie mich an? Ich habe andere Verbrechen auf dem Gewissen, für die ich die volle Verantwortung übernehme. Die nicht! Die nicht!«

Ich ließ mich nicht davon abbringen: »Bist du einverstanden damit, sie einzuladen?«

Sie zuckte mit den Schultern: »Und wozu? Um ihre Kindheit zu ändern? Wenn das möglich wäre, würde ich gern meine ändern!«

Ach ja, schön war sie, die martiniquanische Frau des Doktors Levasseur! Jules-Juliette, der schicke Antillenfriseur auf der Rue des Mathurins, hatte sie von ihrem buschigen Afrolook befreit und ihr kurze, helle Strähnchen verpaßt. Das kunstvolle Blau der Lidschatten ließ die dunklen, vor Wut blitzenden Augen beunruhigend wirken. »Was willst du? Mit deinen Kinderfingern willst du Haß auslöschen und Tote rächen, wo man sie doch nicht ändern kann, die Welt! Daran haben sich schon andere als du die Zähne ausgebissen! Sie ist abscheulich, die Welt! Vergiß es!«

Plötzlich, nach einer der für sie typischen Kehrtwenden, wurde sie verträglicher: »Stimmt, ich erinnere mich! Ein Typ, der ihr Vater gewesen sein muß, hat mir geschrieben. Das war ... Das war, ich weiß nicht mehr, wann das war! Aber glaub mir, zu der Zeit hatte ich andere Dinge um die Ohren!«

Bei diesen Worten ertönte der Schrei ›Mörder‹ wieder in meinen Ohren. Ohne weiter nachzuhaken (wozu auch? Die Schufte landen in der Hölle!) wandte ich mich zur Tür, als sie mich zurückhielt: »Coco, dein Großvater ist sehr krank.«

Ich schwankte, überzeugt, daß mir das verfluchte Leben einen seiner Schläge versetzen würde, aber Thécla schüttelte den Kopf: »Er ist außer Gefahr. Flora versichert es in einem Brief an Pierre, abgesehen von den hinterhältigen Bosheiten, die sich gegen mich richten ... Er verlangt nach dir wie nach einem Geschenk zur guten Besserung! Du könntest in einigen Wochen hinfahren, sobald das Schuljahr zu Ende ist!«

Verblüfft brach ich in Tränen der Bestürzung aus: »Warum? Warum? Mir jetzt das zuzugestehen, was du mir immer verweigert hast?«

Sie antwortete nicht auf meine Frage: »Du könntest dich wenigstens bedanken. Selbst wenn man dir den Mond mit Zähnen herunterholen würde, wie man bei uns sagt, wärst du noch nicht zufrieden!«

Je größer ich selbst wurde, um so mehr fiel mir auf, wie klein Thécla war. Auf den Fotos aus ihrer Kindheit erschien es anders, denn sie war auf einen Schlag gewachsen, so daß sie ab dem vierzehnten Lebensjahr ihre Größe als Erwachsene erreicht hatte. Nun aber waren ihre Augen fast in gleicher Höhe wie meine, und an jenem Tag verspürte ich den Wunsch, die Mauer, die uns trennte, einzureißen, um mich an sie zu drücken, ihre Frisur durcheinanderzubringen, mit Salz und Wasser die Schminke von ihren Wangen zu waschen! Welche Qual, sich gegenseitig immer auf Distanz zu halten! Vor allem, wenn es mir nicht gutging! ›Mörder‹, ›Mörder!‹ Die Hände rot von Blut, hatte ich den Zug zurück genommen, ohne auf Aurélia zu warten, die ich erst am darauffolgenden Tag in der Schule wieder traf, als sie, sanft und ganz sie selbst, damit beschäftigt war, das Durcheinander in unserem Monatsbudget zu lösen.

»Denk nicht mehr daran. Sie hat soviel durchgemacht, daß sie manchmal den Kopf verliert. Glaub mir, sie hat viel geweint und ihren Wutausbruch bedauert. Aber du warst schon weg!«

Ja, für wie gering ich auch meine Liebe hielt, in dem Moment hätte ich mich gern an Thécla gedrückt, um einmal nur einen Schein von Zuneigung in ihren Augen zu wecken – deren Zärtlichkeit, über meinen Kopf hinweg, Pierre Levasseur vorbehalten war – und um, in die unerreichbare Mulde ihres Halses geschmiegt, leise zu flüstern: »Erzähl mir aus deinem Leben! Erzähl mir von deinen Vergehen, den großen und den kleinen! Von deiner Schuld, durch das, was du getan oder nicht getan hast! Von deinen Feigheiten, deinen Verraten, deinen größeren oder kleineren Grausamkeiten! Von den Fallen, in die du kopfüber gestürzt bist! Von den Bergen, die du nicht versetzen konntest! Von den Ungeheuern, die deine Sonne verschluckt haben! Damit ich in deinem Alter nicht ebenso am Ende sein werde wie du!«

Statt dessen kehrte Pierre Levasseur von einem arbeitsreichen Tag heim, schenkte sich einen Whisky ein, erzählte uns in angenehmer Weise von zwei oder drei seiner Patienten und lud uns schließlich ein, noch einmal seinen Kultfilm *Easy Rider* anzusehen!

Die Ankündigung meiner Abreise stürzte Aurélia in größte Unruhe, so daß sie unseren erbärmlichen Textinterpretationen keinerlei Aufmerksamkeit mehr schenkte.

»Man kann sagen, daß Lamartine uns in dem Gedicht zeigt, daß die Natur den Leiden Trost spenden kann.«

Sie erinnerte mich an die Punkte unserer Rekonstruktion, die noch im Dunkeln lagen und über die ich Aufhellung erhalten müsse. »Meine Mutter behauptet, daß sie über mein Verhalten zu Hause und den Krieg zwischen meinem Stiefvater und mir einmal so verzweifelt war, daß sie nach La Pointe geschrieben hat und sogar ein Foto von mir im Kommunionskleid geschickt hat. Das muß 1960 oder 1961 gewesen sein. Ist das Foto angekommen? Was ist daraus geworden?«

»Du mußt die genauen Lebensdaten der Mutter meines Großvaters herausbekommen. Ihr sagt einfach, eine englische Negerin, die er in Panama kannte! Ich habe demnach Verwandte in Panama? Auf einer englischen Insel? Für mich ist es wichtig, das zu wissen!«

Aurélia – gutherzig, sanftmütig, ebenso gutherzig wie schön – verzieh die Sünden und schrieb nach drei vergeblichen Anläufen meinem Großvater Jacob schließlich einen langen Brief, dem sie noch jede Menge Fotos beilegte.

Nach dieser Anstrengung brach sie dann in Tränen aus: »Ich kehre zu uns nach Hause zurück, nach Guadeloupe. Schon bald, schon bald!«

15

Die alten Leute, die sich noch daran erinnerten, daß Jacob und Jean beide aus dem Schoß von Mama Elaïse stammten, wunderten sich immer wieder: »Kann ein Baum zwei verschiedene Früchte tragen? Kann man am selben Ast nebeneinander eine Brotfrucht und eine Kastanie finden?«

Wie konnte Jean, der Märtyrer, den selbst jene, die das Wort ›Lendependans‹ haßten, bewunderten und ihn mit Salvador Allende oder Walter Rodney auf eine Stufe stellten, der Bruder von Jacob, dem hartherzigen Krämer, sein? Jacob hatte den Lakou infolge des Ärgers, den er ihm verursacht hatte, und weil man, wie Flora sagte, mit der Zeit gehen mußte, schließlich an die Stadt verkauft, die im Hinblick auf ihre städtischen Bauvorhaben bestimmte Grundstücke erwerben wollte. An jenem Ort und anstelle der heruntergekommenen Behausung hatte die Gemeinde also jene Kaninchenställe aus Stahlbeton errichtet, die man Sozialwohnungen nennt. Anfangs waren all jene, die

die monatliche Miete bezahlen konnten, in die Neubauwohnungen gedrängt, weil man nur auf einen Schalter zu drücken brauchte, um die Strom-Fee herbeizuzaubern, nur an einer Spülung zu ziehen brauchte, um verschwinden zu lassen, was gewöhnlich selbst zur Sickergrube geschleppt werden mußte, nur an einem Hahn zu drehen brauchte, damit eine frische Quelle sprudelte. Sehr bald jedoch mußte man klein beigeben, als unaufhörliche Stromausfälle die gute alte Kerze, die man zu schnell zum überflüssigen Beiwerk degradiert hatte, wieder zu Ehren kommen ließen, als sich die WCs verstopften und die Luft verpesteten und als die Hähne noch vor Einbruch der Nacht zu tröpfeln aufhörten. Ach, das gute alte Holzhaus von einst!

Trotz der Kritik, die sich von allen Seiten erhob, von den Patrioten, den Sozialisten, den Gaullisten, den Zentristen (nicht von den Kommunisten, natürlich! Fünfundzwanzig Jahre zuvor hatten sie sich die Stadt unter den Nagel gerissen!), kaufte Jacob in aller Ruhe den Block C der Wohnanlage ›La Mangrove‹ zurück, die zwei Schritte von der neuen Brücke über die Gabarre liegt, und vermietete Wohnung für Wohnung wieder zu Höchstpreisen. Die Zeitungen klagten vergebens die Machenschaften dieses (neuerlichen!) Shylocks an, er sackte jeden Monat eine beträchtliche Summe ein!

Die Leute sagen, es sei eine Gruppe wütender Mieter gewesen, die sich rächen wollte. Jedoch ist die Sache nicht bewiesen!

Jedenfalls war es ein Samstagnachmittag, zu jener Stunde, da er auf dem Balkon frische Luft schnappte und dabei eine alte Ausgabe von *Présence africaine* las, die Thécla einige Jahre zuvor auf der Durchreise liegengelassen hatte, als man Jacob auf einem schönen, mit einem Spitzenuntersatz bedeckten Teller einen Kokosflan und ein dickes Stück Marmorkuchen brachte, die ein Kunde schickte. Da nur wenige Leute Jacob ihre Freundschaft bezeigten, war er überrascht, aber ohne Mißtrauen und verschlang Flan und Marmorkuchen. Zwei Stunden später setzten ihm Brechreiz, Durchfall und so starke Schmerzen zu, daß man um sein Leben fürchtete und gleichzeitig einen Arzt und einen Priester herbeiholen ließ. Der zweite kam vor dem ersten, und nachdem er Jacob, der im übrigen gar nicht zuhörte, die Flammen der Hölle ausgemalt hatte, welche Ehebrecher zu erwarten hätten, verheiratete er ihn rechtmäßig mit Flora. Was dazu führte, daß die unehelichen Söhne Rodrigue und Carmélien, die schon siebenundzwanzig beziehungsweise vierundzwanzig Jahre alt wurden, den Familiennamen ändern und den Namen Louis annehmen mußten. Die Änderung reichte bis zum Neugeborenen von Rodrigue, welcher ein recht hübsches Mädchen von Marie-Galante zur Frau genommen hatte, Elisa Bikok, die im übrigen mit meiner Großmutter Tima entfernt verwandt war.

Alle Anstrengungen der Polizei, um die Spur jener aufzufinden, die sich für den üblen Streich hergegeben hatten, der den Tod eines Menschen hätte verursachen können, verliefen ergebnislos, wie man üblicherweise sagt.

Als ich in La Pointe eintraf, steckte mein Großvater Jacob in seinen zu großen Schlafanzügen, eine schwefelgelbe Tinktur eigenartig auf seiner schwarzen Haut verteilt, war aber imstande, an ein Gebirge von Kopfkissen gelehnt aufrecht im Bett zu sitzen. Flora Lacour, Entschuldigung, Flora Louis, deren Rang als rechtmäßige Gattin ihr freudig zu Gesicht stand, saß an seinem Bett. Ihre Finger drehten die Perlen eines Rosenkranzes, denn sie war dem lieben Gott immer noch dankbar, daß er ihr ihren Mann erhalten hatte, den sie so liebte, wie er war.

Man erzählte mir haarklein und detailgetreu jenes Ereignis, das in unserem Gedächtnis aufbewahrt werden und eine Sonderstellung in unserer Familiengeschichte einnehmen sollte. Wie der scheinbar arglose Teller gebracht wurde, überreicht von einer hageren *Bâta-Zindien** in einem gelben Kleid, die ein sehr korrektes Französisch sprach. Wie sie freundlich ihre

* Menschen afroindischer Abstammung (Anm. d. Ü.)

Wange zum Kuß hingehalten hatte, um dann zu erklären, daß man die Geburt des Kindes der M ... – unverständliches Brabbeln ... – feierte und daß man ihr aufgetragen habe, Monsieur Louis dies zu bringen. Flora war untröstlich: »Meine Liebe, ich weiß nicht, was mit mir an dem Tag los war. Nicht für einen Moment hat sich mein Herz gerührt, so daß ich mißtrauisch geworden wäre! Sie hatte ein so weiches und aufrichtiges Gesicht, dieses Kind. Du hättest ihr ohne Beichte Gottes Segen gegeben. Ich hätte statt dessen doch nach dem genauen Namen der Person fragen müssen, die das schickte. Und dann, siehst du, wenn der liebe Gott etwas beschlossen hat, dann hat er es beschlossen! Jacob hat Süßigkeiten nie gemocht! Suk-à-koko, Douslets, Chadèques, das ist nichts für ihn! Kaum, daß er sich einen Löffel Zucker in seinen Kaffee tut. Diesmal dagegen hat er sich auf seinen Flan und seinen Kuchen gestürzt! Bevor ich noch ›uff‹ sagen konnte, war er fertig damit. Alles weggeputzt! Aber wer hätte denn geglaubt, daß es in La Pointe Leute gibt, die so etwas aushecken! Ich frage mich, ob das in Wirklichkeit nicht für Dieudonné gedacht war! Seine Frau ist hochschwanger. Also ißt er mittags bei uns. Er fährt nicht nach Bergette zurück, wo sie wohnen. Er schont sie ein bißchen. Und manchmal, wenn es ein Samstag wie dieser ist und er nichts zu tun hat, bleibt er bis vier, fünf Uhr und diskutiert mit seinem Onkel. Vergiß nicht, daß Jacob ihn großgezogen hat. Dieudonné! Jean, sein Vater, war zu sehr mit seiner Politik und seinen Büchern beschäftigt! Jacob hat alle Kinder seines Bruders großgezogen, eines nach dem anderen! Jeden Monat gehen Geldanweisungen ab, gehen ab an diesen oder jenen! Einer studiert sogar in ..., na in Amerika. Also, meine Liebe, wenn einer zu mir käme, um mir zu sagen, daß das kein guter Mensch sei, also dem würde ich was erzählen, hörst du! Jacob ist nicht schön, das nicht, die Schönheit hat ihn übersehen, aber gut ist er. Er ist ein herzensguter Mensch.«

Hier wischte Flora sich eine Träne fort, holte Luft und setzte erneut an: »Ja, je mehr ich nachdenke, desto klarer sehe ich, daß er für Dieudonné war, der Teller! Durch die Politik werden die Leute wie tollwütige Hunde. Bereit, sich zu zerfleischen, bereit, sich umzubringen! Es sind sicher Leute, denen seine Sache mit der Unabhängigkeit nicht paßt. Meine Liebe, die Sache mit der Unabhängigkeit hat uns schon Geschichten beschert! Und das ist erst der Anfang! Ich habe schon zu Dieudonné gesagt: ›Hör zu, wenn ihr so weit seid, sagt mir Bescheid, damit ich meine Koffer packe!‹ Ich habe eine Schwester, die in Frankreich, in Mâcon, wohnt, zu der werde ich fahren!«

Ihre großen Augen, die so leuchtend und liebevoll waren, wenn sie mich ansah, verdunkelten sich durch boshafte Schatten, während ihre Stimme einen giftigen Unterton annahm: »Wie geht es deiner Mama?«

»Gut! Gut!«

»Und ihrem Mann?«

»Gut! Gut!«

Halblaut: »Wenn es nur hält!«

Flora, die Thécla haßte, wie das Salz das Wasser haßt, konnte einem Kind gegenüber schließlich nicht seine Mutter schlechtmachen und beschränkte sich auf bedeutungsvolle Seufzer.

Und ich selbst, sicher, daß ich ihr aufmerksames und interessiertes Ohr gefunden hätte, sagte nichts, da ich von einem vagen und neuen Pflichtgefühl erfüllt war.

Das ganze Haus in der Rue du Faubourg-d'Ennery roch nach Assa foetida, Terpentin, nach Benzoetinktur, die mit tausend Blättern und Wurzeln angereichert war, denn Flora hat keinerlei Vertrauen in die Ärzte und behandelte meinen Großvater Jacob auf ihre Weise, rieb ihn ab, pinselte ihn ein, trug Blutegel, Senfpflaster und Kompressen auf.

Außer Flora kamen auch alle anderen Frauen der Familie mit ihren heilenden Rezepten herbei. Cousine Ti-Maroussia, die man weiterhin so nannte, obwohl sie zweimalige Großmutter war, weil sie denselben Vornamen wie ihre Mutter trug, welche seit Jahren an der Seite ihres Mannes, des Segelmachers, auf dem Seemannsfriedhof von Port-Louis lag, Ti-Maroussia kam jeden Sonntag pünktlich zur Mittagszeit mit einem Wundermittel an, das sie in einem Korb vergraben hatte, und schloß sich mit Flora ein, um ihr dessen Eigenschaften zu beschreiben. Darauf ging sie in das Zimmer meines Großvaters hinauf und kam erst eine Stunde später wieder herunter, um eine Venusmuschelpastete, mit der sie immer angab, aufzuwärmen und mir mit traurigem Blick beim Essen zuzusehen. »Dies Kind hat Dinge gesehen, die meine Augen nicht gesehen haben. Aber es weiß nicht, wie man am Tisch sitzt!«

»Meine Liebe, und das kommt nicht von ungefähr!«

Seufzer von Flora.

Man war gerade dabei, die Sorgen, welche die Gesundheit meines Großvaters bereiteten, zu vergessen, als eine weitere Sorge die Familie erschütterte. Als Bomben explodierten (Oh je! Dies passierte immer häufiger in unserem Land, so daß es aussah, als hätte das Blut meines Großonkels Jean Früchte getragen!) und zwei italienische Touristen, die sich in das Café ›Richepanse‹ verirrt hatten, verletzten (nur leicht, Gott sei Dank!), da weigerte sich Dieudonné, an einer Polizeisperre anzuhalten, und ließ die roten Mützen, ohne zu grüßen, stehen! Mehr war nicht nötig, um ihn ins Gefängnis zu stecken, nachdem man ihn auf der Höhe von Trois Chemins Abymes eingeholt hatte!

(Tatsächlich fand Dieudonné hier nicht jene Gelegenheit, die er vielleicht suchte, und wurde schnell freigelassen. Dennoch war die Stimmung für einige Stunden auf dem Höhepunkt, denn die Familie sah ihn schon neben seinem Vater liegen und den gleichen Schlaf schlafen!)

Dies alles, zusammen mit dem Gedanken, daß einige ihn so haßten, daß sie sein vorzeitiges Ende herbeiwünschten, sowie die Schwäche seines stark erschütterten Organismus hatte beträchtliche Auswirkungen auf das Befinden meines Großvaters. Mit dem Kopf nickend, die Wangen von Tränen glänzend, kaute er seine ewige Litanei wieder: »In diesem Land will man nicht, daß es ein Neger zu etwas bringt! Man würde sie heute am liebsten immer noch mit dem Strohhut auf dem Kopf im Zuckerrohr sehen!«

Ich wagte zu sagen: »Vielleicht dulden sie nicht, daß es die Neger wie die anderen machen und ihre eigenen Leute ausnehmen, um zu etwas zu kommen?«

Auf einmal sperrte er Mund und Augen auf und seufzte dann: »Woher hast du diesen Unsinn? Coco, du hast dich sehr verändert! Hast du etwa auch angefangen, Marx zu lesen?«

Während ich auf seine Genesung wartete, hatte ich Mühe, die Neuigkeit von meinem Erfolg dort, wo er gescheitert war, für mich zu behalten und ihm nichts von Aurélia zu erzählen. Aber ich nahm mir vor, sie zu genießen, sie in seiner Gegenwart auszukosten. Die Neuigkeit seinem Bewußtsein nicht zu offenbaren, solange es noch ebenso schwach wie sein Körper war, dem man Hühnchenfleisch eintrichterte und Kräutertee einflößte! Ungeduldig wie die Mutter eines sich langsam entwickelnden Kindes, belauerte ich ihn, schätzte seine Fortschritte ab, beunruhigt, daß er an manchen Tagen schrumplig wie ein Neugeborenes unter seiner Decke blieb. An jenem Mittag, als er, rechts von Flora, links von Carmélien gestützt, ins Eßzimmer herunterkam, wußte ich, daß die Zeit des Bekenntnisses nahte. Da ich ihn durch Liebe und Einfühlungsvermögen kannte, wußte ich, daß diese Krankheit trotz ihres glücklichen Ausgangs für meinen Großvater der Anfang vom Ende war. Von nun an interessierte er sich nicht mehr für seinen Laden, seine Mietwohnungen, seine Geschäfte . . ., die soviel Platz in seinem Leben eingenommen hatten, und lud den ganzen Ärger, den sie ihm verursachten, auf den Schultern von Rodrigue und Carmélien ab, die er mehr und mehr als seine ›Söhne‹ und nicht als seine ›unehelichen Söhne‹ ansah. Schließlich verließ er La Pointe, wo die Autos für seinen Geschmack zu viele Abgase ausspuckten, und zog sich wie sein Vater, der Soubarou, in das Wochenendhaus von Juston zurück. Er schikanierte dort nicht mehr die Landarbeiter, sondern richtete selbst seine Pflöcke für den Yams wieder auf, schnitt seine Reben zurück und erntete seine Angola-Erbsen, Seite an Seite mit der noch ganz rüstigen Flora, die über die Hühnerkacke wetterte.

Gewiß war mein Großvater tagtäglich in ständiger Begleitung von Mama Elaïse und seines geliebten Bruders Jean. Gewiß, er hatte seine Tima wiedergefunden, zart wie Satin. Gewiß spürte er, wie das reumütige Wesen seines Vaters um ihn herumschlich und der, über die Härte zu seinen Lebzeiten beschämt, manchmal versuchte, mit ihm ins Gespräch zu kommen. Aber zwei Dinge machten ihm Kummer, nagten an ihm und vermiesten ihm seine alten Tage.

Zunächst die Abwesenheit von Thécla. Zehnmal am Tag seufzte er: »Warum, warum hat das Kind Guadeloupe aus seinem Herzen verbannt?«

Jedesmal wurde Flora wütend: »Genug davon! Willst du dir die Seele zerfleischen wegen dieser Undankbaren?«

Und dann das Ende der Familienzusammengehörigkeit. Wo war die Zeit, als die Schwestern von Albert, ihre Ehemänner, ihre Verbündeten, ihre Kinder sich an den Sonntagen einfanden, um sich Theodoras Mahlzeiten schmecken zu lassen, später die von Mama Elaïse? Als Geburten und Hochzeiten Anlaß zu Schlemmereien gaben? Todesfälle Anlaß zu durchwachten Nächten? Außer Dieudonné, der allein, ohne Monique und die Kinder, kam, machten sich wenige auf den Weg nach Juston, um sich zu einem ausgedehnten Schwätzchen auf der Veranda niederzulassen. Die Neugeborenen erblickten das Licht der Welt, ohne daß er davon wußte. Ebenso wie die gemarterten Körper in den Schatten des Todes glitten, und oft erfuhr er erst davon, wenn er nach den Nachrichten die Mitteilungen über die Beisetzungen hörte. Dann jammerte er: »Da sitze ich nun wie eine Krabbe in ihrem Loch!«

An seinem Lebensende begann er von seinem Aufenthalt in New York zu sprechen, jener Atempause in seinem arbeitsreichen Leben. Erzählte von Marcus Garvey, den er nie getroffen hatte, wie von einem alten Bekannten: »Er hat mir gesagt:

›Kehre nach Hause zurück und verleihe meinem Namen Glanz.‹ Deshalb habe ich die Partei der Nègres Debout gründen wollen. ›Ich werde die Neger lehren, die Schönheit in sich zu sehen.‹ Oh je, oh je, oh je!«

Als der Tod ihn holen kam, war Thécla in Bangkok, wo Pierre Levasseur an einem Medizinerkongreß teilnahm. So mußte der Sarg vier Tage und vier Nächte auf sie warten, während er im Duft geschmolzener Kerzen und verblühter Blumen dank einer vom Bestattungsinstitut Hercule und Söhne ausgetüftelten Technik raffiniert gekühlt wurde. Sie ging ohne Tränen in den Augen hinter dem Leichenwagen her und stieg wieder in ihre Boeing, ohne mit Flora über die Teilung des Erbes reden zu wollen. Dennoch fand sie Mittel und Wege, um zusammen mit Gesner einige Tage auf Saint-Martin zu verbringen, worüber alle Welt empört war!

Serge, der Jacob nicht mehr besucht hatte, kam von Goubeyre herunter, wo er noch immer ein den Gaullisten nahestehender Gemeinderat war, und begleitete ihn zum Friedhof, das Gesicht ebenso finster wie Floras Trauerflor. Während er sie umarmte, schluchzte er als Beileid: »Wenn er eine andere Hautfarbe gehabt hätte und in einem anderen Land geboren wäre, so hätte er es zu sehr viel gebracht!«

Merkwürdige Grabrede für einen Menschen, der in einem einzigen Herzen naive Güte und gemeinen Geiz vereinigt hatte, Idealismus und Kleinkariertheit, Liebe für die Seinen und den rücksichtslosen Ausbeuterinstinkt!

16

Lange, lange blieben die Augen meines Großvaters auf einen Punkt im Raum gerichtet, dann wandten sie sich mir wieder zu: »›Mörder‹ hat sie gesagt? Das hat sie gesagt?«

Ich versuchte, seinen Kummer zu zerstreuen, der sich schon

über seine Wangen ergießen wollte: »Lies doch Aurélias Brief!«

Als wollte er die Unerbittlichkeit des Wortes und den Schmerz, den es bei ihm auslöste, auskosten, murmelte er aber weiter: »Mörder. Mörder. Das ist es!«

Dann sank sein Kopf wieder nach vorn, und er brach in Tränen aus. Verlegen durch die Heulerei eines Erwachsenen, trat ich den Rückzug an. Im übrigen wartete Dieudonné auf mich, um mich zu sich nach Bergette mitzunehmen.

Dieudonné, der verabscheute, was man aus La Pointe gemacht hatte, Sozialwohnungen in Form paralleler Blöcke, einer neben dem anderen, und der in der Gegend von Petit-Bourg bleiben wollte, wo er als Kind seine Ferien verbracht hatte, hatte ein ehemaliges Herrenhaus aufgekauft, dem er durch englischen Rasen, Eichelhäher und Pfauen, steinerne Statuen, schützende Bäume und Schäferhunde seinen früheren Glanz zurückgab. Die Leute, die auf der Straße in Kleinbussen vorbeifuhren, schüttelten den Kopf: »Sieh dir das an! Erst wenn die Patrioten in armseligen Behausungen wohnen, erst dann werde ich sie ernst nehmen!«

Dieudonné war einer der wenigen Mitglieder der Familie, die Thécla anhimmelten, und er erzählte mir wieder und wieder, wie sie ihn in seiner Kindheit beschützt hatte, vor Tima, Timas Hausangestellten, vor den Kindern auf dem Gymnasium, die ihn ›Nèg mawon‹ gerufen hatten, vor der Rabenmutter Marietta, die ihm immer den Bohnerbesen zum Wienern der Dielen in die Hand gedrückt hatte, und sagte schließlich: »Thécla, das ist ein außergewöhnlicher Mensch! Wenn sie doch nur alle ihre Erlebnisse für uns niedergeschrieben hätte!«

Ich kicherte leise! Meine Mutter Schriftstellerin! Gott bewahre uns davor!

Bei Dieudonné herrschte großes Durcheinander, denn Monique hatte gerade einen neuen Jean Louis zur Welt gebracht, dem die Last des Märtyrernamens, den er trug, gleichgültig war und der wie jeder andere in seiner Wiege strampelte. Zu diesem

Anlaß waren die Großeltern aus Clermont-Ferrand angereist, und ich fragte mich, welches Gesicht der Urgroßvater Albert gezogen hätte, er, der Bert regelrecht ausgeschlossen hatte für den gleichen Fehltritt wie den von Dieudonné und ... von Thécla! Als ich meine (naiven) Überlegungen Dieudonné anvertraute, schwang er große Reden, denn für schöne Reden hatte er von Berufs wegen eine unausstehliche Vorliebe: »Die Wissenschaftler können belegen, daß es keine Rassen gibt. Es gibt nur Kulturen. Unsere Eltern und Großeltern haben sich von einer falschen Vorstellung leiten lassen, die von selbst verschwinden wird. Aber in dem vorliegenden Beispiel nehme ich an, daß unser Urgroßvater, so unwürdig und stinkend er auch dem niederen und mittleren Bürgertum erschienen sein mag, selbst Klassenvorurteile hatte! Wäre Marie keine Fabrikarbeiterin gewesen, so hätte die Welt schon ganz anders ausgesehen!«

Wahr oder falsch? Mit vierzehneinhalb Jahren konnte ich das nicht entscheiden!

Ja, es war Dieudonné, der meine Liebe zu der Gegend von Petit-Bourg entfachte. Keine sehenswerte Landschaft. Keine Schönheit, die einem den Atem verschlägt. Ein unbestimmter Charme. Der Reisende, der schnell nach Basse-Terre kommen möchte, kann daran vorbeifahren, ohne sie zu beachten. Dort ist das Zuckerrohr nicht König. Es teilt sich sein Reich mit Yams, die sich um ihre Pflöcke ranken, und den Bananenstauden mit ihren gelackten Blättern. Zwischen den Feldern schlummern ein oder zwei Flüsse. Wenn ich eines Tages zurückkehre, um ›daheim‹ zu leben, so sagte ich mir, dann werde ich dort Wurzeln schlagen!

Wenn ich auf den Wegen von Bergette entlangspazierte, starrten mich die Bauern an, ließen die Frauen ihre Bügeleisen über der roten Glut stehen, vergaßen die Männer ihr Kartenspiel, und in ihren Augen las ich die gleiche Frage: *»A ki ta la enko?«**

* »Wer ist denn das nun schon wieder?«

Denn ebenso wie die Bauern von Juston den Soubarou nicht gemocht hatten, der sie ungeniert ausbeutete, konnten die Bauern von Bergette Dieudonné nicht leiden, der beteuerte, er hätte nur die Sorge um sie im Herzen. Nicht einfach, die Bauern für sich zu gewinnen! Aus Tradition mißtrauisch gegenüber diesen Herren aus der Stadt, Neger oder Mulatten, für sie war es das gleiche! Gegenüber diesen musterhaften Herren! Selbst wenn sie ihre Jacke auszogen und den Erzählungen während der Totenwachen lauschten! Man hatte Dieudonné im Verdacht, daß er ohne Durst ein Glas nach dem anderen trank, und war böse auf ihn, weil er nicht kreolisch sprach. Einige behaupteten sogar, daß er die Leute von Sorlin nur deshalb verteidigt hätte, um von sich ebensoviel reden zu machen wie sein Vater! Ein schöner Patriot war das! (Man sollte meinen, nur wenn sie tot waren, waren sie wirkliche Patrioten!)

Madame Nirmal, die pensionierte Schuldirektorin, die ihren Lebensabend ruhig an der Seite ihres Mannes, eines Steuereinnehmers, in einem Bungalow verbrachte, den sie von ihrem Ersparten gebaut hatten und den die Kinder nun verließen, um in Afrika Entwicklungshilfe zu leisten, konnte sich eines Tages nicht mehr zurückhalten und rief mir über die Bougainvilleenhecke zu: »Wessen Tochter bist denn du?«

In der ersten Zeit, wenn man mich so ausfragte, empfand ich das wie eine Infragestellung, denn meine Antwort enthüllte den dunklen und offen klaffenden Teil meiner Herkunft. Vater unbekannt. Abwesend. Abgehauen. Flüchtig. Gleichgültig. Nichtswürdig. Nun war sie mir ganz egal, die klaffende Stelle an meiner Seite! Mein Großvater Jacob, Flora, Dieudonné und die anderen hatten sie durch ihre Liebe geglättet! Plötzlich betete ich entschlossen herunter: »Ich bin die natürliche Tochter von Thécla, der natürlichen und heiß ersehnten Tochter von Tima und Jacob, des einerseits über alles geliebten, andererseits vernachlässigten Sohnes von Mama Elaïse, genannt das Kind Gottes, und von Albert, genannt der Soubarou, der fortging, seinen Schweiß zu schwitzen und sich in Panama qualvoll zu quälen, um Gold anzuhäufen und zu entdecken, daß er sich letztlich doch nichts dafür kaufen kann!«

Und ich ließ sie sich in Flüchen ergehen. Ich, die sich nicht mehr schämte. Ich hatte meine Flagge auf der Insel gehißt.

Obwohl ich nur für ein Wochenende nach Bergette gekommen war, blieb ich eine Woche bei Monique, deren Mutter sie weder zu trösten vermochte, noch ihre Aufmerksamkeit auf das erste Lachen ihres Sohnes und seine Anzeichen verfrühter Intelligenz lenken konnte. Die neue Mutter jammerte nur: »Das ist kein Mann, den ich geheiratet habe, Coco, das ist ein Durchzug! Weißt du denn nicht, daß er unseren Hochzeitstag vergißt? Daß er nicht da war, als die ersten Wehen bei mir einsetzten, und daß ich Ferrant von der Werkstatt um Hilfe bitten mußte? Ich sehe ihn den ganzen Tag nicht. Wenn er da ist, dann mit einem Dutzend Männer in sogenannten Versammlungen, die kein Ende finden . . .«

Ich sagte (nicht sehr überzeugt): »Was willst du? Die Sorge um das Land . . .«

Sie zuckte mit den Schultern: »Was erzählst du denn da, Coco? Sind es denn nicht wir Frauen, welche die Länder errichten und vernichten? Solange sie uns abseits halten, werden sie gar nichts ausrichten! Und noch lange, lange wird Guadeloupe die letzte Kolonie bleiben!«

Nach zwei Wochen, und ich hatte Dieudonné tatsächlich nicht gesehen, hielt der Citroën DS 19, der jeden Sonntagnachmittag von den Kindern der Familie eingeseift, mit viel Wasser gewaschen und poliert wurde, vor dem Tor, und der arme Cousin, der als Chauffeur diente, teilte mir mit, daß mein Großvater nach mir verlange. Dringend.

17

Er erwartete mich auf der Schwelle des Salons, in einem seiner besten Anzüge, schwarz mit weißen Nadelstreifen, schwarze Schuhe an den Füßen, was ihm die Eleganz eines Totengräbers verlieh, die Wangen rasiert, aber trotzdem kratzig und darüber ein Filzhut mit breiter Krempe, der seinen im Dunkeln liegenden Augen Schatten bot. Ich freute mich, ihn so voller Tatendrang zu erblicken, denn das letzte Mal hatte er nicht gerade erhaben ausgesehen, skelettartig in seinem gestreiften Schlafanzug. Er sagte zu mir mit einem wütenden Unterton, der ungewohnt für ihn war: »Warum bist du die ganze Zeit bei Dieudonné geblieben? Du wußtest doch, daß es da noch einige Dinge zu tun gibt!«

Ohne weiter Zeit zu verlieren, machte er sich, ich hinterher, auf den schon so oft beschrittenen Weg zum Friedhof, mit den unvermeidlichen Zwischenstops. Bei Séraphin Chèradieu. Bei Mérita Blanchedent und schließlich bei Altagras Sophocle, die mir diesmal ihre knochigen Finger in meine größer werdenden Brüste drückte und ausrief: »Tja, meine Liebe, ich spüre schon die Knospen. Wann werden sie aufgehen?«

Als wir das Haus der letzten verließen, lief ein Schwarm kleiner Mädchen mit vielen Schmetterlingen in den Zöpfen und kleiner randalierender Jungen vor den Nasen der Autos, Lkws und Kleinbusse mitten über die Straße, denn es war gerade Schulschluß in der Schule von Saint-Jules, und sie wurden, artig wie Chorknaben, von einer Nonne bis zum hellgrün gestrichenen Gittertor geführt. Da begann er mit seiner eingerosteten Stimme zu sprechen: »Ich habe Mama Elaïse danach gefragt. Sie hat mir gesagt, ich solle mich nicht darum kümmern. Was zählt, das ist die Vergebung der Toten. Daß sie uns verzeihen, das ist das Wesentliche! Sie kann uns nennen, wie sie will! ›Mörder‹ oder wie auch immer. Ich weiß, was du denkst. Du denkst, daß sie recht hat und daß mein Vater, dein Urgroßvater, ein furchtbarer Neger war, ohne Herz und ohne Gefühl!

Genauso dachten alle Leute in La Pointe und sogar die Familie! Ich weiß nicht, ob einer eine Träne vergossen hat, als er starb! Im Gegenteil, die Leute sagten: ›Ah, der Teufel kehrt in seine Hölle zurück!‹ Selbst ich dachte eine Zeitlang ebenso, als ich immer nur seinen Stock auf meinem Rücken zu spüren bekam! Einmal hätte er mir fast mein Auge ausgeschlagen. Schau dir diese Narbe da an, die hat er mir beigebracht! Und dann habe ich begriffen, was in seinem Herzen vorging, das ihn bitter wie Galle, hart wie Fels werden ließ! Ich wußte nicht, daß ich, der hier vor dir steht, eines Tages ebenso würde wie er! Denn Träume habe auch ich damals geträumt! Ich hatte den Kopf voll davon. Wenn ich aufwachte, verdunkelten sie mir den Tag. Nachts hinderten sie mich am Schlafen, so daß ich mich manchmal bis vier Uhr morgens hin- und herwälzte. Die Hähne begannen zu krähen, und ich war von ihrem Schweiß überströmt! Und dann und dann ... Als mir klar wurde, daß ich kein anderes Leben haben würde als jenes, das ich lebte, da habe ich meine Träume für Thécla geträumt. Und dann, kurz und gut, lassen wir das! Glaubst du, daß sie jetzt glücklich ist mit ihrem Weißen? Soll einer daraus schlau werden, wie man so sagt. Oh je, das Leben! Laß dir gesagt sein, wenn ich fühle, was ich fühle, dann verstehe ich meinen Vater, deinen Urgroßvater. Du, du bist noch zu klein. Er hat sich gesagt: ›Mein Kind wird das tun, was ich nicht getan habe, wird dahin kommen, wohin ich nicht gekommen bin! Seine Sonne wird erstrahlen ...‹ Und dann und dann. Was ich dir da sage, das hat mir Mama Elaïse zu verstehen gegeben. Denn auch ich war empört, wenn ich an diese beiden Toten dachte! Gestorben in der Ferne. Vielleicht, weil sie ihren Albert immer geliebt hat, hat sie ihn immer verstanden. Denn lieben ist genau das: verstehen! Verstehen, was den Menschen schlecht, verlogen werden läßt, und ihn trotzdem lieben. Ja, es war Mama Elaïse, die mir erklärt hat, daß das, was zählt, ihre Vergebung ist. Ihre. Ihre allein! Ich habe auf dem Boden gekniet, um sie darum zu bitten. Ich habe Kerzen angezündet. Ich habe Weihwasser versprengt, und dann hatte ich diese Idee. Du wirst sehen . . .«

Wir waren angekommen.

Eine Beerdigung kam gerade vom Friedhof zurück, die Musiker der Kapelle strömten auseinander und liefen schnell, schnell hinter ihren Kleinbussen her, die Freunde verstreuten sich, denn es wurde schon spät, und ließen die Witwe in großer Trauer und die Waisen auf ihrem Weg in die Einsamkeit zurück. Wie jedesmal, wenn Jacob die Stadt der Toten betrat, wurde er wieder jung, verlor sein buckliger Rücken seinen Buckel, wurde sein Schritt leichter, beflügelt. Er beeilte sich wie ein Kind, das dem Wiedersehen mit der Mutter und dem zarten Duft ihres Kusses entgegenfiebert. Ich dagegen folgte in meinem Schritt, wie jedesmal eher verängstigt durch die hohen Wände der Grabmäler unter dem schwarzen Gewölbe der Filaos.

Das Grabmal der Familie Louis stand auf der Ecke des Weges Nr. 4. Albert hatte seiner Elaïse, der Lebensgefährtin, der gegenüber er seine Liebe nie hatte zum Ausdruck bringen können, ein Taj Mahal errichten lassen, dessen Marmor unter hohen Kosten aus Italien angeliefert worden war und das sich massig hinter einem Gitter erhob, das dem Louvre würdig gewesen wäre und von zwei steinernen Windhunden bewacht wurde. Theodora, die zunächst in einem sehr einfachen Grab geruht hatte, war an die Seite ihrer Schwiegertochter gebracht worden, dann war ihr Sohn hinzugekommen. Seitdem hatten alle Louis den gleichen Weg beschritten und sich für die Ewigkeit unter die gleiche Grabplatte gelegt.

Wie immer wühlte mein Großvater auf der Suche nach dem Schlüsselbund in seiner Tasche, probierte ein halbes Dutzend mit zu ungeduldiger Hand aus, bis die Gittertüren leise, leise aufglitten! Nachdem er sich bekreuzigt hatte, kniete er nieder. Aber diesmal kniete er nicht lange am Boden, und nachdem er sich hastig wieder erhoben hatte, sagte er zu mir: »Siehst du? Siehst du?«

»Was?«

Ich sah mich blindlings um. Da wies er mich auf die Stirnseite des Grabmals hin, wo sich die Prozession unserer Toten aneinanderreihte. Die Buchstaben darauf schienen mir frisch gestrichen. Schwarz auf makellosem Weiß. Da ich immer noch nichts weiter sah, nahm mein Großvater meine Hand und drückte sie auf jeden Namen, wobei er mit lauter Stimme aufsagte:

»Theodora Bonaventure Louis, geb. Brasdor – 1856–1925.

Elaïse Marie Apolline Louis, geb. Sophocle – 1895–1937.

Albert Quentin Louis – 1875–1948.

Ultima Marie Madeleine Louis, geb. Lemercier – 1917–1969.

Albert, genannt Bert, Fortuné Louis – 1905–1925.

Albert, genannt Bébert, Jacques Louis – 1926–1970.

Jean Ismaël Théodore Louis – 1928–1971.

Siehst du, alle sind sie da. Alle. Ich habe sie um Verzeihung gebeten. Ich habe sie um Erlaubnis gebeten, ihre Namen dorthin zu setzen. Zusammen mit den anderen. Von allen anderen. Mit allen. Bei uns.«

Wir blieben an diesem Abend sehr, sehr lange auf dem Friedhof!

Abgesehen vom Quietschen und dem Flügelschlag der Fledermäuse, die zwischen Gräbern und Filaos umherflatterten, wurde das laute Rumoren des Meeres im Hintergrund nur durch das Weinen meines Großvaters übertönt. Ich dagegen weinte nicht. Ich erinnerte mich an meine zufällige (zufällige?) Begegnung mit Bébert auf den Seiten eines Familienalbums. Das vergilbte Foto. Und dort angefangen, an die ganze zurückgelegte Strecke bis zu dieser letzten Begegnung, an diesem Gedenkstein für die Toten.

Dieser ganze zurückgelegte Weg seit der ersten Begegnung. Die gestellten Fragen. Die übergangenen Fragen. Die unbeantworteten Fragen. Die gelüfteten Schatten. Das Helldunkel. Die dunklen Klarheiten. Das ausgedünnte Buschwerk. Die entfachten Feuer. Die geschleppten Wassereimer. Bis daß die Wahrheit die Wunden und Narben auf ihrem Gesicht zeigt. Mein Großvater, der glaubte, daß das Leben weniger zähle als der Tod, dachte, daß er seine Schuld beglichen hätte. Genauso wie bei mir wollte er jene von anderen zugefügten Verletzungen mit seiner Liebe heilen. Die klaffenden Ränder der Wunden zusammenfügen. Die Rechnung herunterhandeln. Trügerische Hoffnung! Anstatt aber über diesen ewigen Naiven zu lachen, erfaßte sein Glauben nun auch mich.

Vielleicht sollte ich sie erzählen, diese Geschichte? Mit dem Risiko, Sympathien zu verscherzen und zu schockieren, vielleicht sollte auch ich meinerseits meine Schuld bezahlen? Das würde eine Geschichte von ganz gewöhnlichen Menschen, die, so gewöhnlich sie auch sein mochten, dennoch Blut hatten fließen lassen. (Mörder! hatte sie gesagt!) Ich sollte sie erzählen, und sie würde mein eigener Gedenkstein für die Toten sein. Ein ganz anderes Buch als jene ehrgeizigen, die meine Mutter hatte schreiben wollen: *Revolutionäre Bewegungen der schwarzen Welt* und das ganze Zeug. Ein Buch ohne große Folterknechte und ohne prächtige Märtyrer. Das aber dennoch sein Gewicht an Fleisch und Blut hätte. Die Geschichte unserer Familie.

Mein Großvater erhob sich schließlich, finsterer als die Nacht um uns herum. Er bekreuzigte sich, wischte sorgfältig den Staub von seinen Knien und sagte: »Gehen wir jetzt, Coco. Du kennst ja Flora. Sie wird sich schon Sorgen machen.«

18

Bevor die Ferien endeten, kam es noch zu einem beachtlichen Zwischenfall.

Am Sonntag, den 15. August, heiratete Manuela, Mariettas Lieblingstochter. Lieblingstochter, nicht weil sie in der Schule geglänzt hätte oder herzensgut gewesen wäre. Nein! Lieblingstochter nach Aussage ihrer eigenen Mutter, weil sie die Schwärze und Häßlichkeit der Louis vergessen ließ, nur an ihre Familie mütterlicherseits erinnerte und mit Sommersprossen in ihrem zartbraunen Gesicht herumlief, als hätte sie sich die Sonne durch die Löcher eines Siebes angesehen, dazu ein blonder, im Winde flatternder Zopf. Das Blond war es auch gewesen, das Ephrem Robert, einen jungen Arzt aus Port-Louis, verführt hatte, so daß er ihr schließlich im ›Trink noch einen‹ nach allen Regeln der Kunst einen Heiratsantrag machte. Marietta, aufgeblasener als der Frosch in der Fabel, erinnerte nun jeden, der es hören wollte, daran, wie sie geschuftet hatte, Blut und Wasser geschwitzt hatte, um die Kinder großzuziehen, während Jean seine traumtänzerischen Projekte verfolgte, um dann eines frühen Morgens den ihm zukommenden Tod zu finden, und daß sie darin letztlich seinen Lohn sehe. Ihre Äußerungen, weitergetragen und durch die Gerüchte der Zuckerrohrfelder verstärkt, drangen bis nach La Pointe, Bergette, Port-Louis, Abymes ... dorthin, wo die Louis residierten, und verursachten ihnen ziemlichen Verdruß. Dennoch, jenes Gefühl, das sie verspürten, nämlich keinen einheitlichen Körper mehr zu bilden, der vom selben Blut durchströmt und durch die gleiche Haut geeint wurde, ließ sie Ruhe bewahren. Oh nein, sie würden nicht obendrein Öl ins Feuer gießen und die schon gestörten Beziehungen weiter belasten! Soll doch Marietta ihren Unsinn erzählen!

Am 15. August waren also vollzählig, festlich gekleidet und bewegt, alle da, die von uns noch übrig waren, natürlich bis auf die von Basse-Terre, die nun wirklich nicht mehr dazuzählten. Die letzte Schafherde unter dem Krummstab des Hirten Jacob, der zu diesem Anlaß hell gekleidet war, an der Seite von Flora mit einem italienischen Strohhut.

Ich sah bei dieser Gelegenheit Gesner Ambroise wieder, der für *Dévlopé péyi-là**, ein satirisches Tanzlied zum Karneval,

* »Das Land entwickeln«

gerade eine goldene Schallplatte bekommen hatte. Von allen Männern meiner Mutter war Gesner vielleicht derjenige, den ich am meisten gehaßt hatte. Weil er ihr so ergeben war, daß er mir keinerlei Aufmerksamkeit schenkte, außer um meine Anwesenheit auf der Erde ganz offensichtlich zu bedauern. Und dann, beeinflußt durch die Familie und vor allem Tante Flora, fand ich ihn steif, linkisch, seine Sprache ärmlich und schwerfällig. »Was findet Thécla an ihm?«

Zum ersten Mal war ich nun für den mächtigen und geheimnisvollen Charme des gewaltigen Tonbändigers empfänglich! Wozu dienten ihm die Worte? Was sollte er damit, zumal er eine andere Sprache beherrschte? Ich könnte Gesners Popularität bei uns nur noch mit der eines Bob Dylan im Amerika der 60er Jahre vergleichen oder mit der eines Bruce Springsteen in unseren Tagen. Dennoch stand er bescheiden und selbstsicher da, vertraut und fern, mit den Füßen im Mutterboden des Volkes, von dem er sich nährte. Mit seinem Töchterchen auf dem Arm zwinkerte er mit den Augen und sagte mit einem Unterton, der einen sehr alten Schmerz verriet: »Wie geht es deiner Mutter?«

»Gut! Gut!«

Er fragte nicht weiter und setzte sich abseits unter einen Mangobaum.

Das Festessen am Mittag fing ganz gut an. Ein bißchen steif vielleicht! Man spürte sehr wohl, daß unter dem Schein der Einigkeit die Spannungen und Meinungsverschiedenheiten danach drängten, sich am hellichten Tage zu entladen. Jacob, der am unteren Ende des Tisches saß, anstatt als Bruder des verstorbenen Vaters der Braut den Vorsitz zu übernehmen, zog ein betrübtes Gesicht.

Es war in jenem Moment, als der über der Glut gegrillte und auf Yamspüree gebettete Vivaneau aufgetragen wurde, als alles schief ging. Bis dahin sprach man von diesem und jenem. Die Frauen erläuterten die Zubereitung der Lambi-Tarte. Einer der Männer erzählte, wie ein Wespenschwarm ihm fast das Gesicht zerstochen hatte, als er auf seinem Feld arbeitete. Wer erwähnte den Namen der Fabrik Darnel? Sicher der Vater Ephrem, der dort nach seinem Vater und seinem Großvater arbeitete und mit gutem Recht befürchtete, seinen Broterwerb zu verlieren. Dieudonné, der sich wie immer in Gegenwart seiner Stiefmutter unwohl in seiner Haut fühlte und bis dahin geschwiegen hatte, setzte nun zu einer Schmährede gegen die Fabrikbesitzer an, welche die Fabriken eine nach der anderen schlössen, und gegen die französische Kolonialmacht, die das Land in ein Feld von Arbeitskräften für ihre Industrie verwandeln wolle.

Diese Rede schmeckte nicht jedem. Insbesondere nicht Ephrem, der seinerseits mit all jenen Möchte-gern-Patrioten ins Gericht ging, die nur Schlagwörter im Mund hätten und, wenn man sie ließe, das Land unweigerlich ins Krankenhaus führen würden. Jemand sprang ihm bei, indem er das Beispiel von Haiti anführte, der armen unabhängigen Nachbarinsel, deren Flüchtlinge zu Hunderten in den Gärten schufteten.

Unabhängigkeit, das gefährliche Wort war gefallen, und der Tisch fing Feuer!

Die Schreierei erreichte ihren Höhepunkt, als die Frauen lauter als die Männer brüllten, um die Politik anzuklagen, die gefährlicher als ein zweischneidiges Messer sei, das die Familien spalte.

Beim überbackenen Spanferkel kehrte wieder Ruhe ein, so sehr ließ das mit Piment, jungen Zwiebeln und Lorbeerblättern vollgestopfte Tier das Wasser im Mund zusammenlaufen.

Nisida, die Tochter eines Cousins und Automechanikers in Les Abymes, hatte vier Tage lang mit Marietta die Füllung vorbereitet und erklärte, daß sie das Rezept beim Durchblättern eines alten Heftes gefunden habe, das ihrer Großmutter gehört hatte, worauf alle meinten: »Heutzutage weiß man gar nicht mehr, was gute Küche ist!«

Wie entflammte der Streit von neuem?

Ephrem und Dieudonné waren wieder vernünftig geworden

und hatten sogar miteinander angestoßen, als irgend jemand das Wort Zuckerrohr aussprach. Ephrem, der zu seiner Heftigkeit zurückfand, setzte gleich nach, daß dies ein schändliches Erbe der Vergangenheit sei, eine Reliquie, gerade noch gut, um mit den Hals- und Prägeeisen der guten alten Zeit ins Museum gebracht zu werden. »Das Zuckerrohr ist der Tod des Negers!«

Daraufhin rief Dieudonné, daß man wenigstens wissen sollte, wovon man rede, und zitierte den Fall von Australien, wo die Zuckerrohrindustrie florieren würde. Irgendwer kam ihm zu Hilfe, indem er an das Beispiel der Nachbarinsel Kuba erinnerte, die ihr Haupteinkommen aus dem Zucker gewänne. *»Cuba si! Cuba no!«*

(Ich selbst wußte noch nicht, welch Zankapfel diese Insel war! Welch Unruheherd in der Karibik!)

Da es nicht gelang, die beiden zur Ruhe zu bringen, richtete Marietta sich in ihrer ganzen Größe auf und verfluchte die Louis, die immer alles verdürben. Oh ja, man habe genug von ihnen! Von ihrem Geiz, von ihrer Selbstgenügsamkeit, von ihrem Opportunismus. Mein Großvater Jacob bewahrte Ruhe, indem er sich immer wieder sagte, daß sie die Witwe seines geliebten Bruders sei! Aber als sie in ihrer Wut zu weit ging und herauszuschreien wagte, daß diese Thécla, um die man soviel Aufhebens mache, in Wirklichkeit eine herumhurende Mutter sei, die größte Nutte, die sie je erlebt habe und die nur einen erbärmlichen Weißfranzosen gefunden habe, um ihre Schande vergessen zu machen, da wurde es ihm zu bunt! Er schnellte hoch, aber mit der gleichen Bewegung waren ihm Dieudonné und Gesner zuvorgekommen und hatten sich auf Marietta gestürzt, deren hellrotes Blut schon rann!

Ihr kräftig rotes Blut besiegelte den Bruch. Armer Großvater Jacob, der sich soviel Mühe gegeben hatte, zwei Verstorbene wieder heimzuholen, während ihm die Lebenden davonliefen!

Sicher, es gab ein großes Durcheinander von Entschuldigungen, Verzeihen, Bedauern, Tränen, Schwüren, man werde nicht wieder anfangen. Sicher, der Troß brach zu gegebener Zeit zur

Kirche nach Anse Bertrand auf, wobei Manuéla, mit Orangenblüten gekrönt, rechts neben dem Bruder ihres Vaters in einem Wagen saß, der wie zum Karneval geschmückt war. Aber das war nur Flickwerk, Tünche an einem Gebäude, das kurz vor dem Einstürzen stand. Von diesem Tag an setzten sowohl Jacob als auch Dieudonné keinen Fuß mehr nach Anse Laborde. Was die Kinder von Jean betraf, so gaben sie einstimmig ihrer Mutter recht. Diejenigen, die sich nicht als Ärzte, Apotheker oder Zahnärzte in Amiens, Clermont, Sucy-en-Brie oder anderen tristen Orten ihrer Metropole niederließen, kamen gelegentlich vorbei, um ihren Onkel zu grüßen, dann kamen sie überhaupt nicht mehr.

Es kündigte sich eine Zeit an, wo niemand mehr die Familiengeschichte würde erzählen können, aufgrund mangelnden Wissens. Wo die Lebenden nicht mehr ans Tageslicht kommen würden, nach endlosen Schwangerschaften von einem Bauch zum anderen, um sich mit einem hundertjährigen Erbgut auszustatten. Wo die Gegenwart nur noch die Gegenwart sein würde. Und das Individuum nur noch Individuum!

Ich beendete die Ferien ziemlich melancholisch. Dabei erfüllte ich jedoch jenen Auftrag, den ich mir selbst auferlegt hatte und über den ich Aurélia gegenüber würde Rechenschaft ablegen müssen, indem ich an Informationen einsammelte, was irgend einzusammeln war.

Manchmal wurde ich ungeduldig: »Ihr wollt mir erzählen, daß ihr nicht wißt, wie lange Albert in San Francisco geblieben ist?«

Ich ließ mich nicht beirren: »Was wißt ihr über seine englische Negerin?«

Und langsam, langsam wachten die Gedächtnisse aus ihrem Schlaf auf, lösten sich die Zungen.

Es war sehr heiß in jenem Sommer. Um die Gabarre-Brücke stieg ein widerlicher Gestank aus den Mangroven auf, wo die Krabben die Beine in die Luft reckten und starben. Die Rinder hechelten auf den Feldern und streckten ihre violetten, schleimigen Zungen lang heraus. Die Hunde fletschten die Zähne und bissen, verrückt vor Hitze, Kinder in die Fersen. Die Flüsse waren trocken. Selbst das Meer zog sich an den Horizont zurück.

Eine Greisin namens Espérance starb verkohlt unter dem Blechdach ihres Hauses.

19

Am Morgen meiner Abreise, als mir mein Großvater einen Brief für Aurélia mitgab, den er in der Nacht geschrieben hatte, und Flora unten in meine Koffer sorgfältig etikettierte und verpackte Gläser verstaute, mit *Pisquette**, *Poteaux***-Marmelade, Chadèques und eingemachten Lambis, ihrer Spezialität, wobei sie sicher vergaß, daß ich geradewegs hinter den Mauern eines Internats verschwände, wo all diese suspekten Nahrungsmittel von eifrigen Aufsichtspersonen auf die Verbotsliste gesetzt würden, da erhielt ich einen Besuch, mit dem ich nicht gerechnet hatte. Den von Gesner mit seinem kleinen Jungen an der Hand, einer Nervensäge, die nach allem grapschte. Flora, die Gesner nicht besonders mochte, öffnete ihm dennoch die Türen zum Wohnzimmer, und er setzte sich in einen Sessel, dessen Armlehnen mit jenen gehäkelten gleichschenkligen Dreiecken bedeckt waren, die sie überall verteilte: auf dem Klavier, auf den Stuhllehnen, auf den Beistelltischchen. Er starrte eine ganze Weile schweigend auf die Spitzen seiner sorgfältig geweißten Tennisschuhe, kam dann zur Sache und begann ganz leise: »Wenn ich dich sehe, dann sehe ich deine Mutter vor meinen Augen. Heller natürlich! Was Thécla betrifft, sie ist blauschwarz wie eine Icaque-Pflaume und ihr Mund malvenrot wie die Meertraube! Aber du bist ihr wie aus dem Gesicht geschnit-

* Sehr beliebtes Gericht
** Bananensorte

ten. Ihr Lächeln. Ihr eigensinniger Gesichtsausdruck, wenn du nicht das tust, was du willst. So wie ich sie kenne, frage ich mich, ob sie dir jemals von mir erzählt hat. Ich schäme mich nicht, es zu sagen: Ich habe sie geliebt, als ich zwölf Jahre alt war, und diese Liebe wird erst mit meinem Leben im Diesseits enden, um mit meinem jenseitigen Leben wiederaufzuerstehen. Zum Glück blieb mir meine Musik. Du weißt doch, wie der Mensch zur Musik kam?«

Ich schaute ihn an. Hielt er mich etwa für ein Kind, dem man sterbenslangweilige Geschichten erzählen kann? Er lächelte mit der ganzen, etwas einfältigen Güte seines Herzens: »Zu jener Zeit hatte auf der Erde, die flach wie ein Fels war und auf der nur große Kakteen, Säulenkakteen, wuchsen, jedes Lebewesen seine eigene Sprache. Der Mann und die Frau: das Wort und das Weinen. Die Kuh das Muhen. Der Frosch das Quaken. Der Vogel den Gesang! Der eine verstand den anderen nicht, und der Tod kam schon bald, um das Leben der Wesen, die sich nicht verständigen konnten, zu beenden. In Grands-Fonds-Cacao lebte Nora, eine hübsche Negerin, die trotz des harten Lebens von morgens bis abends in ihrem Haus lachte. Ein Keskedee, der in seinem Mangobaum saß, war verrückt vor Liebe und Sehnsucht nach ihr. Eines Abends, als er es nicht mehr aushielt, flog er von seinem Zweig herab, glättete sein Gefieder und versteckte sich in Noras Bett. Als sie sich schlafen gelegt hatte, näherte er sich vorsichtig und steckte seinen Schnabel in ihr Geschlecht, wie in den Kelch einer Blüte. Er wiederholte sein Spiel mehrere Nächte hintereinander, so oft und so gut, daß er schließlich vor Glück starb und Nora zwischen ihren Bettlaken überrascht eine kleine, unbewegliche und warme Kugel fand. Einige Monate später wurde zur allgemeinen Überraschung ihr Bauch runder. Ihr kennt die Leute in unserem Land! ›Was, ein Bauch? Aber von wem hat sie ihn wohl? ...‹ Neun Monate später kam Noras Sohn mit lautem Trällern auf die Welt ...«

Gesner bemerkte endlich, wie seine blöde Geschichte auf

mich wirkte, und unterbrach sich ungeschickt: »Deine Mutter liebte diese Geschichte über alles, sie, deren eigene Mutter ihr nie etwas erzählte! Deine Mutter! Es vergeht kein Tag, ohne daß ich Gott darum bitte, daß wenigstens sie in dem ganzen Elend, das uns umgibt, glücklich sein möge! Glücklich mit ihrem Weißen. Wenn er auch ein Weißer ist. Das Leben, dieses Leben hat ihr solche Schläge versetzt, daß sie das Glück verdient! Na ja! Gut, was ich dir sagen will, das ist, daß du das Kind unserer Zukunft bist. Sieh dir dieses Land an, unseres, deins, reif für die Versteigerung. Schon bald wird es vielleicht nur mehr eine Erinnerung sein, die im Gedächtnis nach und nach verblaßt. Ich versuche, ihm die Stimme zu erhalten. Und auch du, du kannst, du mußt etwas tun. Du weißt noch nicht was, und ich kann dich nicht anleiten, ich, der nicht in all eure Schulen gegangen bin. Die Arbeit deines Großonkels Jean ist nicht beendet. Ich würde sogar sagen, sie hat kaum angefangen. Das ganze Feld bleibt noch zu erschließen mit seinen Brennesseln, seinem Guineagras und seinen Manzelen, die an den Knöcheln kneifen. Wir anderen, wir sind müde. Das verfluchte Leben hat uns zur Rechenschaft gezogen, einen nach dem anderen. Aber du, du bist das Kind unserer Zukunft. Denk daran!«

Ich wußte dem nichts zu entgegnen, innerlich aufgebracht und erschrocken über das Versprechen, das er mir entreißen wollte. Die Rolle, die er mir zugedacht hatte. Die Aufgabe, die er mir anvertrauen wollte. Wobei ich im Innern meines Herzens fühlte, daß ich mich als bald Erwachsene und wenn meinen Toten erst Gerechtigkeit widerfahren wäre, dem nicht mehr würde entziehen können.

Und im übrigen: Würde ich das Blut all meiner Vorfahren verleugnen können – und dies ist die andere Seite jener Geschichte, meiner Geschichte –, angefangen bei meinem Urgroßvater Albert mit seinen schönen Zähnen, bereit, die Welt zu verschlingen, der fortging, um seinen Schweiß in Panama zu vergießen und Gold zu scheffeln, bis er merkte, daß man letzten Endes mit Gold nichts kaufen kann, bis hin zu meiner Mutter, ja, sogar sie, vor allem sie, die aus den Wunden all der Niederlagen blutete und von all den Enttäuschungen ausgebrannt war, um dann auf der anderen Seite der Welt Zuflucht zu suchen, ohne meinen armen Großvater Jacob zu vergessen, der an die Dielen seines Geschäfts gefesselt war, und meinen Großonkel, meinen Großonkel Jean, Patriot, Held, Märtyrer, dessen kostbares Blut unser Land getränkt hatte?